TAYLOR JENKINS REID

Malibu
RENASCE

Tradução
ALEXANDRE BOIDE

paralela

Copyright © 2021 by Rabbit Reid, Inc.

Publicado nos Estados Unidos pela Ballantine Books, selo da Random House, uma divisão da Penguin Random House LLC, Nova York.

A Editora Paralela é uma divisão da Editora Schwarcz S.A.

Grafia atualizada segundo o Acordo Ortográfico da Língua Portuguesa de 1990, que entrou em vigor no Brasil em 2009.

TÍTULO ORIGINAL Malibu Rising
CAPA Joana Figueiredo
FOTO DE CAPA Cube Clutch/ Shutterstock
PREPARAÇÃO Antonio Castro
REVISÃO Jasceline Honorato e Renato Potenza Rodrigues

Dados Internacionais de Catalogação na Publicação (CIP)
(Câmara Brasileira do Livro, SP, Brasil)

Reid, Taylor Jenkins
   Malibu renasce / Taylor Jenkins Reid ; tradução Alexandre Boide. — 1ª ed. — São Paulo : Paralela, 2021.

   Título original: Malibu Rising
   ISBN 978-85-8439-216-2

   1. Ficção norte-americana I. Título.

21-61682   CDD-813

Índice para catálogo sistemático:
1. Ficção : Literatura norte-americana   813

Cibele Maria Dias – Bibliotecária – CRB-8/9427

8ª reimpressão

Todos os direitos desta edição reservados à
EDITORA SCHWARCZ S.A.
Rua Bandeira Paulista, 702, cj. 32
04532-002 — São Paulo — SP
Telefone: (11) 3707-3500
editoraparalela.com.br
atendimentoaoleitor@editoraparalela.com.br
facebook.com/editoraparalela
instagram.com/editoraparalela
twitter.com/editoraparalela

Malibu pega fogo.

É simplesmente o que Malibu faz de tempos em tempos.

Os tornados varrem as planícies do Meio-Oeste. As inundações tomam conta do Sul dos Estados Unidos. Os furacões atacam furiosamente a região do golfo do México.

E a Califórnia queima.

O território já pegava fogo de vez em quando na época em que era habitado pelo povo chumash, no ano 500 a.C. Pegou fogo no século XIX, quando os colonizadores espanhóis se apossaram da região. Pegou fogo em 4 de dezembro de 1903, quando Frederick e May Rindge eram os donos do pedaço de terra que hoje se chama Malibu. As chamas se espalharam por quase cinquenta quilômetros de terras costeiras e engoliram sua casa de praia vitoriana.

Malibu pegou fogo em 1917 e 1929, tempos depois de os primeiros astros de cinema chegarem lá. Pegou fogo em 1956 e 1958, quando os surfistas encaravam suas ondas com longboards e as garotas praieiras que os seguiam se espalhavam por suas areias. Pegou fogo em 1970 e 1978, depois que os hippies se estabeleceram em seus penhascos.

Pegou fogo em 1982, 1985, em 1993, 1996, em 2003, 2007 e 2018. E uma ou outra vez nesse meio-tempo.

Porque queimar faz parte da natureza de Malibu.

Na divisa municipal de Malibu, hoje é possível ler uma placa que diz: MALIBU, 27 MILHAS DE BELEZA CINEMATOGRÁFICA. A cidadezinha longa e estreita — agarrada à faixa litorânea por mais de quarenta quilômetros — é feita de mar e montanha, divididos por uma rodovia de duas pistas chamadas Pacific Coast Highway, ou PCH.

A oeste da PCH, há uma série de praias que abrigam as ondas azuis cristalinas do oceano Pacífico. Em muitos lugares ao longo da costa, casas de praia estreitas e altas se espremem na lateral da rodovia, competindo pelas vistas. A costa é escarpada e rochosa. As ondas são fortes e límpidas. O cheiro do ar é salgado.

Diretamente a leste da PCH ficam as imensas e áridas montanhas. Elas dominam o horizonte, com seu tom terroso e verde-sálvia, povoadas por arbustos do deserto e árvores nativas, além de uma vegetação rasteira e frágil.

É uma terra seca. Propagadora de chamas. Abençoada e amaldiçoada por uma brisa.

Os ventos de Santa Ana percorrem as montanhas e os vales, vindos do continente para a costa, fortes e quentes. Segundo o mito, são agentes do caos e da desordem. Mas seu verdadeiro papel é o de aceleradores de incêndios.

Uma pequena faísca na madeira seca do deserto pode se transformar em chamas que se espalham por toda a parte, queimando num intenso brilho vermelho e alaranjado. Elas devoram a terra e exalam uma espessa fumaça preta que toma conta do céu, deixando o sol encoberto por quilômetros e quilômetros, fazendo as cinzas caírem como se fosse neve.

Os habitats — arbustos, moitas e árvores — e as casas — chalés e mansões e bangalôs, ranchos e vinhedos e fazendas — se desfazem em fumaça, deixando para trás uma terra esturricada.

Mas essa terra voltou a ser jovem, e está pronta para cultivar algo novo.

Destruição. E renascimento surgindo a partir das cinzas. A história do fogo.

O incêndio de Malibu de 1983 não começou nos morros áridos, mas na costa.

Teve início no número 28150 da Cliffside Drive em um sábado, 27 de agosto — na casa de Nina Riva —, durante uma das festas mais famosas da história de Los Angeles.

A festa anual saiu do controle em algum momento por volta da meia-noite.

Às sete da manhã, a faixa litorânea de Malibu estava dominada pelas chamas.

Porque, assim como queimar faz parte da natureza de Malibu, provocar um incêndio e ir embora era parte da natureza de uma certa pessoa.

Sábado, 27 de agosto de 1983

PARTE UM

7h00 às 19h00

7h00

Nina Riva acordou, mas não abriu os olhos.

A consciência foi dominando seu corpo aos poucos, comunicando suavemente que já amanhecera. Ela ficou deitada na cama sonhando com a prancha de surfe sob seu peito na água, antes de começar a se recordar da realidade — que centenas de pessoas viriam até sua casa em apenas doze horas. Quando se deu conta disso, voltou a pensar que todos os presentes estariam sabendo da humilhação que havia sofrido.

Ela lamentou o fato sem sequer entreabrir os olhos.

Caso escutasse com atenção, Nina ouviria o som das ondas do oceano quebrando perto do pé do penhasco — bem distante.

Ela sempre quis comprar uma casa como aquela em que cresceu com os irmãos na Old Malibu Road. Um velho chalé de praia logo na saída da pch, suspenso sobre palafitas, se projetando para o mar. Nina se lembrava com carinho dos respingos do mar na janela, da madeira semicorroída e do metal enferrujado que mantinha o chão sob seus pés. Queria poder sair para o pátio e ver a maré alta, ouvir as ondas quebrando em alto e bom som logo abaixo.

Mas Brandon queria morar em um penhasco.

Então ele acabou comprando aquela mansão de concreto e vidro em um enclave fixado na encosta rochosa de Point Dume, quinze metros acima da praia, com acesso ao mar por um caminho inclinado cheio de pedras e degraus.

Nina apurou os ouvidos o melhor que pôde para escutar a água e não abriu os olhos. Por que abriria? Não havia nada para ver.

Brandon não estava na cama com ela. Não estava em casa. Não estava nem em Malibu. Estava no hotel Beverly Hills, com sua fachada de estuque cor-de-rosa e suas palmeiras. Brandon estava — muito provavelmente, considerando o horário — abraçando Carrie Soto enquanto dormia. Quando acordasse, talvez afastasse os cabelos dela com sua mão enorme e a beijasse no pescoço. E os dois talvez começassem a arrumar as malas juntos para partir para o U.S. Open.

Argh.

Nina não odiava Carrie Soto por roubar seu marido, porque maridos não podem ser roubados. Carrie Soto não era uma ladra; Brandon Randall era um traidor.

Era por causa *dele* que Nina Riva saiu na capa da edição de 22 de agosto da revista *Now This*, com a manchete O CORAÇÃO PARTIDO DE NINA: COMO UMA DAS METADES DO CASAL DE OURO DA AMÉRICA FOI DEIXADA PARA TRÁS.

Havia uma matéria inteira dedicada ao fato de que seu marido, o tenista profissional, a abandonara publicamente para ficar com a amante, também tenista.

A imagem da capa até que era lisonjeira. Eles haviam escolhido uma foto de um ensaio de Nina em trajes de banho nas ilhas Maldivas feito alguns meses atrás. Ela estava usando um biquíni fúcsia de cintura alta. Seus olhos castanho-escuros e suas sobrancelhas grossas eram emoldurados pelos cabelos compridos da mesma cor, iluminados pelo sol, parecendo um pouco úmidos, levemente ondulados. E havia também, claro, seus famosos lábios — o inferior carnudo e o superior mais fino. Os lábios dos Riva, como ficaram conhecido depois que foram tornados célebres por seu pai, Mick.

Na foto original, Nina segurava uma prancha de surfe, sua Town & Country 6'2" amarela e branca, que acabaram não incluindo na capa da revista. Mas ela já estava acostumada com isso a essa altura.

Na matéria, havia uma foto de Nina no estacionamento de um supermercado Ralphs, tirada três semanas antes. Nina estava usando um biquíni branco com um vestido florido por cima, fumando um Virgina Slims e levando um fardo com seis latas de Tab. Olhando mais de perto, era possível ver que ela havia chorado.

Ao lado, colocaram uma foto do pai dela, de meados dos anos 1960. Era um homem alto e moreno de uma beleza convencional, usando um short, uma camisa havaiana e sandálias diante do Trancas Market, fumando um Marlboro e com uma sacola de compras na mão. Acima das imagens estava o título O FRUTO NÃO CAIU LONGE DA ÁRVORE DOS RIVA.

Nina foi retratada na capa como a mulher abandonada por um homem famoso e como a filha de um homem famoso no interior da revista. Sempre que pensava nisso, ela cerrava os dentes.

Nina enfim abriu os olhos e encarou o teto. Levantou da cama nua a não ser pela parte de baixo do biquíni, desceu a escada de cimento para a cozinha azulejada, abriu as portas de vidro deslizantes do quintal dos fundos e saiu para o pátio da casa.

Ela respirou o ar salgado.

Ainda não estava tão quente naquela manhã: a brisa que varre todas as cidades litorâneas estava soprando do mar. Nina sentiu o vento em seus ombros enquanto caminhava pela grama bem aparada, sentindo as pontas das folhas entre os dedos do pé. Andou até a beirada do penhasco.

Olhando para o horizonte, viu o mar de um azul perfeito. O sol já tinha se levantado havia uma hora ou mais. As gaivotas soltavam seus gritinhos agudos enquanto mergulhavam e emergiam da água.

Nina notou que as ondas estavam boas, o swell se deslocando para a praia de Little Dume. Observou enquanto algumas se quebravam, sem ninguém para surfá-las. Parecia uma tragédia. Aquelas ondas arrebentando sozinhas, deixando de ser pegas.

Ela as pegaria.

Ela deixaria que o mar a curasse, como sempre aconteceu.

Até podia estar em uma casa que jamais teria escolhido. Até podia ter sido deixada por um homem com quem já nem lembrava mais por que se casara. Mas o oceano Pacífico era seu lugar. Malibu era seu lar.

O que Brandon nunca foi capaz de entender era que a glória da vida em Malibu não vinha do luxo, mas sim da natureza.

A Malibu da infância de Nina era mais rural do que urbana, com as montanhas repletas de trilhas de terra e cabanas humildes.

O que Nina adorava em sua cidade era que as formigas sempre davam um jeito de chegar às bancadas das cozinhas, e que os pelicanos às vezes deixavam o gradil dos deques das casas cheios de cocô. Havia pilhas de esterco de cavalo nas laterais das ruas não asfaltadas, deixadas pelos cavalos dos vizinhos que iam fazer compras de charrete.

Nina viveu naquele pequeno trecho de litoral a vida toda, e compreendia que não podia fazer nada para impedir que o lugar se transformasse. Ela testemunhou o desaparecimento da classe média rural e seus ranchos humildes, que passaram a fazer parte do terreno de casas de praia gigantescas. Com vistas tão lindas, era só questão de tempo para que os podres de ricos começassem a aparecer.

A única verdadeira surpresa foi que Nina se casou com um deles. E agora pelo jeito era dona daquele pedaço de chão, gostasse dele ou não.

Logo mais, Nina daria meia-volta e entraria de novo em casa. Vestiria seu maiô e voltaria para aquele mesmo lugar, de onde desceria a encosta do penhasco e pegaria sua prancha no barracão que mantinha na areia.

Mas, naquele momento, Nina só pensava na festa daquela noite, quando precisaria encarar toda aquela gente que sabia que seu marido tinha ido embora. Ela não se moveu. Não estava pronta.

Em vez disso, se colocou bem na beirada do penhasco que nunca quis, olhou para a água que desejava que estivesse mais perto e, pela primeira vez em sua vida tranquila, berrou aos quatro ventos.

"Fica aqui." Jay Riva desceu de seu cj-8, pulou o portão de um metro e meio, percorreu o caminho de cascalho e bateu na porta da casa da irmã mais velha.

Não houve resposta.

"Nina!", ele gritou. "Já acordou?"

A semelhança entre os dois era impressionante. Como Nina, ele era alto e esguio, só que mais forte. Seus olhos castanhos, os cílios compridos e os cabelos desarrumados compunham uma beleza que nunca passava despercebida. Com o short de nylon, a camiseta desbotada, os óculos escuros e os chinelos, parecia exatamente o que era: um surfista profissional.

Jay bateu de novo na porta, com um pouco mais de força. Ainda nada.

Ficou com vontade de esmurrar a porta até Nina sair da cama. Sabia que, em algum momento, ela apareceria para atendê-lo. Mas aquele não era o momento de ser babaca com Nina. Em vez disso, Jay deu meia-volta, pôs os óculos Ray-Ban Wayfarers e caminhou de volta até seu jipe.

"Vamos ser só eu e você mesmo", ele falou.

"A gente devia acordar ela", disse Kit. "Ela ia querer pegar essas ondas."

Kit, a irmã caçula. Jay ligou o motor e começou a manobrar para virar o carro, tomando cuidado para que as pranchas ficassem onde estavam. "Ela vê a mesma previsão do tempo que a gente", ele falou. "Está sabendo do swell. Ela sabe se virar sozinha."

Kit ficou pensativa e olhou pela janela. Mais exatamente: olhou na direção de onde estaria a janela caso o jipe tivesse portas.

Ela era magra e baixinha, com um corpo forte e pele bronzeada. Os cabelos castanhos eram compridos, clareados pelo sol com a ajuda de suco de limão, sardas cobrindo o nariz e invadindo as bochechas, olhos verdes e lábios cheios. Parecia uma versão em miniatura da irmã, mas sem a mesma elegância e tranquilidade. Bonita, mas talvez um pouco esquisita. Um pouco esquisita, mas talvez bonita.

"Acho que ela está deprimida", Kit disse por fim. "Precisa sair daquela casa."

"Ela não está *deprimida*", Jay rebateu ao chegar ao cruzamento em que as ruas do bairro chegam à PCH. Ele olhou para os dois lados, se preparando para entrar na rodovia. "Só levou um pé na bunda."

Kit revirou os olhos.

"Quando Ashley e eu terminamos...", Jay continuou. A essa altura já estavam seguindo para o norte pela PCH, com o sopé das montanhas à direita, a imensidão azul do oceano à esquerda e um vento tão forte que Jay precisou gritar. "Eu fiquei bem chateado, mas depois superei. Logo a Nina também vai. É assim que as coisas são."

Jay pareceu esquecer que, quando Ashley terminou o relacionamento, ele ficou tão abalado que só foi admitir o que tinha acontecido quase duas semanas depois. Mas Kit não queria mencionar isso e correr o risco de ele falar sobre a vida amorosa *dela*. Aos vinte anos de idade, nunca tinha beijado ninguém. E era algo em que ela pensava todo dia, toda hora, em alguns momentos com mais intensidade do que em outros. Seu irmão sempre falava com ela como se fosse uma criança quando o assunto era o amor, e Kit sentia seu rosto ficar vermelho — tanto de vergonha como de raiva.

O carro se aproximou de um sinal vermelho, e Jay diminuiu a velocidade. "Só estou dizendo que cair na água é provavelmente a melhor coisa para ela agora", Kit disse.

"A Nina vai ficar bem", ele disse. Como não havia ninguém no cruzamento, acelerou e seguiu em frente antes que o sinal abrisse.

"Na real, nunca gostei do Brandon", Kit comentou.

"Ah, gostava, sim", Jay retrucou, espiando-a com o canto do olho. Ele estava certo. Ela gostava mesmo. Gostava muito. Assim como todos eles.

O vento rugiu com força quando o carro ganhou velocidade, os dois ficaram em silêncio até que Jay fez uma conversão de cento e oitenta graus e estacionou à beira da estrada na County Line, uma faixa de areia na extremidade norte de Malibu, onde havia surfistas na água o ano inteiro.

Naquele dia, com o swell de sudoeste, haveria ondas com formação boa o suficiente para pegar tubos. Talvez até daria para se exibir um pouco, dependendo da inclinação.

Jay tinha ficado em primeiro e terceiro lugar em dois Campeonatos de Surfe dos Estados Unidos. Saiu três vezes na capa da *Surfer's Monthly* em três anos. Era patrocinado pela O'Neill, e recebeu uma oferta da RogueSticks para criar uma linha de pranchas Riva. Naquele ano, era o favorito a ser o primeiro a ganhar uma Tríplice Coroa.

Jay sabia que era bom. Mas também sabia que chamava atenção por ser filho de quem era. E às vezes era difícil separar as duas coisas. A sombra de Mick Riva pairava sobre cada um de seus filhos.

"Pronta para mostrar para esses pregos como é que se faz?", Jay perguntou.

Kit assentiu com um sorriso malicioso. A arrogância dele era ao mesmo tempo irritante e divertida. Para algumas pessoas, Jay poderia ser considerado o surfista mais promissor da porção continental dos Estados Unidos. Para Kit, porém, era só seu irmão mais velho, cujas manobras aéreas já estavam ficando batidas.

"Claro, vamos lá", ela disse.

Um cara baixinho com expressão simpática e roupa de borracha aberta na altura dos quadris viu Jay e Kit descendo do carro. Seth Whittles. Estava com o cabelo molhado e jogado para trás, enxugando o rosto com a toalha.

"E aí, cara, bem que pensei que ia te encontrar aqui hoje", ele falou para Jay, se aproximando do jipe. "Os tubos aqui estão perfeitos."

"Pode crer", Jay respondeu.

Seth era um ano mais novo que Jay, e na época do colégio estava sempre na série anterior. Agora que eram adultos, Seth e Jay frequentavam os mesmos círculos e surfavam nos mesmos picos. Jay tinha a impressão de que Seth considerava isso uma espécie de vitória.

"Hoje a noite promete", Seth comentou. Seu tom de voz soou um pouco presunçoso, e Kit entendeu na hora o motivo. Seth estava confirmando que tinha sido convidado para a festa de Nina. Kit o olhou, e ele sorriu para ela, só então reparando em sua existência.

"E aí", ele disse.

"Oi."

"Pois, é, cara, a festa vai rolar", Jay respondeu. "Na casa da Nina em Point Dume, como no ano passado."

"Lega, legal", disse Seth, ainda olhando para Kit de rabo de olho.

Enquanto Seth e Jay conversavam, Kit pegou as pranchas da traseira do jipe e passou parafina nas duas. Em seguida, começou a arrastá-las para a areia. Jay logo a alcançou, e tirou sua prancha da mão dela.

"Então, acho que o Seth vai estar lá hoje à noite", Jay comentou.

"Eu percebi", Kit falou, enquanto prendia o leash no tornozelo.

"Ele estava... de olho em você", Jay disse. Nunca tinha visto ninguém de olho em Kit antes. Em Nina, sim, o tempo todo. Mas não em Kit.

Jay deu mais uma olhada na irmã caçula, de um jeito diferente. Ela tinha ficado gostosa de repente ou coisa do tipo? Era uma pergunta que ele não tinha coragem de fazer a si mesmo.

"Sei", Kit disse, desconversando.

"Ele é um cara legal, mas isso foi bem esquisito", Jay continuou. "Alguém olhando para a minha irmãzinha daquele jeito bem na minha cara."

"Eu tenho vinte anos, Jay", Kit respondeu.

Jay franziu a testa. "Mesmo assim."

"Enfim, eu prefiro morrer a ficar com Seth Whittles", Kit disse, levantando e pegando a prancha. "Então não precisa nem se preocupar."

Seth era um cara boa-pinta, na opinião de Jay. E era gente fina. Estava sempre apaixonado por alguma garota, que convidava para sair para jantar e esse tipo de coisa. Não tinha nada de errado com Seth Whittles. Às vezes Kit não fazia o menor sentido para ele.

"Pronto?", Kit perguntou.

Jay assentiu. "Vamos nessa."

Os dois correram para as ondas como tinham feito incontáveis vezes durante a vida — deitando sobre as pranchas e remando juntos, lado a lado.

Já havia algumas pessoas na água. Mas foi fácil notar, enquanto Jay atravessava a arrebentação e os outros viam quem chegava, que ele era o figurão ali. Todos se afastaram, abrindo espaço.

Jay e Kit puderam se posicionar no pico perfeito.

Hud Riva era baixo enquanto seus irmãos eram altos, atarracado enquanto eles eram graciosos e passava o verão ficando vermelho em vez de bronzeado — mas era o mais inteligente de todos. Inteligente demais para não entender as implicações do que estava fazendo.

Estava a cerca de doze quilômetros ao sul na PCH, chupando a ex-namorada de seu irmão, Ashley, em um trailer Airstream ilegalmente estacionado na praia de Zuma Beach.

Mas não era assim que ele descreveria a situação. Para Hud, aquilo era fazer amor. Havia sentimento demais envolvido em cada respiração para ser alguma coisa diferente de amor.

Hud amava a covinha que Ashley tinha em apenas um lado do rosto, e seus olhos verdes com toques de dourado e seus cabelos completamente dourados. Amava como ela dizia *antropologia* de um jeito errado, seu hábito de sempre perguntar como Nina e Kit estavam e o fato de seu filme favorito ser *A recruta Benjamin*.

Amava o dente torto que aparecia toda vez que ela ria. Sempre que Ashley notava que Hud estava olhando, ficava com vergonha, tapava a boca com a mão e ria ainda mais. E ele amava isso também.

Nesses momentos, Ashley costumava dar um tapinha nele e falar: "Para com isso, você está me deixando sem graça", ainda com um brilho de divertimento nos olhos. E, quando fazia isso, ele sabia que seu amor era correspondido.

Ashley costumava dizer que amava seus ombros largos e seus cílios compridos. Amava o fato de ele sempre cuidar bem da família. Admirava seu talento — a maneira como o mundo parecia mais bonito através da lente de sua câmera do que aos olhos dela. Admirava sua capacidade de encarar as mesmas águas perigosas que os surfistas, mas nadando ou se equilibrando em um jet-ski com uma câmera pesada na mão, e mesmo assim capturar com perfeição a luz e o movimento de Jay sobre a prancha.

Ashley considerava esse seu feito mais notável. Afinal, não foi só Jay que foi parar na capa da *Surfer's Monthly* três vezes em três anos. Hud também. Todas as fotos mais famosas de Jay foram feitas por ele. A onda quebrando, a prancha rasgando a água, as gotículas se desprendendo do mar, o horizonte...

Jay podia saber pegar ondas, mas era Hud quem transformava isso em algo belo. O nome Hudson Riva estava naquelas três revistas. Ashley achava que Jay precisava de Hud tanto quanto Hud precisava de Jay.

Era por isso que, quando olhava para Hud Riva, Ashley via um homem discreto que não precisava de atenção nem de fama. Via um homem cujos trabalhos falavam por ele. Via um homem, em vez de um menino.

E, com isso, fazia Hud se sentir mais homem do que nunca.

A respiração de Ashley se tornou mais ofegante quando ele começou a acelerar o ritmo. Ele conhecia seu corpo, sabia do que ela precisava. Não era a primeira nem a segunda nem a décima vez que fazia aquilo.

Quando terminaram, Ashley puxou Hud para se deitar ao seu lado. O ar estava carregado — os dois tinham fechado todas as portas e janelas antes mesmo de se beijar, por medo de serem vistos ou ouvidos ou sequer *notados*. Ela sentou e abriu a janela mais próxima da cama, deixando a brisa entrar e o ar salgado cortar a umidade.

Era possível ouvir as famílias e os adolescentes na praia, as ondas chegando à areia, os apitos do salva-vidas no posto de observação mais próximo. Boa parte de Malibu tinha praias de acesso restrito, mas Zuma — uma larga faixa de areia fina sem obstruções na beira da PCH — era para todos. Em um dia como aquele, atraía gente de toda Los Angeles tentando viver alguns últimos momentos das férias de verão.

"Oi", Ashley disse baixinho, com um sorriso tímido.

"Oi", Hud respondeu, encantado.

Ele segurou os dedos da mão esquerda de Ashley e começou a brincar com eles, entrelaçando-os com os seus.

Hud poderia se casar com ela. Tinha certeza disso. Nunca havia sentido por ninguém o que sentia por ela. Era como se essa certeza estivesse dentro dele desde sempre, embora tivesse plena consciência de que seria errado.

Ele estava disposto a dar tudo de si para Ashley, tudo de que dispunha, tudo que fosse capaz. O casamento dos sonhos, quantos filhos ela quisesse. O que havia de tão difícil em se dedicar a uma mulher? Para ele, era natural.

Hud só tinha vinte e três anos, mas já se sentia pronto para ser um marido, ter uma família, construir uma vida com Ashley.

Só precisava arrumar um jeito de contar para Jay.

"Então... hoje à noite", Ashley disse enquanto sentava para se vestir. Ela suspendeu a parte de baixo do biquíni amarelo e pôs uma camiseta branca da UCLA com letras azuis e douradas na altura do peito.

"Espera aí", Hud disse, sentando e quase batendo a cabeça no teto. Estava com um short de veludo côtelé azul-marinho e sem camisa. Seus pés estavam sujos de areia. Foi assim que ele, seu irmão e suas irmãs haviam sido criados. Areia no pé, no chão de casa, nos carros, nas mochilas e nos ralos dos banheiros. "Tira a camiseta. Por favor", Hud pediu enquanto se inclinava para pegar uma de suas câmeras.

Ashley revirou os olhos, mas ambos sabiam que ela cederia.

Ele tirou os olhos do visor e a encarou diretamente. "Você é arte."

Ashley revirou os olhos de novo. "Que cantada barata."

Hud sorriu. "Eu sei, mas juro que nunca falei isso para nenhuma outra mulher no planeta." Era verdade.

Ashley esticou a mão na frente do peito, puxou a bainha da camiseta e a tirou pela cabeça, os cabelos compridos e loiros caindo nas costas e sobre os ombros. Enquanto fazia isso, Hud acionava o obturador, capturando-a em todos esses estados de nudez.

Ela sabia que ficaria linda pelas lentes dele. Enquanto Hud fazia seus cliques, se sentia cada vez mais à vontade, ganhando vida com a ideia de ser vista por ele. Ashley levou as mãos lentamente à parte de baixo do biquíni, desamarrando os lacinhos que o prendiam. E, três cliques depois, a peça não estava mais lá.

Hud fez uma pausa por um segundo imperceptível, atordoado com a disposição e a iniciativa dela de se expor ainda mais para sua câmera do que ele tinha pedido. E então continuou. Fotografou sem parar. Ela sentou na cama e cruzou as pernas. E ele foi se aproximando cada vez mais com a câmera.

"Pode continuar", ela falou. "Continua até a gente terminar." Então puxou o short dele até o chão e levou a boca até ele. Hud continuou fotografando até os dois terminarem, quando ela olhou para cima e disse: "Essas fotos são só para você. Você que vai revelar, tá? Mas agora são suas para sempre. Porque eu te amo".

"Tá", Hud falou, ainda olhando para ela, atordoado. Ashley podia ser diversas coisas incríveis ao mesmo tempo. Confiante o suficiente para ser vulnerável a esse ponto. Generosa, mas sempre no controle. Ele sentia uma tranquilidade imensa quando estava com ela, apesar de todas as emoções envolvidas.

Ashley ficou de pé, amarrou o biquíni de volta e vestiu a camiseta de um jeito decidido. "Então, como eu ia dizendo, sobre a festa de hoje à noite..." Ashley ficou olhando para Hud para observar sua reação. "Acho melhor eu não ir."

"Pensei que a gente tivesse decidido que...", Hud começou, mas ela o interrompeu.

"Já tem coisas demais acontecendo na sua família." Ela começou a calçar as sandálias. "Você não acha?"

"Está falando da Nina?", Hud perguntou enquanto seguia Ashley até a porta. "Ela vai ficar bem. Você acha que essa é a situação mais difícil que ela já teve que encarar na vida?"

"E é exatamente por isso", Ashley disse, saindo do trailer e sentindo a areia nos pés e o sol atingindo os olhos. Hud estava logo atrás. "Não quero um escândalo. Sua família..."

"Atrai muita atenção?", Hud completou.

"Exatamente. E eu não quero ser mais um problema para a Nina."

Era por esse tipo de consideração por sua irmã, apesar de só tê-la encontrado algumas vezes, que Hud havia achado Ashley tão encantadora desde o momento em que a conheceu.

"Eu sei, mas... a gente precisa contar", Hud argumentou, puxando Ashley para si. Ele a envolveu com os braços e apoiou o queixo sobre sua cabeça, beijando seus cabelos. Ela cheirava a bronzeador — um aroma artificial de coco e banana. "A gente precisa contar para o Jay", ele esclareceu.

"Eu sei", Ashley falou, apoiando a cabeça no peito de Hud. "Só não quero ser esse tipo de pessoa."

"Que pessoa?"

"A mulher que não presta, né? Que se coloca no meio de dois irmãos."

"Ei", Hud falou. "Se eu me apaixonei por você, a responsabilidade é minha. Não sua. E foi a melhor coisa que já me aconteceu."

Às vezes o destino bagunça tudo. Foi essa a conclusão de Hud. Era assim que ele entendia vários acontecimentos ao longo de sua vida. A mão que o guiava — que guiava a todos — para um determinado futuro... não tinha como isso funcionar sem erros.

Às vezes o irmão errado conhecia a garota primeiro. Não precisava ser mais complicado do que isso. Hud e Ashley... eles estavam apenas corrigindo o destino.

"Eu e Jay não fazíamos o menor sentido juntos", Ashley falou, se afastando um pouco dele, mas mantendo as mãos dos dois entrelaçadas.

"Foi o que pensei na primeira vez que vi vocês", Hud disse. "Eu pensei: *O lugar dessa garota não é com o Jay.*"

"E achou que meu lugar era com você?"

Hud sacudiu negativamente a cabeça. "Não, você é muita areia para o meu caminhãozinho."

"Bom, pelo menos você admite."

Ashley se inclinou mais um pouco para trás, afundando os pés na areia, só não caindo porque Hud a segurava. Ele a deixou ficar mais um pouco assim antes de puxá-la de volta.

"Você deveria ir, sim", ele insistiu. "E aí a gente conta para o Jay e fica tudo certo."

Havia um acordo tácito entre os dois de que o que contariam para Jay seria uma mentira. Ou uma meia-verdade.

Eles revelariam que estavam juntos. Só não diriam que começaram a transar seis meses antes, quando se encontraram por acaso no calçadão de Venice Beach, e Ashley ainda estava com Jay.

Ashley estava usando uma jaqueta jeans e um vestido vermelho que flutuava com a brisa. Hud vestia um short branco e uma camisa azul de manga curta, com um par de mocassins dockside gastos nos pés.

Estavam ambos bebendo com amigos quando se cruzaram em uma loja de suvenires para turistas, que vendiam regatas com frases engraçadinhas e óculos escuros baratos.

Pararam para se cumprimentar e avisaram os respectivos amigos que os encontrariam em breve. Mas esse "em breve" foi ficando cada vez mais distante, e por fim eles se deram conta de que não voltariam para encontrar ninguém.

Continuaram conversando e caminhando sem pressa pelo calçadão, parando nas lojas e nos bares. Hud experimentou um chapéu de caubói, e Ashley deu risada. Ashley pegou um laço da Mulher-Maravilha e fingiu que ia girá-lo no ar. E, pela maneira como Ashley sorria para ele, Hud percebeu que aquela noite ganharia um significado diferente do que os dois haviam pretendido.

Horas mais tarde e vários drinques a mais, eles se enfiaram no banheiro de um bar chamado Mad Dogs. Ashley murmurou no ouvido dele: "Eu sempre quis você. Sempre preferi você". *Ela sempre o preferiu.*

Um segundo depois de ouvir isso, Hud a beijou e a agarrou pelas pernas, prensando-a contra a parede com as coxas dela envolvendo sua cintura. O cheiro dela era o de uma flor cujo nome ele desconhecia. Os cabelos dela eram lisos e macios ao toque. Ele nunca se sentira tão bem como com Ashley naquela noite.

Quando terminaram, ambos se sentiram eufóricos e saciados e leves como o ar, mas com o peso da culpa revirando o estômago.

Hud se considerava um bom sujeito. Só que... transar com a namorada do irmão era uma coisa que um bom sujeito jamais faria.

E muito menos mais de uma vez.

Mas houve aquela noite, e depois outra. E então um jantar em um restaurante em outra cidade. E por fim as conversas sobre como exatamente Ashley deveria terminar tudo com Jay.

E foi isso o que aconteceu.

Fazia cinco meses que Ashley tinha aparecido na porta do Airstream de Hud às onze da noite e dito: "Eu terminei com ele. E acho que preciso dizer que te amo".

Hud a puxou para dentro, segurou seu rosto entre as mãos e disse: "Eu também te amo. Eu te amo desde... sei lá quando. Bem antes do que deveria".

E desde então eles estavam só ganhando tempo, tentando encontrar o momento perfeito para contar a Jay aquela meia verdade. Uma meia verdade entre meios-irmãos, embora Jay e Hud nunca tenham considerado um ao outro nada menos do que irmãos por completo.

"Aparece na festa, sim", Hud disse para Ashley. "Quero contar para todo mundo."

"Não sei", Ashley respondeu, colocando os óculos escuros de armação branca e pegando a chave do carro. "Vamos ver."

8H00

Nina estava na arrebentação, sem conseguir encontrar as ondas compridas e lentas que procurava.

Ela não queria fazer manobras rasgadas. E, de todo jeito, o mar nem estava bom para isso naquela manhã. Tudo o que ela queria era montar na sua longboard e surfar elegantemente até as ondas a derrubarem.

O mar estava vazio. Essa era a vantagem de uma prainha pequena e exclusiva, protegida dos três lados por penhascos de quinze metros de altura. Embora fosse tecnicamente pública, as poucas pessoas que a conheciam teriam que chegar lá pelas escadarias de propriedades privadas ou estar dispostas a escalar as encostas escarpadas, correndo o risco de serem pegas pela maré alta.

Naquela manhã, Nina dividia a praia apenas com duas adolescentes de trajes de banho fluorescente, que tomavam sol enquanto liam livros de Jackie Collins e Stephen King.

Como Nina era a única na água, remou até um pouco além do pico, porque não tinha pressa para se posicionar. Enquanto boiava sobre a prancha, com o vento gelando sua pele molhada, o sol queimando seus ombros descobertos e as pernas balançando na água, ela começou a sentir um pouco da paz que fora buscar ali.

Uma hora antes, estava surtando por causa da festa. Tinha inclusive pensado em cancelar. Mas não podia fazer isso com Jay, Hud e Kit. Eles esperavam o ano inteiro por essa festa, falando dela meses antes.

A festa havia começado como uma cervejada alguns anos antes, com grupos de surfistas e skatistas da região se reunindo na casa dos Riva no último sábado de agosto. Mas, com o tempo, a fama de Nina cresceu, e seu casamento com Brandon fez com que ainda mais olhos se voltassem para ela.

A cada ano, a festa parecia atrair mais gente famosa. Atores, pop stars, modelos, roteiristas, escritores, cineastas e até alguns atletas olímpicos. De alguma forma, aquela pequena reunião de amigos se tornou o evento em que todos queriam estar. No mínimo para poder dizer que estavam lá *quando...*

Quando, em 1979, Warren Rhodes e Lisa Crowne entraram pelados na piscina. Quando, em 1981, as supermodelos Alma Amador e Georgina Corbyn se beijaram na frente dos respectivos maridos. Quando, no ano anterior, Bridger Miller e Tuesday Hendricks se conheceram, dividindo um baseado no quintal de Nina. Eles ficaram noivos duas semanas depois, e Tuesday o deixou plantado no altar em maio. A *Now This* estampou uma manchete a respeito que dizia: ENTENDA POR QUE TUESDAY DESISTIU DE ENTRAR NO JOGO DE BRIDGER.

Não havia fim às histórias que as pessoas contavam sobre o que acontecia na festa dos Riva, e em alguns casos Nina não sabia nem se era verdade.

Supostamente, Louie Davies descobrira Alexandra Covington enquanto ela fazia topless na piscina de Nina. Com seu papel de prostituta em *A vida fácil*, dois anos depois, Covington ganhou um Oscar.

Segundo falavam por aí, na festa de 1980, Doug Tucker, o novo chefão do Sunset Studios, ficou bêbado e saiu dizendo para tudo mundo que tinha provas de que Celia St. James era lésbica.

Seria verdade que Rob Lowe, vizinho de Nina, tinha cantado "Jack & Diane" em dueto com seu outro vizinho, Emilio Estevez, na cozinha no ano anterior? Os boatos diziam que sim, mas Nina nunca confirmou essa história.

Ela nem sempre ficava sabendo de tudo o que acontecia em sua casa. Não via todas as pessoas que apareciam. Sua maior preocupação era saber se seus irmãos e sua irmã estavam se divertindo. E isso era sempre uma certeza.

No ano anterior, Jay e Hud tinham fumado maconha com todos os membros do Breeze. Kit passou a noite toda conversando com Violet North no quarto de Nina, uma semana antes de o disco dela chegar ao primeiro lugar das paradas. Desde então, Jay e Hud conseguiam ingressos grátis para shows do Breeze sempre que queriam. E nas semanas seguintes Kit só conseguia falar sobre como Violet era incrível.

Portanto, Nina sabia que não podia cancelar a festa assim do nada. Os Riva podiam não ser uma família convencional, por serem só os quatro irmãos e mais ninguém, mas tinham suas tradições. E, de qualquer forma, não tinha como cancelar uma festa para a qual nem sequer existiam convites. As pessoas apareceriam de qualquer forma, independente do que Nina quisesse ou não.

Ela havia inclusive ouvido de sua amiga Tarine, que conheceu em uma sessão de fotos da *Sports Illustrated*, que Vaughn Donovan pretendia ir. E Nina era obrigada a admitir que Vaughn Donovan era possivelmente o cara mais gato que já tinha visto em uma tela de cinema. O sorriso que ele abriu quando tirou os óculos no estacionamento do shopping em *Noite sem lei* ainda mexia com ela.

Quando viu o swell um pouco mais à sua esquerda, Nina concluiu que a festa não era uma maldição, e sim uma bênção. Era exatamente do que ela precisava. Ela merecia se divertir, se soltar. Poderia beber uma garrafa de vinho com Tarine. Poderia flertar. Poderia dançar.

Nina viu a primeira de uma série de ondas arrebentar logo à sua frente, enveredando lindamente de forma lenta e consistente para a direita, do jeito que ela queria. Então, quando a seguinte começou a se formar, foi remando para acompanhá-la, sentindo o mar se elevar sob seu corpo, e ficou de pé.

Ela foi se movendo junto com a água, pensando apenas em como se ajustar, como mover os pés da maneira perfeita. Não pensou no futuro nem no passado, apenas no presente. *Como continuar, como me manter firme, como me equilibrar? Melhor. Por mais tempo. Com mais facilidade.*

Quando a onda ganhou força, ela se agachou um pouco mais. Quando desacelerou, ela impulsionou a prancha com o corpo. Enquanto se equilibrava, foi se deslocando levemente, como em uma dança, até o nariz de sua longboard, se movendo com uma sutileza que não comprometia a velocidade. Ela ficou parada ali, na ponta da prancha, movendo os pés e os braços para se manter firme.

Ela sempre se sentia salva por aqueles presentes da natureza.

1956

As histórias de nossas famílias são apenas narrativas. São mitos que criamos sobre as pessoas que vieram antes de nós, para que nossa existência faça sentido.

A história de June e Mick Riva parecia uma tragédia para sua filha mais velha, Nina. Uma comédia de erros para seu primeiro filho homem, Jay. Uma história de origem para o filho que veio a seguir, Hud. E um mistério para a caçula da família, Kit. Para o próprio Mick, era só mais um capítulo em suas memórias.

Mas, para June, sempre foi e sempre seria um romance.

Mick Riva conheceu June Costas nas praias de Malibu quando ela tinha dezessete anos. Era 1956, alguns anos antes da chegada dos Beach Boys, e apenas alguns meses antes que o best-seller *Gidget* começasse a atrair multidões de adolescentes para perto do mar.

Na época, Malibu era uma cidadezinha pesqueira e rural com apenas um semáforo. Era um trecho pacato do litoral, que fazia contato com o continente por meio de estradas vicinais estreitas que cruzavam as montanhas. Mas estava crescendo e chegando à adolescência. Os surfistas estavam se instalando por lá com seus shorts curtos e suas pranchas longas, e os biquínis estavam entrando na moda.

June era filha de Theo e Christina, um casal de classe média que vivia em uma casa de rancho de dois quartos em um dos muitos penhascos de Malibu. Eram donos de um restaurante pouco lucrativo chamado Pacific Fish, que servia bolinhos de siri e mariscos fritos na beira da Paci-

32

fic Coast Highway. Seu letreiro de letras cursivas em um vermelho vivo ficava em um ponto bem alto, convidando quem trafegava no sentido leste da rodovia do mar a comer alguma fritura e beber uma coca-cola gelada.

Theo ficava na fritadeira, Christina operava o caixa e, à noite e nos fins de semana, era trabalho de June passar panos nas mesas e limpar o chão.

O Pacific Fish era ao mesmo tempo o dever e a herança de June. Quando o lugar de sua mãe no balcão ficasse vago, o que se esperava era que ela o ocupasse. Mas June se sentia destinada a coisas maiores, mesmo aos dezessete anos.

June dava um sorriso enorme nas raras ocasiões em que alguma aspirante a estrela ou algum diretor de cinema apareciam ali. Reconhecia todos assim que passavam pela porta, porque lia as revistas de fofocas como se fossem bíblias, apelando para o coração mole do pai para que lhe comprasse um exemplar da *Sub Rosa* ou da *Confidential* toda semana. Enquanto limpava o ketchup grudado nos tampos das mesas, June se imaginava no Pantages Theatre para a estreia de um filme. Enquanto varria o sal e a areia do piso, ficava se perguntando qual devia ser a sensação de se hospedar no Beverly Hilton e fazer compras na Robinson's. June era encantada pelo mundo em que os famosos viviam — a apenas alguns quilômetros de distância, e mesmo assim inatingível para ela, que estava presa ali, servindo batatas fritas para turistas.

As alegrias de June eram reservadas aos intervalos entre turnos. Ela saía mais cedo à noite e dormia até mais tarde sempre que podia. E, quando seus pais não precisavam dela no trabalho, June atravessava a Pacific Coast Highway e estendia sua canga na areia, em frente ao restaurante da família. Ela levava um livro e vestia seu melhor traje de banho. Fritava seu corpo pálido no sol, com óculos escuros no rosto e os olhos voltados para a água. Fazia isso todos os sábados e domingos até as dez e meia da manhã, quando a realidade a arrastava de volta para o Pacific Fish.

Em uma manhã de sábado no verão de 1956, June estava na praia, com os pés na areia molhada, esperando a água esquentá-los antes de entrar no mar. Surfistas pegavam ondas, pescadores trabalhavam mais longe da costa e adolescentes como ela ficavam deitadas em cangas passando bronzeador nos braços.

June se sentiu mais ousada naquela manhã e vestiu um biquíni azul sem alças. Seus pais nem faziam ideia de que aquele biquíni existia. Ela havia ido até Santa Monica com as amigas e visto na vitrine de uma butique. Comprou com o dinheiro das gorjetas que economizava, e ainda teve que pegar três dólares emprestados com Marcie.

Sabia que se sua mãe visse, teria que devolver ou, ainda pior, jogar fora. Mas queria se sentir bonita. Queria transmitir uma mensagem e esperar para ver se alguém responderia.

June usava os cabelos castanho-escuros em um corte chanel, tinha o nariz pequeno e fino e lábios rosados e bem desenhados. Os olhos castanho-claros eram grandes e tinham o tipo de brilho que muitas vezes acompanha a esperança. Aquele biquíni era promissor.

Quando chegou à praia naquela manhã, se sentiu quase nua. Às vezes, até se sentia levemente culpada pelo tanto que gostava do próprio corpo. Adorava a maneira como seus seios preenchiam a parte de cima do biquíni, e o formato de ampulheta de sua cintura. Ela se sentia mais viva quando estava assim, parcialmente exposta. June se curvou para a frente e passou as mãos na água gelada que envolvia seus pés.

O então desconhecido Michael Riva, de vinte e três anos, estava tomando banho de mar na arrebentação com três dos amigos que tinha conhecido nas casas noturnas de Hollywood. Estava em Los Angeles fazia dois anos, depois de ter deixado para trás o Bronx em busca de fama.

Ele estava tentando firmar o pé depois de ter sido atingido por uma onda, até que seus olhos encontraram uma garota sozinha na areia. Ele gostou do jeito dela, toda tímida e desacompanhada. E sorriu para ela.

June sorriu de volta. Então Mick deixou os amigos de lado e foi até ela. Quando enfim a alcançou, uma gota de água gelada caiu do braço dele sobre a pele de June. Ela já estava se sentindo lisonjeada com aquela atenção antes mesmo de começaram a conversar.

Mick era inegavelmente bonito, com seus cabelos puxados para trás por causa da água, seus ombros largos e bronzeados brilhando sob o sol e seu calção de banho branco e justo. June gostou dos lábios dele — o inferior tão carnudo que parecia inchado, e o superior mais fino, formando um V perfeito no meio.

Ele estendeu a mão. "Eu sou Mick."

"Oi", ela disse, segurando a mão dele. O sol brilhava forte, e June precisou cobrir os olhos com a mão esquerda para conseguir enxergá-lo. "Eu sou June."

"June", Mick falou, segurando a mão dela por um tempo meio exagerado. Não comentou que achava June um nome lindo. Simplesmente expressou esse sentimento com a alegria que demonstrou ao repeti-lo em voz alta. "Você é a garota mais bonita dessa praia."

"Ah, não sei, não", June falou, desviando o olhar, rindo. Ela sentiu que estava ficando vermelha, e torceu para que ele não reparasse.

"Sinto muito em informar, mas isso é um fato, June", Mick respondeu, encarando-a e soltando sua mão. Ele se curvou lentamente e a beijou no rosto. "Será que podemos sair juntos uma hora dessas?"

June sentiu a empolgação se espalhar pelo seu corpo, do coração até as pernas.

"Eu adoraria", ela respondeu, se esforçando para manter um tom de voz neutro. June não tinha muita experiência com homens — seus únicos encontros tinham acontecido nos bailes do colégio —, mas sabia que era preciso não parecer animada demais com a ideia.

"Muito bem, então", ele falou, fazendo um aceno. "Estamos combinados."

Quando Mick se afastou, June estava confiante de que ele não havia percebido que ela estava nas nuvens.

Naquele sábado à noite, às quinze para as seis, June limpou a última mesa no restaurante e tirou discretamente o avental vermelho. Ela se trocou no banheiro pequeno e mal iluminado. Se despediu dos pais com um aceno tímido. Disse a eles que ia encontrar uma amiga.

Quando foi para o estacionamento com seu vestido favorito de saia rodada e um cardigã cor-de-rosa por cima, viu seu reflexo no espelho de mão uma última vez e ajeitou os cabelos.

E então deram as seis horas. Mick Riva chegou pontualmente, em um Buick Skylark prateado. Estava usando um terno azul-marinho bem ajustado, camisa branca e gravata preta, não muito diferente do visual com que ficaria conhecido poucos anos depois.

"Oi", ele disse enquanto descia do carro e abria a porta.

"Oi", June respondeu quando entrou. "Você é mesmo um cavalheiro."

Mick sorriu com o canto da boca. "Quase sempre." June se segurou para não desmaiar.

"Aonde nós vamos?", June perguntou quando Mick saiu do estacionamento e tomou a direção sul.

"Não se preocupe", Mick falou, sorrindo para ela. "Vai ser ótimo."

June se recostou no assento e pôs a bolsa no colo. Olhando pela janela, observou o pôr do sol sobre o oceano. Em momentos tranquilos como aquele, era possível apreciar como sua cidade era bonita.

Mick encostou no estacionamento do Sea Lion, escavado na encosta rochosa com sua placa enorme com um peixe-espada proclamando que se tratava de um lugar MUNDIALMENTE FAMOSO.

June ergueu as sobrancelhas. Tinha ido lá algumas vezes com seus pais, em ocasiões especiais. As regras de sua família para lugares como aquele eram estritas: beber apenas água, pedir só uma entrada, dividir o prato principal e nada de sobremesa.

Mick abriu a porta do carro e segurou sua mão. Ela desceu.

"Você está maravilhosa", ele comentou.

June tentou não ficar vermelha. "Você também está muito bonito", ela disse.

"Ora, obrigado", Mick respondeu, ajeitando a gravata e fechando a porta do carro. Logo depois, June sentiu o calor da mão dele na parte inferior de suas costas, conduzindo-a até a entrada. Ela imediatamente cedeu ao toque, sentindo uma espécie de alívio — como se, por fim, alguém a estivesse encaminhando para seu futuro.

Uma vez lá dentro, os dois foram levados a uma mesa perto da janela, com vista para o Pacífico.

"Que lindo", June disse. "Obrigada por ter me trazido aqui."

Ela viu o rosto de Mick formar um sorriso. "Ah, que ótimo", ele falou. "Eu imaginei que você gostasse de frutos do mar, mas não tinha como ter certeza. Pelo que entendi, o Pacific Fish é da sua família, certo?"

"Sim." June assentiu. "Meus pais são os donos, e são eles que cuidam de tudo. Eu ajudo."

"Então você já está enjoada de comer lagosta?", Mick perguntou.

June fez que não com a cabeça. "Nem um pouco. Estou enjoada de *sanduíches* de lagosta. Não vou me incomodar nem um pouco se nunca mais comer um. Mas nós quase nunca servimos lagostas inteiras. E nem filés nem nada do tipo. Só hambúrguer, batatas fritas, mariscos, esse tipo de coisa. Tudo frito. Não existe comida no mundo que o meu pai não saiba fritar."

Mick deu risada, surpreendendo June. Ela o encarou e sorriu.

"Quando se aposentarem, eles querem que o lugar seja meu." Há pouco tempo, seus pais tinham mencionado uma ideia nada atraente para June: que ela se casasse com um homem que também quisesse entrar no ramo dos restaurantes.

"E pelo visto você não está muito empolgada com isso, não é?", Mick perguntou.

June fez que não com a cabeça. "Você ficaria?" Talvez ficasse. Talvez a ideia de se casar com um homem que quisesse assumir o restaurante não fosse tão ruim.

Mick olhou fundo nos olhos de June e a encarou por um momento. "Não", ele disse. "Eu não ficaria muito empolgado com isso, não."

June fitou sua água e deu um gole. "Pois é, imaginei que não."

"É que estou atrás de coisas maiores, só isso", Mick falou.

June ergueu os olhos. "Ah, é?"

Mick sorriu e baixou o cardápio. Ele se ajeitou na cadeira e se inclinou para a frente como se fosse contar um segredo, ou tentar vender alguma coisa, ou evocar um feitiço. "Eu sou cantor."

"Cantor?", June perguntou, elevando o tom de voz. "Que tipo de cantor?"

"Um dos bons."

June deu risada. "Bom, então eu gostaria de ouvir você cantar algum dia desses", ela disse.

"Estou conseguindo espaço em Hollywood aos poucos, me apresentando em algumas casas noturnas, conhecendo pessoas. Ainda não ganho muita coisa. Quer dizer, não ganho quase nada, para ser sincero. Trabalho pintando casas durante o dia para pagar as contas. Mas eu chego lá. Meu amigo Frankie conhece um cara que trabalha para o diretor artístico da Runner Records. Se eu impressionar o sujeito, posso conseguir meu primeiro contrato de gravação."

As palavras *Hollywood* e *circuito de casas noturnas* e *contrato de gravação* fizeram o coração de June se acelerar. Ela sorriu, sem conseguir desviar os olhos dele.

O garçom apareceu para tirar os pedidos, mas antes que June pudesse abrir a boca Mick tomou a frente da situação. "Vamos querer o surf e turf."

June se esforçou para esconder sua surpresa quando fechou o cardápio, que devolveu para o garçom.

"Então eu vou poder dizer que conhecia você antes da fama?", ela sugeriu.

Mick deu risada. "Você acha mesmo que consigo?", ele perguntou. "Acha que consigo um contrato de gravação? E ficar famoso? Fazer turnês pelo país com ingressos esgotados? Aparecer nos jornais?"

"Você quer saber a minha opinião?", June questionou, alisando o guardanapo no colo. "Não sou desse meio. Ninguém se importa com o que eu penso."

"Eu, sim", Mick falou. "Eu me importo com o que você pensa."

June o encarou e viu a sinceridade estampada no seu rosto. "Acho", ela falou, balançando a cabeça. "Sim, eu acho que você consegue."

Mick sorriu e bebeu do gelo no fundo do copo.

"Quem é que sabe?", ele disse. "Daqui a um ano, eu posso ser uma sensação internacional, e você, a garota com quem vou estar abraçado nas fotos."

June sabia que isso era só uma cantada. Mas ela era obrigada a admitir que estava funcionando.

Mais tarde, com o som das ondas entrando pela janela, Mick fez uma pergunta que até então ninguém nunca tinha feito para June. "Já sei que você não quer assumir o restaurante, mas o que você quer *de verdade*?"

"Como assim?", June perguntou.

"Bem, se você fechar os olhos...", ele falou.

June os fechou lentamente, mas sem pestanejar, aceitando a sugestão dele.

"Se imaginar um futuro feliz, o que você vê?"

Talvez um pouco de glamour, viagens, June pensou. Ela queria ser o tipo de mulher que, quando alguém elogiasse seu casaco de pele, pudesse dizer: "Ah, este aqui? Eu comprei em Monte Carlo". Mas isso era só fantasia. Um devaneio. Havia uma resposta verdadeira também. Uma que ela era capaz de imaginar em cores vívidas. De forma tão real que era quase possível tocá-la.

Ela abriu os olhos. "Uma família", June respondeu. "Dois filhos. Um menino e uma menina. Um bom marido, que goste de dançar comigo na sala de estar e se lembre do nosso aniversário de casamento. E nós nunca brigaríamos. E teríamos uma casa bonita. Não nas colinas nem na cidade, na praia. Bem na praia. Com pias duplas no banheiro."

Mick sorriu para ela.

Ele queria sair em turnê pelo mundo, mas também sempre imaginou uma família à sua espera quando chegasse em casa. Queria esposa e filhos, uma casa onde houvesse espaço para respirar em paz e ter tranquilidade mesmo quando as coisas não estivessem tranquilas. Não sabia se algum dia conseguiria levar esse tipo de vida. Não sabia nem como era, ou como consegui-la. Mas queria. Assim como ela. "Pias duplas, é?", ele disse.

June assentiu. "Sempre gostei da ideia. Os pais da minha amiga tinham duas pias na casa deles em Trancas Canyon. Era em um rancho perto do mercado", ela contou. "Nós brincávamos de experimentar roupas no quarto dos pais dela. Percebi que tinha pias duplas na suíte. E pensei: *Eu quero isso quando for adulta. Assim meu marido e eu podemos escovar os dentes ao mesmo tempo.*"

"Adorei isso", Mick falou, assentindo com a cabeça. "Também não venho de um mundo em que as pessoas têm pias duplas. Na minha casa, nós não tínhamos dinheiro nem para comer sanduíches de lagosta."

"Ah, eu não ligo para isso", June respondeu. Ela não tinha certeza se era mesmo verdade. Mas sentiu que sim quando falou.

"Só estou dizendo que... eu não venho de família rica, nem sequer bem de vida. Mas acho que o lugar onde você nasceu não determina aonde você pode chegar."

Mick tinha sido criado em uma espécie de cortiço, com o banheiro compartilhado entre várias famílias. Mas havia decidido muito tempo antes que não haveria lugar para a pobreza em seu futuro. Ele teria *tudo que quisesse*, e isso seria a prova de que havia superado aquela situação de uma vez por todas.

"Eu vou ser rico algum dia, não se preocupe", ele falou. "Só estou avisando que preciso começar de baixo."

June sorriu. "O restaurante dos meus pais fica à beira da falência a cada dois anos", ela contou. "Não estou em condições de julgar ninguém."

"Você sabe que, se nós entrarmos nesse mundo de pias duplas, vamos ser chamados de novos-ricos pelas pessoas que já têm duas pias."

June deu risada. "Não sei, não. Elas podem estar ocupadas demais se estapeando por um autógrafo seu."

Mick riu também. "Um brinde a isso", ele falou. E June ergueu seu copo.

Na hora da sobremesa, Mick deixou a decisão nas mãos de June. Ela ficou encarando nervosamente o cardápio, tentando fazer a escolha perfeita, enquanto o garçom a observava. "Estou em dúvida!", ela falou. "Bananas caramelizadas com chantili ou bolo com sorvete e merengue?"

Mick fez um gesto com a mão. "A escolha é sua."

Quando ela hesitou por mais um segundo, ele se inclinou para a frente e cochichou baixinho: "Mas pede as bananas".

June ergueu os olhos. "As bananas caramelizadas, por favor", ela disse para o garçom.

Quando a sobremesa chegou, os dois a dividiram.

"Cuidado aí, mocinho", June falou com um sorriso nos lábios. "Você está acabando com o chantili."

"Me desculpe", Mick falou, se inclinando para trás. "Tenho um fraco por doces."

"Bom, eu também, então acho que alguém vai ter que ceder."

Mick sorriu e empurrou o prato para o outro lado da mesa, deixando o restante da sobremesa para June. Ela aceitou.

"Obrigada por finalmente ser um cavalheiro de verdade", ela disse.

"Ah, entendi", Mick falou. "Você queria que eu *dissesse* que íamos dividir a sobremesa e deixasse você comer tudo sozinha."

June assentiu e continuou comendo.

"Bom, eu não sou esse tipo de sujeito. Quero participar da sobremesa. Quero a minha parte. E, se isso for pra frente, você vai precisar se acostumar com a ideia."

Se isso for pra frente. June teve que se esforçar para não ficar vermelha.

"Tudo bem", ela disse, entregando o resto para ele de bom grado. "É justo."

Quando o garçom pôs a conta sobre a mesa, Mick a apanhou imediatamente.

"Precisa passar no banheiro antes de irmos?", ele perguntou.

"Sim", June falou, levantando da mesa. "Obrigada. Eu já volto."

No banheiro, ela reaplicou o batom cor-de-rosa, passou pó no rosto e verificou se os dentes estavam limpos. *Ele iria beijá-la?* Quando abriu a porta, encontrou Mick à sua espera.

"Vamos?", ele perguntou, estendendo o braço para ela.

Enquanto voltavam para o carro com passos acelerados, June ficou com a sensação de que talvez Mick não tivesse pago a conta, mas afastou esse pensamento assim que surgiu.

Depois que saíram do restaurante, pararam o carro do outro lado da estrada, perto da praia. Mick pegou a mão de June e a puxou para o ar frio da noite, e os dois foram andar descalços na areia gelada.

"Eu gostei de você, June", Mick falou, puxando-a mais para perto e a segurando entre os braços. Ele queria uma mulher que pudesse fazer feliz. "Você é uma em um milhão."

Ele começou a se balançar de um lado para o outro com ela, como se uma música estivesse tocando.

June não entendia ao certo o que Mick via de tão excepcional nela. Não conseguira manter a pose como gostaria. Com certeza deixara bem claro que estava encantada por ele. E com certeza ele notara sua ingenuidade em relação a tudo aquilo — ao amor, ao sexo. Mas, se Mick achava mesmo que ela era especial, talvez June também pudesse acreditar nisso.

"Posso cantar para você?", Mick perguntou.

June sorriu e disse: "Sério mesmo que vou poder ouvir essa grande voz?".

Mick deu risada. "Eu só estava vendendo meu peixe antes. Talvez tenha exagerado um pouco."

"De qualquer jeito, eu adoraria ouvir."

À beira da Pacific Coast Highway, a quilômetros de distância das casas noturnas de Hollywood, longe dos estúdios de cinema e da agitação de Santa Monica, Malibu ainda era um território pouco ocupado, entre o mar e o ermo, cortado por estradas às vezes não pavimentadas. Tudo ali parecia silencioso e selvagem.

June pressionou o corpo contra o dele e colou a bochecha ao seu peito, enquanto Mick começava a cantar uma música tranquila em uma praia tranquila, com sua linda voz para uma linda garota.

I'm gonna love you, like nobody's loved you, come rain or come shine.

Eu vou te amar como ninguém nunca te amou, faça chuva ou faça sol. A voz dele era suave e aveludada, e fluía sem o mínimo de esforço. As notas saíam de sua garganta como o ar saía dos pulmões, e June ficou maravilhada com aquela facilidade, com o fato de tudo no mundo parecer tão confortável quando estava com ele.

Ela percebeu que estava certa quando, durante o jantar, disse que acreditava que ele poderia se tornar famoso. Aquele homem em seus braços era um astro. June tinha certeza. E isso a encheu de empolgação.

I'm with you always, I'm with you rain or shine.

Estou com você, estou com você faça chuva ou faça sol. Quando a canção terminou, June não descolou o rosto dele nem parou de dançar. Simplesmente disse: "Você pode cantar Cole Porter agora?". Ela adorava Cole Porter desde criancinha.

"Cole Porter é o meu favorito", Mick falou. Ele se afastou por um instante para encará-la. "Uma mulher linda que briga comigo por causa de sobremesa e ainda por cima tem um ótimo gosto musical?", ele questionou. "De onde você surgiu, June Costas?"

Mick não queria estar sozinho no mundo. Ele tinha um coração que se apegava às coisas. E ele queria se apegar a ela. June parecia uma boa pessoa a quem se apegar.

"Eu sempre estive aqui", ela respondeu. "Em Malibu. Esse tempo todo."

"Bom, graças a Deus que finalmente resolvi vir para cá", ele disse antes de voltar a cantar.

Mick queria uma mulher com um coração bondoso, sem nenhum sinal de raiva. Uma mulher que nunca gritasse, nunca levantasse a mão para ninguém, que irradiasse afeto e amor, que acreditasse nele e apoiasse sua carreira.

Ele estava começando a pensar que June poderia ser essa mulher. E, de certa forma, é possível afirmar que foi nesse momento que Mick se apaixonou por June, caso a paixão fosse algo passível de escolha. Porque ele a escolheu.

Mas para June não foi uma questão de escolha. Ela estava completamente na dele.

E, depois que Mick segurou seu rosto e a beijou naquela noite na praia, não havia mais volta para June Costas.

9H00

Os cabelos de Nina estavam molhados e ondulados. A areia grudava nos seus pés, se acumulava nas dobras de seus joelhos e na raiz de seus fios.

Ela havia guardado a prancha no barracão e trancado o cadeado. Não queria sair da água, mas havia muito a fazer.

Enquanto começava a subir o caminho longo e íngreme até sua casa, ela sentia as pernas bambas, e as costas e o peito extenuados. Isso acontecia toda vez que ela saía do mar. Mesmo assim, foi fácil chegar a seu quintal.

Ela foi direto para o chuveiro externo, cercado por painéis de madeira na lateral da casa. Enquanto tirava o biquíni verde-escuro, nem precisou se preocupar em fechar a porta. Não havia nada nem ninguém diante de seu corpo a não ser o mar e as flores coloridas.

Nina deixou a água quente aquecer sua pele gelada, lavando o sal do mar, renovando sua energia. Então fechou o chuveiro, pegou uma toalha limpa e entrou em casa.

Sua casa enorme e silenciosa, cheia de espaço e luz.

Um lugar de corredores largos, paredes de vidro, sofás cor de marfim e tapetes de lã crua, casual na medida certa e intimidadora a ponto de dar a impressão de que sua elegância era natural e não exigia nenhum esforço. Penduradas nas paredes, estavam as pinturas que Brandon colecionava — um Warhol, um Haring, um Lichtenstein —, acrescentando um toque de vermelho ou uma pincelada de laranja ao ambiente agressivamente claro.

Nina secou os cabelos enquanto seguia para a escada que levava ao quarto. Ao passar pela cozinha, porém, viu a luz vermelha da secretária eletrônica piscando. Pensando que pudesse ser Jay, Hud ou Kit precisando dela, apertou o botão e começou a ouvir os recados.

"Oi, Nina, Chris aqui. Travertine. Animado para a festa de hoje. Queria já deixar avisado antes de te encontrar: não podemos fazer nada para impedir a divulgação das fotos extras do ensaio para o calendário. Os direitos são deles. E tecnicamente você não está nua, está de biquíni. E de qualquer forma, bom, você está uma gata, né? Com tudo em cima. E vamos conversar hoje à noite sobre a *Playboy*! Certo, até mais, querida. A gente se vê."

Nina apagou a mensagem e subiu para o quarto.

Ela se olhou nos espelhos das portas deslizantes do closet. Era parecida com a mãe. Conseguia ver os traços de June em seus olhos e nas maçãs do rosto, que tornavam sua face arredondada. E também conseguia ver sua mãe em seu corpo, e senti-la em seu coração e em tudo o que fazia, às vezes. Quanto mais velha ficava, mais óbvio isso se tornava.

Nina tinha vinte e cinco anos. E isso parecia pouco para ela, porque se sentia com muito mais. Sempre tivera dificuldade em conciliar suas impressões com os fatos. Aos vinte e cinco anos, era como se tivesse quarenta. Era casada, mas estava sozinha. Não tinha filhos, mas não havia criado crianças?

Ela vestiu uma calça jeans curta e uma camiseta desbotada do Blondie com as mangas cortadas. Deixou os cabelos úmidos e pingando soltos nas costas. Pegou o relógio prateado e pôs no pulso, constatando que logo seriam dez horas. O almoço no restaurante com os irmãos e a irmã seria ao meio-dia.

Embora todos os quatro tecnicamente tivessem herdado o negócio, era Nina quem se sentia na obrigação de mantê-lo vivo e prosperando. Não só pelo povo de Malibu, mas por sua mãe e seus avós, que cuidavam do lugar antes dela. O peso do sacrifício deles a impulsionava a fazer o mesmo.

Era por isso que ela costumava passar uma ou duas horas por lá todo sábado de manhã, para ver se estava tudo em ordem e conversar com os clientes. Naquele dia especificamente, não estava a fim de ir. Vinha sendo sempre assim nos últimos tempos. Mas sua presença atraía clientela, e ela se sentia na obrigação de estar lá.

Assim, Nina calçou seus chinelos de couro prediletos, pegou a chave de seu Saab e seguiu para o carro.

1956

Durante três meses, Mick levou June para jantar todos os sábados.

Saíam para comer hambúrguer e batatas fritas, ou comida italiana, ou filés grelhados. E sempre dividiam a sobremesa depois, disputando o último pedacinho da torta ou a última colherada do sorvete. A adoração mútua por açúcar tinha se tornado uma espécie de piada interna dos dois.

Uma vez, quando foi buscar June para sair, Mick apareceu com um punho fechado. "Trouxe um presente para você", ele disse com um sorriso.

June abriu os dedos dele e viu o cubo de açúcar em sua mão.

"Para adoçar a vida do meu docinho", ele falou.

June sorriu. "Que graça", ela disse, pegando o cubo da mão dele e levando à boca. "Sei que foi uma brincadeira, mas mesmo assim não vou desperdiçar."

Ele a beijou naquele instante, sentindo o gosto doce em seus lábios. "Trouxe uma caixa inteira, na verdade", ele avisou, apontando para o assento dianteiro do carro, onde uma caixa de cubos de açúcar Domino estava apoiada no encosto ao lado de uma garrafa de uísque de centeio.

Eles não saíram para jantar naquela noite. Pegaram a estrada comendo cubos de açúcar, bebendo uísque no gargalo e disputando em meio a brincadeiras a escolha do rádio. Quando o sol se pôs, eles estacionaram em El Matador — uma praia intocada e deslumbrante escondida sob as falésias, com formações rochosas tão imensas e impressionantes que davam a impressão de que o oceano resolvera criar seu próprio Stonehenge.

O para-brisa do carro de Mick servia como moldura para as ondas que chegavam à praia, um belo filme que nenhum dos dois assistia. Estavam bêbados e entupidos de açúcar no banco traseiro.

"Eu te amo", Mick disse no ouvido de June.

June sentiu o cheiro de uísque no hálito dele, e também saindo pelos poros. Eles haviam bebido muito, não? Até demais, ela pensou. Mas tinha descido fácil. Chegou a ser assustador como tinha um gosto bom.

O corpo dele estava colado ao seu, e aquela sensação parecia um milagre, ela pensou. Ele poderia se encostar ainda mais, abraçá-la com mais força, como se os dois fossem se tornar um só.

Mick levou a mão à saia dela com um gesto lento, testando sua reação. Chegou até o alto de sua meia antes que ela o detivesse.

"Estou começando a sentir que não consigo viver sem você", ele disse.

June o encarou. Sabia que era o tipo de coisa que os homens diziam para conseguir o que queriam. Mas e se ela também quisesse? Não havia uma resposta pronta para isso. Só falavam para afastar as mãos bobas até que estivesse casada. Ninguém nunca explicava o que fazer quando ela sentisse que iria morrer se aquela mão não continuasse subindo por suas pernas.

"Se não consegue viver sem mim", ela disse, recobrando em parte o controle, "a solução é simples."

Mick deixou a cabeça cair sobre o pescoço dela, em um gesto de derrota. Mas em seguida se afastou um pouco e sorriu. "Por que está dizendo isso? Duvida que eu te peça em casamento agora mesmo?"

O coração de June disparou como se quisesse voar para fora do peito. "Não tenho a menor ideia do que você vai fazer, Mick. Se quiser que eu saiba, vai ter que me mostrar."

Ele enterrou a cabeça no ombro dela de novo e beijou sua clavícula. Ela soltou um gemido de prazer ao sentir os lábios dele na pele.

"Eu quero ser sua primeira", ela disse. E sabia exatamente o que estava fazendo ao dizer aquilo. Assim poderia ouvir a resposta que queria e ainda acreditar que era verdade.

"Você vai ser", Mick disse. Ele diria tudo o que ela quisesse ouvir. Essa era sua maneira de amá-la.

June o beijou. "Eu te amo", ela disse. "Do fundo do meu coração."

"Eu também te amo", ele respondeu, tentando mais uma vez. Ela sacudiu a cabeça. Ele assentiu e desistiu.

Naquela noite, quando a deixou em casa, ele a beijou e disse: "Em breve".

Mick e June estavam caminhando pelo píer de Santa Monica, perto da montanha-russa e do carrossel. As tábuas gastas rangiam sob seus pés.

June usava um vestido branco de bolinhas pretas. Mick estava de calça social e camisa de manga curta. Os dois formavam um belo casal, e sabiam disso. Percebiam a reação das pessoas quando os viam, a maneira como os funcionários dos lugares se empertigavam para atendê-los, os passantes se virando para dar uma segunda olhada.

Enquanto caminhavam na direção da água, com a roda-gigante dominando a vista à sua esquerda, arrancavam camadas cor-de-rosa da montanha de algodão-doce que Mick carregava. O corante tinha deixado os lábios de June bem rosados. A língua de Mick estava vermelha como uma framboesa.

Ele jogou o cone vazio de papel no lixo e se virou para June. "Junie", ele disse. "Eu tenho uma ideia que queria discutir com você."

"Tudo bem...", June respondeu.

"Aí vai", Mick falou, apoiando-se sobre um dos joelhos. "June Costas, você quer casar comigo?"

June arfou com tanta força que ficou até com soluços.

"Querida, você está bem?", Mick perguntou, ficando de pé. June sacudiu a cabeça.

"Estou bem", ela disse, tentando recobrar o controle da respiração. "Eu... é que... eu não estava esperando por isso hoje. Tem certeza? É sério?"

Mick sacou uma pequena aliança, com aro de ouro bem fino e um diamante menor que uma sementinha de maçã. "Não é grande coisa", ele falou.

"É tudo", ela respondeu.

"Mas um dia eu vou te dar uma aliança enorme. Tão grande que vai deixar as pessoas cegas."

"Uau", ela disse.

"Estou progredindo, vou chegar lá."

"Eu sei que sim."

"Mas não vou conseguir sem você."

"Ai, Mick..."

"Então isso é um sim?", ele perguntou. Ficou surpreso ao notar que estava nervoso. "Você vai dizer sim, não é?"

"Claro que vou dizer sim", ela respondeu. "Acho que fui colocada neste mundo para dizer sim para você."

Mick a segurou nos braços e a girou algumas vezes. E, para June, de repente pareceu normal a ideia de que os humanos pudessem voar.

"Eu sei que posso fazer você feliz", ele disse quando a pôs de volta ao chão e colocou a aliança em seu dedo. "Prometo que você nunca mais vai precisar pôr os pés naquele restaurante quando for minha. E vou comprar a casa dos seus sonhos algum dia. Com pias duplas no banheiro, e quartos para quantas crianças você quiser, e bem em frente à praia."

Era tudo o que ela sempre quis.

"É claro que vou ser sua mulher", June murmurou, com lágrimas nos olhos.

"Vamos fazer tudo isso juntos, meu bem", Mick disse, puxando-a para mais perto de si. Ela enterrou a cabeça no pescoço dele, sentindo seu cheiro, de pomada para pentear e loção pós-barba. Eles andaram de mãos dadas pelo píer, e Mick beijou June com uma paixão e uma urgência que nunca havia dedicado a ninguém antes.

Seus pais tinham morrido quando ele não tinha nem dezoito anos. Mas agora Mick estava formando sua própria família. Estava construindo o seu pedacinho de mundo. E eles seriam diferentes, Mick e June.

Quando chegaram ao carro, foram direto para o assento de trás. E, dessa vez, quando Mick levou a mão a sua saia, June pôde desfrutar da sensação. Ela se deixou tocar com toda a intensidade que desejava.

As pessoas agem como se o casamento fosse uma prisão, June pensou, *mas isso não é liberdade?* Ela estava muito entusiasmada por finalmente poder dizer sim, e sentir tudo o que sempre quis.

Enquanto eles se agarravam, June percebeu — pela confiança com que Mick a abraçava, pela sagacidade de seus movimentos — que aquela não era a primeira vez dele. Seu coração doeu um pouco ao descobrir a mentira. Mas ela não havia pedido por aquilo? Acabou se sentindo ainda mais atraída por ele, e saciando sua necessidade de ser a única que de fato importava. Ela se deixou penetrar, levando a proximidade dos dois ao limite, e se entregou por completo.

June ficou em choque — surpresa, atordoada — quando ele começou a passar a mão nela enquanto estava dentro de seu corpo. Ficou tímida e envergonhada de ser tocada daquela maneira. Mas não queria pedir para ele parar, essa ideia era intolerável. E, instantes depois, o êxtase atravessou seu corpo como um raio.

E, de alguma forma, enquanto estava deitada no banco traseiro do carro, os dois ofegantes, June entendeu que nunca voltaria a ser a pessoa que fora até então, agora que havia descoberto o que ele era capaz de fazer com seu corpo.

"Eu te amo", ela disse.

E ele a beijou, e a encarou, e disse: "Eu também te amo. Minha nossa, Junie. Eu também te amo".

No dia seguinte, Mick foi visitá-la e segurou sua mão enquanto eles contavam na cozinha dos pais dela que estavam noivos e iam se casar.

"Ao que parece, a minha palavra não tem muito peso nessa escolha", seu pai disse, franzindo a testa.

"Pai..."

Theo balançou a cabeça. "Eu vou ouvir o que ele tem a dizer, June. Você me conhece bem o suficiente para saber disso. Nunca me recuso a ouvir o que um homem tem a dizer." Ele apontou com o queixo para Mick. "Vamos lá, rapaz, me diga como pretende cuidar da minha filha."

Mick deu uma piscadinha para June enquanto acompanhava Theo até a sala de estar. Ela se sentiu um pouco mais tranquila.

"Tire o frango da geladeira, querida", sua mãe pediu. "Vamos fazer frango com arroz para o jantar."

June obedeceu com movimentos silenciosos, tentando ouvir o que seu pai dizia para Mick. Mas não conseguiu distinguir uma única palavra.

Enquanto acendia o fogão, Christina se virou para June. "Ele sem dúvida é um dos homens mais bonitos que eu já vi na vida", ela comentou.

June sorriu.

"Meu Deus", Christina disse. "Parece um Monty Clift mais jovem."

June pegou as cenouras e colocou sobre a tábua de corte.

"Mas isso é um motivo a mais para ter cautela", Christina falou, sacudindo a cabeça. "É melhor não se casar com rapazes que parecem o Monty Clift."

June se concentrou nas cenouras à sua frente e começou a picá-las. Ela sabia que sua mãe jamais entenderia. Nunca comprava vestidos novos, nunca fazia receitas diferentes, nunca assistia a nada na TV, a não ser o noticiário. Já havia visto sua mãe ler o mesmo exemplar desgastado de *Grandes esperanças* ano após ano, afinal "Por que se arriscar com outro livro se eu já sei que gosto desse?".

Se June não quisesse ter uma vida como a de sua mãe, era melhor não seguir seus conselhos. Simples assim.

Vinte minutos depois, enquanto Christina mexia o arroz e June, toda apreensiva, punha a mesa, Mick apareceu, com a mão de Theo sobre seu ombro.

Theo sorriu para June. "No fim você pode ter feito uma boa escolha, querida."

Tomada de alegria, June correu até Mick e seu pai e abraçou os dois.

"Vocês têm a minha bênção", Theo falou, se virando para Mick. "Nas condições que conversamos, filho."

Mick assentiu com a cabeça.

"Obrigada, papai", June falou.

Theo negou com a cabeça. "Não precisa me agradecer. Nosso Mick aqui tem alguns anos para tentar fazer sucesso, mas depois vai fazer a coisa certa e assumir o restaurante."

Theo estendeu a mão para Mick, que sorriu e selou o acordo. "Sim, senhor", ele disse.

Theo foi falar com Christina, e June puxou Mick de lado. "Nós vamos assumir o restaurante?", ela murmurou.

Mick fez que não com a cabeça. "Era o que ele precisava ouvir agora. Mas você não escutou a primeira parte? Alguns anos para tentar fazer sucesso? Eu não preciso de todo esse tempo. Não se preocupa, Junie."

Durante o jantar, Mick elogiou a comida de Christina, que finalmente abriu um sorriso. Mick pediu a opinião de Theo sobre apólices de seguro automotivo, e o pai de June ficou feliz em oferecer seus conselhos.

Durante a sobremesa, um bolo em camadas com recheio de morango, Theo pediu para Mick cantar.

"June falou que você canta Cole Porter melhor que o próprio Cole Porter", Theo disse.

Mick fingiu uma certa timidez e então cedeu. Colocou o guardanapo na mesa e se levantou para cantar "I've Got You Under My Skin". Antes que chegasse à segunda parte, Theo já estava balançando a cabeça com um sorriso no rosto.

Mick sentiu um nó na garganta e continuou cantando, mas, com um esforço extra para contrair o externo, estendeu as notas um pouco mais do que deveria. Quando terminou, Mick tirou um tempo para recobrar o fôlego, incapaz de olhar para Theo enquanto esperava sua pulsação voltar ao normal.

June aplaudiu. Theo se juntou a ela. "Muito bem", ele comentou. "Muito bem."

Mick olhou para ele e finalmente aceitou sua aprovação.

Christina abriu um sorriso largo, mas June percebeu que os lábios dela continuavam comprimidos, e os olhos se mantinham sérios. "Que lindo", ela disse.

Mick se despediu de todos logo depois do jantar, e deu um beijo no rosto de June na entrada da garagem. "Nós vamos chegar longe juntos. Você sabe disso, não sabe?", ele perguntou.

June sorriu. "Claro que sei."

Ele segurou a mão de June com força quando ela se virou para voltar para casa, como se quisesse ser arrastado por ela. Só a largou no último instante, sem querer se despedir. Esperou no carro até vê-la acenar da janela do quarto. Então voltou para a rua de marcha à ré e seguiu seu caminho.

Christina encontrou June no banheiro logo em seguida, lavando o rosto. Sua mãe já estava de robe e bobes nos cabelos.

"June, você tem certeza?", Christina perguntou.

June sentiu seus ombros começarem a desabar, mas tratou de endireitá-los. "Sim, tenho certeza."

"Eu sei que ele é bonito e tem uma voz linda, mas..."

"Mas o que, mãe?", June quis saber.

Christina balançou a cabeça. "Você precisa saber se ele é capaz de tocar um restaurante."

"Por acaso você já cogitou a possibilidade", June disse, sentindo seu tom de voz se elevar, "de que eu posso querer alguma coisa melhor que um restaurante de beira de estrada?"

Christina fechou a cara e franziu os lábios, como se estivesse se protegendo da língua afiada da filha. June se preparou para o confronto por um instante, sem saber como a mãe reagiria. Mas o tom de Christina se amenizou de novo.

"Eu sei que você gosta de todo esse brilho, querida", ela falou. "Mas ter uma vida boa é saber que tem gente que gosta de você, saber que pode cuidar das pessoas ao seu redor e saber que faz alguma coisa para tornar o lugar onde você vive um pouco melhor. E seu pai e eu fazemos isso alimentando as pessoas. Não consigo pensar em nada que seja maior que isso. Mas essa é só a minha opinião."

June pediu desculpas e deu um beijo de boa-noite na mãe. Depois pegou um exemplar da *Sub Rosa* e imaginou que um dia leria a respeito de Mick naquelas páginas.

Mick começou a se apresentar ganhando cachê em restaurantes de Hollywood e Beverly Hills, cantando alguns standards enquanto os ricos jantavam. Depois conseguiu ser escalado para algumas casas noturnas de Hollywood com a banda de apoio que criou, The Vine.

A cada show, June ficava mais e mais orgulhosa, dizendo para quem quisesse ouvir que iria se casar com um *músico profissional*.

Mick & The Vine tocaram em um pequeno cassino em Las Vegas, em um cruzeiro de uma semana para Ensenada e no casamento do chefão do Sunset Studios.

Foi quando o Mocambo procurou Mick com uma proposta de dois shows solo na casa. June pulou de alegria quando ficou sabendo. Mick a abraçou e a girou no ar.

Na primeira noite, June o acompanhou e ficou atrás da cortina enquanto ele cantava, vendo os famosos chegarem e assumirem seus lugares. Ela achou ter visto Desi Arnaz, e era capaz de jurar que Jayne Mansfield estava lá.

Depois do Mocambo, Mick foi convidado para se apresentar no recém-inaugurado Troubadour, em West Hollywood. E, de uma hora para outra, lá estava o nome dele, estampado em uma marquise. MICK RIVA: ÚNICA APRESENTAÇÃO.

June se deleitava com tudo isso. "Eu vou me casar com o sr. Mick Riva", ela dizia para a sra. Hewitt, da mercearia; e para o sr. Russo, que fazia as entregas dos mariscos para o restaurante; e para a sra. Dunningham, do banco. "Ele acabou de fazer duas apresentações no Mocambo. Don Adler estava lá. Eu vi com os meus próprios olhos. Na noite anterior, Ava Gardner apareceu. Ava Gardner!"

Ela mostrou a aliança para as amigas de infância e para as garotas que serviam as mesas do restaurante nos dias mais movimentados. "Ele vai ser um cantor famoso um dia, praticamente já é", June dizia.

Dois meses depois, Frankie Delmonte enfim marcou uma reunião com Mick na Runner Records. Na semana seguinte, ele apareceu na casa de June com um contrato de gravação e uma aliança nova. O diamante era duas vezes maior que uma semente de maçã.

"Não precisava ter feito isso", June falou. Era tão brilhante, de um branco tão reluzente.

"Eu queria fazer", Mick respondeu. "Não quero você andando por aí com uma coisinha de nada. Você precisa ter tudo do bom e do melhor."

June tinha gostado da aliança menorzinha. E gostou daquela também.

"Espera só", Mick continuou. "Nós vamos ganhar tanto dinheiro que vai chegar a ser indecente."

June deu risada, mas naquela noite foi dormir sonhando com o futuro dos dois. *E se eles pudessem ter uma cama king-size? E um Cadillac? E se pudessem ter três filhos, ou até quatro? E se pudessem se casar na praia, em uma tenda enorme?*

Quando confessou essas ideias para ele, perguntando se poderiam se tornar realidade, Mick sempre dizia a mesma coisa. "Eu vou te dar o mundo inteiro."

Ele murmurava isso em seu ouvido enquanto tirava seu vestido. Jurava isso para ela enquanto se enfiava entre suas pernas. "Tudo o que você quiser. Eu vou conseguir para você." Ele passava a mão pelas suas costas, a beijava atrás da orelha, agarrava seus quadris.

Quem poderia culpar June pela frequência com que ia para a cama com ele antes de se casarem? Como ele sabia tão bem a maneira como ela queria ser tocada?

Quando ficaram sabendo que June estava grávida, nenhum dos dois ficou surpreso.

"June", Christina falou, sacudindo a cabeça, na cozinha do Pacific Fish, expressando sua frustração com sussurros. "Pensei que você fosse mais esperta que isso, querida."

"Me desculpa", June falou, quase às lágrimas. "Me desculpa."

Christina soltou um suspiro. "Bem, vocês vão ter que adiantar o casamento. Essa é a primeira providência. E acho que vou ter que arrumar um vestido mais largo para você. E o resto vamos pensando ao longo do caminho."

June enxugou os olhos.

"Você não é a primeira mulher do mundo a perder o juízo por causa de um homem", Christina falou.

June assentiu.

"Vamos lá", Christina continuou. "Ânimo, querida. É um acontecimento feliz." Ela abraçou June e beijou sua cabeça.

Mick e June fizeram seus votos matrimoniais em uma tenda armada sob as estrelas nas areias de Malibu. Com parentes como convidados dela, e alguns executivos da indústria fonográfica como convidados dele.

Naquela noite, Mick e June dançaram com o rosto colado enquanto a banda tocava. "Vamos ficar bem", Mick disse a ela. "Vamos amar esse bebê. E vamos ter outros. E vamos ter jantares gostosos e cafés da manhã alegres e eu vou ficar com você para sempre, Junie. E você vai ficar para sempre comigo. E vamos ter um lar feliz. Eu prometo."

June o encarou e sorriu. Em seguida voltou a colar o rosto ao dele.

Perto do fim da festa, Mick se posicionou diante dos convidados e pegou o microfone. "Se me permitem", ele falou com um meio-sorriso. "Eu gostaria de cantar uma música para vocês esta noite, que compus para a minha mulher e se chama 'Warm June'."

Sun brings the joy of a warm June
Long days and midnights bright as the moon
Nothing I can think of but a warm June
*Nothing I can think of but you**

Mick cantava bem em frente a June. Ela tentou não chorar, e caiu na risada quando não conseguiu. Se aquilo era só o começo, por Deus, quão longe eles chegariam juntos?

Nina nasceu em julho de 1958. Todos fingiram que ela era prematura. Mick levou as duas do hospital direto para a casa nova.

Ele havia comprado um chalé de três quartos e dois andares bem ao lado da praia. Era azul-bebê com janelas brancas, e ficava na Malibu Road, com os fundos voltados para o mar. Havia um alçapão no piso, na lateral do pátio, que levava a uma escada com acesso à areia.

Como se aquela casa não bastasse, havia um Cadillac novinho na garagem.

Quando June entrou na casa pela primeira vez, até perdeu o fôlego. As janelas da sala de estar davam para o mar, a cozinha era grande o bastante para comportar uma mesa para a família toda, os pisos eram de madeira maciça. Não poderia ser tudo o que ela queria, certo? Todos os seus sonhos não poderiam ter sido realizados de uma vez, ou poderiam?

---

* Em tradução livre: "O sol traz a alegria do calor de junho/ Dias longos e noites iluminadas como a lua/ Não consigo pensar em nada além do calor de junho/ Não consigo pensar em nada além de você". (N. T.)

"Vem ver, Junie, vem ver", Mick falou, todo animado, levando-a até a suíte principal. "É aqui que vai ficar a cama king-size."

Segurando a pequena e delicada Nina nos braços, June seguiu o marido até o quarto e entrou na suíte. Ela olhou para a bancada da pia.

Passando os dedos pela porcelana, sentiu sua curvatura descer, se suavizar no fundo e subir de volta. Continuou a passar a mão pelo azulejo liso e o rejunte áspero da bancada, até sentir a curvatura da porcelana da segunda pia.

IOHOO

Nina parou o carro no estacionamento do restaurante e desligou o motor. Enquanto descia, deu uma olhada na placa e se perguntou se não estava na hora de trocá-la.

O Riva's Seafood, que um dia se chamara Pacific Fish, ainda era um estabelecimento no estilo da velha Malibu, com sua placa desbotada e a pintura descascando. Não era mais só um lugarzinho de beira de estrada, e sim uma instituição. As crianças que costumavam frequentá-lo com os pais agora traziam seus próprios filhos.

Nina entrou pela cozinha com os óculos escuros ainda no rosto. Percebeu que cada vez mais vinha se escondendo atrás deles ultimamente. Só os tirou quando viu Ramon.

Ramon tinha trinta e cinco anos, cinco filhos e um casamento feliz havia mais de uma década. Tinha começado na fritadeira e sido promovido ao longo dos anos. Era gerente do Riva's Seafood desde 1979.

"Oi, Nina, tudo bem?", Ramon perguntou enquanto tirava alguns camarões do freezer sem tirar os olhos da fritadeira.

Nina sorriu. "Ah, sabe como é, eu só vim ver se você não tinha tacado fogo em tudo."

Ramon deu risada. "Só depois que você me incluir na apólice de seguro."

Nina riu e passou para o lado dele do balcão, pegando uma rodela de tomate na tábua de corte. Ela jogou um pouco de sal e comeu. Em seguida se preparou para ir até as mesas de piquenique do lado de fora para cumprimentar e conversar com os clientes.

Quando saiu, o sol ofuscou seus olhos, e ela pôde sentir a versão falsa de si mesma ganhar vida. Um sorriso exagerado surgiu em seu rosto, e Nina acenou para algumas mesas cheias de gente olhando para ela.

"Espero que estejam todos gostando da comida", ela disse.

"Nina!", um garoto de no máximo quinze anos gritou e foi correndo até ela. Estava vestindo um short xadrez e uma camisa polo Izod. Nina viu o pôster enrolado em uma de suas mãos, e a caneta de ponta de feltro na outra. "Você assina para mim?"

Antes que ela pudesse responder, ele começou a desenrolar a foto. Nina já havia perdido a conta de quantas pessoas apareceram no restaurante com um pôster seu de biquíni em busca de um autógrafo. E, apesar de ser uma situação bizarra, ela sempre aceitava.

"Claro", Nina respondeu, pegando a caneta da mão dele e escrevendo seu nome de forma bem legível, *Nina R.*, no canto direito superior. Em seguida tampou a caneta e a devolveu para o garoto. "Prontinho."

"Posso tirar uma foto com você também?", ele pediu, e seus pais se levantaram da mesa com uma Polaroid em punho.

"Pode", Nina assentiu. "Claro que sim."

O garoto se posicionou ao seu lado e a abraçou pelos ombros, fazendo questão de obter a experiência completa. Nina sorriu para a câmera e se afastou discretamente alguns centímetros. Ela havia aperfeiçoado com maestria a arte da proximidade sem toque.

O pai acionou o obturador, e Nina ouviu o inconfundível estalo da foto sendo impressa.

"Tenham um ótimo dia", ela disse, se dirigindo às outras mesas para cumprimentar os demais clientes antes de voltar para dentro. Mas, enquanto o garoto e a mãe observavam a foto, esperando que a imagem se revelasse por completo, o pai sorriu para Nina, estendeu a mão e alisou a lateral da camiseta dela, por cima das costelas e dos quadris.

"Desculpe", ele disse, com um sorriso todo confiante. "Eu só queria *sentir como ela é macia ao toque.*"

Era a terceira vez que um homem fazia essa gracinha desde que o anúncio da marca de camisetas SoftSun Tees fora publicado, no mês anterior.

Nina tinha posado para aquela foto no início do ano, pelo cachê mais alto de sua vida. No anúncio, ela aparecia com a parte de baixo de um biquíni vermelho e uma camiseta branca, com os cabelos molhados, os quadris curvados para a esquerda e o braço direito apoiado ao batente de uma porta. A camiseta era bem transparente. Não a ponto de mostrar seus mamilos, mas, se a pessoa olhasse fixamente por um bom tempo, poderia acabar se convencendo de que podia vê-los, sim.

Era uma foto sugestiva. E ela sabia disso, e que essa era a intenção desde o início. Todo mundo queria ver a surfistinha sem roupa — e Nina já não se incomodava mais com isso.

Mas eles haviam incluído um slogan sem consultá-la. *Sinta como ela é macia ao toque.* E posicionaram o texto logo abaixo de seus seios.

Era um convite a uma intimidade que Nina não queria.

Ela abriu um sorriso artificial para o pai do garoto e se afastou. "Com licença...", ela disse, acenando para os demais clientes, voltando para a cozinha e fechando a porta atrás de si.

Nina sabia que, quanto mais fizesse aquele tipo de trabalho — e provavelmente para campanhas cada vez mais populares —, mais gente apareceria no restaurante. E com mais frequência iam querer uma foto com ela, seu autógrafo, seu sorriso, sua atenção, seu corpo. Ela ainda não sabia qual era a melhor forma de lidar com o sentimento de propriedade que as pessoas pareciam ter sobre ela. Chegou a se perguntar como seu pai se comportaria nessa situação. Mas sabia que ele não era tocado da mesma forma que ela.

"Você não precisa ir lá fora cumprimentar um por um", Ramon falou quando a viu.

"Não sei, não... Mas bem que queria não precisar", Nina falou. "Você teve tempo de dar uma olhada nas contas?"

Ramon assentiu, limpou as mãos em uma toalha e foi com ela até o escritório.

"O restaurante está indo bem", ele falou enquanto a acompanhava. "Você sabe disso, né?"

Nina balançou a cabeça de um modo que não deixava claro se estava concordando ou discordando. "Minha preocupação é como manter assim", ela disse enquanto os dois se sentavam e começavam a examinar os números. Era uma tarefa complicada.

O prédio era velho, a cozinha precisou ser reformada para cumprir o novo código de segurança fazia pouco tempo e o movimento flutuava muito de acordo com a estação.

Por sorte, o verão tinha sido bom. Mas a baixa temporada estava chegando, e o inverno anterior fora brutal. Para não fechar as portas, ela precisou fazer um aporte de dinheiro do próprio bolso em janeiro, como já havia acontecido algumas vezes antes.

"Nós saímos do vermelho no começo do ano", Nina disse, virando o livro contábil para Ramon. "Isso é bom. Só estou um pouco preocupada de voltar a acontecer quando os turistas forem embora."

Às vezes Nina achava que usava seu trabalho como modelo para sustentar um restaurante ao qual as pessoas só iam para tirar uma foto dela, sem muitas vezes comprar nem mesmo um refrigerante.

Mas ela adorava os funcionários, e alguns dos clientes mais fiéis. E Ramon.

"Seja como for, vamos dar um jeito. Nós sempre damos", ela disse.

Nina não seria a pessoa que, depois de três gerações, deixaria o Riva's Seafood afundar. De jeito nenhum.

"A gente pode passar em casa antes de ir para o restaurante? Quero tomar um banho", Kit disse por cima do barulho da estrada.

"Com certeza", Jay concordou, ligando a seta para virar na rua em que havia crescido.

Jay e Kit eram os únicos dos irmãos Riva que ainda viviam na casa de sua infância. Nina morava em uma mansão em Point Dume e costumava viajar bastante para as sessões de foto. Hud adorava seu trailer Airstream. Mas Jay e Kit continuaram no chalé na praia em que foram criados, que seu pai comprara para sua mãe vinte e cinco anos antes.

Jay havia se instalado na suíte principal. Ele também viajava bastante. Estava sempre participando de campeonatos de surfe no mundo todo, com Hud ao seu lado.

Em pouco tempo, os dois partiriam para a North Shore de Oahu, no Havaí. Jay participaria do Duke Classic, do Mundial de Surfe e do Pipe Masters. Em seguida partiriam para a Gold Coast, na Austrália, e Jeffreys Bay, na África do Sul. A O'Neill pagaria boa parte das despesas, e em troca teria sua marca estampada em Jay em todos os eventos. Enquanto isso, Hud se encarregaria das fotos.

Além de outra capa de revista a caminho, os dois estavam planejando vender os direitos das imagens para a produção de pôsteres e calendários. Mas, para isso, precisavam viajar meio mundo. A rotina de um surfista profissional e de tudo que o rodeava exigia viver sempre com a mochila nas costas, de prontidão para partir a qualquer momento. Afinal, a paixão de Jay e Hud, seu sustento, seu modo de vida, dependiam da sempre imprevisível combinação de vento e água.

Então, por mais que Jay considerasse a Califórnia sua casa, ultimamente ele não considerava estar morando de fato em lugar nenhum.

Kit, por sua vez, ainda dormia na mesma cama da infância, estava indo para o terceiro ano de faculdade no Santa Monica College e passava as noites e os fins de semana atrás da caixa registradora do restaurante. O único respiro ao seu alcance era poder largar tudo de vez em quando e passar uns dias com os amigos em Santa Cruz, onde as ondas eram grandes, às vezes do dobro da altura dela. Mas no momento isso era o mais longe que a vida andava levando Kit — alguns quilômetros ao longo do litoral da Califórnia.

Seus irmãos estavam conhecendo o mundo, enquanto Kit continuava vendendo bolinhos de siri.

Ela também queria um pouco daquela emoção. Um pouco do glamour da vida de Nina, um pouco da adrenalina da vida de Jay e Hud. Tinha passado boa parte da infância seguindo os irmãos água adentro. Mas suspeitava que mesmo que nenhum deles sequer tivesse passado perto de uma prancha, ainda assim ela surfaria.

Ela era ótima. Poderia se tornar uma lenda.

Também poderia estar sendo aplaudida e premiada. Mas não era levada a sério pelos irmãos, e sabia que não era tão linda quanto a irmã, então o que fazer? Kit não sabia ao certo. Não sabia se havia espaço sob os holofotes para alguém como ela. Uma surfista que não era gata.

Jay parou o carro diante da garagem, e Kit desceu.

"Já volto", ele avisou.

"Espera aí, aonde você vai?", ela quis saber. Estava com as maçãs do rosto e o nariz um pouco queimados. Isso a fazia parecer mais nova do que de fato era.

"Você vai demorar um tempão no banho, e eu preciso abastecer", Jay explicou, olhando para o medidor de combustível para ver se pelo menos estava falando a verdade. O ponteiro estava mais ou menos na metade. "Só estou com um quarto de tanque."

Kit lançou para ele um olhar cheio de ceticismo antes de se virar e sair andando para entrar em casa pela garagem.

Jay deu ré no carro e saiu acelerando com um pouco mais de força do que o necessário. O jipe rugiu sobre a superfície mal pavimentada da rua. Ele olhou para o relógio do rádio. Se fosse rápido, daria tempo.

A Pacific Coast Highway era o lugar em que se sentia mais à vontade fora do mar, e praticamente a única via de acesso da cidade. Havia pequenos bairros espalhados ao longo da rodovia, acessos a penhascos e alguns centros comerciais. Mas não dava para chegar a lugar nenhum, fazer qualquer coisa ou visitar alguém em Malibu sem passar pelo asfalto da PCH. A possibilidade de ir a um restaurante, de fazer compras em uma loja, de chegar ao cinema a tempo, de garantir um lugar na praia, de conseguir o pico certo no mar — tudo dependia da quantidade de pessoas que resolveram pegar a estrada naquele dia. Era o preço a pagar pela vista bonita.

Jay se deslocou pelo tráfego da melhor maneira que podia, acelerando no sinal amarelo e ficando na pista da esquerda até o último instante possível antes de virar à direita na Paradise Cove Road.

Paradise Cove era uma pequena baía incrivelmente linda, escondida da PCH pela vegetação de palmeiras e carvalhos-do-vale. Jay entrou na ruazinha estreita e reduziu a velocidade. Quando seu jipe terminou de contornar a curva, a enseada com areia amarelada surgiu, cercada por penhascos magníficos e coroada por um céu azul límpido.

Havia um camping para trailers no alto de uma falésia com vista para a praia inteira, mas cobrava taxas tão absurdas que só a elite de Hollywood tinha condições de se hospedar ali.

Mas o restaurante de Paradise Cove era o verdadeiro motivo para Jay ir até lá. O Sandcastle era um restaurante de praia, onde era possível comprar um daiquiri por um preço abusivo e beber desfrutando da vista para o píer. Jay estacionou o carro e verificou os bolsos. Uma nota de cinco e quatro de um. Pelo menos conseguiria pedir alguma coisa.

Jay entrou no restaurante, pôs os óculos escuros em cima da cabeça e foi até o balcão, onde foi saudado por um homem loiro com um bronzeado ainda mais intenso que o seu, e de cujo nome não conseguiu se lembrar.

"E aí, Jay", falou o sujeito.

"E aí, cara", Jay respondeu, fazendo um aceno de cabeça. "Posso pedir uma coisinha para viagem?"

Ele se virou, e Jay viu seu crachá. Chad. *Isso mesmo.*

"Lógico. O que você vai querer?" Chad pegou um bloquinho de papel.

"Só um, hã..." Jay deu uma olhada na lista dos especiais do dia na lousa e escolheu a primeira coisa que viu. "Uma fatia de bolo de chocolate. Para viagem."

Jay tentou não ficar olhando muito ao redor, para não dar na cara. Se ela não aparecesse, decidiu que perguntaria. Talvez ela não estivesse trabalhando naquele dia. Nesse caso, estava resolvido. Tudo bem.

Chad apertou o botão da caneta como se estivesse empolgado com o pedido de Jay. "Um bolo de choco. É pra já, irmão."

E nesse momento Jay lembrou que Chad era um mané.

Ele se sentou em um banquinho enquanto Chad ia até a cozinha. Jay olhou para seus tênis — um par surrado de Vans slip-on — e decidiu que estava na hora de comprar um novo. Seu dedão direito já estava começando a aparecer em um buraco. Ele compraria outro igualzinho na semana seguinte — estampa xadrez, tamanho quarenta e quatro. Não havia por que mudar o que funcionava tão bem.

Nesse momento, Lara apareceu com uma caixinha de isopor, que estava colocando em uma sacola plástica.

"Bolo de chocolate?", ela questionou. "Desde quando Jay Riva come bolo de chocolate?"

Então ela *estava* trabalhando naquele dia. E *estava* dando atenção a ele.

Lara tinha um metro e oitenta de altura. Na verdade, devia ter um e oitenta e dois, só uns cinco centímetros a menos que Jay. Era bem magra, cheia de ângulos retos. E, se Jay fosse totalmente sincero, não tão bonita. Não tinha feições tão refinadas. O rosto era ovalado, com um queixo proeminente. O nariz era fino, assim como os lábios. Mas, por algum motivo, ela exercia uma atração difícil de resistir.

Jay não conseguia parar de pensar nela. Estava encantado, fascinado e nervoso como um adolescente. Como nunca havia tido uma paixonite adolescente, aquilo era uma novidade para ele — desconfortável, empolgante e difícil de lidar.

"Às vezes é preciso experimentar coisas novas", ele falou.

Lara pôs a sacola ao lado da registradora e fechou a conta. Ele entregou o dinheiro. "Você vai à festa de hoje à noite?", Jay perguntou. A pergunta estava feita, e ele ficou contente com sua atuação. Casual, sem maiores sinais de ansiedade.

Lara abriu a boca para responder. O que ela estava prestes a falar definiria como seriam o dia e a noite de Jay.

Três semanas atrás, Lara e Jay — que até então se conheciam apenas vagamente — se cruzaram na frente do restaurante Alice. Jay estava voltando para a praia depois de fumar um baseado no píer de Malibu. Lara estava saindo do bar do restaurante. Acabara de ter um péssimo encontro, e o cara já tinha ido embora uma hora antes, então ela resolvera amenizar o desânimo bebendo algumas cervejas.

Quando Jay a viu, ela estava sentada em um banco de short jeans e top, tentando amarrar seus Keds brancos, totalmente bêbada.

Jay sorriu. Ela sorriu de volta, contente.

"Lara, certo?", ele falou, acendendo um cigarro para disfarçar o cheiro da erva.

"Isso mesmo, Jay Riva", Lara respondeu, ficando de pé.

Jay sorriu, envergonhado. "Eu sabia que seu nome era Lara. Só não quis parecer esquisito."

"Já apresentaram a gente pelo menos três vezes", ela disse com uma risadinha. "Não é esquisito saber meu nome. É educado."

"Lara Vorhees. Você trabalha no Sandcastle, na maior parte do tempo no bar, mas às vezes servindo as mesas."

Lara assentiu e abriu um sorriso. "Pronto. Viu só? Eu sabia que você ia conseguir."

"Às vezes é bom manter a pose de bacana, não acha?"

"Quem é bacana de verdade não precisa fazer pose, precisa?"

Jay estava acostumado com mulheres o rodeando, deixando claro que estavam disponíveis, rindo de suas piadinhas mesmo quando não eram engraçadas. Não estava habituado a alguém como Lara.

"Tudo bem", ele falou. "Já entendi. Então me diz. Se eu fosse bacana, o que diria agora?"

"Acho que você me perguntaria o que estou fazendo aqui", ela disse. "E eu responderia que nada. Então você me convidaria para terminar de matar o baseado que você claramente tem, porque está chapado e com um puta cheiro de maconha."

Jay deu risada, pego em flagrante. "O que você está fazendo aqui?"

"Nada."

"Quer ir para algum lugar terminar de matar meu baseado? Estou chapado e com um puta cheiro de maconha."

Lara deu risada. "Vamos lá para a minha casa."

E eles foram. Lara morava em um apartamento pequeno de um prédio a uns quinhentos metros da praia, perto das montanhas, e com uma boa vista para o mar em noites de luar. Os dois ficaram na sacada minúscula, espremidos entre dois vasos de plantas, dividindo uma cerveja e o baseado, observando a lua sobre o oceano.

Quando Lara perguntou, totalmente do nada, "Com quantas pessoas você já transou?", Jay foi pego tão desprevenido que falou a verdade. "Dezessete."

"Para mim, foram oito", ela disse, olhando para o horizonte. "Mas isso meio que depende do que estamos chamando de sexo."

Ele estava surpreso com ela. Onde estava a timidez? O recato? Jay era esperto o bastante para saber que essas características não eram necessariamente naturais às mulheres, mas também era capaz de entender que elas eram ensinadas a fazer aquilo. As mulheres precisavam se comportar daquela forma para cumprir seu papel no contrato social. Mas Lara não estava disposta a fazer isso.

"Digamos que a definição é ter um orgasmo", Jay sugeriu.

Lara deu risada. Na cara dele. "Bom, então foram três", ela completou, soltando a fumaça do baseado e passando de volta para Jay. "Os homens não são capazes de fazer as mulheres gozarem tanto quanto imaginam."

"Eu garanto que comigo você teria um orgasmo", ele disse, levando o baseado aos lábios.

Dessa vez ela não riu. Só o encarou e observou com mais atenção. "O que faz você ter tanta certeza disso?"

Ele sorriu e se inclinou um pouco para trás, afastando-se dela, fazendo-a sentir sua ausência. "Olha, se você não quer ter um orgasmo que começa nos dedos dos pés e faz seu corpo todo tremer, não posso fazer nada."

"Ah, que interessante", Lara disse, brincando com o rótulo da garrafa de cerveja. "Como você conseguiu transformar a ideia de me levar para a cama parecer um favor. Vamos deixar uma coisa bem clara, Riva. Você não estaria aqui se eu não estivesse interessada. Mas é sorte *sua* eu estar interessada, não minha. Não estou nem aí para quem é o seu pai."

Foi quando Jay se deu conta. Nesse momento. Ele estava se apaixonando por ela. Houve outros momentos naquela noite, claro, em que isso poderia ter acontecido.

Ele teria se apaixonado quando ela tirou a roupa ali mesmo na sacada? Talvez quando ela tocou seu rosto e o olhou bem fundo nos olhos e subiu em cima dele?

Talvez ele tenha se apaixonado quando eles se enroscaram um no outro, com as pernas entrelaçadas e os corpos colados até não sobrar nenhum espaço entre os dois. Eles se moveram em sincronia, como se soubessem exatamente o que estavam fazendo. Não houve movimentos em falso, nem desencontros, nem momentos embaraçosos. E Jay pensou que talvez aquilo fosse amor.

Ou talvez ele tenha se apaixonado mais tarde, com a noite escura lá fora e os dois fingindo que dormiam, mas sabendo que o outro estava acordado. Ela ficou deitada sem roupa, sem fazer a menor menção de que queria se cobrir. E a pele dela era a única coisa que ele conseguia ver na escuridão.

Foi quando Jay respirou fundo e, pela primeira vez, contou a respeito de seu novo grande segredo. Aquilo que o estava consumindo por dentro.

"Acabei de descobrir que tenho um problema no coração", ele disse. "Se chama cardiomiopatia dilatada."

Era a primeira vez que dizia aquele nome em voz alta desde que o ouviu da boca do médico, na semana anterior. Pareceu uma coisa tão estranha que ele se perguntou se não havia pronunciado errado. Ficou repetindo a palavra várias vezes em sua mente, até parecer completamente sem sentido. Não poderia ser isso mesmo, não é? *Cardiomiopatia?* Mas era. Ele havia falado igual ao médico.

Estava sentindo dores no peito fazia semanas. Percebeu isso logo depois de ser derrubado da prancha e tomar um caldo de duas ondas seguidas em Baja. Ficou embaixo d'água tanto tempo que pensou que fosse morrer afogado. Foi lutando contra a correnteza, tentando decifrar seus movimentos enquanto estava submerso, enfrentando o peso da água, desesperado para chegar ao céu aberto. Mas continuava rolando sem parar, arrastado pela maré. Sem saber como, de repente subiu à tona e lá estava o ar de novo.

Desde então, as dores o afetavam de tempos em tempos, um aperto que o pegava de surpresa, chegando do nada e o deixando atordoado, mas desaparecendo tão subitamente quanto começava.

O médico não sabia o motivo, até que, também de forma repentina, descobriu e passou a ter certeza absoluta.

Lara pôs a mão no peito dele e aproximou o corpo quente do seu. "O que isso quer dizer?"

Isso queria dizer que o ventrículo esquerdo do coração de Jay havia enfraquecido e não iria funcionar como deveria. Queria dizer que qualquer coisa que pudesse causar esforço excessivo e adrenalina, em especial ser arremessado para debaixo d'água, não era mais aconselhável. Ter extenuado seu coração enquanto quase morria afogado foi o fator desencadeante, mas a doença em si era hereditária, passada para ele pelas pessoas que o precederam, estava em seu sangue.

Jay poupou Lara desses detalhes, mas revelou a pior parte. "Eu preciso parar de surfar. Posso acabar morrendo." Sua fama, seu dinheiro, sua parceria com o irmão... Um pequeno defeito em seu corpo lhe tiraria tudo isso.

Mas, ao ouvir aquilo, Lara disse: "Tudo bem, você encontra outra coisa para fazer". Ela fez tudo parecer tão simples.

Sim, Jay pensou, foi nesse momento que se apaixonou por ela. Quando ela fez um baque tão terrível parecer um obstáculo fácil de superar. Quando ela desfez a escuridão de um futuro sombrio e abriu espaço para a luz entrar.

Ao acordar na manhã seguinte, Jay encontrou um bilhete de Lara avisando que fora trabalhar. Ele não tinha o telefone dela. Desse dia em diante, já passara no Sandcastle três vezes à sua procura.

"Não sabia se ia rolar", Lara disse ao entregar o bolo de chocolate. "Quer dizer, eu não tenho convite."

Jay sacudiu a cabeça. "Não precisa de convite. É um lance bem simples: se você sabe que a festa vai rolar e sabe onde fica a casa da Nina, então está convidada."

"Bom, na verdade eu não sei", Lara disse. "Onde fica a casa da Nina, no caso."

"Ah", Jay respondeu. "Bom, então sorte sua que você me conhece."

Ele anotou o endereço da irmã em um guardanapo e entregou para Lara, que o apanhou e ficou olhando para o papel.

"Tudo bem se eu levar o Chad?", ela perguntou, apontando com o queixo para o outro atendente.

Ela tinha alguma coisa com Chad? Jay sentiu suas entranhas se revirarem, chegando ao limiar da humilhação e da decepção. Seria uma queda bem longa e perigosa, da altura onde estava.

"Ah, claro", ele disse. "Com certeza, claro."

"Não estou transando com ele, se é isso que você está pensando", Lara esclareceu. "Prefiro caras que não passam quatro horas por dia tomando sol com um refletor de alumínio na frente da cara."

O alívio que Jay sentiu foi equivalente ao de colocar gelo em uma queimadura.

"Ele está deprimido porque levou um pé na bunda de uma ex-namorada ainda mais laranja que ele", Lara disse. "Alguém na sua festa vai curtir o Chad, não vai? A gente pode arrumar uma pessoa para ele, de repente?"

Jay sorriu. "Acho que o Chad vai ter opções de sobra lá na festa."

Lara dobrou o guardanapo com o endereço e guardou no bolso do avental. "Então acho que vou a uma festa hoje à noite."

Jay sorriu, satisfeito. Tudo resolvido. Foi por isso que ele havia ido até lá. Quando foi embora, nem lembrou de levar o bolo.

1959

O nascimento de Jay estava previsto para 17 de agosto de 1959. Bem no meio da turnê do disco de estreia de Mick, *Mick Riva: Main Man*.

June e Mick brigaram por causa das datas durante todo o primeiro semestre de gestação. Ela insistia para que ele adiasse alguns shows da segunda metade da turnê. Mick dizia que isso era praticamente impossível.

"É a minha chance", Mick falou certa tarde quando estavam no pátio, observando a maré baixar. Nina estava dormindo, então os dois estavam se segurando para não levantar a voz. "Não dá para remanejar uma chance quando ela aparece."

"É o seu *filho*", June rebateu. "Não dá para remanejar o nascimento de um filho."

"Não estou pedindo para remanejar o nascimento do meu filho, Junie, pelo amor de Deus. Só estou pedindo para você entender o que está em jogo aqui. O que estou construindo para os nossos filhos. O que estou construindo para a nossa família. Não consigo fazer tudo isso sozinho. Preciso da sua ajuda. Para eu conseguir conquistar alguma coisa no mundo, preciso de você aqui, mantendo tudo em ordem, e sendo forte. Essa vida que nós queremos..." Mick soltou um suspiro e se acalmou. "Também exige sacrifícios da sua parte."

June se sentou, resignada. O argumento fazia sentido, por mais que ela o detestasse. E, em algum momento no período em que Jay passou do tamanho de um limão para o de uma toranja, eles chegaram a um acordo.

Mick poderia se apresentar onde quisesse, quando quisesse, mas, quando June o chamasse para vir para casa, ele viria.

Eles selaram o compromisso uma noite antes de dormir e, nesse momento, Mick segurou o braço de June e a puxou para cima de seu corpo. Ela riu enquanto ele beijava seu pescoço.

Quando Mick viajou para fazer um show em Las Vegas, quatro dias antes da data prevista do nascimento, ele prometeu voltar para casa assim que ela avisasse que estava em trabalho de parto. "E vou chegar o mais rápido que puder", ele disse enquanto beijava Nina na testa e June no rosto. Em seguida pôs a mão sobre a barriga de June e saiu.

Mas, quando o momento chegou — a mãe de June ligou uma hora e dez minutos antes de seu show de sábado à noite começar —, Mick não foi correndo para o aeroporto, como prometido. Desligou o telefone e ficou onde estava, de terno e gravata no camarim, olhando para as lâmpadas ao redor do espelho.

Era o último show da turnê em Las Vegas, e causar uma boa impressão para o pessoal de lá tinha grandes implicações. Poderia significar sua contratação para temporadas de vários meses, o que garantiria alguma estabilidade financeira. Depois daquela apresentação, ele não tinha mais nada marcado por duas semanas. Duas semanas! Exatamente como Junie havia pedido.

Ele teria todo esse tempo para ficar em casa. Só com Junie e as crianças. Sua atenção estaria toda voltada para as necessidades da família.

Assim, ele virou as costas para o espelho, ajeitou a gravata e foi terminar a passagem de som.

O segundo trabalho de parto de June aconteceu na velocidade da luz — seu corpo entrou em ação sem demora, relembrando com precisão exatamente o que havia feito um pouco mais de um ano atrás.

Mick estava com um terno preto impecável, se curvando para a frente e dando uma piscadinha para uma jovem sentada na primeira fileira, no exato momento em que seu filho, a quase quinhentos quilômetros dali, chorava pelo choque de ser colocado no mundo.

Mick chegou a Los Angeles sete horas depois do nascimento de Jeremy Michael Riva. E pôde perceber, só de olhar para June em sua cama de hospital, que ela estava furiosa.

"Você tem muita coisa para explicar", sua sogra disse assim que Mick atravessou a porta. Ela começou a juntar seus pertences, sacudindo a cabeça para ele. "Vou deixar vocês a sós", Christina falou, pegando Nina e saindo do quarto.

Mick ficou olhando para June e para o bebê aninhado nos braços dela. Conseguiu ver uma parte da cabeça do filho, e ficou maravilhado com seus tufos de cabelos escuros.

"Era para você ter chegado antes", June falou. "Não quase um dia depois. Qual é o seu problema?"

"Eu sei, querida, eu sei", Mick respondeu. "Mas posso segurar o bebê? Agora?"

June assentiu, e Mick se aproximou para pegá-lo. O menino parecia bem levinho em seus braços, e a visão do rostinho de Jay deixou Mick sem palavras por um instante. "Meu filho, meu filho, meu filho", ele disse por fim, com um orgulho e um afeto que fizeram o coração cansado de June se derreter. "Obrigado por ter me dado meu menino, Junie. Me desculpe por não poder estar aqui. Mas veja só o que você fez", ele disse. "Nossa família linda. E devo tudo a você."

June sorriu e contemplou a cena. Olhando para seu marido famoso, pensou em sua filha querida no corredor e estendeu o braço para tocar seu lindo menininho. Ela sentiu que já tinha muitas das coisas que sempre desejara.

E por isso deixou de lado as que não tinha.

Algumas semanas depois de Jay ir para casa, enquanto June escovava os dentes, Mick lhe deu um beijo na bochecha e disse que tinha uma surpresa. Havia gravado a música que compôs para ela. "Warm June" seria o primeiro single de seu segundo álbum.

Ela cuspiu a pasta de dente na pia e sorriu. "Sério mesmo? 'Warm June'?"

Mick assentiu com a cabeça. "Todo mundo no país inteiro vai saber o seu nome", ele disse.

June gostou dessa ideia. E também gostou da ideia de que todo mundo saberia que ele a amava, que era comprometido.

Porque June estava começando a desconfiar que Mick não vinha se mantendo fiel a ela quando estava na estrada.

IIHOO

Kit estava sentada na entrada da garagem, à espera de Jay. Olhou no relógio de novo. Ele tinha saído fazia quase uma hora. Quem demorava tudo isso para abastecer o carro?

Seus cabelos estavam molhados e penteados sobre os ombros descobertos. Ela usava um vestido que havia sido de Nina, um modelinho listrado sem alças.

Kit não gostava muito de vestidos, mas viu aquele pendurado no armário e resolvera experimentar. Era confortável e fresco, e ela achou que fosse gostar do caimento da peça em seu corpo. Mas não estava muito certa disso.

Jay encostou na frente do chalé parecendo que estava até poucos segundos em alta velocidade.

"Por que demorou tanto?", Kit perguntou.

"Desde quando você usa vestido?", ele disse assim que pôs os olhos nela.

"Argh", Kit resmungou, fechando a cara. Como era possível mudar — fossem mudanças grandes ou pequenas — se sempre havia alguém de sua família para lembrá-la da pessoa que ela aparentemente estava destinada a ser? Ela deu meia-volta e começou a atravessar a garagem.

"Aonde você vai?", Jay gritou.

"Trocar de roupa, seu babaca."

Voltando para o quarto, ela tirou o vestido, que largou sobre o piso de madeira, e colocou um jeans e uma camiseta.

"Parabéns, quase acreditei que você foi mesmo abastecer", Kit disse ao entrar no carro, se inclinando por cima do console central para confirmar suas suspeitas. O tanque ainda estava pela metade.

"Ah, cala a boca", Jay retrucou.

"Quero ver você me obrigar."

Jay voltou para a Pacific Coast Highway em alta velocidade. Um som do Clash tocava no rádio e, apesar de estarem irritados um com o outro, Jay e Kit não resistiram e começaram a cantar juntos. Como na maior parte de seus desentendimentos, a raiva que sentiam se dissipava assim que focavam em outra coisa.

Quando o carro se aproximou de Zuma Beach, eles viram Hud de short, camiseta e mocassins dockside, esperando por eles na beira da estrada. Jay parou e esperou um instante até que Hud pulasse no banco traseiro.

"Vocês estão atrasados", Hud disse. "Nina já deve estar esperando a gente."

"Jay precisou fazer uma operação secreta", Kit respondeu.

"Kit precisou se trocar quatro vezes", Jay retrucou.

"Uma vez. Eu me troquei uma vez."

"Que operação secreta é essa?", Hud perguntou enquanto Jay observava o trânsito e encontrava uma brecha para entrar na pista da direita.

"Não é nada", Jay disse. "Esqueçam isso." E nesse momento todos perceberam que se tratava de uma mulher.

Hud sentiu seus ombros relaxarem. Se Jay estivesse interessado em uma pessoa nova, isso amenizaria o baque. "Pode ficar tranquilo que eu já esqueci, então", ele falou, erguendo as mãos em sinal de rendição.

"Pois é", Kit completou. "Como se alguém realmente se importasse."

Hud virou a cabeça e viu o mundo passar ao seu lado. A areia, os guarda-sóis, as barracas de hambúrguer, as palmeiras, os carros esportivos. Os caras jogando vôlei, as loiras de farmácia com biquínis fluorescentes. Mas não prestava muita atenção em nada. Estava se sentindo corroído pela culpa, com um nó no estômago por estar prestes a confessar para o irmão o que tinha feito.

Durante toda sua vida, Hud sempre sentiu que Jay não era só seu irmão, mas também seu melhor amigo.

Os dois estavam sempre juntos, traçando seus caminhos de forma uníssona e ao mesmo tempo oposta. Como uma dupla hélice. Os dois eram fundamentais para a existência um do outro.

1959

Foi no fim de dezembro de 1959, apenas alguns dias depois do Natal. Mick estava no estúdio em Hollywood. June estava em casa com Nina e Jay, assando um frango. A casa toda cheirava a limão e sálvia. Ela estava usando um vestido de listras vermelhas e havia enrolado as pontas do cabelo chanel, como fazia todos os dias. Jamais deixaria seu marido ser recebido em casa por uma mulher despenteada.

Por volta das quatro da tarde, a campainha tocou.

June não fazia ideia de que nos dez segundos que demorou para ir da cozinha à porta da frente estava se despedindo para sempre de sua ingenuidade.

Com Jay, de quatro meses, em um braço, e Nina, de quase um ano e meio, agarrada à sua perna, June abriu a porta e viu uma moça que reconheceu como a jovem atriz Carol Hudson.

Carol era miúda — bem pequena mesmo —, com olhos grandes, pele clara e estrutura óssea delicada. Estava usando um casaco de pele de camelo e um batom cor-de-rosa aplicado com perfeição nos lábios. Ao olhar para ela, June ficou com a sensação de que um beija-flor tinha pousado em sua janela.

Carol estava diante da porta de June segurando um bebê no máximo um mês mais novo que Jay. "Eu não posso ficar com ele", ela disse, com apenas um leve tom de lamento na voz.

Carol empurrou o bebê para os braços já ocupados de June, que ficou paralisada, tentando entender o que estava acontecendo. "Me desculpe. Mas eu não posso", continuou Carol. "Talvez... se fosse uma menina... mas... um menino vai ser a cara do pai. Ele precisa ficar com Mick."

June sentiu o ar escapar de seu peito. Em seguida respirou fundo, fazendo um leve ruído de susto.

"A certidão de nascimento", a mulher falou, ignorando a reação de June e tirando o documento do bolso de trás. "Aqui está. O nome dele é Hudson Riva." Ela havia dado o próprio nome ao menino, mas o abandonaria mesmo assim.

"Hudson, me perdoe", Carol disse. Em seguida se virou e foi embora.

June observou enquanto ela se afastava, ouvindo seus saltos pretos baterem de leve no chão.

A raiva começou a tomar conta do coração de June enquanto via aquela mulher descer os degraus da entrada de sua casa. Não estava furiosa com Mick, não ainda. E nem com a situação, embora a frustração tenha se instalado de forma quase imediata. Naquele momento, ela sentiu uma fúria intensa e aparentemente infinita direcionada a Carol Hudson, por bater na sua porta e lhe entregar uma criança sem sequer ter a coragem de dizer as palavras "Eu dormi com o seu marido".

Carol havia tratado a traição dentro do matrimônio de June como uma preocupação secundária, a menor das peças do quebra-cabeça. Não pareceu se importar com o fato de que, além de um bebê, estava deixando ali um coração partido. June estreitou os olhos ao pensar na combinação peculiar de audácia e covardia daquela mulher. Carol Hudson era uma pessoa muito insolente.

June continuava a observar Carol quando os dois bebês em seu colo começaram a chorar — alternando os berros, como se estivessem se recusando a gritar em uníssono.

Carol entrou no carro e deu ré. Seu Ford Fairlane claramente novo em folha estava cheio até o teto de malas e sacolas. Caso June ainda tivesse alguma dúvida, a imagem do carro abarrotado deixou claro que não era uma brincadeira. Aquela mulher estava indo embora de Los Angeles, largando um filho nos braços de June para ela criar. Havia virado as costas, quase literalmente, para o sangue de seu sangue.

June viu Carol arrancar com o carro, e continuou observando até o veículo desaparecer atrás das montanhas. Ela continuou olhando ao longe por mais um tempo, desejando que a mulher voltasse e mudasse de ideia. Como o carro não reapareceu, June sentiu seu coração apertar.

Ela fechou a porta com o pé e colocou Nina diante da televisão. Sintonizou em uma reprise de *Minha amiga Flicka* na esperança de que a filha ficasse quietinha assistindo. E, de fato, Nina fez exatamente o que a mãe pediu. Mesmo com menos de dois anos, ela já sabia quando o ambiente estava carregado.

June deitou Jay no berço e o deixou chorar enquanto desenrolava Hudson de seu manto.

Era um bebê miúdo e magrinho, com membros compridos que ainda não conseguia controlar. Estava vermelho e aos berros, como se estivesse com raiva. Ele sabia que havia sido abandonado, June tinha certeza. Chorou tão alto e por tanto tempo — por muito, muito tempo — que June pensou que fosse enlouquecer. O choro dele se repetia como um alarme que nunca parava de tocar. As lágrimas começaram a escorrer por seu rostinho de recém-chegado ao mundo. Um menino sem mãe.

"Você precisa parar", June sussurrou, desesperada e magoada. "Menininho, você precisa parar. Você precisa parar. Por favor, bebezinho, por favor, por favor. Por mim."

E, pela primeira vez desde o início daquela jornada peculiar e nada bem-vinda, Hudson Riva olhou June diretamente nos olhos, como se de repente se desse conta de que não estava sozinho.

Foi nesse momento que, segurando aquele menino desconhecido nas mãos — olhando para ele, tentando assimilar o que estava acontecendo com os dois —, June entendeu que era uma questão muito mais simples do que parecia.

Aquele menino precisava de alguém para amá-lo. E ela poderia fazer isso. Seria muito fácil para ela.

Ela o puxou para junto de si, o mais perto que podia, da mesma forma que fez com seus próprios filhos quando nasceram. Ela o abraçou com força, colou a bochecha em sua cabecinha e sentiu que ele começou a se acalmar. E então, antes mesmo que ele parasse de chorar, June já tinha se decidido.

"Eu vou amar você", June falou. E cumpriu com sua palavra.

Quando anoiteceu, June tirou o frango do forno, cozinhou brócolis no vapor e fez um prato para Nina. Embalou os meninos no colo, deu um banho em Nina e pôs os três para dormir — um processo que levou duas hora e meia.

Enquanto executava cada uma dessas tarefas, June formulava seu plano. *Eu vou acabar com ele*, ela pensou enquanto lavava os cabelos de Nina. *Eu vou acabar com ele*, ela pensou enquanto trocava a fralda de Jay. *Eu vou acabar com ele*, ela pensou enquanto dava mamadeira para Hudson. *Mas primeiro ele vai ficar trancado para fora dessa casa.*

Quando as crianças dormiram — Nina na cama e os dois bebês dividindo o berço —, June serviu uma dose de vodca em um copo e virou de uma vez. Em seguida serviu outra. Por fim, ligou para o chaveiro vinte e quatro horas das páginas amarelas.

Ela não queria que Mick pusesse os pés dentro de casa, não queria que ele voltasse a dormir nunca mais em sua cama king-size, nem escovar os dentes em uma das pias de sua suíte.

Quando o chaveiro chegou — o sr. Dunbar, um homem de sessenta anos, camiseta preta e macacão, com olhos azuis amarelados e rugas tão profundas que parecia ser possível perder moedas nelas —, June encontrou seu primeiro obstáculo.

"Não posso trocar a fechadura sem a autorização do dono da casa", o sr. Dunbar avisou. Ele fechou a cara para June, como se aquilo fosse uma coisa que ela deveria saber.

"Por favor", June pediu. "É pela minha família."

"A senhora me desculpe, mas não posso trocar a fechadura se a casa não for sua."

"A casa é minha", ela argumentou.

"Mas não *só* sua", ele rebateu, e June imaginou que a esposa dele já deveria tê-lo trancado para fora algumas vezes.

June continuou insistindo em vão, mas a verdade era que não ficou muito surpresa. Afinal, ela era mulher, e vivia em um mundo feito pelos homens. E sempre soubera que aqueles cretinos protegiam uns aos outros. Não sabiam ser fiéis a ninguém, mas estavam sempre acobertando o que os outros faziam.

"Boa sorte, sra. Riva. Tenho certeza de que no fim vai dar tudo certo", ele disse ao ir embora, sem fazer nada além de extorquir uma taxa de visita por ter precisado sair da cama.

Então June usou a única ferramenta que tinha à disposição: uma cadeira da mesa de jantar. Ela a posicionou sob a maçaneta e se sentou. E, pela primeira vez na vida, desejou ser mais pesada. Desejou ter um corpo mais largo, mais alto e robusto. Forte e parruda. Que idiotice tinha sido se esforçar tanto para se manter magra aquele tempo todo.

À uma da manhã, quando Mick chegou em casa depois da gravação — com o colarinho aberto, os olhos um pouco vermelhos —, notou que a porta abria só uma fresta e nada mais.

"June?", ele chamou pelo pequeno espaço entre a porta e o batente.

"O que me deixa mais magoada", June simplesmente começou a falar, "é que eu sinto que já sabia. Que você não era fiel. Mas deixei isso de lado porque acreditei mais na sua palavra do que no meu instinto."

"Querida, do que você está falando?"

"Você tem mais um filho", June respondeu. "Sua namorada deixou o bebê aqui com a gente. Ao que parece, ela não está pronta para ser mãe."

Mick ficou em silêncio, e de repente June se sentiu desesperada para que ele falasse alguma coisa.

"Ah, Junie", ele disse por fim. June percebeu que a voz dele falhou, como a de alguém prestes a chorar.

Mick desabou no chão, sacudindo a cabeça escondida entre as mãos. *Deus do céu*, ele pensou. *Como isso pôde ter acontecido?*

Para ele, tinha sido tudo bem simples antes de Carol aparecer.

Ele podia ter uma casa linda com uma esposa linda e filhos lindos. Podia amá-los de todo o coração. Podia ser um homem decente. E *queria* ser um homem decente.

Mas as mulheres se jogavam em cima dele! Só vendo para acreditar. Nos bastidores de seus shows, em especial quando dividia o palco com caras como Freddie Harp e Wilks Topper, os camarins pareciam Sodoma e Gomorra.

June jamais entenderia isso. A forma como as jovenzinhas o olhavam da frente do palco, com seus olhos enormes e brilhantes e seus sorrisos maliciosos. Como essas jovens encontravam maneiras de entrar em seu camarim, com os vestidos um pouco abertos demais.

Ele disse não. Disse não *muitas vezes*. Deixava que elas se aproximassem e o tocassem. Uma vez ou outra, chegou a sentir o gosto de schnapps nos lábios delas. Mas no fim sempre dizia não.

Afastava as mãos delas. Virava a cabeça. Dizia: "É melhor você ir. Tenho uma mulher me esperando em casa".

Mas, sempre que dizia não, ele temia que estivesse cada vez mais próximo do dia em que diria sim. E não sabia ao certo quando havia sido, mas, em algum momento quando Nina ainda era uma coisinha de nada, ele entendeu que estava dizendo não da mesma forma que se recusava a repetir a sobremesa. Com um pouco de insistência, acabaria cedendo.

E foi no estacionamento do estúdio durante a gravação de seu primeiro álbum onde cedeu pela primeira vez. Uma cantora de apoio chamada Diana, ruiva, vinte anos de idade, uma pinta acima da sobrancelha e um sorriso que fazia parecer que ela era capaz de vê-lo sem roupa através do terno.

A caminho de casa certa noite, Mick a encontrou por acaso, perto do seu carro, e os dois trocaram um olhar que se prolongou por um tempo um pouco longo demais. Antes de se dar conta do que fazia, eles estavam se beijando na lateral do prédio, os corpos se comprimindo contra o revestimento de estuque como se suas vidas dependessem daquilo.

Sete minutos depois, havia terminado. Ele se afastou, ajeitou os cabelos e disse: "Obrigado". Ela sorriu e respondeu: "Disponha". E nesse momento ele teve a certeza de que aconteceria de novo.

O lance com Diana durou mais duas semanas, e então ele se cansou. Mas descobriu que, quando tirou Diana da cabeça, o sentimento de culpa o fez querer June ainda mais. Ele precisava ser amado por ela, assim como acontecera quando se conheceram. Ansiava pela aceitação dela, não se cansava nunca daqueles enormes olhos castanhos.

Só que foi bem mais fácil pular a cerca um pouco mais tarde com Betsy, a garçonete do bar que ficava na frente do escritório de seu produtor.

E então veio Daniella, uma menina que vendia cigarros em casas noturnas em Reno. Foi só uma vez. Não significou nada.

E por que significaria?

Ele ainda poderia ser um bom marido para June. Ainda poderia chegar na hora certa em todas as sessões de gravação. Ainda poderia fazer apresentações com ingressos esgotados. Ainda poderia encantar mulheres mais jovens e mais velhas, dar piscadinhas para as senhoras que compareciam aos shows com seus maridos para que se divertissem ouvindo o garotão cantar. Ele estava proporcionando a June tudo o que ela sonhou para os dois. Eles tinham pias duplas no banheiro e estavam começando uma linda família. E, o que quer que June pudesse desejar, ele poderia dar para ela.

Só estava fazendo aquela única concessão para si mesmo.

Mas então conheceu Carol. Eram mulheres como Carol que estragavam tudo. Ele sabia disso. E por isso mesmo a situação era ainda mais enlouquecedora. Mick já tinha aprendido sobre aquilo tudo observando seu pai.

Ele conheceu Carol em um show no Hollywood Bowl. Ela estava acompanhada por um executivo de um estúdio de cinema. Era pequenina, mas tinha uma postura que a tornava o centro das atenções. Não queria estar ali, nem sequer sabia quem era Mick Riva — uma distinção que estava se tornando cada vez mais rara. Carol o cumprimentou com um aperto de mãos educado, e ele sorriu para ela, abriu seu melhor sorriso, e viu os cantos dos lábios rosados dela se curvarem levemente, como se estivesse fazendo força para não gostar dele, mas não estivesse conseguindo.

Quarenta minutos depois, os dois estavam em uma limusine destrancada que encontraram atrás da casa de espetáculos naquela noite. Pouco antes de terminarem, ela gritou seu nome.

Depois, Carol se levantou e foi embora dizendo apenas um "A gente se vê". E, dez minutos mais tarde, estava de novo nos braços do executivo com que viera, ignorando sua presença por completo.

Mick ficou obcecado. Precisava vê-la de novo. E de novo. Ligava para o escritório do agente dela. Não desistia de jeito nenhum, se sentia encantado por aquele charme passivo, aquela indiferença a quase tudo — inclusive a ele. Era impossível não ficar fascinado com o jeito dela de conversar com qualquer um sobre qualquer coisa e não prestar atenção de verdade em ninguém. Nem mesmo nele.

Ai, meu Deus, ele pensou depois de algumas semanas. *Estou me apaixonando.*

Fazia três meses que eles se encontravam tarde da noite e em escapadas no horário do almoço quando Carol contou que estava grávida.

Os dois se cruzaram no Ciro's. Mick estava jantando com seu produtor. Carol estava lá com outro homem.

Mick a chamou para o banheiro masculino e a pegou em uma cabine do reservado, tão transtornado de ciúme ao vê-la com outro que sentiu a necessidade de possuí-la ali mesmo.

E então, enquanto ele arrumava os cabelos e se preparava para sair do banheiro e Carol alisava a saia para voltar a ficar apresentável, ela disse: "Estou grávida. O filho é seu".

Ele olhou para ela, torcendo para que fosse uma brincadeira. Claramente não era. E, antes que Mick pudesse esboçar uma resposta, ela saiu e o deixou lá sozinho.

Mick fechou os olhos e, quando os abriu, encontrou seu reflexo boquiaberto no espelho. *Seu idiota do caralho.* No instante seguinte, estava esmurrando sua própria imagem, arrebentando o vidro e abrindo um corte na mão.

Ele não voltou a ver Carol depois daquela noite. Mandava dinheiro, mas parou de ligar, se obrigou a deixar de pensar nela e não levou mais mulher nenhuma para cama desde então.

E, quase um ano depois, estava diante de uma barricada montada diante de sua própria casa. Mas sabia desde o momento em que socou aquele espelho o que viria pela frente. Talvez soubesse até antes disso. Talvez sempre tivera a consciência de que era impossível escapar de ser quem ele de fato é.

"Junie, eu sinto muito, muito mesmo", Mick disse, começando a chorar. Era insuportável sentir tanto ódio de si mesmo. "Eu tentei fazer a coisa certa, juro que tentei."

June não se deixou comover pelo som desconsolado da voz dele.

Para ela não era difícil manter a raiva, mas, sempre que sentia que poderia ceder, bastava pensar em quando estava grávida e então adicionar à lembrança a ideia de que, não muito longe dali, havia outra mulher com um filho de seu marido na barriga, quase ao mesmo tempo que ela. Como era lamentável não ser a única mulher grávida do próprio marido naquele momento. Para June, isso era o mínimo que poderia se exigir de um homem.

"Eu fui fraco", Mick falou, argumentando com ela. "Foi um momento de fraqueza. Não consegui me segurar. Mas estou mais forte agora."

"Eu não quero você aqui", June respondeu, sem se deixar abalar. "Não quero você perto dessas crianças. Eu odiaria esses meninos se eles virassem um homem como você."

Ela disse "meninos". Não *menino*. *Meninos*.

"Querida", Mick insistiu. E então entendeu como poderia convencê-la a deixá-lo tentar resolver aquela situação, pelo bem de toda a família. "Eu sou o pai do Hudson. Se quiser ficar com ele, vai ter que ficar comigo também."

June e Mick ficaram em silêncio por um instante. Ela não sabia ao certo o que fazer. Ele aguardava com a respiração ofegante. De jeito nenhum ela poderia entregar um bebê nas mãos de Mick. Ele não sabia nem trocar uma fralda. Aquela criança precisava de June. Aquele menino precisava de uma mãe. Ambos sabiam muito bem disso.

June abriu a porta. Mick caiu para dentro da casa.

"Obrigado", ele falou, como se seu pedido de clemência tivesse sido aceito. "Eu vou compensar meu erro. Vou fazer tudo certo de agora em diante."

Nesse exato momento, Mick ergueu os olhos e viu que Nina havia acordado e flagrado os pais naquela situação.

"Oi, querida", ele disse para a filha.

No quarto, Jay e Hud começaram a chorar ao mesmo tempo. June pegou Nina e foi acudir seus bebês. Mick espiou por cima do ombro dela, olhando para o filho que estava conhecendo naquele exato momento.

Para June era insuportável ver Mick estabelecendo um vínculo com aquele bebê. Ela o afastou, e ele recuou.

Quando as crianças voltaram a pegar no sono, ela foi para o quarto e o encontrou deitado na cama, como se o lado esquerdo do colchão ainda fosse dele.

"Junie, eu te amo", ele disse.

Ela não respondeu.

Mas, quando o encarou, sentiu a fadiga tomar conta de seu corpo. Ele não facilitaria as coisas. Não iria embora por vontade própria. Ele a faria gritar e berrar e obrigá-lo a sair. Ela teria que esbravejar e brigar e, mesmo assim, poderia não conseguir o que queria.

A raiva consome muita energia, e naquele momento June estava exausta. Ela soltou um suspiro e permitiu que seu corpo voltasse a respirar. Não podia brigar com ele naquele momento, porque não estava em condições de ganhar uma briga.

Então se deitou ao lado dele e guardou sua indignação para o dia seguinte, quando estivesse pensando melhor. O problema ainda existiria, e eles poderiam brigar de manhã.

Só que, de manhã, a raiva não era mais a mesma. Havia se transformado em mágoa. Ela se viu dominada pela dor da tristeza, que se espalhava por toda a parte e deixava seu corpo todo dolorido. Ela perdera a vida que acreditava ser sua. June estava de luto.

Quando Mick se virou e a abraçou, ela não teve forças para afastá-lo.

"Eu prometo que tudo isso acabou", Mick murmurou, com lágrimas nos olhos. "Nunca mais vou magoar você. Eu te amo, Junie. Do fundo do meu coração. Eu sinto muito."

E, como June não afastou seu braço, Mick ganhou confiança e beijou seu pescoço. E, como June não refutou esse pequeno gesto, não sabia como refutar os maiores. E a coisa continuou avançando. As pequenas barreiras foram se rompendo, se partindo como pequenos gravetos, de forma tão gradual que June não percebeu que ele estava se apossando da árvore inteira.

A cada avanço de Mick, cada abraço, cada beijo, June foi perdendo de vista o momento de reagir e se resignou à dor de nunca ter levantado a sua voz.

E em pouco tempo surgiu uma solução no horizonte — uma que até mesmo June começou a aceitar, talvez porque precisasse de um retorno à normalidade, ainda que fosse uma mentira.

No dia seguinte, à meia-noite, Mick ficou cochichando promessas vazias no ouvido de June, que apesar de tudo gostou de sentir o hálito quente dele no pescoço. E os dois conversaram, no tom apressado e sussurrado que cabe apenas aos segredos.

Mick se manteria fiel para sempre, e Hud seria criado como se fosse filho dos dois. Eles dariam a entender que Jay e Hud eram gêmeos. Ninguém ousaria questionar. Afinal, a família estava prestes a ingressar em outro estrato social com o lançamento do segundo álbum de Mick. Teriam novos amigos, novos conhecidos. Seriam a partir de então uma família de cinco.

Naquela noite, June sentiu que ela e Mick estavam curando juntos suas fraturas. Colocando o gesso no lugar exato, na esperança de que a cicatrização fosse perfeita e algum dia ela nem se lembrasse mais que havia se quebrado.

E o mais maluco de tudo foi que funcionou.

June amava seus filhos, amava sua menina e seus gêmeos. Amava sua casa junto ao mar e ver suas crianças brincando na praia. Amava o fato de que as pessoas que a paravam no mercado, com dois bebês e uma criança pequena no carrinho, e perguntavam: "Você não é a mulher do Mick Riva?".

Gostava do dinheiro, do Cadillac e dos casacos de pele. Gostava de deixar as crianças com a mãe, colocar seu vestido mais chique e ver os shows de Mick de trás do palco.

Gostava de ouvir "Warm June" no rádio e de ter a atenção de Mick quando ele estava em casa. Ele sempre a fazia se sentir como se fosse a única mulher no mundo, embora ela soubesse — agora com absoluta certeza — que não era.

Então, apesar da úlcera crescendo em seu estômago, June era obrigada a admitir que conseguiu engolir tudo com mais facilidade do que imaginava. E a vodca ajudava.

Infelizmente, Mick era incapaz de se controlar.

Logo apareceu Ruby, que ele conheceu no estacionamento do Sunset. E depois Joy, uma amiga de Ruby. Elas não significavam nada, então ele não enxergava a coisa como uma traição.

Mas então veio Veronica. *E, ai, meu Deus*, Veronica.

Cabelos pretos, pele bronzeada, olhos verdes, um corpo que parecia ter sido a inspiração para a fabricação de ampulhetas. Ele se apaixonou de novo, apesar do esforço para manter seu coração sob controle. Se apaixonou pelo sorriso de lábios vermelhos e pelo gosto dela de fazer amor ao ar livre. Se apaixonou pelos vestidos justos e pelo senso de humor sarcástico dela, que se recusava a se deixar impressionar e até zombava dele. Se apaixonou pela fama que ela estava conquistando, talvez maior que a dele, quando estrelou um thriller doméstico de sucesso chamado *O balanço da varanda*. Seu nome estava no alto das marquises em letras enormes e, mesmo assim, na calada da noite, era o nome de Mick que ela gritava.

Seu desejo por Veronica Lowe era insaciável.

E June sabia exatamente o que estava acontecendo.

Quando Mick começou a chegar em casa às quatro da manhã, quando Mick apareceu com uma pequena mancha de batom atrás da orelha, quando Mick parou de beijá-la de manhã ao acordar.

Mick começou a jantar com Veronica em lugares públicos. E às vezes simplesmente não voltava para casa.

June mudou o corte de cabelo. Perdeu peso. Se humilhou ao ponto de pedir dicas para as amigas sobre o que fazer na cama. Fazia o prato preferido dele. Nos poucos momentos em que tinha a atenção de Mick, tentava lembrá-lo sutilmente do dever que ele tinha em relação às crianças.

Mas nada parecia capaz de trazê-lo de volta.

Mick dizia a si mesmo que não era como seu pai, que chegava em casa com o perfume de outra mulher no corpo, que desaparecia de casa por semanas, que batia em sua mãe quando ela fazia perguntas demais.

Dizia a si mesmo que tinha feito a coisa certa ao se casar com June, uma mulher que não era como sua mãe, que revidava as agressões de seu pai na mesma moeda. Mas estava perdido nos cabelos de Veronica, que tinham cheiro de baunilha. Estava perdido em seu riso. Estava perdido em suas pernas. Estava perdido.

Então, certa noite, quando os meninos tinham dez e onze meses, Mick chegou em casa às quatro da madrugada.

Estava bêbado, mas não desorientado. Esbarrou na mesinha de cabeceira ao pegar seu passaporte. O abajur foi para o chão.

June acordou e o viu ali, com os cabelos caídos sobre o rosto, os olhos vermelhos, o paletó no braço. Havia uma mala de viagem em sua mão.

"O que está acontecendo?", ela perguntou. Mas já sabia a resposta, da mesma forma como as pessoas descobrem que vão ser assaltadas — ou seja, no último segundo.

"Vou levar Veronica para Paris", ele disse antes de virar as costas e sair andando.

June o seguiu até a entrada da garagem só de camisola. "Você não pode fazer isso!", ela gritou. "Você falou que isso não ia acontecer!" Ela se humilhou implorando por algo que nunca quis ter que implorar.

"Eu não posso viver assim!", Mick gritou de volta. "Como um pai de família, ou sei lá o que você pensou que eu fosse. Não dá! Eu tentei, entendeu? E não consigo!"

"Mick, não", June disse quando a porta do carro se fechou. "Não abandone a gente."

Mas foi exatamente isso que ele fez. June ficou observando enquanto ele manobrava o carro e ia embora. Então desabou pesadamente no chão, como uma âncora que não estava amarrada a nada.

Mick foi para a casa de Veronica nas montanhas, onde disse a si mesmo que enfim colocaria sua vida nos eixos. Ele seria melhor com Veronica.

Ele não era um homem decente. Não era um homem honesto. Não tinha nascido nem sido criado para ser um. Mas a mulher certa poderia salvá-lo. Ele pensou que fosse June, mas então entendeu que era Veronica. *Ela* era a solução. Seu amor por ela era forte o suficiente para curá--lo. Ele visitaria os filhos quando as coisas se acalmassem. Em alguns anos, quando tivessem idade suficiente, eles conseguiriam entender.

June chorou na frente da garagem de sua casa pelo que pareceu ser uma eternidade. Chorou por ela e pelos filhos, pelo tanto que havia cedido para manter Mick por perto, por isso não ter sido suficiente para fazê-lo ficar. Chorou porque a surpresa não era ele ter ido embora, e sim ter feito isso naquele momento, não no dia seguinte, nem dez anos depois.

Sua mãe estava certa. Ele era uma escolha muito arriscada, um homem bonito demais.

Por que os erros que àquela altura pareciam tão claros ficaram tão bem escondidos de seus olhos enquanto ela os cometia?

E então, por uma fração de segundo, June desmoronou ao pensar que, caso ele não voltasse, talvez ela nunca mais encontrasse um homem que a tocasse daquela maneira. Ele havia levado muita coisa consigo quando foi embora.

O sol estava começando a nascer quando June se recompôs e voltou para dentro, determinada. Ela não se deixaria destruir pela situação. Não na frente de seus filhos.

June entrou na cozinha e colocou duas colheres sobre as pálpebras, para tentar reduzir o inchaço. Mas, quando viu seu reflexo na lateral da torradeira, encontrou exatamente o que mais temia.

Ela serviu um copo de suco de laranja e despejou um pouco da vodca que guardava no armário. Depois ajeitou os cabelos e tentou recuperar o que restava de sua dignidade.

"Para onde o papai foi?", Nina perguntou, parada na porta.

"Seu pai não sabe como um homem deveria se comportar", June disse ao passar por ela. Em seguida pegou os discos de Mick da vitrola e jogou todos fora, deixando aquele rosto confiante estampado na capa a encarando da lixeira.

Depois ainda despejou o resto da caixa de suco de laranja por cima. "Vá lavar as mãos e se trocar para tomar o café da manhã."

June e seus três filhos comeram ovos e torradas. Ela os levou para a praia. Eles passaram o dia na água. Nina mostrou para June que sabia cantar a musiquinha do alfabeto inteiro. Jay e Hudson estavam começando a aprender a ficar de pé sozinhos. Christina apareceu por volta da hora do almoço com sanduíches de atum, e June a puxou de lado para uma conversa.

"Ele foi embora, mãe", ela contou. "De vez."

Christina fechou os olhos e sacudiu a cabeça. "Ele vai voltar, querida", ela falou por fim. "E, quando ele estiver aqui, vocês vão ter que decidir o que fazer."

June assentiu, aliviada. "E se ele não voltar?", ela questionou. Sua voz estava tão abalada que ela mal suportava ouvir.

"Se não voltar, não voltou", Christina respondeu. "Você ainda pode contar comigo e com o seu pai."

June prendeu a respiração e olhou para os filhos. Nina estava fazendo um castelo de areia. Jay estava prestes a comer um bom punhado de areia. Hudson estava dormindo embaixo do guarda-sol.

Eu vou ser mais que isso, June pensou. *Não sou só uma mulher que ele abandonou.*

Mas, naquela noite, depois de ter colocado cada um em sua cama e apagado as luzes, June ficou olhando o teto e pensando que ela, Nina, Jay e Hudson tinham todos sofrido uma perda. A partir de então teriam que conviver com buracos de diferentes tamanhos em seus corações.

MEIO-DIA

Nina estava na cozinha apertada enquanto os três cozinheiros trabalhavam na grelha gigantesca e nas duas fritadeiras. Em silêncio, ela começou a fazer aquela que talvez fosse sua tarefa mais importante no Riva's. Pegou alguns punhados de mariscos fritos, uma tigela de salada de camarão frio, um frasco de molho tártaro, três fatias de queijo e quatro pães. Estava preparando para cada um dos irmãos aquilo que eles haviam batizado de "o Sanduíche".

Era uma gororoba de frutos do mar frios prensados no meio do pão. Um para cada um — o de Nina sem queijo, o de Jay com molho extra, o de Hud sem marisco, e o de Kit com um toque de limão.

O Sanduíche não existia sem Nina. Mesmo quando estava doente, ela ia até lá fazer o Sanduíche. Quando estava viajando para uma sessão de fotos, ninguém comia o Sanduíche. Jay, Hud ou Kit jamais cogitaram a possibilidade de preparar o Sanduíche eles mesmos, ou fazê-lo para Nina.

Ela não se importava. Nina cuidava dos irmãos, e eles eram gratos por isso, eles a amavam por isso, e ponto-final.

Quando os Sanduíches estavam prontos, Nina pegou quatro cestinhos vermelhos e quatro toalhas de papel. Colocou um Sanduíche em cada e preencheu o espaço restante com batatas fritas. A não ser o seu, que levava tomates fatiados em vez disso.

Ela olhou no relógio. Seus irmãos e sua irmã estavam atrasados.

"Hoje à noite tem festa, hein, garota?"

Nina ergueu os olhos e viu Wendy saindo da cozinha. Era uma aspirante a atriz que fazia alguns turnos como garçonete no Riva's Seafood entre um teste e outro em Hollywood. Até então, havia conseguido participações em uma novela e em um videoclipe.

"Ah, sim", Nina falou. Ela gostava de Wendy, que nunca faltava ao trabalho, tratava bem os clientes e sempre se lembrava de limpar a máquina de refrigerantes. "Você vai?"

Wendy ergueu uma sobrancelha. "Você acha mesmo que eu perderia? A festa dos Riva é o único evento do ano em que ninguém nunca sabe o que realmente pode acontecer."

Nina revirou os olhos. "Ai, meu Deus", ela falou. "Desse jeito parece uma coisa tão..."

"Radical?", sugeriu Wendy.

Nina deu risada de novo. "Isso, radical."

"Eu vou estar lá, e com a corda toda."

"Eu também vou, aliás!", Ramon gritou da fritadeira.

Nina deu risada enquanto colocava os mariscos fritos em cada um dos pães. "Só vou acreditar quando te ver lá", ela respondeu.

"Pfff", ele disse, fazendo um gesto de desdém com a mão enquanto tirava dois cestos de camarão do óleo quente. "Você sabe que eu tenho mais o que fazer. Não posso ir a uma festa de grã-finos e perder tempo com um bando de idiotas famosos. Sem ofensas, claro."

"Eu não esperava nada menos de você do que uma recusa ao meu convite", Nina disse. Ela tinha certeza de que Ramon era o único funcionário do restaurante que não considerava o convite para a festa anual dos Riva um dos benefícios do emprego.

Por outro lado, ela estava certa de que o garoto que naquele momento pilotava a grelha, Kyle Manheim, um surfista local que tinha acabado de terminar o colégio, trabalhou lá naquele verão *só* para ser convidado. Era quase possível sentir sua resignação com o fato de precisar continuar no emprego na semana seguinte.

"Cadê os inúteis dos seus irmãos?", Ramon perguntou. E, nesse exato momento, Kyle pôs fogo na grelha. Enquanto a cozinha mergulhava em um caos controlado, Nina colocou as cestinhas com os sanduíches em uma bandeja e levou para a sala de descanso dos funcionários no fundo do restaurante.

Nina se sentou e pegou uma revista da mesa atrás dela. *Newslife*.

Começou a folhear um pouco. Reagan e os dissidentes russos, a MTV arruinando a vida da juventude e *será que ela deveria comprar um aparelho de video-disc?*

Havia anúncios do Chevy Malibu, e o rum de coco Malibu, e do bronzeador Malibu Musk. Nina se perguntou pela milionésima vez por que as pessoas de fora da cidade evocavam aquela imagem de Malibu como um lugar exótico e quase sobrenaturalmente incrível, como se fosse uma utopia banhada pelo sol.

Seu vizinho poderia ter estrelado alguns filmes, verdade, mas Malibu era só um lugar para se viver, igual a qualquer outro. As pessoas de lá também escovavam os dentes, deixavam o jantar queimar e faziam o mesmo que todo mundo, só que com uma vista para o Pacífico. *Alguém precisa dizer para essa gente*, Nina pensou, *que o paraíso não existe.*

E então ela virou a página e deu de cara com seu marido outra vez. "BranRan e Carrie Soto: Dupla mista também fora das quadras". *Argh, esses trocadilhos do tênis.*

Nina largou a revista, enojada. Mas então pegou de volta e leu a matéria duas vezes. Havia fotos de Brandon e Carrie juntos em todas as páginas. Os dois passeando pela Rodeo Drive em um Porsche prateado, os dois entrando em um country club em Bel Air.

Aquelas fotos a atormentavam. Não porque Brandon parecesse feliz com Carrie, o que de fato parecia. E também não porque parecesse *diferente* com Carrie, o que também era verdade. Brandon tinha substituído as camisetas por camisas polo, e os mocassins dockside por sapatos sociais.

Mas não. O que atormentava Nina era o fato de aquilo tudo parecer tão familiar. Uma lembrança dos tempos em que sua mãe folheava revistas cheias de imagens de seu pai com a nova esposa.

"Chegamos!", Hud gritou antes mesmo que eles chegassem à porta.

Nina se levantou e deu um abraço em cada um dos irmãos.

"Desculpa o atraso", Kit falou.

"Tudo bem", respondeu Nina.

"É culpa do Jay", explicou Kit.

"Nós não atrasamos quase nada, na verdade", Jay retrucou, olhando para o relógio na parede logo atrás. Eram 12h23.

Os quatro se sentaram ao redor da mesa e Kit imediatamente começou a comer suas batatas fritas. Nina sabia que já estavam frias, mas se sentiu grata pelo fato de nenhum deles mencionar isso.

"Então, como estão as coisas para a festa?", Kit quis saber, colocando uma batata na boca. "Precisa da nossa ajuda?"

Nina pegou uma fatia de tomate. *Nossa, como ela queria uma batata frita.* "Não", respondeu, sacudindo a cabeça. "Está tudo sob controle. O pessoal da limpeza chega lá em casa daqui a algumas horas. A equipe do buffet deve aparecer às cinco. Os barmen devem estar lá... às seis? Acho? A festa é às sete, mas as pessoas devem começar a chegar lá pelas sete e meia. Tudo certo."

Jay sacudiu a cabeça. "É tudo tão diferente de antes."

Hud deu risada enquanto mastigava. Em seguida limpou a boca e engoliu. "Está falando de quando era a Nina quem limpava a casa e a Kit enchia as tigelas de pretzels..."

"E você e eu tentávamos convencer o Hank Wegman da loja de bebidas a vender três barris de cerveja para a gente", Jay completou. "É disso mesmo que eu estou falando."

"Aliás, este ano foquei mais em vinho e cerveja", Nina avisou. "Claro que vai ter algumas garrafas para fazer uns drinques, mas não quero ninguém enlouquecendo. Não quero que alguém pense que é uma boa ideia pular da minha sacada para a piscina de novo."

"Ai, meu Deus", Kit falou, aos risos. "O nariz do Jordan Walker ainda está horrível! Lembra de quando a gente viu *Juramento para a eternidade?* Toda vez que ele aparecia na tela, parecia que estava com a cara cheia de massa de modelar."

Hud deu risada.

"Mas não foi porque ele bebeu uísque", Jay respondeu. "O cara estava doidão de cogumelos."

"Mesmo assim", Nina insistiu. "E o pessoal do buffet falou que servir vinho e cerveja é bem mais bacana, aliás."

"Certo, beleza", disse Jay. Em seguida, se virou para Hud, e em uma fração de segundo os dois já sabiam que iriam até a loja de bebidas mais tarde para abastecer o bar com tudo o que quisessem.

"Pessoal, e se a Goldie aparecer este ano?", Hud perguntou.

Jay sacudiu a cabeça. Nina sorriu.

"Quer parar com isso?" Kit retrucou, aos risos. "Goldie... que intimidade é essa? Você nem conhece ela."

"Conheço, sim."

"Ficar atrás de alguém na fila do mercado não quer dizer que você conhece a pessoa. Você pode falar Goldie Hawn, como todo mundo", Kit disse.

"Eu emprestei minha cestinha para ela!", Hud argumentou. "Porque ela estava com as mãos ocupadas com as crianças. E ainda falou: 'Oi, eu sou a Goldie!'"

Nina, Jay e Kit se entreolharam, tentando decidir se concordariam ou não com ele.

"Ninguém me falou nada se a Goldie Hawn viria", Nina disse, diplomática. "Mas acho que o Ted Travis vai aparecer de novo."

Kit sorriu e esfregou as mãos, empolgada. "Legal!"

Ted Travis morava a quatro quadras de Nina, em uma casa construída em formato de donut com um bar decorado em estilo polinésio e uma gruta no meio. Kit e Vanessa, sua melhor amiga, nunca perdiam um episódio do programa dele, *Noites quentes*, sobre um policial de Orange County que dormia com a mulher de todo mundo e resolvia casos de assassinato usando blazer e calção de banho. "Ele saltou duas lanchas de esqui na semana passada, e Van e eu queremos perguntar como foi."

"Vanessa vai também?", Nina perguntou. "Você disse que talvez ela fosse para San Diego com a família."

"Não, ela vai, sim", Kit disse. Vanessa era apaixonada por Hud desde quando Kit e ela tinham treze anos. Então Kit sabia que ela não perderia a oportunidade de ficar perto dele. Kit torcia para que aquela paixonite acabasse logo, mas isso nunca acontecia. E Hud não ajudava em nada sendo sempre tão gentil com ela.

"Mas o Ted aparecer por acaso é surpresa?", Jay comentou. "Ele não perde uma chance de dar em cima da Nina."

Nina revirou os olhos. "O cara tem, tipo, idade para ser o nosso pai", ela respondeu, levantando da mesa para pegar um guardanapo no balcão. "E, de qualquer forma, não quero nem pensar na possibilidade de alguém dar em cima de mim. Não estou muito animada para isso ultimamente."

"Ah, qual é", Jay retrucou.

"Melhor deixar esse assunto para lá", sugeriu Hud.

"Sério que você vai ficar mal por causa de um tenista de bosta?", Jay disse, olhando bem para Nina. "O cara é um puta de um babaca e, desculpa, mas o backhand dele é um lixo. E eu sempre achei isso. Mesmo quando gostava dele."

"Pois é", Kit disse. "Acho que o Jay meio que tem razão. E a gente já pode comentar que ele está ficando careca?"

Essa última parte fez Nina rir. Hud percebeu e riu junto.

"Ele está mesmo ficando careca", Nina disse. "O que não seria problema, desde que ele reconhecesse isso. Mas ele não fazia a menor ideia! Era, tipo, bem no alto da cabeça, e ele usando aquelas viseiras..."

"Que só o faziam parecer ainda mais careca", Jay disse, direto ao ponto. "Por que você deixava ele usar aquelas viseiras?"

"Eu não sabia como falar que ele estava ficando careca!"

Kit sacudiu a cabeça. "Isso é brutal. Você deixar o cara sair da sua casa e aparecer na TV com só um tufo de cabelo na cabeça."

Os quatro caíram na gargalhada, pensando na imagem de Brandon Randall ignorando a própria calvície na ESPN.

Eles eram bons nisso, e tinham experiência no assunto. Era assim que começavam o processo de esquecer as pessoas que saíam de suas vidas.

"Pelo menos agora ele é problema da Carrie Soto", Nina disse. "Ela que arrume um jeito de contar para ele."

A parte boa de ser abandonada por um imbecil é não ser mais obrigada a lidar com ele. Pelo menos em teoria.

1961

Mick se casou com Veronica um dia depois de ter assinado o divórcio com June. Algumas semanas depois, Mick e Veronica compraram uma cobertura no Upper East Side em Manhattan e se mudaram para o outro lado do país.

Estavam casados fazia quatro meses quando ele começou a transar com a mulher do engenheiro de som com quem trabalhava, uma ruiva de olhos azuis chamada Sandra.

Quando Veronica descobriu — tinha encontrado um grampo de cabelos marrom no paletó dele —, jogou um prato de porcelana em Mick. E mais dois logo em seguida.

"Porra, Ronnie!", Mick gritou. "Está querendo me matar?"

"Eu odeio você!", ela gritou quando jogou outro. "Espero que você morra! De verdade!" A pontaria dela era péssima — nenhum dos pratos passou nem perto dele. Mas Mick ficou assustado com aquela demonstração de violência. O rosto vermelho, os olhos enlouquecidos, a cacofonia de pratos se quebrando e gritos femininos.

Na manhã seguinte, pediu a seu advogado que desse entrada no divórcio.

Quando foi ao apartamento com uma equipe de mudanças para buscar suas coisas, Veronica apareceu só de robe, gritando com ele, com o rímel escorrendo pelo rosto. "Você é um homem horrível", ela gritou. "É um merda desde que nasceu e vai ser um merda até morrer, assim como todos os outros merdas desse mundo!"

Quando ele pediu para os carregadores pegarem o abajur da mesinha de cabeceira, ela estapeou suas costas e arranhou seu ombro.

"Veronica, para com isso", ele disse, com a maior calma de que era capaz. "Por favor."

Ela pegou o abajur da mão do carregador e atirou na parede. A pulsação de Mick foi se acelerando à medida que ela perdia o controle. Ele ficou pálido, com o estômago embrulhado. Veronica avançou sobre ele, que desviou no último segundo, fazendo ela cair no chão, aos prantos. Mick deixou algumas centenas de dólares na mão do chefe da equipe de mudanças e foi embora.

Enquanto acendia um cigarro na esquina, esperando um táxi para voltar ao hotel, pensou com carinho em June.

June ficou sabendo do divórcio pelas páginas da revista *Sub Rosa*. Quando leu a manchete, sentiu algo parecido com orgulho. Ela havia conseguido segurá-lo por mais tempo do que Veronica.

Talvez agora ele ponha a cabeça no lugar, June pensou. *Talvez pelo menos ligue para os filhos.* Mas o telefone nunca tocava. Nem no Natal, nem no aniversário de ninguém. Nunca.

Mas nos raros momentos de tranquilidade no camarim...

Nos ensurdecedores segundos de sobriedade que precediam o primeiro drinque nas festas depois dos shows...

Nas manhãs ofuscantes e ensolaradas antes do primeiro copo de bourbon...

Mick pensava nos filhos. Em Nina, Jay e Hud.

Eles iriam ficar bem, era o que ele pensava. Tinha escolhido uma boa mãe para eles. Isso ele fez direito. E pagava todas as contas. Mantinha um teto sobre a cabeça deles com a pensão altíssima que mandava todo mês. Eles ficariam bem. Afinal, ele mesmo conseguira sobreviver com muito menos do que eles tinham. Mick preferiu ignorar a ideia que poderia causar nos filhos o mesmo estrago que outras pessoas causaram nele.

Carlo e Anna Riva eram altos, robustos e imponentes. Tiveram apenas um filho, Michael Dominic Riva. Chegaram a tentar de novo, mas não conseguiram. Em outras famílias, ser filho único poderia significar um tratamento de rei, mas, para os Riva, Mick era o início de um projeto fracassado, e que às vezes eles se sentiam tentados a abandonar.

Carlo era um barbeiro sem muito talento. Anna era uma cozinheira medíocre. Muitas vezes não conseguiam manter o aluguel em dia nem colocar uma comida decente na mesa. Mas eram apaixonados um pelo outro, e era o tipo de amor que machucava. Eles tinham seus altos e baixos — nos melhores dias, o amor mal parecia caber dentro do peito e, nos piores, parecia que iam acabar se matando. Eles saíam no tapa. Faziam amor com um senso de urgência quase maníaco. Trancavam um ao outro para fora de casa. Ameaçavam chamar a polícia. Carlo nunca foi fiel. Anna nunca foi boazinha. E nenhum dos dois fazia questão de se lembrar de que tinham um filho.

Certa vez, quando Mick tinha quatro anos, Anna estava fazendo o jantar quando Carlo chegou em casa cheirando a perfume.

"Eu sei muito bem onde você estava!", Anna gritou, furiosa. "Com aquela vagabunda da esquina." O pequeno Mick correu para se esconder quando ouviu o tom de voz dela se elevar. Ele já conhecia os lugares onde poderia se proteger.

"Anna, cuida da sua vida", Carlo esbravejou.

Anna pegou a panela de água fervente com as duas mãos e jogou no marido.

A água escaldante caiu no piso da cozinha depois de atingir o pescoço de Carlo. Do chão da sala de estar, Mick viu a pele do pai começar a inchar perto do colarinho.

"Sua puta! Sua louca!", Carlo berrou.

Quando a queimadura se transformou em bolhas, Carlo e Anna já estavam agarrados no sofá esfarrapado, como se não houvesse mais ninguém ali.

Mick os observava com olhos arregalados, sem se preocupar se seria pego espiando. Os dois nunca olhavam para ele quando estavam assim.

No mês seguinte, Carlo sumiu de novo. Tinha conhecido uma costureira loira no metrô. Ficou nove semanas sem aparecer em casa.

Em momentos como esse, quando seu pai sumia, Mick encontrava muitas vezes sua mãe chorando sozinha na cama. Havia manhãs, e não eram poucas, em que Anna ficava na cama até bem depois do meio-dia.

Em manhãs como essa, Mick acordava e esperava sua mãe aparecer para cuidar dele. Esperava até as dez ou as onze, às vezes até a uma da tarde. E então, percebendo que seria um dia daqueles, resolvia se virar sozinho.

Mais tarde, Anna abria a porta do quarto e se juntava ao mundo dos vivos, muitas vezes encontrando seu filho sentado no chão de pernas cruzadas, comendo espaguete cru. Então corria para abraçá-lo e dizia: "Meu menino, me desculpe. Vamos arrumar alguma coisa para você comer".

Ela o levava à confeitaria e comprava todos os pães doces e donuts que ele quisesse. Ela o entupia de açúcar e o fazia rir. Ela o abraçava com alegria, pegando-o no colo e dizendo "Meu garoto, meu garoto, rápido como um piloto" enquanto corria com ele pelas ruas. As pessoas ficavam olhando sem entender nada, o que tornava tudo ainda mais divertido.

"Eles não sabem se divertir", Anna dizia para o filho. "Não são especiais como nós. Não nasceram com magia no coração."

Quando chegavam em casa, Mick muitas vezes tinha dor de barriga, se sentia esgotado depois que o pico de açúcar no sangue passava e pegava no sono ainda nos braços amorosos da mãe. Mas então ela desmoronava de novo.

Em algum momento, o pai de Mick voltava para casa. E as brigas recomeçavam. E eles voltavam a trancar um ao outro para fora de casa.

Porém, mais cedo ou mais tarde — poderia levar semanas ou meses ou até um ano —, seu pai ia embora de novo. E sua mãe não saía da cama.

E Mick precisava se virar sozinho.

Mick se casou de novo pouco depois de se divorciar de Veronica, com a maior estrela de Hollywood. Foi um escândalo quando o matrimônio foi anulado logo no dia seguinte. Não se falava de outra coisa na cidade.

Nina viu as manchetes na fila do mercado quando June foi comprar leite e pão. Não sabia ler o que estava escrito na capa da revista, e June não sabia se a filha reconhecia o rosto do homem que era sangue de seu sangue. Afinal, ela havia tirado todos os discos e as fotografias dele de casa. Mudava de canal nas poucas vezes em que o rosto dele invadia a tela da TV. Mesmo assim, Nina ficou olhando para a revista como se fosse capaz de entender a importância daquilo.

June pegou a pilha de revistas e a virou ao contrário.

"Não se preocupe com essas porcarias", ela disse com a voz firme. "Essas pessoas não têm importância nenhuma."

June pagou pelas compras e disse a si mesma que não se importava mais com o que ele fazia. Então levou os filhos para casa e preparou um Sea Breeze para beber.

E então chegou a primavera de 1962.

Mick estava solteiro e em Los Angeles para um show no Greek Theatre, um dos últimos de sua terceira turnê mundial.

No camarim depois da apresentação, Mick afrouxou o nó da gravata e começou a beber seu quinto Manhattan da noite.

"Pronto para sair e se divertir um pouco?", sua maquiadora perguntou com um brilho malicioso nos olhos.

Mick nem tinha colocado as mãos nela e já estava entediado. Ele revirou os olhos e pegou seu drinque. Estava cansado de ter gente ao seu redor o tempo todo. Mas também não sabia o que fazer quando ficava sozinho. Assim, resolveu sair para jogar um pouco de charme para os VIPs e as beldades que tinham ido visitar os bastidores.

Havia muitas garotas. Muitas mulheres. Por alguma razão, todas elas pareciam fáceis demais nos últimos tempos. Todas clamando por uma chance de se jogar em seus braços, todas com o mesmo tipo de maquiagem, todas com os mesmos penteados. Nem mesmo a beleza que possuíam parecia ter importância — o que era mais uma mulher bonita quando já tinha dormido com centenas? Que diferença fazia se a adolescente lindinha ali no canto não parava de olhar para ele se já havia ido para a cama com a mulher mais famosa do mundo?

Mick começou a entrar sozinho no banco traseiro de suas limusines, bêbado e semiadormecido. Aquela noite no Greek não foi diferente. Apenas ele, o motorista e uma garrafa de Seagram's.

Ele apoiou a cabeça na janela, vendo Los Angeles passar enquanto seu motorista acelerava em direção ao Beverly Wilshire. Mick estava bebendo seu uísque direto no gargalo. Talvez fosse a visão de sua antiga cidade, talvez fosse o cheiro do ar, talvez fosse um reconhecimento que surgia em sua alma. Mas o fato foi que, quando ele fechou os olhos, o rosto de June apareceu em sua mente. Redondo, com os olhos amorosos e gentis. Ela estava preparando seu jantar, servindo seu drinque, abraçando as crianças. Linda, paciente, generosa.

As coisas eram mais fáceis nessa época. Quando ele relaxava na presença dela, na vida que tinham juntos. Por mais modesta e simples que fosse. Ela era uma boa mulher. Com June, ele ficava mais próximo de se tornar um homem decente.

"Vamos pegar a rodovia interestadual 10", ele falou para o motorista antes que pudesse se dar conta do que estava fazendo. "Vamos pela 10 até a PCH, por favor. E seguir até Malibu."

Quarenta e oito minutos depois, ele chegou à porta da frente da primeira casa que comprou, o lar da única mulher que amou de verdade.

June acordou com o som das ondas quebrando e de alguém batendo na porta. Ela vestiu o robe.

De alguma forma, já sabia quem era antes mesmo de virar a maçaneta, mas não conseguiu acreditar até que viu com seus próprios olhos. Lá estava ele, parado diante da porta, com um estiloso terno preto, camisa branca, gravata fina afrouxada e os cabelos um tanto desalinhados.

"Junie", ele falou. "Eu te amo."

Ela o encarou, atordoada.

"Eu te amo!", ele gritou tão alto que a assustou. Ela o deixou entrar, pelo menos para que parasse de fazer escândalo.

"Senta aí", ela disse, apontando para a mesa com as mesmas cadeiras de vinil que estavam lá quando ele foi embora, dois anos antes.

"Como foi que você conseguiu ficar ainda mais linda?", ele perguntou enquanto se sentava.

June fez um gesto de desdém enquanto passava um café.

"Você é tudo", ele disse.

"Ah, é?", June falou com um tom frio. "E você é um nada."

Ele esperava por isso. Ela tinha o direito de estar furiosa. "O que foi que eu fiz com a minha vida, June?", ele disse, segurando a cabeça entre as mãos. "Eu tinha você, e estraguei tudo. Estraguei tudo porque me deixei levar por mulheres vulgares, que não chegam nem aos seus pés." Ele a encarou com os olhos marejados. "Eu tinha você. Eu tinha tudo. E abri mão disso porque não sabia ser o homem que quero ser."

June não sabia como responder àquelas palavras que tanto queria ouvir.

"Eu não consigo viver sem você", ele falou, se dando conta de que estava lá para recuperar o que havia perdido. "Não consigo viver sem vocês, sem a minha família. Eu fui muito idiota. Mas preciso de você. Preciso de você e das crianças. Preciso dessa família, Junie." Ele ficou de joelhos. "Eu me arrependi assim que fui embora. E sinto muito por isso até hoje. Sinto muito."

June tentou desesperadamente fazer o nó que sentia na garganta desaparecer, segurar as lágrimas que invadiam seus olhos. Não queria que ele soubesse o quanto tinha ficado arrasada, e o quanto estava aflita naquele momento.

"Me dê uma chance de corrigir isso", ele falou. "Estou implorando." Mick beijou sua mão com humildade e reverência, como se apenas ela fosse capaz de curá-lo. "Me aceite de volta, Junie."

Ele pareceu minúsculo aos olhos de June naquele momento.

"Pense na vida que podemos dar aos nossos filhos. Nós cinco, passando férias no Havaí e fazendo churrascos no feriado de Quatro de Julho. Podemos dar a eles uma infância com tudo o que sonhamos para nós. Tudo o que pudermos imaginar, nós podemos dar para essas crianças."

June sentiu um aperto no coração. E Mick também.

"Por favor", ele insistiu. "Eu amo os nossos filhos. Preciso das nossas crianças."

Mick estava arrombando as trancas do coração dela como um ladrão fazia para invadir residências. *Quase, quase, quase*, e então: "Eu estou disposto a ser o pai de que eles precisam". *Clique*. O coração se abriu.

June segurou a mão dele e fechou os olhos. Ele a beijou no rosto. "Mick...", ela suspirou.

Com ela de pijama e Mick ainda de terno, June aproximou sua boca do rosto dele e deixou que a beijasse. Os lábios dele eram cheios e quentes e tinham um gosto familiar.

Quando Mick se inclinou para encará-la, June virou a cabeça, mas o pegou pela mão. Ela o conduziu até o quarto. Eles se abraçaram com gestos afoitos, com o coração a mil, os lábios colados, a respiração sincronizada. Estavam ambos sob o mesmo feitiço, a deliciosa ilusão de que era absolutamente fundamental que ficassem juntos.

June ansiara por isso todos os dias desde que ele partira. A sensação de ser o foco da atenção dele, a maneira como ele movia os lábios com os dela. Ele a tocou exatamente da forma que ela tanto queria ser tocada. Mick pegou no sono instantes depois, se sentindo pleno. June permaneceu acordada o resto da noite, vendo o peito dele subir e descer e as pálpebras se mexendo com movimentos acelerados.

Quando o dia raiou, ela sentiu que um novo capítulo se iniciava em sua vida, a parte em que a família vive feliz para sempre. Enquanto June começava a preparar o café da manhã, Nina acordou e entrou na cozinha.

Ela não entendeu muito bem o que estava vendo. Sua mãe estava fazendo ovos e torradas para um desconhecido sentado à mesa, de calça social e camiseta, tomando uma xícara de café. Ele lhe parecia estranhamente familiar, mas ela não sabia ao certo quem era.

Nina perguntou o que não sabia responder. "Oi", ela disse. "Quem é você?"

E Mick, com a maior naturalidade, sorriu para ela e respondeu: "Oi, querida, é o papai. Eu precisei ficar um tempo fora. Mas agora estou de volta. Para sempre".

13H00

Jay juntou o lixo e foi levar para o latão do lado de fora. "Tive uma ideia", ele disse, fazendo uma pausa grandiloquente.

"Então desembucha logo", Kit respondeu.

"Quando foi a última vez que a gente pegou onda juntos? Tipo, todo mundo mesmo?", ele perguntou.

Havia muitas coisas impedindo que os quatro pudessem simplesmente cair na água. Jay e Hud viajavam o mundo inteiro, e Nina estava sempre em uma sessão de fotos. Mas estavam todos juntos naquele momento. E tinham a tarde livre.

"Estou dentro", Kit falou.

Hud assentiu. "Eu também", ele disse. "Uma sessão em família."

Nina olhou no relógio. "Então vamos. As ondas estão ótimas perto de casa. Podemos ir para lá. Até porque não posso ficar muito tempo. O pessoal da limpeza logo chega. Eu preciso estar lá para abrir a porta e ver se está tudo certo."

"Você não pode deixar a porta destrancada e um bilhete?", perguntou Jay.

"Não, né. Eu preciso cumprimentar o pessoal. Deixar todo mundo à vontade."

"À vontade? Eles vão limpar sua casa", Jay disse. "Estão sendo pagos para *você* poder ficar à vontade."

"Jay...", Nina disse, mas não continuou. "A gente vai cair na água ou não?"

"Porra, lógico que a gente vai", Kit disse, batendo na palma da mão de Hud.

Os quatros terminaram o almoço, se despediram dos funcionários do restaurante e foram para os carros.

Seria a última vez que surfariam juntos. Embora Jay não soubesse o que iria acontecer naquela noite — não imaginasse o que os quatro enfrentariam —, pelo menos disso ele tinha certeza.

1962

A vida de Mick entrou nos eixos durante o verão de 1962. Ele estava no intervalo entre uma turnê e outra. Seu novo disco estava a caminho. E estava morando com sua família de novo.

Todos os dias, acordava com a satisfação de ser o homem que deveria ser. Pagava as contas e comprava para June e para as crianças tudo o que eles queriam. Saía com June para jantares românticos, lia histórias de heróis e soldados para os meninos.

Mesmo assim, sua filha parecia sempre com o pé atrás com ele.

Nina não se deixava encantar por Mick como June, e não apreciava sua presença tanto quanto os meninos. Mas Mick continuava determinado a conquistá-la. Fazia cócegas nela na sala de estar, e se oferecia para cantar ao lado de sua cama na hora de dormir. Fazia cheeseburguers para ela na churrasqueira e castelos de areia na praia. Sabia que, com o tempo, ela cederia.

Acreditava que, um dia, Nina entenderia que ele nunca mais iria embora.

"Casa comigo, Junie. De novo, e dessa vez para sempre", Mick disse para June no escuro certa noite depois que fizeram amor em silêncio enquanto o restante da casa dormia.

"Eu pensei que seria para sempre da última vez", June respondeu. Estava em parte brincando, em parte irritada, mas feliz com a proposta.

"Eu era um menino tentando parecer um homem quando me casei com você pela primeira vez. Mas agora *sou* um homem. As coisas mudaram", Mick disse, puxando-a mais para perto. "Você sabe disso, não é?"

"Sim", June disse. "Eu sei." Ela estava vendo que ele se mantinha por perto, não chegava em casa tarde, bebia meio bule de café de manhã para conseguir acordar junto com as crianças e quase não tomava nada alcoólico à noite.

"Você aceita esse novo homem como seu marido?", ele perguntou, afastando-se um pouco do rosto dela.

June sorriu, quase contra a própria vontade, e deu a resposta que ambos sabiam que jamais seria outra. "Sim", ela disse. "Eu aceito."

Naquele mês de setembro, June e Mick se casaram de novo, no fórum de Beverly Hills, com os filhos ao lado. June usou um vestido azul justo com luvas brancas e três colares de pérolas ao redor do pescoço. Mick estava de preto, sua marca registrada. Quando o juiz de paz proclamou que estavam casados novamente, Mick agarrou June, a deitou para o lado e deu um beijo em sua boca. Theo, Christina e as crianças só observavam enquanto June ria e se deliciava por ter sua alma de volta.

"Trate de ser o homem que disse que era", Christina falou para ele depois da cerimônia.

"Hoje eu sou esse homem", Mick disse. "Eu prometo. Prometo que nunca mais vou fazer isso com ela."

"Com eles", Christina corrigiu. "Nunca mais faça isso com *eles*."

Mick assentiu. "Pode acreditar em mim", ele falou. "Eu prometo."

Enquanto a família saía do fórum, Mick deu uma piscadinha para Nina e segurou sua mão. Ela abriu um leve sorriso com seu vestido lavanda, então ele a pegou no colo e correu com ela pelo estacionamento.

"Nina, minha Nina! Mais linda que uma bailarina!", ele cantou antes de colocá-la no chão, com ela aos risos.

Mais tarde, Mick e June não partiram para a lua de mel. Eles voltaram para casa na praia e se despediram de Theo e Christina. June esquentou a comida que sobrou do almoço para eles jantarem. Mick pôs as crianças na cama.

June tirou o vestido e pendurou no armário em um saco plástico, sonhando em dá-lo para a filha algum dia. Seria uma evidência física da possibilidade de uma segunda chance.

June engravidou antes do fim do ano. E, quando Katherine Elizabeth Riva nasceu, Mick estava em casa fazia tanto tempo e sendo tão carinhoso que conseguira conquistar até mesmo a pequena e desconfiada Nina.

"Eu não lembro mais de quando você foi embora", Nina falou certa noite quando ele a colocava na cama antes de ir fazer alguns shows de estreia da nova turnê em Palm Springs. Seu novo álbum estava prestes a ser lançado, e ele estava de volta aos holofotes. Sua assessoria de imprensa havia criado uma história de redenção. "O favorito das mulheres agora é um homem de família." Ele estava com seu terno preto, com os cabelos para trás, mostrando um discreto bico de viúva. Cheirava a pomada modeladora.

"Eu também não lembro, querida", Mick respondeu, dando um beijo na testa dela. "E nós não precisamos mais nos preocupar com isso."

"Eu te amo esse tantão", Nina disse, estendendo os dois braços.

Mick a ajeitou sob o cobertor. "E eu te amo o dobro disso."

Nina tinha aberto por inteiro seu coração, como só aqueles que sofreram uma desilusão e conseguiram voltar a confiar nas pessoas sabem fazer. É como se, quando seu coração é partido, a pessoa tivesse acesso a suas reservas mais profundas de sentimentos. E ela também havia cedido suas reservas dessa vez.

Seu pai estava lá, e não iria embora, e a amava. Ela era sua menina, sua "Nina pequenina". E, de tempos em tempos, quando Mick estava mais emotivo, ele a pegava no colo e a abraçava e admitia a verdade: *Ela era sua favorita.*

No conforto desse amor, Nina floresceu. Começou a cantar as músicas de Mick junto com ele pela casa. "*Sun brings the joy of a warm June...*", eles entoavam em um dueto. "*Long days and midnights bright as the moon...*"

Nina se sentia arrebatada pela voz do pai, fascinada por suas gravatas, impressionada com o brilho de seus sapatos e orgulhosíssima em dizer para as amiguinhas na escola quem era seu pai. Tinha orgulho de seus cílios, cheios e compridos como os dele. Às vezes ficava observando enquanto ele lia o jornal, notando cada piscar de olhos.

"Pare de me olhar assim, querida", Mick dizia, sem tirar os olhos da página.

"Tá bom", Nina respondia e ia fazer outra coisa.

O afeto entre os dois era tão natural, eles se sentiam tão à vontade um com o outro de corpo e alma, que era impossível haver rejeição ou desconforto.

De tempos em tempos, de manhã bem cedo, antes de todos acordarem, Mick chamava Nina para eles empinarem pipa ao nascer do sol. Às vezes ele estava limpo e cheiroso, depois de tomar banho e fazer a barba. Em outras ocasiões, tinha acabado de chegar em casa depois de um show, ainda meio bêbado, com um cheiro meio azedo. Mas, fosse como fosse, se sentava na beirada da cama da filha e dizia: "Acorde, Nina pequenina. Está ventando lá fora".

Nina se levantava da cama, vestia um cardigã por cima da camisola, e os dois desciam para a praia pela escada embaixo da casa.

Era sempre tão cedo que quase nunca havia gente por lá. Só os dois desfrutando do nascer do sol.

A pipa era vermelha com um arco-íris no meio, de cores tão vivas que era possível vê-la mesmo na neblina. Mick deixava a pipa subir e segurava firme. Fingia estar quase deixando escapar, e dizia: "Nina pequenina! Preciso da sua ajuda. Por favor! Você precisa salvar a pipa!".

Ela sabia que era só encenação, mas adorava mesmo assim, e estendia os braços e segurava o barbante com toda força, se sentindo forte, mais forte que seu pai, mais forte que qualquer um no mundo enquanto segurava aquela pipa, mantendo-a ancorada ao chão.

A pipa precisava dela, e seu pai precisava dela. Ah, como era bom se sentir importante para alguém como ela se sentia para ele.

"Você conseguiu!", ele dizia, com a pipa de novo nas mãos. "Você salvou o dia!" Então ele a pegava nos braços, e Nina tinha a certeza absoluta, no fundo de seu coração, de que seu pai nunca mais a abandonaria.

Um ano depois, Mick Riva estava fazendo um show em Atlantic City quando conheceu uma cantora de apoio chamada Cherry.

Ele nunca mais voltou para casa.

14H00

Os quatro irmãos Riva estavam sentados em suas pranchas no pico ideal, enfileirados como pássaros pousados em um cabo de eletricidade. E então, à medida que as ondas se formavam, partiam um a um.

Jay, Hud, Kit, Nina. Uma equipe de revezamento, com Jay como o líder autodeclarado. Eles passavam um pelo outro em alta velocidade e remavam juntos de volta, e quando alguém era levado muito longe por uma onda, iam de novo até lá para continuar com sua formação em quarteto.

A primeira onda realmente incrível chegou, e seria de Jay, que se posicionou e ficou de pé na prancha. Mas então, do nada, Kit apareceu na sua frente e a roubou.

Ela sorriu e mostrou o dedo do meio ao fazer isso, como uma boa irmã caçula petulante. Hud ficou só olhando, boquiaberto.

Kit sabia que só era possível fazer isso com alguém que não fosse querer resolver a coisa na porrada mais tarde na areia. Porque ondas tão lindas como aquela são raras. É um dos fatos sobre a água, ela é incontrolável. Todo mundo está à mercê da natureza. É isso que torna o surfe mais do que um esporte: é uma atividade que exige que o destino colabore, que o mar esteja a seu favor.

Então, quando se consegue uma onda irada como a que Jay pensou que ia pegar — parede bem alta, com um tubo se formando, sem muita espuma — é como ganhar na loteria.

"Que porra é essa?!", Jay gritou, se inclinando para trás para evitar a colisão. Ele agarrou as bordas da prancha para perder velocidade e ficou lá, parado na água, vendo sua irmã caçula descer pela onda até que se quebrasse por completo, como se estivesse fazendo um passeio de roda-gigante.

Então ela se deitou na prancha e começou a voltar para onde Jay estava.

"Porra, você não pode fazer uma merda dessa", ele gritou enquanto Kit remava, se abaixando para atravessar a arrebentação.

"Ops", ela disse com um sorriso.

"É sério. Para com isso. Alguém pode se machucar", continuou Jay. "Você pode acabar caindo em cima de mim."

"Eu sei muito bem o que estou fazendo", Kit falou. "Não precisa abrir espaço para mim. Pode deixar." Ele era mesmo incapaz de ver, não era? O quanto ela era *boa*.

Mas Hud via. Aquela confiança, aquele controle, aquela vontade de se provar.

"Kit, você me deixou bem puto", Jay falou. "Tipo, pelo menos pede desculpa."

Hud pegou uma onda, mas acabou desistindo dela porque quebrou cedo demais. Quando começou a voltar, viu Jay e Kit sentados nas pranchas, ainda discutindo. E Nina estava saindo do mar. Ele a observou enquanto levava a prancha de volta para o barracão e subia a escadaria íngreme de volta para casa.

Hud sabia que ela estava indo receber a equipe de limpeza. Ia oferecer água ou chá gelado para todos. Se alguém quebrasse um prato ou um vaso, ou esquecesse de limpar o quarto, ou não fizesse a cama do jeito que ela gostava, Nina faria profundos agradecimentos mesmo assim. E daria uma bela gorjeta. E depois arrumaria tudo do seu jeito.

Isso entristecia Hud. Nina se perdia de si mesma por colocar os outros sempre em primeiro lugar. Hud também tentava pensar nos outros, claro. Mas às vezes era egoísta. E muito.

Mas Nina nunca dizia não, nunca atrapalhava ninguém, nunca exigia nada. Se você pedisse cinco pratas para ela, Nina daria dez. Ele sabia que era uma coisa que deveria apreciar nela, mas não era o caso. Ele não gostava nem um pouco disso.

Hud se elevou sobre uma marola, deixando sua prancha subir junto com a água, e remou até onde estava Jay. "Nina já entrou", Hud falou. "Por causa do pessoal da limpeza."

Jay revirou os olhos. "Puta que pariu. Ela por acaso morreria se resolvesse viver um pouco?"

1969

No fim da década de 1960, a contracultura descobriu a beleza rústica de Malibu e se instalou em suas montanhas. As praias ficaram lotadas de pranchas menores e mais modernas — mais bacanas e aerodinâmicas que as velhas longboards. As turmas de surfistas com uma ou outra garota como membro honorário tomaram conta da água, andando sempre em bandos, demarcando seus territórios nas praias e botando para correr quem estava ali só para fazer pose.

O ar ficou impregnado de maconha e bronzeador. E mesmo assim, com um pequeno esforço, ainda era possível sentir o cheiro da brisa do mar.

A carreira de Mick Riva — manchetes trepidantes nos tabloides, um novo álbum de sucesso, uma turnê mundial com ingressos esgotados — tinha decolado feito um foguete, arrastando hordas de jovenzinhas que gritavam seu nome e fazendo milhões de carros circularem com suas músicas no rádio enquanto aceleravam pelas avenidas e estradas.

Para seus filhos, ele era ao mesmo tempo uma presença incontornável e inexistente.

Nina, Jay, Hud e a pequena Kit conheciam o pai como um fantasma cuja voz os visitava nas caixas de som do supermercado, cujo rosto aparecia na coleção de discos dos pais de seus amigos. Estava em um outdoor em Huntington Beach quando pegavam a estrada. Estava em um pôster nas lojas de discos em que sua mãe nunca queria entrar. Quando tentou ser ator, nenhum deles assistiu ao filme. Mas quase nunca pensavam nele como alguém que era seu — Mick era de todos.

Portanto, nunca pensavam no cheiro de uísque no hálito do pai, ou nas vezes em que sorriram juntos, ou na maneira como sua mãe ficava vermelha ao receber os beijos dele.

Era difícil lembrar que a mãe deles já havia ficado vermelha um dia. Para eles, June era estresse e ossos.

No segundo divórcio, Mick quitou a casa e a passou para o nome de June. E deveria retomar o pagamento das pensões. Mas, meses depois de concluído o processo, June ia à caixa de correio todos os dias à procura dos cheques e voltava de mãos vazias. Nunca encontrou nenhum. June desconfiava que fosse um descuido. Tinha quase certeza de que, se pegasse o telefone e ligasse para ele — para lembrá-lo do que devia — algum assistente ou contador cuidaria dos pagamentos mensais a partir de então.

Mas ela não queria pedir para ele o que quer que fosse. Não o deixaria ver sua situação de aperto, de necessidade.

Quando finalmente voltasse para casa de novo, ele iria respeitá-la. Iria se prostrar a seus pés, impressionado com sua força e determinação.

Então, em vez de pedir a Mick que suprisse a necessidade dos filhos, June enfim recorreu a seus pais. Ela foi trabalhar no restaurante.

June acabou exatamente no lugar do qual tanto queria que Mick Riva a salvasse.

No verão de 1969, fazia dois anos que o pai de June falecera. Eram só ela e sua mãe dirigindo o Pacific Fish. Nina tinha quase onze anos. Jay e Hud estavam com nove, e Kit com seis. E todos os dias, naquelas férias escolares, eles iam ao restaurante com June.

Em uma certa manhã de junho, o calor chegou a quase trinta e oito graus. As pessoas fugiram do sol como podiam. Queriam cervejas geladas, refrigerantes grandes e sanduíches de lagosta. O pessoal da cozinha estava sobrecarregado, e June, em meio àquela emergência, mandou os ajudantes do salão irem dar uma força para os cozinheiros, pôs um pano na mão de Nina e pediu para que ela limpasse as mesas.

Hud e Kit estavam jogando cartas em um banco ao lado do restaurante, perto do estacionamento. Jay estava tentando paquerar uma menina de doze anos, sem nenhum pudor em citar o nome do pai em troca de um cumprimento ou um sorriso. E Nina estava lá dentro, cuidando dos fregueses, se esgueirando entre as mesas para limpá-las antes que se sentassem.

Nina trabalhava depressa, com responsabilidade e tinha orgulho de uma tarefa bem-feita. Primava mais pela eficiência do que pela perfeição, assim como a mãe lhe ensinara. E, sem que ninguém pedisse, Nina pegou uma caixa e juntou todos os cestos de plástico e os copos vazios e levou para a lava-louças. Era uma coisa inata. Ela havia nascido para servir.

Enquanto June fechava os pedidos em uma segunda caixa registradora ao lado de Christina, vigiava a filha em meio ao mar de fregueses, pegando seu pano e começando a limpar assim que uma mesa esvaziava. Os cabelos castanhos compridos com mechas douradas por causa do sol de Nina eram iguais aos de June quando criança, e seus olhos eram grandes e sempre alertas como os da mãe. Vendo sua filha ali, esfregando mesas, June enxergou a si mesma, só que vinte anos mais nova, e de repente se sentiu prestes a ter um colapso nervoso.

"Nina!", ela chamou. "Pegue seus irmãos e vá para a praia."

"Mas...", Nina começou a protestar. Ela queria limpar as mesas, ninguém mais faria isso.

"Agora!", June falou, com impaciência na voz.

Nina pensou que tivesse feito alguma coisa errada. June acreditava que a havia libertado.

Nina chamou os irmãos e a irmã e pegou os trajes de banho deles do banco traseiro do Cadillac, que àquela altura já tinha mais de uma década de uso. Os quatro se trocaram no banheiro dos fundos do restaurante. Depois Nina pegou Kit pela mão e os quatro ficaram à beira da Pacific Coast Highway, em busca de uma brecha para atravessar para a praia.

Nina estava usando um maiô azul-marinho. Tinha crescido um bocado naquele verão, e estava alta e esguia. Já vinha reparando na forma como as pessoas a olhavam, se detendo por um instante a mais do que de costume. O maiô estava meio pequeno, com as alças deixando marcas profundas em seus ombros queimados com cor de terracota.

Jay, que no verão só queria saber de ficar ao ar livre, tinha ganhado um bronzeado intenso, que seu calção de banho amarelo realçava ainda mais. E Hud, que não saía do lado de Jay, estava cheio de queimaduras solares, como sempre, e ganhara ainda mais sardas no nariz e nas bochechas. Seus ombros estavam começando a descascar.

Kit, do alto de seus seis anos de idade, insistia em usar uma camiseta por cima das roupas de banho porque não queria que os meninos a vissem seminua. Estava com uma camiseta amarela do Snoopy, escondendo um maiô cor-de-rosa florido, e chinelinhos roxos no pé.

Todos levavam uma toalha no ombro.

Nina mantinha os irmãos longe dos carros com o braço estendido, obrigando Jay e Hud a esperar para atravessar somente quando ela permitisse. Quando o sinal foi dado, os quatro correram para o outro lado, de mãos dadas. Ao sentirem a areia quente sob os pés, eles tiraram os chinelos e largaram as toalhas. Correram o mais rápido que podiam para a água. E então pararam abruptamente quando seus dedos tocaram a espuma, e os oito pezinhos afundaram na areia molhada e fria.

"Kit, não sai do meu lado", Nina disse.

Kit fechou a cara, mas Nina sabia que ela obedeceria.

"Certo", Jay falou. "Um. Dois. Três, Já!"

Os quatro dispararam para o mar como soldados indo para a batalha.

Eles avançaram sobre as ondas menores que chegavam mansamente até a praia, para depois pegarem jacaré até a areia. O mar fazia parte de suas vidas desde sempre. Na frente de casa, nadavam enquanto a mãe lavava os banheiros, davam cambalhotas na maré alta enquanto June fazia o jantar e tentavam encontrar peixes enquanto ela preparava mais um coquetel de cape codder. Os irmãos Riva viviam com as orelhas cheia de água e o rosto incrustado de sal.

Jay se preparou para a primeira onda boa que se aproximava. "Hud", ele disse. "Vamos nessa."

"Pode deixar", Hud gritou.

Eles se lançaram. Os braços compridos e finos de Jay remavam na maior velocidade que podiam, enquanto Hud batia as pernas roliças com todas as forças. Eles manobravam lado a lado na água, revezando quem ficava na frente.

Nenhum dos dois sabia fazer nada sozinho. Tinham se conhecido tão novos que não conheciam um mundo do qual o outro não fizesse parte.

Mas não eram gêmeos. E nem pensavam que fossem, apesar de sua mãe fingir que sim ao conversar com as pessoas. Todas as crianças sabiam que Hud fora incorporado à família. June sempre contava aquela história com um sentimento de admiração pela força do destino. Dizia que às vezes as circunstâncias complicadas ajudavam as coisas a acontecer como deveriam.

Jay e Hud. Era como comparar maçãs com laranjas. Eles não tinham as mesmas habilidades nem compartilhavam das mesmas virtudes. Mesmo assim, seu lugar era um ao lado do outro.

Jay continuou sendo levado pela onda até seu corpo atingir a areia. Hud capotou no último segundo, sendo arrastado pela água até recuperar o equilíbrio e ficar de pé. Assim que levantou, procurou por Jay.

Parecia que Jay sempre seria o que chegava à areia, e Hud, o que seria derrubado pela onda. Mas, mesmo antes de completar dez anos de idade, Hud já estava aprendendo a lidar com sua situação, redirecionando seus interesses.

"Boa!", Hud disse, levantando o polegar para Jay. Era uma coisa de que Hud se orgulhava, sua ausência de ego, sua capacidade de apreciar o sucesso dos outros, mesmo quando ele fracassava. Sua mãe definia isso como "bom caráter".

Jay apontou para um ponto mais distante. Nina e Kit vinham em uma segunda onda. Nina havia escolhido uma pequena e lenta. Uma que a pequena Kit conseguisse pegar. Nina não estava olhando para a praia, nem para Jay, nem para Hud. Estava de olho na irmã, se certificando de que, caso Kit afundasse, ela saberia exatamente o local. E, mesmo aos seis anos de idade, Kit já se irritava com isso.

Elas vieram de jacaré naquela onda tranquila e só foram derrubadas quando perderam o impulso e acabaram de bunda na areia molhada.

Quando os quatro estavam na água rasa, se preparando para voltar para o mar, Jay viu uma prancha de surfe nas dunas cobertas de grama à sua esquerda. Amarelo-claro com uma faixa vermelha no meio, e um tanto detonada na parte de cima, parecia estar ali à espera de alguém.

"E se a gente surfasse?", Jay sugeriu.

Aquelas crianças viam gente em cima de pranchas desde quando eram capazes de se lembrar. Havia surfistas na água a qualquer hora do dia, pegando ondas em todas as praias da cidade.

"A gente *está* surfando", Nina respondeu.

"Não, com uma *prancha*", Jay insistiu, como se Nina fosse burra.

Eles não tinham dinheiro para comprar uma. Conseguiam no máximo pagar as contas e fazer três refeições por dia. Não havia dinheiro para brinquedos novos, roupas novas. Nina tinha plena consciência disso. Sabia que em determinados meses nem mesmo o básico estava garantido. Quem cresce em lares abastados não faz nem ideia de que o dinheiro existe. Mas quem cresce passando necessidade sabe da importância que ele tem.

"A gente nunca vai ter pranchas", Nina respondeu.

"Mas e se a gente usasse *aquela* prancha?", Jay disse, apontando para a que estava lá na areia.

"Ela não é nossa", Nina rebateu.

"Mas e se a gente usasse só uns minutinhos?", Jay disse, já andando naquela direção. Duas pré-adolescentes de biquíni de crochê estavam estendendo suas cangas para tomar sol. Jay e Hud se distraíram por um instante.

"E o que a gente vai fazer quando o dono vier procurar?", Hud questionou, se afastando.

"Sei lá", Jay deu de ombros.

"É esse o seu plano?", Kit perguntou. "Sei lá?"

"Se ele aparecer e quiser de volta, a gente pede desculpa", Jay falou. E, antes que Nina pudesse retrucar, ele correu até lá e agarrou a prancha.

"Jay...", Nina começou.

Mas Jay já estava arrastando a prancha para o mar. Ele a colocou na água, montou sobre ela e começou a remar.

"Jay, qual é", Nina gritou. "Você não pode fazer isso! Está na hora do almoço, aliás, e a gente precisa entrar!"

"Sem chance! A mamãe falou para a gente ficar aqui!", Jay gritou de volta.

Nina olhou para Hud, que deu de ombros. Então pegou a mão de Kit.

Kit segurou a mão dela com relutância, e então a olhou, vendo o rosto da irmã se contrair em rugas minúsculas. "Posso ir lá também? Eu queria tentar", Kit perguntou.

"Não", Nina respondeu, sacudindo a cabeça. "É perigoso."

"Mas o Jay está conseguindo", Kit argumentou.

Jay havia passado pela arrebentação, mas estava com dificuldade para lidar com o peso da prancha. Era difícil virá-la, era difícil controlá-la. E ele não conseguia posicionar suas pernas direito, por causa da largura.

Nina ficava mais preocupada a cada segundo. Ele podia cair, podia perder a prancha, podia quebrar uma perna ou uma mão ou podia se afogar. Nina pensou em silêncio no que poderia fazer para salvá-lo, no que poderia dizer caso o dono aparecesse, qual atitude poderia tomar para lidar com a situação se tudo desse errado.

"Eu vou até lá", Kit falou, soltando a mão de Nina e correndo para a água. Nina segurou a irmã com os dois braços e a puxou de volta.

"Você sempre me segura", Kit reclamou.

"Você sempre foge", Nina respondeu com um sorriso.

"Olhem, ele conseguiu", Hud disse, apontando para Jay.

Jay estava de pé na prancha, mas logo em seguida caiu. A prancha foi boiando na direção deles, levada pela correnteza, como se não precisasse de Jay para pegar uma onda. Nina ficou esperando Jay pôr a cabeça para fora da água. Só voltou a respirar depois que ele apareceu.

Enquanto Jay voltava para onde eles estavam, Hud foi pegar a prancha e não deixou que se perdesse.

"Nina", Hud disse, empurrando a prancha para ela. "Toma."

"Põe de volta onde estava", Nina respondeu.

"Leva para a água!", Kit disse.

Jay reapareceu e pegou a prancha como se fosse sua.

"Não", Hud disse. "É a Nina que vai levar para a água agora."

"Não vou, não."

"Ela não vai, não", Jay retrucou, pegando-a de novo. "Eu vou."

"Você também não vai", Nina disse.

"Vou, sim."

Foi nesse exato momento que Nina percebeu que aquilo iria acontecer de qualquer forma, ela relaxando ou não. Não faria diferença se ela surfasse também ou se só ficasse vigiando Jay, a prancha não voltaria para onde estava de qualquer jeito. Sendo assim, ela a segurou nas mãos. "Tudo bem, eu levo para a água."

Jay a encarou, impressionado, e tirou as mãos da prancha. "É pesada", ele disse.

"Tudo bem", Nina respondeu.

"E é difícil de equilibrar", ele continuou.

"Certo."

"Quando você cair, é minha vez de novo", ele insistiu.

"Para com isso, Jay", Hud disse.

E Jay parou.

Nina deitou na prancha e estendeu o braço o máximo que podia para conseguir remar. Era mais difícil atravessar a arrebentação com a prancha. Ela era jogada para trás o tempo todo, sendo obrigada a começar de novo. Mas, quando se ergueu um pouco na prancha na onda seguinte, deixando-a quebrar em seu peito e não em seu rosto, finalmente conseguiu passar.

Ela se virou, se apoiou nos braços e sentou na prancha. Dava para sentir que ia escorregar de suas pernas, então se ajeitou melhor.

Quando uma onda se aproximou, Nina calculou suas opções. Podia tentar ficar de pé na prancha ou podia tentar pegá-la deitada. Como viu que Jay não conseguiu se equilibrar quando se levantou, decidiu não tentar fazer o mesmo. Pouco antes de a onda se elevar sob seu corpo, Nina começou a remar com a maior força que podia. Quando sentiu a onda erguê-la, não a deixou escapar. Continuou se movimentando até de repente não conseguir mais remar. Porque estava no ar.

Deitada na prancha, ela se sentiu leve e livre, com o vento batendo em seu corpo. Que sensação gloriosa era ter o mar se movendo junto com ela, flutuar em suas águas. A onda a levou suavemente até a areia.

Nina olhou para suas mãos roçando no chão. Ela havia conseguido. Tinha pegado a onda até o fim com a prancha.

Quando se levantou, olhou para a praia e viu seus irmãos vibrando pelo que havia feito. Os meninos estavam boquiabertos.

"Você precisa ficar remando com a maior força que tiver até conseguir pegar", Nina disse quando chegou até eles. "Precisa de mais esforço do que quando está sem prancha. Mas a gente vai mais depressa quando pega a onda."

"Só que você não ficou de pé", Jay comentou.

"Eu sei, mas a gente vai aprendendo até conseguir."

E foi isso o que eles fizeram.

Nina, Jay e Hud se revezaram na prancha com diferentes graus de sucesso, às vezes com Kit agarrada às costas deles.

Pegaram ondas a tarde toda, voltando à areia e sendo derrubados na mesma medida. Engoliam água quando caíam, ralavam os dedos dos pés nas pedras, machucavam as costelas só de apoiar o peso do corpo na prancha. Seus olhos ardiam por causa do sal do mar e do brilho forte do sol.

Até que, três horas depois do início da aventura, Jay pegou a prancha e foi para a água sozinho enquanto os irmãos o observavam da areia molhada. "Eu vou ficar de pé", ele garantiu. "Vejam só."

Jay havia caído vezes suficientes para acreditar que tinha entendido como as coisas funcionavam. Ele remou, se virou para a praia e ficou deitado na prancha, à espera. Aguardou uma onda baixa e lenta, com força o bastante apenas para carregá-lo por uma pequena distância.

Quando encontrou o que queria, ficou imóvel até sentir a água se elevar logo atrás de seu corpo, e então começou a remar. Usou os braços com mais força do que nunca. E sentiu a prancha alcançar a onda e se estabilizar. Com gestos lentos, ficou de joelhos e depois de pé, se mantendo agachado. Ele estava conseguindo. Estava *surfando*.

Ele viu Nina, Hud e Kit o observando à distância, era possível sentir a empolgação dos três. Era em momentos como aquele, com todos os olhos sobre ele, que Jay compreendia melhor a si mesmo.

Com um sorriso, ele continuou agachado, se movendo o mínimo possível, até a onda começar a querer derrubá-lo. E então, sentindo que a prancha estava prestes a escapar, Jay pulou e caiu suavemente na água. Como um campeão.

Nina e Hud foram correndo em sua direção, com Kit mais à frente. E Jay começou a rir tanto que ficou até com lágrimas nos olhos. "Vocês viram?", ele gritou. Estava completamente entregue a uma alegria diferente de tudo que já havia sentido. Do tipo que fez a pessoa flutuar, apesar de estar com os pés no chão.

"Demais", Hud disse ao cumprimentar Jay, batendo com a mão espalmada na dele. Kit o agarrou pelo pescoço e pulou no seu colo. Nina sorriu. Ele estava certo. Aquela tarde foi divertidíssima. Tentar e cair, tentar e conseguir, a vontade de aprender, de melhorar.

Um pouco mais tarde, na folga entre o horário de pico do almoço e o jantar, June deu uma fugidinha do restaurante. Com seu short azul-marinho de cintura alta e sua camisa branca sem mangas, atravessou correndo a estrada para a praia. Encontrou os quatro filhos se revezando com uma prancha que sabia não ser deles.

Ela pôs as mãos na cintura e falou: "De onde veio isso?".

"Desculpa, mãe, é que a gente...", Nina começou a explicar, mas June levantou as mãos.

"Tudo bem, querida", June disse. "Só estou brincando. Não parece ser de ninguém que está por aqui."

"A gente pode ficar com a prancha?", Kit perguntou. "Para poder fazer isso todo dia?"

Todos os quatro olharam para June à espera de uma resposta.

"Não, querida. Sinto muito, mas não", June disse. "Pode ter alguém procurando por ela." Ela viu o desânimo tomar conta dos quatro filhos. "Mas podemos fazer o seguinte. Se ela ainda estiver aqui amanhã, nós levamos para casa."

Naquela noite, enquanto as crianças jantavam na sala de descanso dos funcionários nos fundos do restaurante e June bebia seu cape codder, ninguém falava de outra coisa que não fosse o mar. Com o copo na mão, June ouviu pacientemente os filhos descreverem ondas e mais ondas. June deixou que falassem, fazendo perguntas até sobre as coisas mais triviais. Ninguém parou para pensar se ela estava mesmo interessada ou só fingindo que sim. Mas a verdade era que June simplesmente adorava seus filhos. Adorava ouvir seus pensamentos e suas ideias, adorava ficar sabendo a respeito de suas descobertas, adorava vê-los se tornando pouco a pouco pessoas totalmente formadas.

Era como se seus filhos fossem como as cápsulas mágicas vendidas na lojinha de presentes dos museus de ciências. Aquelas coisinhas de nada que, quando jogadas na água, gradualmente vão revelando o que sempre foram destinadas a ser. Este um estegossauro, aquele um tiranossauro. Só que, em vez disso, eles estavam se tornando pessoas confiáveis, talentosas, generosas ou ousadas.

June sabia que suas crianças haviam encontrado naquele dia uma parte até então não descoberta deles mesmos. Ela sabia que a infância era feita de dias magníficos e dias mundanos. E aquele tinha sido um dia magnífico para todos eles.

Naquela noite, eles voltaram para casa, viram *Adam-12* juntos e então se dispersaram. Kit dormiu. Jay e Hud foram ler gibis na cama. Nina entrou debaixo das cobertas e fingiu ler um livro que estava na lista de leitura de férias da escola.

Mas todos se sentiam como se seus corpos ainda estivessem se elevando sobre as ondas.

Para Jay, era uma coisa quase obsessiva. Seu cérebro não conseguia se desligar da sensação de pegar uma onda com aquela potência. De deslizar suavemente sobre ela, de flutuar, de quase levantar voo. Ele estava perdido nesses pensamentos quando ouviu a voz de Hud na cama ao lado.

"Se aquela prancha não estiver lá amanhã, o que é que a gente vai fazer?", ele perguntou.

Jay se sentou na cama. "Eu estava pensando a mesma coisa. E se a gente tentasse sair e ir até lá para ninguém pegar?"

"Não", Hud disse. "Não dá para fazer isso."

"É", Jay respondeu. "Você tem razão."

Jay voltou a deitar e ficou olhando para o teto. Os dois ficaram em silêncio por um momento, e Jay sabia que Hud ainda estava pensando a respeito. Como o irmão não disse mais nada, Jay concluiu que a decisão estava tomada.

"Mas foi incrível", Jay comentou.

"A gente arrasou", Hud acrescentou, com a cabeça apoiada no travesseiro.

"É", Jay concordou com um sorriso. "Arrasamos mesmo."

Os dois dormiram cheios de esperanças e planos.

Kit, por sua vez, pegou no sono assim que pôs a cabeça no travesseiro, sonhando a noite inteira com os quatro surfando em suas próprias pranchas.

Mas era Nina quem se sentia mais consumida pela experiência, revivendo tudo no próprio corpo. Seu peito era capaz de sentir o local onde havia se apoiado sobre a prancha. Seus braços doíam por causa da resistência da água. Suas pernas pareciam moles por causa da força com que as batia para conseguir se projetar para a frente. Ela sentia ao mesmo tempo a presença e a ausência do mar em sua pele.

Nina queria *voltar*. Imediatamente. Tentar de novo. Ficar de pé em cima da prancha como Jay. Estava determinada. Tinha se lembrado de uma foto que viu em uma revista alguns meses antes, de um cara sobre uma prancha em algum lugar da Europa. *Era em Portugal?* Ela se perguntou se não poderia ser essa pessoa quando crescesse. Uma surfista de verdade. Que viajava para os lugares só para pegar ondas.

Ela tentou dormir, mas, bem depois das dez da noite, ainda totalmente desperta, desceu para a cozinha e viu sua mãe sentada na sala, bebendo vodca no gargalo e assistindo ao filme de sábado à noite na TV de pijama.

Quando June viu a filha mais velha, pôs a garrafa no chão e empurrou para trás do braço do sofá com o pé.

"Não está conseguindo dormir, querida?", June perguntou, estendendo o braço e convidando Nina a se sentar ao seu lado.

Nina balançou a cabeça e se aninhou junto à mãe, ocupando um espaço que tantas vezes sentiu que pertencia apenas a ela. Sua mãe cheirava a perfume Shalimar e sal marinho.

"Posso trabalhar no restaurante?", Nina perguntou.

June a encarou. "Como assim?"

"Bom, de repente posso ganhar algum dinheiro", ela falou. "E comprar pranchas para nós quatro."

"Ah, querida", June disse, acariciando o braço da filha e a puxando para mais perto. "Eu vou comprar as pranchas para vocês, está bem? Prometo."

"Não precisa, não foi isso que eu quis dizer."

"Pode deixar que eu providencio as pranchas. Deixa essa missão comigo."

Nina sorriu e apoiou a cabeça no ombro de June.

Não era fácil ser mãe. Não era fácil criar quatro filhos. Mas o que mais frustrava June com relação a seu marido — ou duas vezes ex-marido — era não ter ninguém com quem curtir os filhos.

Sua mãe a escutava, claro. Christina os amava. Mas June queria alguém ao seu lado no sofá toda noite, para sorrir junto com ela quando falasse das crianças. Queria alguém que achasse graça do jeitinho abusado de Kit, e que lamentasse a teimosia de Jay, que soubesse ensinar Hud a se impor um pouco mais, e Nina a relaxar um pouco. June queria especialmente alguém para compartilhar sua animação em um dia como aquele, em que as crianças encontraram uma fonte de deslumbramento e alegria enquanto ela estava mergulhada no caos.

Ah, o que Mick estava perdendo, onde quer que estivesse.

Ele não sabia como era bom ter uma filha de onze anos que não queria nada além de deitar a cabeça em seu ombro. Não sabia como era bom sentir um amor assim.

June sabia que, entre os dois — ela com as crianças e ele só Deus sabia onde —, era ela quem se dera bem. Preferia estar ali com aquelas quatro crianças do que em qualquer outro lugar do mundo.

Mas detestava o fato de que, mesmo em um momento agradável e tranquilo como aquele, ainda estava pensando nele.

Nina dormiu no colo da mãe e, quando ela pegou no sono, June pegou a garrafa de vodca de volta. Precisava da bebida para conseguir adormecer, mas quase nunca ultrapassava o limite que estabelecia como o suficiente para uma noite.

No dia seguinte, a prancha de surfe não estava mais lá. As crianças voltaram a pegar jacaré, tentando esconder a decepção no rosto.

Alguns meses depois, na manhã de Natal, Nina, Jay, Hud e Kit acordaram e viram que a árvore que haviam decorado não estava mais lá.

"Cadê a árvore de Natal?", June questionou, fingindo estar confusa. "Não me digam que ela criou pernas e saiu andando!"

As crianças se entreolharam, sentindo a empolgação crescer por causa de algo que não sabiam ao certo o que era.

"Acho que a gente devia dar uma olhada lá na praia", June disse.

As crianças abriram a porta às pressas e desceram correndo para a areia. Quando viram, deram um berro.

Lá estava sua árvore de Natal, enterrada no chão e um pouco torta.

E diante dela havia quatro pranchas de surfe enfileiradas. Uma amarela, uma vermelha, uma laranja e uma azul.

15HOO

Os cabelos de Hud ainda não tinham secado quando ele estacionou seu carro na frente do ateliê de artes da Universidade Pepperdine. Ele pegou sua câmera no assento dianteiro e foi entrando, apesar de, formalmente falando, não ter o direito de estar lá. Não era um aluno.

Mas Hud descobrira que uma das melhores coisas de ter passado toda a vida em uma cidade pequena era conhecer as pessoas. A operadora do caixa do supermercado, o cara que recebia os ingressos para entrar no cinema, o assistente do chefe do departamento de fotografia da Pepperdine — Hud adorava conversar com todos eles. Gostava de fazer perguntas sobre a vida das pessoas e ouvir suas histórias. Gostava de brincar com o atendente da sorveteria que a cobertura extra de chantili deixava o sorvete com menos calorias.

Adorava bater papo. Era uma qualidade que sabia ser cada vez mais rara. E com certeza não era uma característica compartilhada com seus irmãos ou com sua mãe. Os outros, principalmente Kit e Jay, estavam sempre correndo de uma atividade para outra. Às vezes, Hud se perguntava se herdara aquilo de Mick, mas parecia pouco provável. O que o fazia se perguntar se não poderia ser uma coisa de sua mãe biológica, Carol.

Carol era um mistério para Hud. Não sabia nada sobre ela a não ser que havia escolhido seu nome e o abandonado. Tudo o que podia fazer era imaginar como ela era, se perguntar se haveria coisas nele que poderia reconhecer em Carol, e coisas nela que poderia reconhecer em si mesmo.

Alguns anos antes, Hud tinha visto uma foto de Mick em uma revista, em que ele olhava diretamente para a câmera e sorria. A manchete era A VOLTA DO CARA, e a matéria falava sobre o fato de Mick ter voltado ao topo das paradas de sucesso tanto tempo depois. Mas Hud sequer deu atenção a isso. Só conseguia olhar para a sobrancelha direita de Mick, que se erguia só um pouquinho, da mesma forma que Hud fazia quando sorria.

Hud se sentiu como se o mundo estivesse se fechando ao seu redor. Se ele tinha a mesma sobrancelha de Mick, o que mais poderia ter? Ele também seria capaz de fazer o que Mick fazia? A insensibilidade de Mick estaria latente dentro dele, só esperando a oportunidade para revelar que Hud também era incapaz de se preocupar com qualquer outra pessoa além de si mesmo? Que Hud também poderia abandonar as pessoas que amava sem olhar para trás?

Nossos pais vivem dentro de nós, fazendo parte da nossa vida ou não, Hud pensou. *Eles se expressam através de nós na maneira como seguramos uma caneta ou encolhemos os ombros, a forma como erguemos as sobrancelhas. Essa herança está no nosso sangue.* Essa ideia o deixava apavorado.

Ele sabia que Carol também devia viver dentro dele. Provavelmente de uma forma que não conseguia ver. E então rezou para que fosse algo como aquilo, seu gosto por conversar com as pessoas. Seu jeito carinhoso. Que aquela fosse sua herança, ou sua risada, ou seu jeito de andar. Qualquer coisa menos a covardia dela.

"E aí", Hud disse para o sujeito na mesa da recepção, tirando os óculos escuros e pendurando-os na camisa.

"E aí, cara", Ricky Esposito respondeu. Ele era o encarregado de abrir e fechar a sala de revelação todos os dias, e deixava Hud usar o equipamento sempre que estava vago.

Ricky tinha estudado no mesmo colégio que Hud e Jay, e por ser dois anos mais novo sempre os achou o máximo. Os irmãos surfistas bonitões, filhos de um cantor famoso. Para o magrelo e espinhento Ricky Esposito, era difícil acreditar que Hud e Jay Riva pudessem ter algum problema na vida.

"Tudo bem se eu..." Hud levantou a câmera um pouquinho para mostrar qual era sua intenção.

Rick apontou com o queixo para a sala de revelação. "É toda sua, amigão", ele falou. "Hoje à noite tem festa, né?"

Hud sorriu. Nem imaginava que Rick estivesse sabendo da festa. Jay teria dito que Ricky Esposito não era o tipo de pessoa que ele queria na festa. Na verdade, muita gente diria isso. Mas Hud achava que, se a pessoa era bem relacionada o bastante para ficar sabendo da festa, então poderia ir. Essa era a regra. E Ricky estava sabendo de tudo.

"Ah, sim, com certeza", Hud falou. "Você vai?"

Rick assentiu com a cabeça como se não fosse nada de mais, mas Hud notou que as mãos dele tremiam levemente. "Você sabe que sim. Preciso levar alguma coisa?"

Hud balançou a cabeça. "Só você mesmo."

"Beleza", Ricky disse. "Pode deixar."

Hud tomou o caminho da porta e entrou na sala de revelação. Tinha passado a manhã toda pensando naquelas fotos. *Ashley.*

Se fosse preciso, ele cortaria relações com Jay por ela? Seria capaz de fazer isso? As duas respostas possíveis o amedrontavam.

Ele fechou bem a porta e começou a trabalhar nas fotos.

1971

June bebia um coquetel screwdriver de manhã da mesma forma que as outras pessoas tomavam suco de laranja. E um cape codder no almoço, na sala de descanso dos funcionários.

À noite, na hora do jantar, era a vez dos sea breeze, enquanto ela e os filhos se reuniam ao redor da mesa para comer um bolo de carne ou um frango assado. As bebidas eram sempre as mesmas. Leite para Kit, refrigerante para Jay e Hud, água para Nina e um copo alto de vodca misturada com a coloração vermelha do suco de toranja e cranberry despejados sobre gelo para June.

Nina havia começado a prestar atenção nesse consumo de álcool quando tiveram que evacuar a casa no ano anterior. Havia incêndios nos penhascos, as pessoas perdiam seus lares e era possível sentir o cheiro da fumaça no ar.

June os acordou bem cedo de manhã e, com um tom de voz tranquilo, mas firme, instruiu cada um a pegar só as coisas sem as quais não conseguiriam viver.

Todos pediram para amarrar as pranchas de surfe no teto do carro. Kit pegou seus bichos de pelúcia. Jay e Hud separaram seus gibis e cartões de beisebol. Nina levou sua calça jeans favorita e alguns discos. E então, enquanto todos entravam no carro, Nina percebeu que June tinha pegado a vodca também.

Alguns dias depois, quando voltaram para casa, intocada, a não ser pela fuligem que cobria as bancadas, Nina se deu conta de que havia uma garrafa de vodca nova, cheia, na bolsa da mãe. Percebeu quando June a enfiou no freezer, e que foi a primeira coisa que ela guardou ao chegar.

Nessa época, June começou a pegar no sono no sofá, de camisola e com bobes nos cabelos. Só ia para o quarto depois de passar boa parte da noite diante da tv com aquela garrafa.

Mas ainda mantinha seu charme e sua vivacidade. Seu sorriso permanecia o mesmo. Levava as crianças para a escola na hora certa, comparecia a todas as apresentações e competições de que os filhos participavam. Fazia à mão as fantasias de Halloween. Tocava o restaurante com dedicação e honestidade, pagando bons salários ao pessoal da cozinha e do salão.

Foi o início de uma lição que seus filhos não demorariam a aprender muito bem: o alcoolismo é uma doença com muitas faces, e algumas podem parecer bonitas.

Christina morreu de derrame no segundo semestre de 1971, aos sessenta e um anos de idade.

June viu a equipe de enfermagem levar embora o corpo de sua mãe. Naquele momento no hospital, June se sentiu como se estivesse sendo carregada a reboque pela vida. *Como tinha ido parar ali?* Uma mulher sozinha, com quatro filhos e um restaurante que nunca quisera.

No dia seguinte ao funeral, June levou os filhos para a aula. Deixou Kit na escola primária, e depois Nina, Jay e Hud no colégio.

Quando chegaram, Jay e Hud desceram imediatamente do carro. Mas Nina se virou, segurou a maçaneta da porta e olhou bem para a mãe.

"Tem certeza de que está tudo bem?", Nina perguntou. "Eu posso ficar em casa. E ajudar você no restaurante."

"Não, querida", disse June pegando a mão da filha. "Se você está bem para ir à escola, então é aqui que precisa estar."

"Tá bom", falou Nina. "Mas, se precisar de mim, vem me buscar."

"Que tal inverter as coisas?", June sugeriu com um sorriso. "Se *você* precisar de mim, peça para alguém da escola me ligar."

Nina sorriu. "Combinado."

June sentiu que estava prestes a chorar, então pôs os óculos escuros e saiu do estacionamento. Com a janela abaixada, dirigiu até o Pacific Fish. Encostou o carro e puxou o freio de mão. Respirou fundo. Quando desceu, ficou olhando para o restaurante e analisando o que havia herdado. Agora aquele lugar era todo seu, o que quer que isso significasse.

Ela acendeu um cigarro.

Aquele maldito restaurante era seu destino desde o dia em que nascera, e naquele momento ela percebeu que não havia como fugir.

Algumas das lâmpadas do letreiro estavam quebradas. A fachada estava precisando de uma boa renovada. Isso dependia só dela agora. O restaurante não podia contar com ninguém além de June. E talvez ela também não pudesse contar com mais nada além daquele restaurante.

June se apoiou no capô do carro, cruzou os braços e continuou fumando, refletindo sobre o novo rumo de sua vida.

Estava trabalhando demais, se sentindo exausta e solitária. Sentia falta dos pais que nunca a entenderam de verdade, do homem que nunca a amou de verdade, do futuro que imaginou que estivesse construindo e da jovem que um dia havia sido.

Mas então pensou nos filhos. Naquelas crianças que davam trabalho e eram cheias de brilho. Alguma coisa ela devia ter feito direito para a vida lhe trazer aqueles quatro. Isso estava mais do que claro.

Talvez ela tivesse feito alguma coisa da vida, no fim das contas. Talvez ainda pudesse fazer alguma coisa com o que restava.

Jogou o cigarro no chão e o apagou com a ponta do sapato preto. Então, ao olhar para o letreiro do Pacific Fish, June Riva teve uma ideia. June ganhara aquele sobrenome à custa de muito sofrimento e uma série de consequências — não era seu direito fazer o que bem entendesse com ele?

Duas semanas depois, três homens apareceram para instalar a nova placa, com letras cursivas em vermelho: RIVA'S SEAFOOD.

Quando estava tudo em seu lugar, June ficou parada na porta, olhando. Estava bebendo vodca em um copo de refrigerante. E abriu um sorriso satisfeito.

Aquilo traria mais clientes. Poderia até chamar a atenção da imprensa. E, o mais importante, quando Mick finalmente voltasse, ele iria adorar. June tinha certeza.

Não demorou muito para Jay e Hud também começarem a entender que a mãe era alcoólatra — apesar de não conhecerem essa palavra e nem saberem que aquilo tinha um nome.

O que sua mãe falava sempre fazia mais sentido de manhã cedo, quando estava cansada e letárgica, mas lúcida. E ia fazendo cada vez menos sentido ao longo do dia. Certa vez, Jay cochichou com Hud, depois que June o mandou "tomar um banho e uma ducha" que "A mãe começa a ficar meio louca depois do jantar".

A coisa chegou a tal ponto que, a partir das seis da tarde, todos os filhos sabiam que era melhor ignorá-la. Mas também faziam de tudo para mantê-la em casa, pois assim não passariam vergonha em público.

Aos catorze anos, Nina passou a dizer que queria muito começar a dirigir. Pedia à mãe para ser a motorista quando iam até o supermercado, ou para levar os meninos ao cinema em vez de June, ou para ir com Kit e Vanessa à sorveteria e deixar a mãe descansando em casa.

Na verdade, Nina morria de medo de dirigir. Era uma coisa assustadora, tentar entrar na PCH com todos aqueles carros passando em alta velocidade. Segurava o volante com todas as forças o caminho inteiro, com o coração a mil e a mente se perdendo nos cálculos da trajetória das curvas que precisava fazer. Quando por fim chegava ao destino da vez, sentia a tensão acumulada entre os ombros e atrás dos joelhos.

Mas, por maior que fosse seu medo de dirigir, a ideia de ter sua mãe atrás do volante depois do almoço era ainda mais assustadora. Nina às vezes não conseguia dormir à noite, pensando no risco que June corria de se envolver em acidentes, com seus reflexos lentos, nas vezes em que perdia as entradas e saídas que precisava pegar.

Por mais difícil que pudesse ser, ainda assim era mais fácil Nina ser a motorista da casa. E em pouco tempo começou a parecer não só mais fácil, mas também *fundamental* para impedir o que ela sentia ser uma tragédia inevitável.

"Você gosta mesmo de dirigir", June disse ao entregar a chave para ela certa noite, depois de perceber que o leite havia acabado. "Eu não entendo. Nunca gostei."

"Ah, sim, quero ser motorista de limusine um dia", Nina disse, imediatamente se arrependendo de sua mentira patética. Ela com certeza era capaz de inventar algo melhor.

Hud olhou para Nina quando a ouviu dizer isso. "Eu vou com você", ele falou. "Comprar leite."

"Eu também", Jay se ofereceu.

Enquanto os três se preparavam para sair, June acendeu um cigarro e fechou os olhos, sentada no sofá. Kit estava brincando de Lego na frente da tv. O braço de June relaxou e caiu, e a ponta do cigarro aceso roçou os cabelos de Kit. Nina quase gritou de susto. Jay arregalou os olhos.

"Kit, você vem com a gente", Hud falou. "Está precisando de pasta de dente. Para... os seus dentes."

Kit os encarou sem entender nada, mas deu de ombros e se levantou do tapete puído.

"O que está acontecendo?", Kit perguntou quando eles chegaram ao carro.

"Não se preocupa", Hud disse, abrindo a porta para ela.

"Está tudo bem", Nina garantiu, se acomodando no banco do motorista.

"Vocês nunca me contam nada", Kit reclamou. "Mas sei que tem alguma coisa acontecendo."

Jay se sentou no banco do passageiro. "Se você já sabe, então a gente não precisa contar nada. Então, que tal comprar o leite do mais barato e usar o resto do dinheiro para pegar um pacote de chocolate?"

"Eu quero uma divisão justa do chocolate!", Kit avisou. "Você sempre come mais do que a sua parte."

"Pode ficar com a minha parte, Kit", Nina falou, engatando a ré.

"Agora todo mundo vai ficar quieto porque a Nina precisa se concentrar", Hud avisou.

Enquanto Nina tirava o carro da entrada da garagem e manobrava para seguir em direção à rodovia, Kit olhou pela janela e se perguntou o que seus irmãos e sua irmã não queriam lhe contar, o que exatamente era aquilo que ela já sabia.

No fim, foi a tv que forneceu as palavras.

Cerca de um ano depois, quando Kit tinha dez anos, estava sentada com June no sofá vendo TV. Em uma cena, dois irmãos discutiam a respeito de um assassinato. E Kit viu um deles tirar uma garrafa de uísque da mão do outro e chamá-lo de "bêbado". "Você é um bêbado", ele falou. "E está se matando com essa porcaria."

Isso provocou um estalo na cabeça de Kit. Ela se virou para a mãe. June percebeu e sorriu para a filha.

De um instante para o outro, o corpo de Kit começou a fervilhar de raiva. Ela pediu licença e foi ao banheiro. Então olhou para as toalhas penduradas atrás da porta e sentiu vontade de socá-las até arrebentar a madeira atrás do tecido.

Agora aquilo tinha um nome. Ela entendeu o que a vinha incomodando, assustando e inquietando por tanto tempo.

Sua mãe era uma bêbada. *E se ela estivesse se matando com aquela porcaria?*

Na semana seguinte, June queimou o jantar.

A casa se encheu de fumaça, uma chama se ergueu dentro do forno e o cheiro de queijo queimado começou a se impregnar na toalha de mesa e nas roupas de todos.

"Mãe!", Nina gritou, e apareceu correndo assim que viu a fumaça. June voltou a si mesma quando os filhos entraram às pressas na cozinha.

"Desculpem, desculpem!", ela disse, levantando a cabeça da mesa, onde tinha cochilado. Seus movimentos pareciam engessados, seu processamento mental lento.

Kit olhou para a garrafa de Smirnoff na bancada. Não sabia se era a mesma que estivera quase cheia no dia anterior, mas não restava quase nada da vodca àquela altura.

Nina correu até o forno, colocou uma luva térmica e tirou a travessa lá de dentro. Jay subiu na bancada e desativou o detector de fumaça. Hud abriu todas as janelas.

O macarrão com queijo estava quase preto no fundo da travessa, e chamuscado nas laterais e em cima. Foi preciso cortar com a faca para encontrar o tom alaranjado que o prato deveria ter, mas June serviu mesmo assim.

"Muito bem, crianças, comam. Não ficou tão ruim."

Nina, Jay e Hud se sentaram e obedeceram, preparados para fingir que estava tudo bem. Colocaram os pratos na mesa e os guardanapos no colo como se aquela fosse uma refeição como qualquer outra.

Kit continuou de pé, incrédula.

"Vai querer leite com o seu jantar, Kit?", Nina perguntou, se levantando para servir a irmã mais nova.

"Você está brincando comigo?", Kit disse.

Nina a encarou.

"Eu não vou comer isso", Kit avisou.

"Está bom, Kit, sério mesmo", Hud disse. Kit olhou para o irmão e viu a tensão em seu rosto, os olhos fixos nela. Estava tentando dizer para ela deixar aquilo para lá. Mas Kit não conseguia.

"Se ela não quer comer, então não precisa", Jay interferiu.

"Vou preparar outra coisa para a gente", Nina se ofereceu.

"Não, Nina, isso aqui está bom. Katherine Elizabeth, sente-se aí e coma sua comida", June disse.

Kit olhou para a mãe, à procura de algum sinal de vergonha ou confusão mental. Mas o rosto de June parecia o mesmo de sempre.

Kit por fim explodiu. "A gente não vai fingir que você não queimou o jantar como a gente finge que você não é uma bêbada!"

A casa inteira ficou em silêncio. Jay estava boquiaberto. Hud arregalou os olhos, em choque. Nina baixou os olhos para o guardanapo em seu colo. June olhou para Kit como se tivesse levado um tapa na cara.

"Kit, vá para o seu quarto", June disse, com os olhos se enchendo de lágrimas.

Kit permaneceu onde estava, calada e imóvel. Se sentia dominada por uma espiral acelerada de culpa e indignação, indignação e culpa. Ela estaria terrivelmente enganada ou absolutamente certa? Àquela altura, não sabia mais.

"Agora, Kit", Nina falou, levantando e pondo seu guardanapo sobre a mesa. Depois segurou de leve a mão da irmã e a puxou para fora da cozinha. "Está tudo bem", Nina murmurou enquanto as duas se retiravam.

Kit ficou em silêncio, tentando entender se estava arrependida do que havia falado. Afinal, estar arrependida significaria que agiu como se tivesse escolha. E ela não tinha. Sua única opção parecia ser colocar para fora aquilo que a machucava tanto por dentro.

Quando Nina e Kit desapareceram no corredor, Jay e Hud se viraram para a mãe.

"Pode deixar que nós limpamos tudo, mãe", Hud disse. "Pode ir deitar."

Hud lançou um olhar para Jay. "É", Jay falou, apesar de temer que sobraria para ele a tarefa de lavar a travessa com queijo queimado. "Hud e eu cuidamos de tudo."

June olhou para os filhos, que já tinham catorze anos. Eram quase homens-feitos. Como ela não havia reparado nisso?

"Certo", ela falou, exausta. "Acho que vou dormir." E, pela primeira vez em muito tempo, ela foi para o quarto, vestiu o pijama e pegou no sono na própria cama.

Os meninos limparam a cozinha. Jay esfregou a travessa com toda força que tinha para tirar as manchas pretas. Hud esvaziou os copos e estava tirando a poeira fina das cinzas acumuladas sobre a bancada.

"Kit tem razão", Jay cochichou quando parou de esfregar por um instante e se virou para Hud.

Hud o olhou. "Eu sei."

"A gente nunca toca nesse assunto", Jay continuou, sussurrando um pouco mais alto.

Hud parou de esfregar a bancada, respirou fundo e soltou o ar com força antes de falar. "Eu sei."

"Ela quase pôs fogo na cozinha", Jay falou.

"É."

"Será que a gente..." Jay não sabia como terminar a frase. *Será que a gente deveria ligar para o nosso pai?* Jay não sabia nem como eles fariam isso. Não sabiam onde estava o pai, nem como entrar em contato com ele. Mas uma vez, anos antes, quando Hud quebrou o nariz depois de cair do trepa-trepa na escola e precisou de uma cirurgia para colocá-lo de volta no lugar, Jay tinha ouvido June dizer para a avó: "Prefiro rodar a bolsa na beira da estrada a pedir alguma coisa para o Mick". Portanto, até sugerir aquilo em voz alta parecia desonrar sua mãe. E ele não faria isso. Não conseguiria. "Enfim, o que a gente faz?"

Hud franziu a testa e suspirou, à procura de uma resposta. No fim, sentou-se à mesa, resignado. "Não faço a menor ideia."

"Quer dizer, esse lance da mãe... É só, tipo, uma fase difícil, né?", Jay perguntou. "Não é para sempre, certo?"

"Não, claro que não", Hud respondeu. "É só uma fase ou coisa assim."

"É", Jay falou, mais aliviado. Ele pegou a escova e recomeçou a esfregar a travessa com o queijo queimado. "É, com certeza."

Os irmãos se entreolharam e, por uma fração de segundo, ficou perfeitamente evidente para ambos que havia uma grande diferença entre aquilo em que precisavam acreditar e aquilo em que de fato acreditavam.

Quando terminaram, levaram um pacote de batatas chips pela metade e uma caixa de biscoitos Ritz para o quarto de Kit, onde ela e Nina conversavam sentadas no chão.

Os quatro acabaram sentados lá, oito mãos engorduradas sendo limpas em oito pernas de calças.

"É melhor pegar uns guardanapos", Nina falou.

"Ah, não, tem farelos no chão?", Jay provocou. "Chamem a polícia!"

Kit começou a rir. Hud fingiu que estava discando em um telefone. "Alô? É da polícia dos farelos?", ele disse. Jay riu tanto que quase engasgou com um Ritz.

"Sim, hã, aqui é o sargento Biscoito", Kit respondeu, como se estivesse falando em um rádio portátil. "Ouvimos relatos de mastigação pesada."

Parte da tensão de Nina se desfez, e ela deixou escapar uma risada meio descontrolada. A estranheza daquele som fez todos rirem ainda mais.

"Tá bom, tá bom", Nina disse, se acalmando. "É melhor todo mundo ir dormir."

Eles se levantaram e guardaram o restante da comida. Em seguida vestiram os pijamas e escovaram os dentes.

"Vai ficar tudo bem", Nina falou para cada um dos irmãos quando foi lhes dar boa-noite. "Eu prometo."

Depois de ouvir isso, os ombros de Jay relaxaram uns dez por cento, Hud respirou aliviado e Kit parou de contrair os maxilares.

Apesar de terem aprendido muito tempo antes que certas pessoas não cumprem sua promessa, os três irmãos mais novos sabiam que podiam confiar em Nina.

16h00

Nina estava em seu quarto no andar superior da mansão. Tinha ficado impecável. As janelas do chão ao teto com vista para o mar na parede sudoeste estavam tão limpas que, se não fossem as molduras, ela teria a impressão de que não havia vidros. Em momentos de claridade e calma como aqueles, em que Nina conseguia ver além dos penhascos e ter uma visão panorâmica do mar até a ilha Catalina, ela era obrigada a admitir que havia coisas para amar naquela casa.

Sua cama de bétula maciça fora arrumada com uma meticulosidade militar, com uma colcha branca por cima, bem presa sob o colchão. Havia um edredom dobrado com vincos precisos ao pé da cama. Todos os tipos de travesseiros e almofadas possíveis estavam arrumados junto à cabeceira.

Por que ela tinha coisas tão caras?

O pessoal da limpeza tinha passado para o andar de baixo. Lavavam o chão de pedra e esfregavam as paredes. Tiravam as teias de aranha das quinas dos tetos altos e removiam os novelos de poeira acumulados nos cantos mais distantes dos corredores e entre as estantes e os armários.

Nina ouvia o som do aspirador sendo passado nos tapetes e se perguntou se aquilo fazia algum sentido. Tudo estaria úmido e cheio de areia às dez horas. À meia-noite, todo o andar de baixo estaria uma bagunça completa.

Ela entrou no banheiro da suíte e viu a pia e o piso imaculadamente limpos; as toalhas de mão empilhadas em triângulos perfeitos.

Abriu as portas duplas do closet e passou os dedos pelas paredes da esquerda, sentindo a textura dos vestidos, das calças, das camisas. Algodão, seda e cetim. Veludo e couro. Nylon e neoprene.

Tinha tantas roupas — tantas roupas que nunca quis, nunca precisou, nunca usou. Tantas *coisas*. Ultimamente parecia que esse era o objetivo por trás de tudo — comprar o máximo possível —, como se houvesse uma vida mágica à espera depois disso. Mas aquilo não a fazia sentir nada.

Quando chegou ao fim de suas coisas, começou a passar a mão pelo outro lado, pelo que restava das roupas de Brandon. Sentiu a distância entre as camisas, viu os cabides vazios deixados para trás. Brandon acreditava na magia de ter tantas *coisas*. E então Nina percebeu o que não estava mais no lado *dele* do closet. Suas camisas polos engomadas, suas calças Levi's macias e seus Adidas laceados. Suas Lacostes e seus Sperrys. As coisas que ele adorava, que achava que precisava. Essas não estavam mais lá.

Aquilo doía. Doía tanto que uma parte dela sentiu vontade de pegar uma garrafa de Smirnoff e preparar um Sea Breeze.

1975

Foi no final de 1975. Todos tinham marcado de dormir fora de casa no mesmo fim de semana. Era a primeira vez que isso acontecia.

Nina estava com dezessete anos, e iria a uma festa na casa de uma amiga, e dormiria por lá. Jay e Hud passariam a noite com o time de polo aquático. Kit ficaria na casa de sua amiga Vanessa.

Antes de Nina sair naquela tarde, ficou se perguntando se não seria uma má ideia todo mundo ficar fora ao mesmo tempo. "Eu não quero você aqui sozinha", Nina disse para June. Ela estava na cozinha, olhando para a mãe, sentada no sofá da sala.

"Querida, saia com seus amigos, por favor."

"Mas o que você vai fazer a noite toda?"

"Vou relaxar", June falou com um sorriso. "Você tem ideia de como vocês quatro dão trabalho? Pensa que eu não queria ter um tempo só para mim? Vou encher a banheira e ficar lá pelo tempo que quiser. Depois vou deitar no pátio e ficar olhando as ondas."

Nina não parecia muito convencida.

"Ei", June falou. "Quem é a mãe aqui? Eu ou você?"

"Você é a mãe", Nina disse, achando graça. Aquela era uma conversa recorrente entre as duas. E ela respondeu à pergunta seguinte sem que precisasse ser feita. "E eu sou a filha."

"E você é a filha. Por pelo menos mais um tempinho."

"Então tá", Nina disse. "Se é o que você quer."

June se levantou do sofá, colocou as mãos sobre os braços da filha e a olhou bem nos olhos. "Pode ir, querida. E se divirta. Você merece."

E então Nina foi.

June se acomodou de novo no sofá, ligou a TV e pegou o guia da programação. Ela planejou o que iria ver. E então ele apareceu no noticiário da noite.

"Agora as notícias do ramo do entretenimento", o apresentador falou. "Mick Riva se casou pela quinta vez, aos quarenta e dois anos. A felizarda noiva, Margaux Caron, uma jovem modelo francesa, tem vinte e quatro anos."

June acendeu um cigarro e deu um gole em sua vodca.

Em seguida escondeu o rosto entre as mãos e caiu em prantos. Era um choro que vinha de suas entranhas, borbulhava dentro dela e saía pela garganta entre suspiros e gemidos.

June apagou o cigarro e desabou no sofá. Deixou que os soluços sacudissem seu corpo inteiro. Ele jamais voltaria. Ela deveria ter ouvido o aviso de sua mãe, tantos anos antes. Mas havia se tornado uma idiota desde o dia em que ele apareceu. Foi uma idiota a vida toda.

Deus do céu, June pensou. *Preciso dar um jeito na minha vida. Pelos meus filhos.*

Ela pensou no sorriso radiante de Nina, na postura determinada e confiante de Jay, na gentileza de Hud, que sempre a abraçava tão forte. Pensou em Kit, a espoletinha, que em breve poderia estar mandando na casa toda.

Eles perceberam que a mãe estava desmoronando, e June sabia. Isso ficava bem claro na maneira como a tratavam, no fato de não contarem mais com ela para se lembrar do que precisavam para a escola, nos cochichos que trocavam entre si.

Mas ela poderia mudar essa situação, desde que parasse de esperar que aquele desgraçado voltasse para dar um jeito em tudo. Se admitisse para si mesma que era ela quem precisaria resolver tudo sozinha.

Ela respirou fundo. E encheu mais um copo de bebida.

June pôs para tocar um disco antigo de Mick Riva, o segundo álbum. Ouviu "Warm June" diversas vezes e, a cada vez que o disco acabava, enchia outro copo. Ela já havia sido importante para ele. Isso ninguém nunca lhe tiraria.

Ela virou a garrafa de vodca outra vez, e viu que estava vazia. Foi até a cozinha pegar outra, mas só achou uma garrafa velha e empoeirada de tequila.

Ela abriu a tequila. E foi preparar seu banho.

Viu o banheiro se encher de vapor e respirou aquela névoa. A sensação de segurança que sentiu foi reconfortante. Desamarrou seu robe, tirou as roupas e entrou na água.

Apoiando os braços nas bordas da banheira, jogou a cabeça para trás e respirou o ar quente. Ela fechou os olhos. Sentiu que poderia ficar ali pelo tempo que quisesse. E tudo iria ficar bem.

Foi seu último pensamento consciente. Quarenta e cinco minutos depois, ela se afogou.

June Riva, que um dia foi uma jovem meiga e sonhadora, havia partido.

Quando Nina chegou em casa na manhã seguinte, encontrou a mãe desfalecida e imóvel na banheira.

Correu para tentar tirá-la da água e acordá-la. Não conseguia entender por que sua mãe estava tão pálida e incapaz de se mover. O terror comprimiu seu peito.

Ela tentou pensar o mais rápido que pôde em alguém para telefonar, mas não havia ninguém. Avós (mortos), pai (inútil). Precisava de alguém, de qualquer pessoa, que fosse capaz de resolver aquela situação.

Ajoelhada no chão do banheiro, Nina se sentia como se estivesse desabando, desabando, desabando, desabando. Era uma dor que não tinha limites, um medo sem barreiras. Não havia rede de segurança para ampará-la, nada que pudesse amortecer a queda, nem ao menos um chão para pôr um fim definitivo à sua agonia e aflição.

O momento em que Nina entendeu que sua mãe estava morta foi quando se deu conta de que não tinha mais ninguém no mundo com que pudesse contar, em quem pudesse confiar e acreditar.

Ela segurou a mão pálida da mãe enquanto discava 911. E segurou com ainda mais força enquanto o atendimento estava a caminho.

Nina viu os paramédicos entrarem na casa e correrem até onde estava sua mãe. Ficou parada na porta, sem ar, quando lhe disseram aquilo que já sabia. Sua mãe estava morta.

Nina viu o corpo de sua mãe ser levado. E mesmo assim teve a certeza de que ela voltaria. Apesar de saber que era impossível.

Ela ligou para a casa de Vanessa e, quando a mãe dela atendeu, precisou reunir todas as suas forças para pedir que mandasse Kit para casa imediatamente. E, sem saber como entrar em contato com Jay e Hud, começou a andar de um lado para o outro.

Os dois chegaram logo depois, e ela os proibiu de entrar.

"O que aconteceu?", Jay quis saber, em pânico. "Porra, Nina! O que é que está acontecendo?"

Hud permaneceu em silêncio, em choque. No fundo, ele já sabia. Quando Kit chegou, momentos depois, Nina levou todos para a praia, logo abaixo da casa.

Ela sabia que era sua responsabilidade dizer o que precisava ser dito. Fazer o que precisava ser feito. Quem está sozinha no mundo não tem como escolher as tarefas que quer fazer, não pode se considerar incapaz para determinada coisa. E não existe espaço para aversão ou fraqueza. É preciso fazer de tudo. Toda a feiura e a tristeza, todas as coisas que a maioria das pessoas não suporta nem pensar — é preciso encarar tudo isso. É preciso ser capaz de tudo.

"Mamãe morreu", Nina disse, e viu os três irmãos desabarem.

E, em um instante, soube que precisava dar um jeito de apoiá-los. Precisava ser capaz de segurá-los enquanto gritavam, enquanto a água encharcava suas meias e inundava seus sapatos.

E foi isso o que ela fez.

Sabe o peso que um corpo pode ter quando desaba nos seus braços, desamparado? Multiplique isso por três. Nina carregou tudo isso. Todo esse peso, em seus braços, em suas costas.

17H00

Kit tentava decidir o que usar na festa.

O sol estava começando a se pôr. O céu azul e alaranjado aos poucos assumia um tom de roxo. A maré estava baixa, as gaivotas grasnavam na praia. Kit ouvia o barulho suave das ondas pela janela aberta.

Estava diante do espelho do quarto, de sutiã e jeans claro. Não sabia qual camisa usaria, e já estava começando a pensar duas vezes a respeito da calça. Mas aquela noite era importante.

Ela iria beijar um garoto. Seth estaria lá. Talvez ela pudesse querer dar uns beijos nele. Ou de repente em outra pessoa. De preferência outra pessoa. Com certeza haveria pelo menos um cara na festa com quem ela poderia... querer algo. E, mesmo se não tivesse, ela poderia puxar aquele band-aid de uma vez e deixar acontecer de uma vez por todas. Mas para isso precisaria estar bonita, não?

Kit não sabia ao certo como ficar bonita, não sabia direito o que ficava bom no seu corpo. Nunca tinha tentado ficar bonita antes. Esse era um lance da sua mãe; o trabalho da sua irmã.

Enquanto se olhava no espelho, ela pensou nas pernas compridas de Nina, que sempre usava saias e shorts. Lembrou que sua mãe às vezes demorava quase uma hora para se arrumar em seus melhores dias — enrolando as pontas dos cabelos, passando o batom com perfeição, escolhendo a blusa certa.

As duas sempre estavam muito lindas.

Kit pegou sua camiseta predileta no armário e vestiu. Era branca, em modelagem masculina, e trazia a palavra CALI em letras amarelas desbotadas. Gostava dessa porque era macia e a gola já estava laceada.

Enquanto se olhava, percebeu que talvez aquela não fosse a melhor escolha para o que estava tentando atingir.

E então, percebendo que não sabia o que estava fazendo, Kit pegou duas opções de calçados e decidiu recorrer à chefe da família, sua irmã que era modelo profissional.

1975

O corpo de June foi enterrado no cemitério Woodlawn, em Santa Monica.

Enquanto era baixada terra adentro, June estava cercada por seus filhos, pelos cozinheiros e caixas e garçons do Riva's Seafood, algumas amigas de infância e um grupo aleatório de conhecidos formado por gente da cidade — o carteiro, os vizinhos, os pais dos amigos dos filhos —, pessoas que sempre gostaram de seu sorriso sincero.

Os irmãos Riva estavam enfileirados ao lado do caixão, todos de preto. Jay e Hud, de dezesseis anos, usavam ternos que não serviam direito; Kit, de doze, puxava os ombros de um vestido que era de Nina e se sentia desconfortável com aqueles sapatos sociais; e Nina, de dezessete, usava um dos vestidos justos de mangas longas da mãe, e parecia ter o dobro de sua verdadeira idade.

Os quatro permaneceram juntos, com o estoicismo e o distanciamento estampados no rosto. Era como se não estivessem lá. Como se aquilo fosse ao mesmo tempo realidade e fantasia.

Sua mãe foi baixada até o fundo da sepultura. Quando Jay começou a chorar, Kit também chorou. Nina estendeu os braços para os irmãos e os puxou para junto de si. Hud segurou sua mão.

Mais tarde, foram todos para a casa deles. A equipe do Riva's providenciou as comidas e bebidas. Ramon, que havia sido contratado por June apenas um mês antes para se encarregar da fritadeira, ficou até mais tarde para ajudá-los a limpar e arrumar tudo. Tinha dez anos a mais que Nina, e já estava casado e com dois filhos nessa época. Nina sabia que uma família o esperava em casa.

"Você não precisa fazer isso", disse enquanto eles colocavam a salada de camarão em um pote.

Ramon sacudiu a cabeça. "Sua mãe era uma boa mulher. Vocês todos são pessoas boas. Então, sim, eu preciso fazer isso. E você precisa aceitar a minha ajuda."

Nina olhou para a mesa. Ainda havia muito o que limpar, muito o que fazer. E, quando estivesse tudo terminado, e então? Ela não sabia nem por onde começar a pensar.

Naquela noite, depois que tudo estava guardado e Ramon tinha ido embora, os irmãos Riva sentaram juntos na sala de estar. E por fim Hud mencionou o assunto que ninguém quis comentar o dia todo. "Não acredito que o pai não veio."

"Não quero falar sobre isso", disse Jay.

"Talvez ele não tenha recebido o recado", Nina especulou. Mas não havia a menor convicção em sua voz. Ela havia ligado para o escritório do empresário dele. Publicado um obituário no jornal. Ele era o executor designado do espólio de sua mãe, o que significava que alguém do fórum da cidade já tinha entrado em contato. Ele sabia. Só não tinha aparecido.

"E a gente precisa dele por acaso?", Kit perguntou. "A gente nunca precisou antes."

Nina abriu um sorriso triste para a irmã e a puxou para junto de si. Kit apoiou a cabeça no ombro da irmã. "Não", Nina disse, respirando fundo. "A gente não precisa dele."

Hud a encarou, tentando decifrar a expressão no rosto dela. Não era possível que ela acreditasse nisso. Mas, mesmo assim, aquilo o fazia se sentir melhor, a ideia de que tudo de que precisavam estava naquela sala.

Jay olhava para os próprios pés, tentando com todas as forças nunca mais chorar na frente de todo mundo.

"Nós vamos ficar bem", Nina disse em um tom tranquilizador. Ela faria dezoito anos em breve. "Deixem comigo."

Nina não dormiu naquela noite. Ficou se virando na cama de June, sentindo o cheiro dos lençóis, tentando deixar marcado na memória o perfume da mãe, com medo de que se perdesse também, agora que ela não estava mais ali. Quando o sol nasceu, ela ficou aliviada por não precisar mais tentar dormir. Poderia parar de agir como se tudo estivesse normal.

Ela foi para o pátio e ficou vendo algumas focas passarem, um grupo de quatro delas, espichando as cabeças por cima das ondas. Desejou poder se juntar a elas. Porque não pareciam estar vivendo os piores dias de suas vidas, tentando evitar de algum jeito que seus irmãos fossem levados para abrigos de menores.

Nina respirou o ar salgado e então o soltou com a maior força que podia, esvaziando os pulmões. Pensou em dar um mergulho, mas imediatamente se sentiu culpada, como se estivesse traindo a mãe ao querer algum tipo de diversão. Ela sabia que seus irmãos e sua irmã também se sentiam assim. Eles estavam abraçando o desespero e afastando qualquer alegria. Nesse momento ela entendeu, mais do que nunca, que não tinha a opção de desmoronar. Nina precisava agir como gostaria que seus irmãos agissem. Eles não ficariam bem se ela não estivesse. Então ela precisava encontrar um jeito de ficar bem.

Quando o sol se ergueu por completo, Nina foi até os quartos deles e abriu silenciosamente as janelas. Entregou a cada um uma roupa de borracha enquanto eles esfregavam os olhos e acordavam.

"Sessão em família", ela disse. "Vamos lá."

E, ainda grogues e com o coração em pedaços, com o peito doendo e a mente confusa, eles vestiram as roupas de borracha, pegaram suas pranchas e foram se encontrar com ela na praia.

"É assim que a gente faz para sobreviver", ela disse, e os quatro foram para a água.

Nina se tornou o que precisava se tornar.

Ela fazia as compras no supermercado. Preparava o jantar. Ajudava Kit com a lição de matemática enquanto estudava para sua prova de química. Se encarregava do pagamento dos impostos. Quando um dos seus irmãos caía no choro, Nina o abraçava.

Quando apareceu uma goteira no teto, ela pôs uma panela embaixo e chamou um especialista em reforma de telhados. O homem falou que, para fazer o serviço direito, precisaria arrumar toda a parte dos fundos da casa. Nina então chamou um quebra-galho que tapou as rachaduras nas telhas com piche por cem pratas e a infiltração sumiu. Não era o ideal, era uma gambiarra, mas funcionava. Era o novo estilo de vida dos Riva.

Um esquema foi estabelecido, e todos eles foram obrigados a amadurecer da noite para o dia de maneiras específicas e práticas.

Hud ficou encarregado de lavar os banheiros e a cozinha, que deixava impecáveis todos os domingos e quartas-feiras, e depois se irritava quando Jay sujava a pia de areia.

"É só a pia, cara", Jay retrucava, incomodado. "É fácil de limpar."

"Então limpa você! Estou cansado de limpar e você vir bagunçar logo em seguida", Hud esbravejava. "Eu não sou sua empregada."

"Ah, é, sim", Jay respondia. "Do mesmo jeito que eu sou a lavadeira daqui."

Jay era o encarregado da roupa suja. Manipulava as roupas íntimas e de banho das irmãs com hashis, se recusando a tocá-las estando limpas ou sujas. Mas logo se tornou especialista em remoção de manchas, encarando cada uma como um quebra-cabeça a ser resolvido. Ele se dedicou a pesquisar a combinação certa de líquidos para remover a sujeira do calção de futebol de Kit. E encontrou a resposta ao perguntar a uma mulher mais velha no corredor de produtos de limpeza no supermercado como ela se livrava das marcas de grama. No fim, a resposta era uma pré-lavagem com Fels-Naphta. Funcionava que era uma maravilha.

"Caralho, olhem pra isso!", Jay gritou para o restante da casa lá da garagem. "Ficou novinho em folha, porra!"

Kit espichou a cabeça lá para dentro e viu seu calção branco reluzente como o sol, sem uma marquinha sequer.

"Uau", ela falou. "Acho que você podia pensar em abrir uma lavanderia."

Jay deu risada. Todos sabiam que só havia um futuro em sua mente — e era sobre uma prancha. Ele seria surfista profissional.

Quando não estava na escola ou lavando roupa, estava na água. Hud em geral ia junto, ajudando-o a aprimorar todas as manobras que queria fazer sobre as ondas.

Kit muitas vezes tentava se juntar a eles. E Jay dizia sempre a mesma coisa. "Eu não estou só de curtição, Kit. O lance aqui é sério."

Depois de ser rechaçada, ela ia para o deque com seus binóculos para observar Jay e Hud. Era capaz de fazer as mesmas coisas que Jay. Um dia ele entenderia isso.

"Pode ir também", Nina a incentivava enquanto passava o aspirador de pó ou preparava o jantar ou tentava ler um livro o mais rápido que podia para a aula de inglês. Suas notas sempre altas estavam rapidamente se tornando medianas e baixas, mas ela não comentou isso com nenhum dos irmãos. "Jay não é o dono do mar."

Kit fazia um gesto negativo com a cabeça. Se eles não a queriam lá, ela não iria, embora estivesse com vontade. Em vez disso, observava. E talvez até aprendesse alguma coisa.

Quando se cansava de olhar, ela tampava as lentes, guardava os binóculos no estojo e punha na caixa de uma prateleira da sala de estar. Porque Kit era a encarregada de manter a casa arrumada. E levava sua tarefa bem a sério.

Toda noite, sem falta, antes de ir para a cama, ela recolhia e empilhava todos os livros e revistas. Recolhia todos os copos e os punha na pia. E, quando achava que alguma coisa não tinha serventia, jogava no lixo sem pensar duas vezes.

"Onde está minha ficha de autorização?", Hud questionou certo dia no café da manhã. As preocupações nutricionais tinham ficado para segundo plano depois que eles perderam a mãe. Os donuts de supermercado, os cereais açucarados e os achocolatados dominaram a cozinha. Kit, que ainda não tinha nem treze anos, bebia café com creme, leite e quatro colheres de açúcar. Nina se esforçava para fazê-los ter pelo menos uma refeição com proteína.

"Que ficha de autorização?", Kit perguntou.

"Para a excursão da escola ao Getty. É para a minha aula de artes. Pedi para a Nina falsificar a assinatura do pai. Deixei em cima da mesinha de centro."

"Aquele negócio amarelo?", Kit falou. "Eu joguei fora."

"Kit!", Hud disse, irritado.

"Eu já avisei para guardarem as coisas nos seus quartos ou então vai para o lixo."

Hud remexeu na lixeira e encontrou o papel, todo amassado e sujo de manteiga. "Cadê a Nina?", ele perguntou.

Jay entrou e viu Hud com a ficha na mão. "Todo mundo aqui sabe falsificar a assinatura do pai."

"A da Nina fica melhor."

Jay se virou para Kit. "Será que a gente não pode comprar uma daquelas fotos que vendem dele? E autografar? E aí revender?"

Hud fechou a cara para Jay. "Não fica pondo ideias na cabeça dela."

"Não é uma ideia ruim", Jay insistiu. "Afinal, ele é *mesmo* o nosso pai."

Hud o ignorou e foi procurar Nina, que estava penteando os cabelos no banheiro. "Assina para mim?"

Nina pegou a caneta da mão dele e rabiscou um "M. Riva".

"Valeu", disse Hud. Mas continuou por lá mais um instante. "As pessoas vão descobrir. Que ele não está aqui. Que ele... nunca vem."

"Todo mundo sabe que ele não está aqui", Nina respondeu. "A direção da escola sabe muito bem disso."

O diretor Declan havia chamado Nina para conversar dois meses antes, para dizer que compreendia a situação. E, desde que *parecesse* que tinha alguém responsável pela casa, ele não notificaria o juizado de menores. "Você já tem quase dezoito anos. Não quero que cada um vá parar em um lugar ou algo assim. Vocês já sofreram demais. Então... é só manter as aparências que fica tudo certo, está bem?"

Nina agradeceu com a maior tranquilidade de que foi capaz e depois se acabou de chorar no banheiro feminino.

"Mas o que estou dizendo é... por quanto tempo a gente vai conseguir manter esse esquema?", Hud perguntou. "Em algum momento, vai aparecer um problema que a gente não vai ter como resolver sem a ajuda de alguém."

"Está tudo certo, Hud", Nina disse. "Confia em mim. O que quer que seja, o que quer que aconteça, qualquer coisa que a gente precisar... eu dou um jeito."

Eles estavam vivendo do lucro do restaurante, tocado por uma subgerente chamada Patricia, que Nina promoveu à gerência logo depois da morte de sua mãe. Nina ia se virando conforme as coisas aconteciam.

E como poderia ser de outra maneira? June tinha morrido havia quatro meses. Mick não mandou nem um cartão de condolências. E, em algum momento durante aqueles dias, semanas e meses em que o telefone não tocou, Nina perdeu a fé na humanidade do pai.

Ela consultou um advogado — um cara que viu num anúncio das páginas amarelas —, e ele explicou que, para forçar Mick a cumprir seu dever legal como pai, seria preciso acionar as autoridades, que provavelmente o indiciariam por abandono de menores. Nina ficou apavorada com a possibilidade de sua história parar nos jornais.

"Ou então", o advogado falou em um tom compreensivo, "você pode ficar quietinha até lá e se tornar a responsável legal pelos seus irmãos quando fizer dezoito anos."

Então era Nina quem assinava as fichas de autorização, levava os irmãos para a escola e às vezes atendia ao telefone fingindo ser uma tia que eles não tinham.

Quando a direção da escola de Kit ligou para conversar sobre um "problema de indisciplina" depois que ela mandou uma professora para "aquele lugar", foi Nina quem pôs panos quentes na situação depois da aula, explicando que seu pai estava "fazendo apresentações em Nova York no momento", mas que ela garantia que Kit jamais faria aquilo de novo.

Nina às vezes saía da escola na hora do almoço para ir ao correio e ao banco. E às vezes sequer conseguia ir à aula quando mais de um funcionário do restaurante faltava no trabalho no mesmo dia e ela precisava cobrir seus turnos.

Toda semana, ela sofria para entender o que estava escrito nos registros contábeis, que eram feitos de forma precária por Patty. Nina pegava tudo o que podia para cobrir todas as despesas.

As contas chegavam mais depressa que o dinheiro. Começaram a aparecer os avisos de pagamento em atraso, e o gás foi cortado. Nina precisou passar dois dias negociando com a companhia de gás para restabelecer o serviço, e foi obrigada a aceitar um plano de parcelamento da dívida que ela sabia que não conseguiria cumprir.

Na escola, estava repetindo em francês e ia ficar de recuperação em inglês.

Ela chegou a ficar doente de preocupação — um novo sintoma surgia a cada conta atrasada e nota baixa. Nina tinha espasmos musculares nas costas, suas pálpebras tremiam e desenvolveu uma úlcera incompatível com uma pessoa de sua idade. O estresse era descarregado em seu corpo, comprimido em seu peito, acumulado entre seus ombros, borbulhando em seu estômago.

Quando Patty pediu demissão para voltar a Michigan, o coração de Nina ficou ainda mais apertado. Por um lado, era uma pessoa a menos a pagar. Por outro, ela mesma teria que fazer o trabalho da gerente.

"Eu não vou conseguir", ela chorava sozinha na cama da mãe às vezes de madrugada, tentando fazer o menor ruído possível para não acordar ninguém. "Acho que não vou dar conta."

Nessas horas, ela tinha esperança de ouvir a voz de sua mãe e receber alguma espécie de orientação do além, caso isso de fato existisse. Mas não escutava nada, apenas o silêncio de seu desespero.

No segundo semestre de seu penúltimo ano de colégio, os atrasos e as faltas de Nina tinham se acumulado de tal forma que ela iria repetir de ano. Parecia claro que ela simplesmente não podia se dar ao luxo de ter uma educação. De repente, as aulas de inglês da escola, que por tanto tempo pareceram um fardo pesado, se tornaram um privilégio que ela não teria como manter. Nina abandonou os estudos.

E passou a trabalhar oficialmente no Riva's Seafood.

Levantava cedo todos os dias, acordava os irmãos e a irmã, se certificava de que eles estavam levando seus almoços e os deixava na escola.

"Fez a lição de casa?", perguntava para Kit quando ela entrava no carro.

"Fez a lição de casa?", perguntava para Hud.

"Fez a lição de casa?", perguntava para Jay.

"Sim", era o que todos diziam. Às vezes Hud a abraçava pela janela ao descer. E então os três entravam na escola, e Nina voltava para a beira da praia e parava o carro no estacionamento do Riva's Seafood.

Ela abria a porta da frente com suas chaves, acendia as luzes, verificava o estoque, recebia os entregadores, varria o chão e cumprimentava cada um dos funcionários à medida que chegavam.

Só então assumia seu lugar atrás da caixa registradora, assim como sua mãe e sua avó antes dela.

* * *

Na manhã do aniversário de dezoito anos de Nina, Jay saiu para comprar bagels e fazer uma surpresa para ela, mas acabou batendo na caixa de correio na hora de colocar o carro de volta na entrada da garagem.

Kit saiu correndo ao ouvir o barulho e arfou quando viu a caixa de correio no chão. O capô do carro estava com um pequeno amassado no meio. "Nina vai te matar", ela disse.

"Valeu, Kit, você está me ajudando muito", Jay gritou. Seu peito e seu rosto começaram a ficar vermelhos.

"Por que você entrou desse jeito?", Kit questionou. "Você abriu demais a curva."

"Agora não, Kit!", disse Jay, tentando recolocar a caixa de correio no lugar.

Nina apareceu correndo e avaliou a situação: Jay morrendo de vergonha, Hud o consolando, Kit de braços cruzados em julgamento. Sua vontade era esconder o rosto entre as mãos e sumir dali. "Está tudo bem", ela falou. "O carro ainda funciona, certo?"

"Sim", disse Hud. "Com certeza."

"Certo, então todo mundo para dentro", Nina falou, pegando a chave da mão de Jay. "Nós temos horário marcado com o advogado, e já estamos atrasados."

Os quatro entraram no carro, e Nina começou a dar ré para sair para a rua.

"Desculpa", Jay disse, com toda a sinceridade.

Nina olhou para ele pelo retrovisor. "Bom, o que não mata...", foi sua resposta.

Ela embicou o carro para a rua, e lá foram eles dar entrada na papelada da petição de Nina da guarda dos irmãos.

Em um documento juramentado, Nina afirmava que desconhecia o paradeiro do pai, informava que seus irmãos não tinham nenhum outro familiar para prover seu sustento além dela e pedia para assumir a responsabilidade legal sobre os três menores de idade.

Ela sabia que seu pai seria notificado. E que teria a opção de exercer seus direitos parentais. Só não tinha ideia do que ele faria.

Algumas semanas depois, porém, Nina recebeu pelo correio uma carta informando que a documentação havia sido aprovada.

Ou ele havia aberto mão de seus direitos, ela concluiu, ou sequer se manifestou. De qualquer modo, o papel de responsável legal que ele recusou agora lhe pertencia.

Depois da oficialização, os quatros foram ao Riva's Seafood comemorar. Eles estavam conversando na sala de descanso dos funcionários quando Nina fez o Sanduíche pela primeira vez.

"O que é isso?", Kit perguntou, olhando para o seu enquanto se sentava.

"Enfiei um monte de coisa lá da cozinha no meio de um pão", Nina respondeu.

"Parece uma delícia", Jay comentou, e deu uma mordida.

Hud pegou seu Sanduíche e, antes de experimentar, deu uma boa olhada em sua irmã mais velha, que, ao assumir sua guarda legal, havia aliviado o estresse com o qual ele vinha convivendo diariamente. O dia a dia dos quatro não mudaria em nada. Continuaria marcado pela mesma perda e pelos mesmos desafios. Mas não haveria mais a preocupação de que alguém do juizado de menores aparecesse e levasse Kit embora.

"Obrigado", ele disse.

Nina se virou para Hud. Era possível sentir todo o peso da gratidão dele. Ela teve que se segurar para não chorar. O mundo não parecia nem um pouco mais administrável naquele dia do que no anterior. Apenas menos imprevisível.

"É", Jay falou, balançando a cabeça. E Kit também se juntou ao coro. "De verdade."

Nina abriu um leve sorriso. Não disse "Por nada" ou alguma coisa do tipo. Ela não conseguiria. Então, em vez disso, apontou com o queixo para os lanches e falou: "Certo, agora comam".

18H00

Kit abriu a porta da frente sem bater. A casa luxuosa de Nina já começava a se encher de gente.

Havia os garçons do buffet de calça preta, camisa branca e gravata escura. Havia os barmen, com coletes pretos, organizando garrafas e mais garrafas, preenchendo o ambiente com o som do tilintar do vidro.

Uma garçonete de cabelos ruivos e olhos verdes passou ao lado de Kit, que aproveitou para pará-la e perguntar: "Nina está lá em cima?".

"Hã?", a garçonete falou, parecendo distraída em seus pensamentos. "Nina Riva? Sim, acho que ela foi se trocar."

Kit deu uma boa olhada na garçonete e se perguntou como ela conseguia ficar tão bonita com tão pouco esforço. Não estava usando muita maquiagem, pelo que Kit podia ver, e seus cabelos de cores vibrantes estavam presos em um simples rabo de cavalo. Mesmo assim, seu apelo era inegável.

"Valeu", Kit disse. "Eu sou a Kit, aliás."

A garçonete sorriu. "Caroline", ela se apresentou. "Prazer."

Com os sapatos na mão, Kit correu escada acima para o quarto de Nina. Quando recobrou o fôlego, bateu na porta.

"Ah, oi", Nina falou ao vê-la.

"Oi", Kit respondeu, entrando no ambiente caloroso do quarto.

Nina estava usando uma minissaia preta de camurça e uma camisa prateada sem mangas com bordado de lantejoulas, com caimento perfeito nos ombros, revelando suas costas nuas.

A irmã linda de Kit. Cujas fotos de calendário estavam penduradas na parede de todo mundo. Perto dela, Kit se sentia uma criança. Em diversos sentidos, Nina fazia Kit se sentir amada, bem cuidada e segura. Mas, em outros, só olhar para Nina a fazia se sentir desesperadamente sozinha, como se ela fosse a única pessoa no mundo com seu tipo específico de problema.

"O que foi?", Nina perguntou.

Os ombros de Kit desabaram. "Eu estou um lixo."

Nina franziu a testa. "Do que você está falando? Você está ótima!", ela disse enquanto remexia no porta-joias e decidia quais brincos usar.

"Não estou, não."

Nina se virou para a irmã e olhou bem para ela. "Claro que está. Para de dizer isso."

"Para de dizer que estou ótima, porque não estou", Kit insistiu, perdendo a paciência. "De que adianta mentir para mim?"

Nina inclinou a cabeça para outro lado, pôs os braços para trás e se apoiou na beirada da pia. Observou Kit sem nenhuma expressão no rosto, pelo que pareceram ser noventa milhões de minutos. Foram quatro segundos. "Você não se veste de um jeito muito sexy, é isso que está dizendo?", ela perguntou por fim.

Kit começou a se encolher, tentando se enrolar em torno de si mesma como se fosse um porco-espinho. Era terrível, simplesmente terrível, ouvir sua maior vulnerabilidade ser definida e descrita com tamanha precisão.

"Sim", ela falou, tentando superar sua angústia. "É isso o que estou dizendo." E acrescentou: "Mas eu quero. E não sei como fazer isso. Eu... eu preciso da sua ajuda".

"Certo", Nina falou.

"E nada de vestidos justinhos", Kit foi logo dizendo. "Nem salto alto ou essas coisas. Eu não sou assim."

Nina refletiu a respeito de sua irmã caçula. Que dádiva era saber exatamente o que não era, o que não queria ser. Nina sequer se lembrava de já ter feito esse questionamento a si mesma.

"Muito bem. Então o que você *quer* usar? Tem algum visual específico em mente?"

Kit pensou um pouco. Lembrou das garotas que chamavam sua atenção na época de colégio. Julianna Thompson, a capitã do time de futebol, usava calças boca de sino e camisas xadrez. Ou Katie Callahan, a oradora

160

da turma, que sempre estava com bandanas e fitas nos cabelos. Ou Viv Lambros ou Irene Bromberg ou Cheryl Nilsson. Mas ela nunca quis ser como essas meninas. Não conseguia se ver usando aqueles vestidos e aquelas saias e coisas do tipo. Só gostava delas, as admirava. Não se identificava com elas. Talvez isso fosse parte do problema. Ela ainda não havia conseguido ver esse seu lado em ninguém.

"Sei lá", Kit disse. "Não sei nem por onde começar."

"Muito bem, então seus problemas acabaram", Nina disse. "Eu sei exatamente o que fazer." Ela abriu a gaveta de cima do gabinete do banheiro e pegou uma tesoura.

"Me dá aqui sua calça", Nina pediu.

"Como é?", Kit questionou.

"Sua calça", Nina repetiu, estendendo a mão. "Passa para cá. Confia em mim."

Kit desabotoou a calça jeans e a tirou. Depois de entregá-la para a irmã, ficou só de calcinha diante dela.

"Estou praticamente pelada agora", Kit falou, incomodada.

"Não tem nenhuma diferença entre ficar de calcinha aqui e de biquíni na praia, o que você faz todos os dias", Nina falou, enquanto punha as mãos à obra. "Relaxa. Está tudo sob controle."

Com dois cortes habilidosos, a calça favorita de Kit se tornou seu short favorito. Nina havia criado um ângulo na peça, que era mais curta na frente e um pouco mais comprida atrás. Os bolsos apareciam um pouco abaixo da bainha. Para finalizar, Nina desfiou as extremidades da peça recém-criada.

"Aqui está", ela falou, devolvendo-a para Kit.

Kit vestiu o short e o abotoou. Em seguida, se olhou no espelho. Suas pernas compridas, bronzeadas e bem torneadas se destacaram.

"Me dá a camiseta também", Nina falou.

"Você vai cortar a minha camiseta?', Kit perguntou.

"A não ser que você não queira", Nina respondeu.

"Não", disse Kit, intrigada. "Vai em frente."

Ela tirou a camiseta e entregou para a irmã, ficando só de sutiã e short. Kit sentiu seu corpo se encolher, suas costas se curvarem, para tentar esconder o peito. Nina deu uma olhada nela.

"Não fica desse jeito. Fica assim." Nina se posicionou atrás de Kit e segurou seus ombros, afastando-os. O peito de Kit se projetou para a frente.

"Você tem um peitão bonito", Nina comentou. E Kit deu risada, porque nunca tinha ouvido sua irmã falar assim antes.

"É verdade", Nina disse. "As mulheres Riva têm peitos bonitos. Mamãe tinha. Eu tenho. Você tem. É um direito de nascença seu."

Kit começou a ficar vermelha, e Nina se sentiu ao mesmo tempo alegre e triste. Kit nunca tinha permitido que Nina se aproximasse dela assim. Nina sempre dava de cara com uma barreira quando tentava conversar com Kit sobre garotos, sobre sexo e sobre o corpo dela. Mas deveria ter insistido mais. Aquela conversa deveria ter acontecido mais cedo. Era uma obrigação de Nina garantir que Kit aprendesse a ser ela mesma, em todos os aspectos.

Nina se preocupou tanto em fazer Kit se sentir segura e protegida, tomando cuidado para que ela nunca se sentisse como uma órfã, que a infantilizou. E sabia disso. Estava tentando parar. Mas... não era fácil. Deixar acontecer.

Kit já era adulta. Não restava mais muita coisa que Nina pudesse fazer. Na verdade, o único dever parental que lhe restava era fazer Kit entender justamente aquilo: como se tornar o tipo de mulher que queria ser.

Nina olhou para a camiseta e pensou em cortar a gola, arrancar uma das mangas. Mas não. "Você liga de mostrar a barriga?", ela perguntou.

Kit olhou para baixo, pensativa.

"Acho que você ficaria bonita com a barriga de fora", Nina explicou.

"É, pode ser", Kit disse, topando a ideia. "Claro."

Nina passou a tesoura na parte de baixo da camiseta em um corte reto. Quando a devolveu para Kit, tinha se transformado em um top larguinho.

Kit vestiu a peça e sentiu o vento bater no abdome. Era possível ver um pedaço de seu sutiã azul-bebê de determinados ângulos.

"Uau", Kit disse, dando uma olhada em si mesma. Gostou de ver que se sentia ao mesmo tempo igual e diferente. Ainda era ela mesma, só que com roupas mais bacanas.

"Muito bem", Nina disse, com um elástico entre os dentes. "Próximo passo." Ela pegou os cabelos compridos e indomados de Kit entre as mãos e prendeu em um rabo de cavalo no alto da cabeça. Em seguida passou máscara nos cílios da irmã, blush nas bochechas e entregou a ela um tubo de brilho labial transparente.

"Quanto aos sapatos, acho que as suas sandálias huaraches estão perfeitas", Nina complementou. E Kit sentiu uma pontadinha de alegria por ter alguma coisa que não precisava de nenhuma modificação. Ela se virou e se olhou no espelho.

Achou que estava bem. *Tipo, bem mesmo.* Era possível sentir o bem-estar inflando seu corpo.

Nina se aproximou por trás, passou os braços em torno dela e disse: "Você está arrasando, gata".

Aquela roupa a fez sentir como se estivesse encontrando algumas partes dela mesma pela primeira vez. Kit não conseguia esconder o sorriso no rosto. Ela enlaçou os braços com os da irmã e disse: "Obrigada".

Nina sempre sabia exatamente o que fazer, não sabia? Kit desejou poder ser assim para alguém, para Nina, a pessoa que sempre sabia exatamente o que fazer.

"Tudo certo com você?", Kit perguntou. "Para a festa de hoje? E para, você sabe, encarar um monte de gente perguntando sobre o Brandon?"

Nina fez um gesto minimizando a questão. "Tudo certo", ela disse. "Eu vou ficar bem."

"Você sabe, né...?", Kit começou, sem saber como demonstrar o quanto se preocupava. "Tudo bem se você não estiver bem. Se você... precisar conversar ou só chorar um pouco. Qualquer coisa, na verdade. Eu estou aqui para escutar."

Nina se virou para Kit e sorriu. "Obrigada", ela falou. "Você é o máximo. Mas eu estou bem. De verdade. Vai dar tudo certo."

Kit franziu a testa. "Tá bom, então. Se você mudar de ideia..." Mas Nina não mudaria de ideia. As duas sabiam disso.

Demonstrar tanta autossuficiência era um pouco cruel com as pessoas que a amavam, Kit pensou. Isso não dava a elas a chance de saber como é bom oferecer apoio, se sentirem importantes.

Mas Kit deixou todas essas questões de lado. Porque estava decidida que seria naquela noite que ela iria se soltar.

1978

Nina sustentava como podia a família com os rendimentos do restaurante semana após semana, sempre a uma pequena despesa imprevista de distância do colapso financeiro total. Estavam vivendo assim fazia três anos.

Três Natais tendo que se virar para arrumar um jeito de comprar presentes. Três anos tendo que reproduzir de memória as receitas do bolo de aniversário favorito de cada um, porque June não tinha registrado nenhuma por escrito. Três primeiros dias de aula e três últimos dias de aula, para todos menos ela.

Quando um cara bonitinho que foi comer um hambúrguer no restaurante a chamou para sair certa tarde, Nina ficou sem reação, com o cérebro em curto-circuito. "Hã...", ela disse, perplexa com a ideia de ele achar que ela era normal, que poderia ser uma garota normal.

"Foi só uma ideia...", ele disse, dando um passo para trás. Era loiro e alto, e tinha um sorriso sincero. "Você deve ser a garota mais bonita que eu já vi na vida, aí pensei, sabe como é, se você for solteira e estiver livre, a gente pode de repente... sei lá. Ir ver um filme."

Ela tivera dois namorados antes da morte da mãe. Até tinha ligado para um ou outro amigo depois disso, quando se sentia especialmente sozinha. Mas um encontro? Ele queria sair com ela para... se divertir?

"Não, obrigada", ela disse, soltando um suspiro profundo. "Eu não posso", acrescentou, mas não encontrou palavras para explicar melhor a situação. E logo atendeu o cliente seguinte, como fazia todos os dias, sempre tentando vender mais fritas e refrigerantes do que no dia anterior.

No fim, tudo se resumia a uma única coisa: dinheiro. Ela podia fazer uma versão quase igual do bolo de chocolate alemão de sua mãe. Podia dizer para Hud as mesmas coisas que June lhe falava quando tinha um dia difícil. Podia dormir só três horas em uma determinada noite para terminar o projeto de Kit para a feira de ciências. Mas o dinheiro era a única coisa que Nina não tinha como conseguir só na base da força de vontade.

Precisava usar até a última gota de combustível do tanque com tanta frequência que duas vezes acabou ficando sem gasolina no meio da rua. Começou a passar cheques pré-datados, e a solicitar cartões de crédito cuja fatura não teria como pagar, e a desligar todas as luzes quando não havia ninguém em casa para economizar eletricidade.

Quando Jay precisou arrancar os dentes do siso, Nina passou três semanas fazendo cotações para conseguir um plano dentário para ele através do restaurante. Quando Hud fraturou o pulso depois de cair do teto do carro, ele se recusou a ir ao hospital porque sabia que não haveria dinheiro para pagar a conta. E Nina, apesar de saber que esse gasto poderia arruiná-la, insistiu para que ele fosse, sem se preocupar com quanto custaria. Ela negociou a conta até chegar a um valor que mesmo assim não teria como pagar, e durante semanas foi para a cama com os maxilares cerrados de tensão, pensando no que aconteceria depois, quando as multas e os juros fossem cobrados.

Nina fazia frango assado com tempero de limão quando eles sentiam saudade de June. Ficava até tarde vendo tv com Kit, apesar de precisar levantar cedo de manhã. Incentivava Jay e Hud a continuar pegando ondas, mesmo quando isso significava que os banheiros não seriam limpos e que ela mesma precisaria lavar as roupas.

Toda vez que Hud ou Jay se ofereciam para abandonar os estudos e irem trabalhar no restaurante para ajudar a pagar as contas, Nina os proibia. "De jeito nenhum", ela falava em um tom de voz tão sério que os desarmava. "Se sair da escola, eu te ponho para fora de casa."

Todos sabiam que Nina jamais faria isso. Mas, se ela levava a coisa tão a sério a ponto de fazer essa ameaça, eles sabiam que não tinham escolha a não ser obedecer.

Na primavera de 1978, Nina e Kit se sentaram lado a lado nas arquibancadas quando Hud e Jay subiram ao palco para pegar seus diplomas.

Kit deu gritinhos. Nina aplaudiu com tanta força que suas mãos ficaram ardendo.

Depois da formatura de Jay e Hud, Nina sabia que a guerra ainda não tinha terminado. Mas saboreou o momento por um tempinho. Uma batalha havia sido ganha.

Depois de terminar o colégio, Jay foi trabalhar no Riva's Seafood e em uma loja de surfe da cidade. Hud conseguiu um auxílio estudantil para frequentar a Universidade Loyola Marymount, não muito longe de casa, complementando o dinheiro necessário para se manter estudando com empregos eventuais e alguma ajuda financeira de Nina.

Nos fins de semana, quando podiam, Jay e Hud pegavam a estrada em busca do melhor swell. Hud já tinha comprado uma câmera usada a essa altura. Os dois decidiram que Hud tiraria fotos de Jay surfando, o que ajudaria a criar um portifólio para ambos.

Assim, muitas vezes Nina e Kit ficavam sozinhas em casa. E Kit, com quase dezesseis anos, não queria ficar sob a asa da irmã. Não queria mais receber ordens nem reprimendas. Não queria mais receber sequer recomendações de cautela.

Então, em vez de ficar em casa, Kit ia para a casa de Vanessa. Ia a festas. Começou a fazer parte de um grupo de garotas que gostavam de surfar de manhã antes da escola. Conseguiu um emprego como ajudante de um pintor de casas em Ventura, pedindo carona aos colegas para chegar e ir embora do trabalho.

Tudo isso significava que, perto do fim de 1978, houve momentos — finalmente — em que Nina chegava em casa depois de trabalhar doze horas e não precisava cuidar de ninguém.

Era desconcertante para ela, ter essas noites tranquilas em casa, quando só o que ouvia eram as ondas quebrando logo abaixo e o vento nas janelas. Nina se sentava para cuidar das contas, subtraindo apreensivamente cada gasto, e sempre descobrindo que ainda estavam no vermelho. E se preocupava com as notas do boletim de Kit, tentando arrumar uma forma de, apesar de todo o aperto, conseguir pagar um professor particular para ela.

Nos poucos momentos em que realmente não tinha nada para fazer, Nina às vezes lia uns gibis velhos de Jay e Hud, tentando não pensar na mãe.

166

E então, em fevereiro de 1979, três anos e meio depois da morte de June, Nina se sentou nas pedras da praia na frente de sua casa e enfim parou para respirar.

Foi pouco antes do amanhecer. O ar estava gelado com o vento soprando do mar. As ondas estavam aceleradas e frias, e a espuma dominava cada vez mais a areia.

Nina estava com sua roupa de borracha, com os cabelos compridos flutuando sob a brisa. O sol começava a despontar de leve no horizonte. Ela havia ido à praia para surfar antes de começar o dia.

Enquanto olhava para a água, ela avistou uma família de golfinhos. A princípio, parecia haver apenas um único golfinho saltando. Mas então apareceu outro. E mais dois. E mais outro. E logo estavam os cinco juntos.

Nina começou a chorar. Não por estresse, frustração ou medo, embora sentisse tudo isso até o último fio de cabelo. Estava chorando de saudade da mãe. Sentia falta do perfume de June, do bolo de carne dela, daquela capacidade de fazer o impossível acontecer. Nina sentia falta de deitar no colo da mãe no sofá, vendo TV tarde da noite, de ouvir sua mãe dizer que tudo ficaria bem, de ver sua mãe fazer tudo dar certo.

Lamentou pelas coisas que nunca aconteceriam. Os casamentos que sua mãe não compareceria, as refeições que sua mãe não faria, as tardes de pôr do sol que sua mãe não veria.

E, por um momento, achou que talvez tivesse o direito de estar furiosa com a mãe também. Furiosa com sua mãe pelos jantares queimados e os cigarros acesos, furiosa por todos os sea breezes e os cape codder. Furiosa com sua mãe por ter entrado naquela banheira.

Mas não conseguiu.

Naquela manhã na praia, Nina viu os siris se enfiando na areia, viu os ouriços-do-mar roxos e as estrelas-do-mar cor de pérola se agarrarem a suas pequenas piscinas naturais no meio das pedras, e deixou as lágrimas caírem. Ela se permitiu lamentar por cada coisinha relacionada à mãe — cada bobe de cabelo, cada vestido de dona de casa, cada sorriso, cada promessa. Não queria mais carregar aquele coração partido, uma tarefa ao mesmo tempo possível e impossível. E, quando escavou a fundo sua tristeza, descobriu que sua dor, que parecia um poço sem fundo, na verdade também tinha seus limites.

Nina às vezes sentia que sua alma envelhecia dez vezes mais depressa que seu corpo. Kit ainda precisava terminar o colégio. Ainda havia contas vencendo das quais não podia fugir. Ela ainda não tinha seu diploma do ensino médio. Mas também se sentiu um tanto revigorada naquele momento. Então enxugou os olhos e foi fazer o que a tinha levado até a praia para começo de conversa.

Pegou sua prancha, atravessou a arrebentação e se posicionou, à espera das ondas.

Naquele mês de abril, Nina foi vista por um editor de revistas de férias enquanto surfava em First Point. O calor estava mais forte do que o esperado, então ela abriu sua roupa de borracha, deixando a parte de cima do biquíni amarelo aparecer. As ondas estavam mais altas que o normal, e Nina estava em um daqueles dias em que tudo dá certo e acontece com naturalidade. Pegava onda após onda, se agachando bem na prancha para pegar velocidade e só parando quando estava quase chegando ao píer.

O editor — um sujeito um pouco acima do peso, com cabelos grisalhos e uma camisa cambraia de manga curta desabotoada até o peito de um jeito até que estiloso — desceu até a praia depois de vê-la do píer. Ele a abordou enquanto saía da água, se apresentando para ela assim que pôs os pés na areia.

"Senhorita", ele disse, avançando em sua direção com passos apressados. Para Nina, parecia ser um cara de uns cinquenta anos, e ela ficou com medo de que fosse chamá-la para sair.

"Você é simplesmente hipnotizante", ele comentou, mas Nina notou que não havia nada de lascivo em sua voz. Ele estava apenas afirmando o que considerava ser um fato. "Queria apresentar você para um amigo meu. Ele é fotógrafo, e está querendo fazer um ensaio sobre surfe."

Nina estava secando os cabelos com a toalha, e estreitou os olhos de leve.

"É para a revista *Vivant*", o homem disse, entregando um cartão de visita. A mão de Nina ainda estava molhada. "Diga que fui eu que mandei você ligar."

"Eu nem conheço você", Nina respondeu.

O homem olhou bem para ela. "Você é uma mulher linda e surfa muito bem", ele disse. "Deveria ganhar dinheiro com isso."

Ele foi embora logo em seguida e, enquanto se afastava, Nina ficou surpresa com a facilidade com que aquele homem atraiu sua atenção.

Quando chegou em casa, ela se sentou ao lado do telefone, girando o cartão entre o indicador e o polegar. *Dinheiro*, ela ficou pensando. *Quanto será que eles pagam?*

Nina não gostava muito da ideia de posar para fotos, mas quais eram suas opções? O restaurante estava no vermelho, depois de um inverno de movimento fraco. Ela sabia que a cozinha não ia passar na inspeção sanitária. A anuidade da faculdade de Hud aumentou. Kit estava com cáries para tratar. As goteiras tinham voltado.

Ela ligou para o número no cartão.

O fotógrafo e seu assistente forçaram a barra para que ela usasse biquínis minúsculos durante a sessão em Zuma. Eles fotografaram durante horas — ela entrando e saindo da água, rolando na areia. Nina achou aquilo desconfortável, os olhares lascivos dos homens atrás da câmera.

Mas então viu as fotos. Ficou olhando os negativos com a lupa do fotógrafo, e algo se acendeu dentro dela.

Ela era linda.

No fundo, Nina sempre soube, a vida inteira, que era bonita. Era possível perceber isso pela expressão das pessoas ao vê-la, o mesmo tipo de reação que sua mãe causava tantos anos antes.

Mas era assim mesmo que as outras pessoas a viam quando estava na água? Tão maravilhosa? Tão despreocupada? Tão incrível?

Era desconcertante, mas também fantástico, se ver daquela maneira.

Ela saiu na edição de junho de 1979 da *Vivant*, uma foto de seu rosto — a pele bronzeada de sol, os cabelos molhados puxados para trás — com uma manchete que dizia: NO CALOR DA CALIFÓRNIA: A NOVA ATRAÇÃO DA PRAIA.

Quando as pessoas descobriram que ela era filha de Mick Riva, o telefone começou a tocar sem parar. *Como aquela jovem de sobrenome famoso tinha conseguido passar despercebida por tanto tempo?* Sua fama se espalhou como fogo em mato seco.

Logo em seguida vieram uma revista de surfe, duas revistas masculinas, anúncios para duas marcas de moda praia e uma loja de roupas de borracha e um comercial de TV para uma loja de surfe. Nina Riva se tornou a nova cara do surfe feminino.

Ela queria entrar em campeonatos e ver como se sairia, se conseguiria fazer nome como atleta também. Mas seus novos agentes foram contra a ideia.

"Ninguém se importa se você é capaz de ganhar competições", argumentou Chris Travertine, que agenciava sua carreira de modelo. "Na verdade, é melhor nem arriscar. Você é a primeira do ranking na cabeça de todo mundo agora. Não vamos abusar da sorte. Não vamos associar nenhum outro número a você."

"Mas eu sei surfar também", Nina disse. "Não só posar para fotos."

"E você *está* surfando. É uma surfista de verdade. Nós temos as fotos para provar isso", ele disse, impaciente. "Nina, você é a surfista mais famosa do mundo. O que mais você quer?"

Antes do fim do ano, ela recebeu a proposta para ser tema de um calendário. Doze fotos, todas dela.

Nina chamou Jay, Hud e Kit para acompanhá-la, e a equipe os levou para algumas das melhores praias do sul da Califórnia. Ela surfou nas ondas imprevisíveis de Rincon, no mar perfeito e sempre concorrido de Surfrider, na isolada Torrey Pines, nas grandes ondas de Black's Beach, entre os recifes de Sunset Cliffs e em todos os demais lugares no caminho.

Foi vendo Nina pegar essas ondas que Kit entendeu que havia um futuro para o surfe feminino.

E foi conversando com os fotógrafos durante os intervalos entre as sessões de Nina que Hud começou a levar a sério a ideia de fotografar o esporte.

E foi o incômodo de saber que Nina estava conseguindo ser paga para surfar antes dele que fez Jay perceber que precisava se esforçar mais para se tornar profissional.

Com o título "Molhada da cabeça aos pés: Nina Riva, a gata da Califórnia", o calendário mostrava Nina em biquínis de várias cores, pegando ondas de Ventura até San Diego.

Quando o material ficou pronto, Nina analisou a prova final. Ela em Trestles, sobre uma prancha monoquilha Lance Collins com um biquíni vermelho sem alças. Ela em Surfrider, mandando um hang five com sete outros surfistas tentando pegar uma onda logo atrás.

A foto que causou a impressão mais forte, porém, era a do mês de julho, o auge do verão californiano. Nina estava pegando uma onda em Rincon. A cor do mar era um azul índigo cristalino.

Ela estava usando um biquíni branco de amarrar, surfando com uma prancha rosa-choque. O ângulo da foto permitia ver a lateral de seu rosto, sorrindo ao manobrar sobre a água — e também a lateral de sua bunda, que o biquíni quase não cobria, além da lateral de seu peito escapando da parte de cima.

Olhando para essa foto, ela se deu conta de que o biquíni era bem mais transparente do que haviam lhe dito. O tecido branco molhado entregava praticamente tudo. Era possível ver seu mamilo e o contorno de sua bunda com alguma nitidez.

Sempre que olhava para essa foto, Nina se sentia incomodada. Não era uma boa onda, sua postura não era das melhores, e ela lembrava que havia caído da prancha poucos segundos depois. Ela era uma surfista mais habilidosa do que aquela imagem mostrava. Era capaz de muito mais.

Mas, naturalmente, foi essa foto que mais chamou atenção. Aquela em que era possível ver seu corpo exposto, ainda que de forma não intencional.

Essa foto fez sua carreira decolar. Foi estampada em pôsteres que ficaram pendurados nas paredes e nos armários dos adolescentes durante anos. Foi uma foto fenomenal para todo mundo, menos para a mulher retratada na imagem.

Mas Nina já havia passado por traumas e situações muito piores. Então, em vez de ficar chateada, decidiu deitar a cabeça no travesseiro todas as noites se sentindo grata por aquele dinheiro.

Dinheiro, dinheiro, dinheiro.

O dinheiro que tornou possível promover Ramon a gerente para tocar o Riva's Seafood em seu lugar. O dinheiro que bancou a reforma do telhado, a faculdade de Hud, o dentista de Kit, as despesas médicas da família, a inscrição no primeiro campeonato de que Jay participou. O dinheiro que permitiu que a cozinha do restaurante cumprisse todas as normas de inspeção.

Aquela foto da bunda de Nina proporcionou aos irmãos Riva alguma segurança pela primeira vez na vida.

Depois de quitar todas as dívidas, Nina se sentou no pátio para fechar as contas e se alegrou ao ver o saldo final. Não era muita coisa. Mas também não era um zero.

Então, no fim daquele mês de agosto, quando Jay, Hud e Kit estavam todos em casa, reunidos para fazer uns hambúrgueres na churrasqueira, Nina disse uma coisa que nunca se imaginou dizendo.

"Ei, pessoal", ela falou por impulso enquanto trazia as batatas chips e o molho. "E se a gente desse uma festa?"

Jay e Hud estavam saindo da loja de bebidas com doze garrafas de Seagram's, dez de Southern Comfort e nove de Captain Morgan na caçamba da picape de Hud, que levava inclusive o operador de caixa da loja.

O cara tinha implorado pelo endereço da festa. E depois implorado por uma carona. Jay negou. Hud cedeu. E assim Tommy Wegman foi parar na caçamba da picape. Fumava um cigarro e sentia a brisa no rosto, curtindo a ideia de que estava indo a uma festa dos Riva, imaginando que poderia encontrar gente como Demi Moore ou Tuesday Hendricks por lá.

"Você é um bundão mesmo", Jay disse, no assento do passageiro, observando Tommy pelo espelho retrovisor. "Um bundão."

"Existem coisas piores que ser um bundão", Hud disse. "Por exemplo, eu poderia ser um cuzão."

Jay se virou para Hud e sorriu. "Verdade."

A cabine da picape estava em silêncio, a não ser pelo barulho do motor e o ruído dos pneus contra o asfalto. E parecia a hora certa para Hud admitir o que tinha feito.

O suor imediatamente brotou em sua testa e acima do lábio. Isso era uma coisa que às vezes acontecia com Hud. Em geral porque tinha consumido em excesso alguma coisa à qual era um pouco alérgico, como vinagre. Mas também acontecia em circunstâncias como aquela, em que estava tão nervoso que transpirava por todos os poros.

"Aliás, queria conversar com você sobre uma coisa", Hud disse.

"Certo..."

Hud respirou fundo, se preparando para falar o nome dela. "Ashley", ele disse por fim.

Jay foi pego de surpresa com a menção ao nome de sua ex-namorada. Ainda se sentia mal quando pensava nela.

"O que tem ela?", ele perguntou. Jay não conseguia todas as garotas que queria, ninguém consegue. Mas geralmente percebia as raras ocasiões em que a rejeição viria, e o pé na bunda que recebeu de Ashley veio do nada.

Hud percebeu a irritação na voz do irmão e começou a ficar preocupado. E se Jay dissesse que não aceitava a ideia? O que Hud faria?

Ele tinha todo um plano, uma espécie de gráfico em sua mente do que dizer a depender da reação de Jay. Mas em um segundo tudo foi por água abaixo. Hud só conseguia pensar que estava prestes a contar para o irmão que estava transando com a ex-namorada dele. Então, em pânico, resolveu mentir. "Eu estava pensando em chamar ela para sair. Queria saber se para você é tranquilo."

Assim que essas palavras saíram da sua boca, Hud ficou mais calmo. *Isso pode dar certo.*

Jay virou a cabeça para encarar o irmão. "Porra, você está falando sério, cara?", ele perguntou.

Hud inclusive sequer levou em conta de que aquilo que estava pedindo já era uma mentira, para começo de conversa. "Sim, qual é o problema? Pensei que você não fosse ligar."

"Eu ligo, sim. Com certeza."

A questão não era Ashley em si. A verdade era que Jay não considerava — e nunca tinha considerado — Ashley como uma pessoa importante para sua vida. E não era nada pessoal. Ele só passou a considerar alguma garota como alguém importante para sua vida quando conheceu Lara. Jay era capaz de ver — agora que sentia algo realmente forte — que todas as garotas que vieram antes foram... bom, *não* tinha rolado um envolvimento mais sério. Foram irrelevantes. Ashley havia sido irrelevante.

Mas Jay ficou imaginando Ashley com Hud. Pensou nela aceitando os avanços de seu irmão. E foi isso que fez seu cérebro entrar em parafuso.

"Desculpa, cara, mas não acho uma boa ideia. Não mesmo."

Hud ficou paralisado. "Beleza", ele falou, quando embicou na entrada da garagem de Nina.

"Legal", Jay disse, descendo do carro.

Hud continuou sentado em sua picape por um tempo imperceptível a mais, processando o fato de que estava — para dizer o mínimo — completamente fodido.

A campainha tocou.

Nina estava ajeitando os cabelos no banheiro. Olhou para o relógio: 18h51. *Quanta pressa*, ela pensou. Mas existe todo tipo de pessoas no mundo, e algumas são do tipo que chegam às festas antes mesmo de começarem.

Nina entrou no quarto e encontrou Kit ainda se olhando no espelho do corredor, e Jay subindo a escada.

Jay levou um susto ao ver a irmã mais nova com um shortinho daquele tamanho, mas, depois da história do vestido na hora do almoço, sabia que era melhor não fazer nenhum comentário.

"Você pode atender à porta?", Nina pediu para Kit e Jay ao mesmo tempo, mas para nenhum dos dois especificamente.

"Sim, claro", Jay respondeu, dando meia-volta.

Hud estava guardando a bebida extra na despensa. Chegou ao hall de entrada para atender à porta no mesmo momento em que Jay alcançou o último degrau da escada. E, um tanto constrangidos, eles abriram a porta juntos.

Ali, com um par de mocassins dockside e um suéter listrado fino por cima de uma camisa polo, estava Brandon Randall, com seus cabelos ralos e sem volume.

O primeiro impulso de Jay, que segurava a lateral da porta, foi batê-la de volta. Hud, com a mão na maçaneta, estava mais inclinado a abri-la um pouco mais para saber que diabos Brandon queria. E então, com cada irmão empurrando para um lado, a porta permaneceu onde estava.

"Oi", Brandon disse.

"Brandon?", falou uma voz atrás deles. Nina já tinha descido a escada, e ficou perplexa com o que estava vendo.

"Oi, Nin", Brandon disse, entrando na casa.

"O que você está fazendo aqui?", Nina imaginou que ele tivesse ido buscar algumas roupas ou pegar algo do cofre. Mas quando viu o olhar em seu rosto — humilde, esperançoso —, sentiu um buraco no estômago, com medo de que ele fosse dizer...

"A gente pode conversar?"

Sem perceber, Nina respirou fundo. "Hã...", ela falou. "Claro. Vamos lá para cima, eu acho."

Jay e Hud viram Brandon seguir Nina até o segundo andar. Kit, que estava descendo, ficou paralisada quando os viu. E continuou imóvel na escada enquanto Nina e Brandon passavam, com uma expressão de incredulidade no rosto. Quando os dois sumiram das vistas, Kit olhou para Jay e Hud e disse, sem levantar a voz: "Que porra é essa?".

Nina entrou na suíte principal — o quarto dela... o quarto deles? — e fez um gesto para que Brandon se juntasse a ela. Não sabia o que dizer para ele, nem mesmo o que pensar sobre sua presença ali.

"O que está acontecendo?", ela perguntou.

"Eu te amo, Nina", Brandon disse. "Quero voltar para casa."

1981

Foi em fevereiro de 1981. Brandon estava fazendo uma série de fotos para a capa da edição de abril da *Sports Pages*. A intenção era publicar pouco antes do Aberto da França, um dos muitos torneios para o qual ele era o favorito naquele ano. A ideia do ensaio era mostrá-lo jogando tênis em lugares exóticos e inesperados. E, por sorte, no sul da Califórnia era possível encontrar praias, desertos e montanhas cobertas de neve.

Depois de fotografar um dia em Big Bear e um dia em Joshua Tree, Brandon e a equipe da *Sports Page* montaram seu set na frente do Jonathan Club, um clube de praia em Santa Monica que ficava colado ao mar.

Nesse exato momento, Nina e Kit estavam sentadas a uma mesa no restaurante montado na areia. Tinham decidido sair para almoçar — a nova fonte de renda recém-descoberta por Nina tornava acessível partes do litoral que nunca foram viáveis antes. Aquele clube de praia com guardanapos de tecido e quatro tipos de copos na mesa era um exemplo. Ainda era algo diferente para elas, não exatamente natural. Nina não gostava da subserviência que o garçom demonstrava. Kit considerava os demais clientes um bando de babacas.

Brandon estava um pouco mais adiante na praia, com o pé na areia, de camiseta de tenista e uma raquete preta na mão, posando para a câmera com o mar a suas costas. Era alto e forte, com cabelos castanhos claros e feições amenas — olhos azuis não muito grandes, maçãs do rosto largas, sobrancelhas grossas. Era um rosto atraente, mas não marcante, como se o destino tivesse se arriscado quando o criou.

"Quem é aquele ali?", Kit perguntou enquanto o observava. Houve um intervalo entre as fotos, e Brandon se sentou sobre um caixote de leite, com uma garrafa de Perrier na mão. "Eu sei que conheço, só não sei de onde."

"Acho que é um tenista", Nina falou, remexendo em sua salada no prato. A essa altura, por instrução de Chris, seu agente, já tinha cortado os queijos, a manteiga e as sobremesas. Com isso perdeu quase quatro quilos. "Se continuar magra, você fica rica", ele dissera. Nina se irritou quando ouviu isso, mas obedeceu mesmo assim. E começou a notar o quanto ficava tensa a cada vez que sentia fome. Seu corpo era o sustento da família.

Brandon deu um gole em sua água e pôs a tampa de volta. Então se levantou para voltar ao trabalho. Nisso, sua visão foi atraída para o pátio do clube à sua frente, e acabou se fixando em Nina.

"Bom", Kit falou, como quem dava más notícias. "Ele está olhando para você."

Quando contava essa história para as pessoas, Brandon dizia que, assim que bateu os olhos em Nina, *ele soube*. Nem sabia o que estava procurando até que viu tudo reunido nela: cabelos compridos e lindos, corpo esguio, sorriso radiante. Ela parecia meiga, mas não submissa.

"Hã...", o assistente de fotografia falou. "Sr. Randall", Brandon não respondeu. O assistente de fotografia ergueu o tom de voz e continuou falando.

"Desculpa", disse Brandon. "O que foi?"

"Os retoques. No seu queixo."

"Ah, claro", Brandon respondeu, enfim tirando os olhos de Nina. Mas continuou a espiá-la de tempos em tempos enquanto a maquiagem era corrigida e ele era posicionado de novo em frente à câmera. O fotógrafo já tinha começado a clicar, e Brandon continuava olhando naquela direção. *Ele não a conhecia de algum lugar?*

"É a garota do pôster", o fotógrafo falou quando o pegou olhando. "Nina Riva."

Brandon não captou a referência.

"A filha do Mick Riva", o fotógrafo acrescentou.

"Aquela é a filha do Mick Riva?", Brandon perguntou.

"Sim, ela é surfista."

Brandon olhou de novo, dessa vez por tempo suficiente para chamar a atenção dela. Nina se virou e o viu. Ele considerou que suas chances eram boas. Afinal, tinha oito troféus de torneios Grand Slam em sua galeria, e esperava conquistar o nono.

"Você disse que o nome dela é Nina?", Brandon perguntou ao fotógrafo. Mas, antes que ele parasse os cliques e respondesse, Brandon a chamou com um grito.

Nina se virou em sua direção. Kit olhou também. Foi quando, diante das câmeras que o fotografaram, com a raquete imóvel ao lado do corpo, Brandon gritou: "Me passa seu telefone?".

Nina riu. E pareceu uma risada sincera, pelo jeito como ela inclinou a cabeça para trás. Brandon pensou que, se conseguia sorrir com tanta facilidade, ela devia ser uma pessoa naturalmente alegre.

"É sério!", ele gritou. Nina sacudiu a cabeça como quem diz "Você é maluco".

E Brandon estava se sentindo mesmo um pouco maluco. Como se tivesse acabado de encontrar um tesouro e precisasse se apossar de sua descoberta. Ele precisava segurá-lo nas mãos.

"Você me dá licença?", ele perguntou ao fotógrafo. "Só um instantinho?" E então, sem esperar pela resposta, foi correndo até a mesa.

De perto, Brandon ficou ainda mais encantado. Nina tinha um jeito todo casual, com o biquíni amarrado no pescoço por baixo da camiseta, um par de chinelos gastos. Mas havia beleza nisso também: o formato elegante dos pés, a suavidade da pele, o brilho naqueles olhos castanhos.

Brandon se pendurou no gradil que separava a praia do restaurante.

"Brandon Randall", ele falou, estendendo a mão.

"Nina Riva." Ela o cumprimentou e apontou para a irmã. "Ela é a Kit."

"Kit", Brandon falou com um breve aceno de cabeça. "É um prazer conhecer você."

"Você parece mesmo encantado em me conhecer", disse Kit, se divertindo com a situação.

Brandon sorriu, completamente ciente de que Kit estava tirando sarro dele. Ele se virou para Nina. "Casa comigo", disse com um sorriso.

Nina deu risada. "Não sei, não..."

Brandon se inclinou para mais perto de Kit. "O que você acha, Kit? Eu tenho alguma chance?"

Kit olhou bem para Nina, tentando captar o que sua irmã poderia querer que ela dissesse. "Sei lá...", Kit disse, como se lamentasse desapontá-lo, mas ainda parecendo se divertir bastante. "Acho que você não tem muita chance, não."

"Ai, não!", Brandon disse. Ele levou a mão ao peito, como se estivesse protegendo seu coração partido.

"Quer dizer, você faz ideia de quantos caras vêm falar com ela todos os dias e fazem exatamente isso que você está fazendo?", Kit perguntou.

Brandon olhou para Nina, erguendo as sobrancelhas como se perguntasse se era verdade. Um pouco sem jeito, Nina encolheu os ombros. Desde que o pôster começara a ser vendido em lojas de discos e farmácias, Nina recebia cantadas toda vez que saía de casa. Era uma parte de sua nova realidade para a qual não dava muita importância.

"Ela anda recebendo uns quatro pedidos de casamento por semana de desconhecidos", continuou Kit.

"Isso é muito", comentou Brandon. "Acho que acabei me empolgando."

"É, talvez", Kit respondeu. "Mas pelo menos você foi um dos menos irritantes."

"Ah, que bom", Brandon disse. "Fico muito feliz com essa distinção."

Nina deu risada. "Kit não é uma espectadora fácil de agradar", ela explicou.

Brandon se virou para ela. "Estou começando a perceber isso."

"Na verdade, eu sou bem fácil de agradar", Kit disse. "Só acho que seria melhor convidar minha irmã para jantar e deixar ela te conhecer direito antes de pedir para passar o resto da vida dela com você."

Brandon olhou para Nina e sorriu. "Me desculpe se exagerei." Nina continuou olhando para ele, e retribuiu o sorriso. "Eu posso ser uma ótima companhia para um jantar. Você consideraria a hipótese de me conceder essa honra?", ele perguntou.

Kit assentiu com a cabeça. "Agora sim."

Nina deu risada. Três minutos antes, estava mais do que disposta a mandar Brandon passear. Mas então se pegou mudando de ideia. "Tudo bem", ela falou. "Claro."

Brandon havia empunhado uma raquete pela primeira vez aos seis anos de idade, e quando completou sete já tinha um saque perfeito. Então seu pai, Dick, passou a mandar o filho para quadra sempre que não estava na escola ou dormindo.

Seu pai lhe ensinou duas coisas: você deve sempre vencer, e deve sempre ser um cavalheiro. Aos doze anos, Brandon começou a ser treinado pelo famoso Thomas O'Connell.

Tommy era implacável em seu método de trabalho. Para ele não tinha essa história de quase, não tinha uma boa tentativa. Havia só a perfeição ou o fracasso. Brandon topou o desafio, comprou a ideia e mergulhou de cabeça. Era ganhar ou ser um perdedor. Brandon se tornou obcecado em sua busca pela precisão absoluta.

E sempre vencia. E agia como um cavalheiro em todas as ocasiões.

Brandon chamou a atenção do mundo quando chegou à final do Aberto da Austrália aos dezenove anos, graças a seu saque poderoso, que o narrador da ESPN chamava de "a Patada".

Ele conquistou o título. E, quando marcou o ponto decisivo, Brandon não caiu de joelhos e levantou sua raquete para o céu. Não cerrou o punho e vibrou. Não comemorou de nenhuma forma. Ele conteve o sorriso, caminhou até a rede e cumprimentou seu adversário, Henri Mullin. Pelo close da câmera, era possível ler em seus lábios o que ele falou: "Você jogou muito bem".

E a mídia começou a chamá-lo de "O Queridinho".

Quando Brandon fez vinte e cinco anos, já tinha ganhado várias vezes o Aberto dos Estados Unidos, o Torneio de Wimbledon e o Aberto da Austrália. E a imprensa esportiva não se referia mais a ele como "O Queridinho". Ele era chamado de "BranRan", e descrito como um fenômeno.

A câmera estava sempre voltada para ele. E as pessoas ligavam a TV para vê-lo massacrar os adversários com a maior humildade e elegância já vista na história dos esportes televisionados.

Nina gostava dessa característica dele. Gostava muito.

"Meu pai sempre dizia...", Brandon falou naquele primeiro encontro, em um pequeno restaurante mexicano em Santa Monica. "É fácil ser elegante quando você ganha. Porque você não tem motivo para não ser."

Dick havia morrido um ano antes, e Nina admirava a facilidade com que Brandon falava dele. Para ela, era difícil contar qualquer coisa sobre sua mãe sem ficar com a voz embargada.

"E se você perder?", Nina perguntou.

Brandon sacudiu a cabeça. "Então precisa treinar mais para ganhar a próxima. Assim você não perdeu nada."

"E então também pode continuar mantendo a elegância?", Nina questionou.

Brandon deu risada. "Todas as câmeras se voltam para mim quando eu perco", ele contou. "Estão só esperando por um vacilo. Então, sim, eu mantenho a elegância. Só que é mais difícil, admito. Mas estamos falando muito de mim. E você, quando foi que subiu numa prancha pela primeira vez? Me conta tudo."

Nina sorriu e contou para Brandon a história da tarde na praia com os irmãos no verão de 1969. Brandon deu risada quando ela contou que não deixou Kit ir sozinha, mas que a levava nas costas em cima da prancha. "Eu sei que mal conheço a sua irmã", Brandon comentou. "Mas aposto que ela detestou isso."

Nina deu risada. "Ah, com certeza", ela confirmou. Em seguida, deu um gole em seu vinho e olhou para Brandon. *Como é bom poder rir assim*, ela pensou.

Quando Brandon a deixou em casa naquela noite, deu um beijo em seu rosto depois de parar o carro na entrada da garagem.

"Eu gostei de você, Nina", ele disse. "E sei que tem um monte de caras atrás de você ultimamente. Mas quero uma coisa séria, de verdade. A gente pode se ver de novo?"

Nina sorriu e assentiu com a cabeça.

"Que ótimo", ele disse. "Eu te ligo amanhã para a gente pensar em alguma coisa bem legal."

"Certo", Nina falou. "Pode ligar."

Apesar de ser rico e famoso, Brandon não tentou impressionar Nina com jantares caríssimos. Não fazia muitas perguntas sobre seu pai famoso. Não tentou atraí-la para apartamentos luxuosos em cidades estrangeiras.

Ele cozinhou para ela em sua casa em Brentwood. Aparecia com flores quando ia buscá-la. Ia à praia com ela para vê-la surfar.

Quando ela cortou o braço nos corais, ele pegou um kit de primeiros-socorros em seu Mercedes e fez um curativo. Quando ela agradeceu, ele a beijou na testa e falou: "Eu gosto de cuidar de você".

Naquele mês de abril, a capa da *Sports Pages* não mostrava BranRan em Big Bear nem BranRan em Joshua Tree. Mostrava BranRan na praia, com a raquete parada junto ao corpo, chamando alguém que não aparecia na foto.

A manchete dizia BRANRAN: O GENTE BOA DO TÊNIS ESTÁ EM BUSCA DO AMOR. Foi a única edição da *Sports Pages* com tiragem esgotada naquele ano. Kit achou uma cafonice, mas mesmo assim comprou três exemplares para Nina.

A essa altura, Nina e Brandon já se viam o tempo todo. E Brandon quase sempre convidava Kit, e depois Jay e Hud, para sair com eles.

Os cinco foram ver juntos *Os caçadores da arca perdida*. Foram fazer trilha nas montanhas juntos. Fizeram até viagens para pegar onda juntos. Brandon ia dirigindo e ficava na areia esperando os quatro.

Quando eles tentaram ensiná-lo a surfar em uma tarde em Count Line, ele caía da prancha o tempo todo. Seu condicionamento físico de tenista não parecia ajudá-lo em nada a manter o equilíbrio sobre as ondas.

"É cair nove vezes e levantar dez, certo?", Brandon falou depois de levar o primeiro caldo.

Nina deu risada e o ajudou a subir de novo na prancha. Ele se inclinou em sua direção, deu um beijo nela e falou: "Acho que você é melhor nisso do que eu".

Nina deu risada. "É que eu faço há mais tempo."

"Mesmo assim", ele insistiu. "Isso é bem sexy."

Kit ouviu a conversa e riu sozinha.

"Muito bem", Brandon disse depois de cair quatro vezes seguidas, com uma frustração evidente na voz. "Eu vou providenciar o almoço, e encontro vocês de novo em uma hora."

Jay e Hud caíram na risada. Kit o convenceu a pedir sanduíches de carne para todos. E, quando os irmãos saíram da água naquele dia, ele estava lá, com cinco sanduíches de carne sobre uma toalha estendida na areia. O de Nina não tinha queijo, só rodelas de tomate ao lado. Ela o beijou no rosto, mas precisou se segurar para não mostrar o quanto estava feliz.

Mais tarde naquela noite, na casa dele, Nina e Brandon fizeram amor no quarto, sem pressa e com carinho. E depois, enquanto estavam deitados no escuro, abrindo o coração, Brandon disse a Nina que gostaria de amar seu irmão da mesma forma que Nina amava os dela. "Queria que você soubesse que se a gente investir em um futuro juntos... se a gente... comprar uma casa, eu sei que vamos precisar de quartos extras para todos eles, só para garantir. Sei que eles fazem parte do pacote. E amo isso em você."

Nina sorriu e se virou para beijá-lo. "Eu te amo", ela falou, e era o que sentia no fundo de seu coração.

Se fosse totalmente sincera, ela achava a beleza de Brandon um pouco sem sal. E achava seu estilo classe média branca um pouco constrangedor. Ele não a fazia rir tanto assim, e não a fazia delirar na cama. Ela não gostava do fato de ele se recusar a fazer qualquer coisa que não fosse bom logo de cara. E, apesar de saber que ele tinha orgulho de ser famoso e talentoso e rico, nada disso era muito importante para ela.

Mas, quando pensava em uma vida com Brandon, a tensão em seus músculos se desfazia e sua respiração ficava mais leve. Era como deitar em uma cama quentinha e macia. E ela estava bem cansada.

No segundo semestre daquele ano, Nina e Brandon ficaram noivos. Eles se casaram na primavera de 1982. Nina usou uma coroa de flores nos cabelos, e estava descalça, com os pés afundados na areia fria. Brandon estava com um terno branco de linho, escolhido por Hud.

Nina sentiu a ausência da mãe. Foram seus três irmãos que a acompanharam até o altar.

* * *

Brandon visitou imóveis com o corretor por seis semanas até encontrar exatamente o que queria. A casa número 28150 da Cliffside Drive era grande e arejada como ele gostava, e tinha uma quadra de tênis com vista para o mar. Havia quartos de sobra no andar de cima, e uma piscina onde ele se imaginou ensinando os filhos a nadar.

"Encontrei o lugar perfeito", ele disse para Nina quando saíram para jantar naquela noite. Ele tinha começado a levá-la a restaurantes em partes de Los Angeles que ela nunca imaginara conhecer. Dessa vez estavam em West Hollywood, comendo no Dan Tana's. Havia uma foto do pai dela na parede, que Nina preferiu ignorar.

"Então me conta", ela disse. "Fica na beira da praia?"

"Melhor ainda", Brandon disse. Nina não conseguia imaginar nada melhor que estar na beira da praia, mas continuou escutando. "Fica no alto de Point Dume. Você vai poder surfar em Little Dume todos os dias. Pode descer para a praia pelo quintal. E Westward Beach fica bem ali ao lado. É literalmente no alto do penhasco. No topo do mundo, querida."

"Ah, certo", Nina falou, comendo uma salada sem tempero. "Parece legal. Vou querer ver. Posso ir amanhã mesmo, se você acha que vai vender rápido."

"Não precisa", Brandon disse. "Eu já fiz a proposta. A casa é nossa. Já está tudo encaminhado."

"Ah", Nina falou, respirando fundo e escondendo sua irritação com um gole em seu vinho tinto. Ela preferiria ter reformado sua própria casa. Ou comprado alguma coisa mais perto. E achava que ele soubesse disso. Mas talvez não tivesse explicado direito. "Que bom. Deve ser ótima. Com certeza é perfeita."

Na manhã seguinte, Brandon a levou à casa nova e mostrou tudo para a ela. "É aqui que vai ficar o sofá. E estou pensando em pendurar meu Warhol ali..."

Ele continuou falando sem parar, mas Nina não prestou atenção. Era uma casa linda, mas também um pouco demais. Grande demais e bege demais e com um estilo industrial demais e... sem alma.

"O que você achou?", ele quis saber. "Não é perfeita?"

O que ela poderia fazer? O negócio já estava fechado. "É perfeita", ela disse. "Obrigada."

Ele a puxou para junto de si e a abraçou, apoiando o queixo no seu pescoço e enterrando o rosto ao lado de sua orelha. O corpo dele era sempre tão firme. Toda vez que era abraçada assim, Nina se sentia muito menos sozinha.

"Perfeita para dar festas, né?", ele perguntou. "Vocês todos vão poder continuar fazendo suas festas de fim de verão durante décadas."

Nina sorriu e se afastou ligeiramente dele. "Você pensou até nisso?", ela perguntou.

"Se pensei? Eu falei para o corretor: 'Precisa dar para ir a pé a uma praia com boas ondas, ser um ótimo lugar para dar festas e ter pelo menos cinco quartos'. Essas foram as minhas exigências. Queria que você pudesse surfar todo dia, tivesse espaço para receber seus irmãos e continuasse com a festa anual dos Riva."

Nina riu, dando uma outra olhada em sua casa. "É realmente perfeita para dar festas."

"Pode confiar em mim", Brandon disse, sorrindo para ela. "Eu sempre vou te dar tudo o que você quiser."

Ela não queria muita coisa. Mas aquela promessa a deixou encantada mesmo assim. "Eu te amo", Nina disse, pegando sua mão e puxando-o escada acima.

"Eu também te amo", ele respondeu, se deixando conduzir por ela. "De todo o coração, e para sempre."

Quando chegaram à suíte principal da casa que ainda não era tecnicamente deles, Nina deitou Brandon no carpete macio e fez amor com ele. Com carinho e sem pressa, sem nada de urgência ou excessos, só ternura e entrega.

E foi exatamente nesse lugar que Nina caiu de joelhos um ano depois, quando Brandon foi embora.

Ele havia acabado de voltar para casa depois de vencer o Torneio de Wimbledon. Eles tinham uma viagem de férias para Bora-Bora já planejada com Jay, Hud e Kit na semana seguinte. Ela lia um guia de viagem.

Nina o ouviu entrar e subir as escadas. Mas, quando entrou no quarto, Brandon não estava sorrindo.

"Sinto muito, Nina", ele disse. "Mas eu estou indo."

"Do que você está falando?", ela perguntou, aos risos. Ela deixou o livro de lado e se levantou, vestindo só uma camiseta e uma samba-canção antiga dele. "Indo para onde? Você acabou de chegar."

"Eu conheci outra pessoa", ele disse, entrando no closet e enfiando algumas camisas em uma bolsa de viagem.

Nina ficou olhando para ele, boquiaberta. Ele saiu e desceu a escada com passos apressados. Ela foi atrás.

"Não estou entendendo", Nina disse baixo. "Como assim, conheceu outra pessoa?"

Brandon nem se virou para responder, simplesmente continuou andando.

"Brandon!", Nina chamou quando eles saíram para a entrada da garagem. "Olha para mim, por favor."

"A gente pode conversar melhor outra hora", Brandon falou, entrando no carro. E foi embora.

Nina ficou ali parada, vendo o carro se afastar pela rua. Ela tentou respirar fundo, atordoada com o que havia acabado de acontecer, com o que tinha visto com seus próprios olhos. "Quê?", ela repetia sem parar, com a respiração ofegante. "Quê?"

Ela se sentou no degrau da frente de casa para organizar seus pensamentos. Só então entendeu de fato que seu marido a estava trocando por outra mulher.

Nina começou a chorar sem perceber, limpando as bochechas, mas sem conseguir conter as lágrimas. Seus olhos ficaram vermelhos e inchados. Ela não conseguia se mover, se sentindo pesada e mortificada, como uma âncora ao relento.

Chorou até o sol começar a se pôr, até os pássaros se acomodarem nos galhos das árvores para dormir. Precisava contar para os irmãos que ele tinha ido embora. Ficou envergonhada ao se lembrar de como eles estavam empolgados com a ideia de ir a Bora-Bora. Nina sentiu seu corpo gelar, sentada na frente de casa vestindo a samba-canção de Brandon.

Então levantou e enxugou os olhos. E pensou em June. Nina já havia passado por tudo aquilo antes, claro. Vendo sua mãe passar pela mesma situação.

As histórias de família se repetem, Nina pensou. Por um momento, ela se perguntou se valia a pena sequer tentar fugir disso.

Talvez as vidas dos nossos pais fiquem gravadas dentro de nós, talvez nosso destino seja determinado pela tentação de reviver os erros deles. Talvez seja inútil tentar, é impossível fugir do sangue que corre nas nossas veias.

Ou.

Ou talvez todos sejam livres desde o nascimento. Talvez tudo o que já fizemos tenha sido determinado pelas nossas próprias escolhas.

Nina não sabia ao certo.

Só sabia que, de alguma forma, depois de tudo o que tinha acontecido na sua vida, acabou sozinha na frente de casa, abandonada pelo homem em quem havia ousado confiar.

PARTE DOIS

19h00 às 7h00

19H00

Assim que o relógio marcou sete horas, a melhor amiga de Kit, Vanessa de la Cruz, parou o carro diante da casa de Nina, a primeira convidada a chegar. Ela imediatamente foi abordada por um dos manobristas e desceu do carro.

Vanessa estava usando uma camiseta azul-celeste cinturada, short branco e sapatos brancos de salto alto. Tinha penteado os cabelos para cima para dar mais volume e passado delineador preto nos olhos. Ela escolhera aquelas roupas inspirada em Heather Locklear, que estava usando a mesmíssima coisa na capa da revista *Los Angeles* no mês anterior.

Tinha parecido uma boa ideia até aquele momento, quando Vanessa se deu conta de que Heather Locklear poderia aparecer na festa. Nesse caso, o que ela faria?

O manobrista estendeu a mão para pegar a chave do carro de Vanessa.

"Ah... eu posso estacionar sozinha", ela disse. "Assim não fica mais fácil?"

"É o meu trabalho", ele disse, tirando a chave da mão dela com um gesto delicado.

Vanessa viu seu AMC Eagle ser levado para longe. Ainda era estranho para ela que os Riva agora fossem ricos. Ela se lembrava de ficar na casa deles com Kit com todas as luzes apagadas para economizar energia elétrica. Agora Vanessa não sabia nem se seus sapatos eram apropriados para uma ocasião como aquela. Não que Kit, ou qualquer um dos irmãos, fosse reparar ou se importar com isso.

Vanessa foi até a porta e se preparou para bater. A ansiedade começou a surgir. Todo ano, naquela festa, ela ficava de lado, fazendo piadinhas com Kit. Mas daquela vez queria conseguir chamar a atenção de Hud. Talvez aquela fosse a noite em que ele enfim prestasse atenção nela *em outro sentido.*

Ela bateu de leve na madeira e tocou a campainha.

A porta se abriu, e lá estava ele. Vanessa tinha certeza absoluta de que ele estava ficando mais bonito a cada dia, e isso acabava com ela.

"Ah, e aí, Vanessa", Hud falou, escancarando a porta com um sorriso no rosto. "Kit!", ele gritou para dentro da casa. "Vanessa chegou!"

Kit apareceu logo em seguida. "E aí!"

Vanessa arregalou os olhos quando viu a roupa de Kit. Sua amiga nunca tinha mostrado tanto o corpo fora da praia. "Uau", Vanessa comentou. "Você está ótima."

Hud deu um tapinha nas costas de Kit e saiu andando na direção da cozinha. Vanessa o observou, sentindo o pulso desacelerar a cada passo que ele dava.

"Estou mesmo?", Kit perguntou, olhando para si mesma. "Tem certeza?"

Vanessa voltou a olhar para Kit e deu risada. "Sim, você está uma gata."

"Ah, que ótimo", disse Kit. "Você também."

"Valeu", Vanessa falou, ajeitando os cabelos e dando mais uma olhada ao redor, para ver se Hud estava voltando.

A noite estava só começando.

A campainha começou a tocar a cada vinte segundos. Nina ouvia Kit cumprimentando as pessoas no andar de baixo.

Viu o céu escurecendo através das janelas, as estrelas começando a brilhar ao anoitecer.

"Por favor, Nina", Brandon disse. "Eu me deixei levar. Me perdi nos meus próprios... eu precisava... sei lá. Eu estava passando por uns problemas e decidi resolver da pior maneira possível. Mas... Nossa, estou horrorizado com o que fiz nos últimos meses. Nem me reconheço mais quando me olho no espelho, para ser sincero. Nunca fiz uma cagada tão gigantesca na minha vida. Mas vou fazer o que for preciso para corrigir isso. Qualquer coisa. Eu te amo. Por favor, Nina", ele continuou, de pé no quarto deles. "Me dá mais uma chance. Você sabe que não sou um canalha. Você sabe disso. Me conhece. Você sabe que para fazer uma burrada dessa era porque eu estava pirando, não estava com a cabeça no lugar."

Brandon se ajoelhou e começou a beijar as mãos de Nina, que estavam frias contra as dele. "Eu senti saudade do seu rosto", ele falou enquanto a contemplava de baixo para cima, com os olhos marejados e a voz um pouco embargada. "E o cheiro do seu cabelo. Senti saudade de escovar os dentes ao seu lado de manhã e à noite. De como você fica linda de pijama ao meu lado na pia. Do seu sorriso que se espalha pelo rosto inteiro às vezes. Eu não consigo viver sem você."

"Não sei o que você quer que eu responda", disse Nina.

"Diz que você vai me dar outra chance."

Nina se pegou olhando para o chão e para o teto, para a colcha na cama e as portas dos armários. Para tudo, menos a cara dele. Para tudo, menos os olhos dele.

"Vem comigo", Brandon pediu, segurando sua mão. "Você precisa saber que estou falando sério mesmo." Ele começou a puxá-la do quarto para o corredor.

"Brandon, o que você está fazendo?", Nina perguntou, acompanhando-o para não acabar sendo arrastada.

Ele a levou para o andar de baixo, onde as pessoas estavam começando a se aglomerar no hall de entrada e na sala de estar. Nina viu Tuesday Hendricks entrar pela porta da frente.

"Brandon", Nina murmurou. "Você está me fazendo passar vergonha."

"Pessoal!", Brandon gritou, elevando a voz acima da música que havia acabado de começar a tocar. "Eu tenho um anúncio para fazer."

As cabeças começaram a se virar na direção dele, inclusive a de Hud, que estava mostrando onde era o banheiro para um jogador de vôlei da equipe olímpica norte-americana. Nina não viu Jay nem Kit, mas sentia os olhos de todos sobre si.

"Se vocês leram os jornais recentemente, devem saber que eu fiz uma puta cagada. Que me esqueci da sorte que tinha. Que não ando sendo um cara tão legal."

"Você foi um babaca, cara!", alguém gritou do meio dos presentes. Todo mundo deu risada, e Nina sentiu vontade de desaparecer.

Brandon se virou para ela. "Mas vim aqui hoje à noite dizer para você, Nina, na frente de todo mundo, que eu te amo. E preciso de você. Que você é a mulher mais linda, generosa e incrível do planeta. Estou aqui para declarar publicamente que eu não sou nada sem você."

Nina abriu um sorriso amarelo, sem saber para onde olhar nem o que dizer.

Ele se apoiou sobre um dos joelhos. "Nina Riva, você me aceita de volta?"

Alguém assobiou. Nina não identificou quem foi, mas imaginou ter sido seu vizinho Carlos Estevez. O resto do público começou a aplaudir. Alguém começou a puxar um coro de "Aceita!".

Nina sentiu as paredes se fechando ao seu redor, como se a casa fosse desabar em cima dela.

"Aceita! Aceita! Aceita!"

De repente, com uma voz tão tímida que ela nem sabia se era mesmo a sua, ela se manifestou. "O.k.", Nina disse, assentindo e torcendo para que todos parassem de olhar logo. "O.k."

Brandon a puxou para seus braços e a beijou. Todo mundo comemorou.

Kit estava vindo da cozinha ao ouvir toda aquela comoção e viu Brandon lá, com um sorriso no rosto, abraçando Nina. Parecia tão vitorioso.

Ela olhou para Jay, que estava do lado do som, e Hud, ainda perto da porta. Não era preciso ser nenhum gênio para entender o que tinha acontecido. Kit fechou a cara.

Nina se virou para Kit e, naquele momento, viu o que estava acontecendo pelos olhos da irmã. Ela foi obrigada a desviar o olhar.

20H00

Tuesday Hendricks vestia uma calça de linho preta e larga com suspensórios também pretos, camiseta branca e um chapéu-coco cinza por cima dos cabelos castanhos compridos. Seu rosto estava quase sem maquiagem e ligeiramente pálido, apenas com um leve toque de máscara nos cílios.

Ela saiu para o quintal com as mãos nos bolsos grandes da calça, onde encontrou quatro baseados enrolados à mão, dois charutos cheios de maconha e um cigarro esvaziado e também preenchido com erva.

Ela sacou o cigarro quando chegou ao ar livre e acendeu. Deu uma tragada, prendeu a fumaça no pulmão e só depois soltou.

Em seguida sorriu para as pessoas que observavam e fez um aceno de cabeça, torcendo para que parassem de olhar e voltassem a conversar entre si.

"Tues, oi." Tuesday se virou e viu Rafael Lopez, com quem contracenou em seu último trabalho, se aproximar com uma cerveja na mão. Ela não havia ido à festa com Rafael, não estava procurando por ele. Mas não tinha nada contra a companhia dele. Até então, durante as filmagens, ele vinha mantendo a língua dentro da boca quando se beijavam e nunca a deixava esperando quando os dois eram chamados para o set. Além disso, com ele ao seu lado, talvez as pessoas se sentissem menos encorajadas a abordá-la.

Ela não estava lá para socializar. Tinha ido apenas para ser vista. Para que todos soubessem que ela não ia se esconder depois do escândalo público em que se envolvera, não ia fugir do que tinha feito. Não estava envergonhada. Quem deveria estar era Bridger. Mas aquele homem não tinha nenhuma vergonha na cara.

"Pensei que você não viesse", Rafael disse.

"Eu não queria ser a mulher que tem medo de mostrar a cara."

Rafael estendeu a mão, pedindo para fumar também. Tuesday entregou o cigarro para ele. Ela era conhecida por sempre ter maconha da melhor qualidade. Mas isso apenas em Hollywood. Para o público em geral, ela precisava manter a imagem de moça inocente, meiga e, *argh*, alegre.

"Faz exatamente um ano que vocês se conheceram, não faz?", Rafael perguntou.

Tuesday assentiu. "Nesta mesma festa. Nesta mesma noite. Um ano atrás."

Rafael deu uma tragada. Tuesday viu uma pop star e um vj da mtv conversando perto da churrasqueira, fingindo que não iam transar mais tarde. Mas todo mundo já sabia que eles estavam transando. Tuesday deu risada. Aquela cidade estava cheia de gente que *não* estava transando fingindo que estava e gente que *estava* transando fingindo que não estava.

"Isso aqui é basicamente o aniversário do meu inferno pessoal", ela acrescentou.

Rafael franziu a testa. "O mundo inteiro pensa que o cara é um santo."

"O mundo inteiro pensa que eu sou a filha de um astronauta morto que constrói uma máquina do tempo para poder visitar o pai antes que ele viaje para a Lua."

Rafael deu risada. "A culpa é toda sua. Da próxima vez, é só não ser tão convincente a ponto de ganhar um Oscar aos dezesseis anos."

"Dezessete", corrigiu Tuesday.

Rafael levantou as sobrancelhas para ela. Tuesday observava o movimento da festa, que começava a aumentar. Sorria para as pessoas. Fumava seu baseado. Olhava no relógio. Havia se comprometido consigo mesma a ficar apenas por uma hora. Só o suficiente para que todo mundo visse que ela não tinha medo de encarar Bridger.

Mais vinte minutos. E então ela poderia ir embora.

Logo depois, porém, ouviu uma comoção logo atrás de onde estava. E ouviu a voz retumbante que Bridger usava em seus filmes. Aquela voz era fingimento puro. A verdadeira voz dele era mais aguda e anasalada. Tuesday sabia disso porque, quando ele falava durante o sono, era com a voz verdadeira. Mas, mesmo com ela, mesmo quando estavam só os dois jantando no sofá, ele sempre usava a voz fingida.

"E aí, cara, como é que tá?", Bridger falou para alguém na porta.

Tuesday sentiu que ele estava a apenas alguns passos de distância. Ela se virou para Rafael, pois não queria olhar para trás. "Ele está logo atrás de mim, né?" Sua pulsação começou a acelerar. O problema era o seguinte: o que Tuesday não queria que as pessoas pensassem era verdade. Ela estava, *sim*, com medo de encará-lo.

Não achava que fosse suportar vê-lo fingir que tinha sido magoado por ela. Não aguentava nem mais um minuto daquele papel de coitadinho que ele estava fazendo. Bridger havia sido perfeito em sua atuação como vítima, e aquilo a deixava maluca.

Sim, ela terminou tudo no dia do casamento. E, sim, poderia ter lidado melhor com a situação. E, sim, devia um sincero pedido de desculpas a ele.

O que já tinha feito, na suíte nupcial, vestida de noiva, dez minutos antes de os dois precisarem descer para o altar.

Ela dissera: "Acho que estamos fazendo isso pelos motivos errados".

E ele dissera: "Não precisamos estar apaixonados nem nada do tipo. Mas nós complementamos um ao outro. Todo mundo adora a gente. E eu te amo de verdade. Considero você a melhor atriz da nossa geração".

"Bridge", ela respondera, "eu quero casar com o amor da minha vida. Prefiro esperar por alguém que seja minha alma gêmea."

E Bridger dissera: "Ah, qual é. Você, mais do que ninguém, deveria saber a diferença entre a vida real e o cinema".

Tuesday então largara as mãos dele para começar a tirar o vestido de noiva. "Eu não posso fazer isso. Me desculpa. Não posso casar com você. Pensei que fosse conseguir. Pensei que queria essa capa de revista, mas... não posso fazer isso."

"Tuesday, põe o vestido de volta, nós entramos em cena em dez minutos."

"Não vou fazer isso", ela dissera, sacudindo a cabeça. "Me desculpa."

Depois pedira a sua assistente para chamar seus pais, que esperavam na primeira fileira. Os três correram para o carro dela e foram embora.

Bridger então foi para a capela fingir que Tuesday chegaria a qualquer momento. Começou a chorar no altar. E cobrou uma bela grana para contar a história para a *Now This*.

Fazia quatro meses que tudo acontecera. Tuesday não o vira desde então.

E, quando ouviu sua aproximação, decidiu que também não queria vê-lo naquela noite.

"Raf, pelo amor de Deus, eu não vou conseguir", ela falou, começando a fugir de novo, dessa vez para a quadra de tênis. Mas, quando chegou ao portão, percebeu que não estava sozinha. Rafael tinha ido junto com ela.

"Rápido!", ele falou, abrindo o portão. "Antes que aquele imbecil veja a gente!"

Tuesday entrou, e Rafael foi junto e passou a tranca no portão atrás dos dois. Estavam aos risos.

De repente, se viram sozinhos, na quadra de tênis de Brandon Randall, com uma vista para a praia em Malibu e mil estrelas no céu.

Tuesday esvaziou os bolsos e mostrou a Rafael a erva que tinha trazido. Ele assentiu com a cabeça e esvaziou os seus. Pílulas de quaalude e LSD.

"Pensei que a moda agora fosse 'Diga não às drogas'", Tuesday disse com um sorrisinho de deboche.

"Não quero saber de modinhas", Rafael respondeu. "Vamos ficar chapadaços."

De repente, aquela noite não parecia mais tão ruim assim para Tuesday.

A festa estava ganhando vida.

Ninguém estava contando, mas havia vinte e sete pessoas na sala de estar, incluindo Hud. E vinte pessoas na cozinha, incluindo Kit, e trinta e duas pessoas no quintal dos fundos, incluindo Jay. Havia casais e pequenos grupos se espalhando pela sala de TV, pela sala de jantar, pelo escritório.

Havia sete pessoas nos cinco banheiros da casa. Duas estavam fazendo xixi, três estavam cheirando carreiras de pó e duas estavam se agarrando.

Jay fingia que estava se divertindo perto da piscina, conversando com alguns amigos surfistas de Ventura. Depois fingiu que estava se divertindo na sala, conversando com algumas atrizes de novela, e então fingiu que estava se divertindo em todos os outros ambientes da festa, conversando com qualquer um que cruzasse seu caminho. Mas só estava concentrado de verdade em duas coisas bem específicas: vigiar a porta e olhar no relógio.

Quando Lara chegaria?

Jay viu mais um grupo de pessoas que não incluía Lara entrar na casa. Ficou frustrado e resolveu ir mijar no andar de cima.

E por isso ele não viu Ashley chegar. Não viu quando ela olhou ao redor, claramente procurando Hud. Não viu quando ela encontrou Hud nos fundos da casa, conversando com Wyatt Stone e os demais membros do Breeze.

Dessa forma, Ashley conseguiu entrar na festa sem ser notada por ninguém a não ser a pessoa que queria encontrar.

Hud desviou os olhos dos homens com quem conversava e imediatamente abriu um sorriso, não cabendo em si de tanta alegria ao vê-la, apesar das circunstâncias. "Você veio", ele falou quando ela se aproximou.

Ashley estava usando um vestido tubinho fúcsia e um blazer largo por cima, com as mangas dobradas. Os cabelos loiros estavam penteados para o lado, presos com uma presilha em formato de pente. Os brincos compridos brilhavam quando capturavam a luz.

"Eu vim", ela respondeu e o abraçou discretamente.

"E o que fez você mudar de ideia?", ele perguntou.

"Percebi que estava sendo idiota", ela disse com um sorriso. "Por esconder uma coisa legal."

Hud sentiu um aperto no peito. Precisava contar o quanto antes que tinha pisado na bola. E faria isso.

Só não naquele momento.

Nina estava na sala de estar ao lado de Brandon enquanto ele conversava com Bridger Miller.

"Então *parecia* que eu estava escalando um prédio de dez metros só com as mãos", Bridger disse, "mas na verdade só escalei uns dois." Ele se voltou para eles. "Mas ficou legal, não?"

"Ficou incrível", Brandon respondeu.

E, apesar de não gostar muito de Bridger, Nina era obrigada a admitir que tinha visto *Corrida contra o tempo* e que a cena tinha ficado mesmo incrível.

Enquanto Bridger perguntava alguma coisa sobre as Olimpíadas do ano seguinte, Nina se voltou para a porta da frente. Havia gente entrando sem parar, e a porta estava escancarada, mantida aberta com uma pedra que alguém devia ter encontrado perto dos degraus do jardim.

Ela via as pessoas se cumprimentando com sorrisos e braços abertos. Um coro de teatro grego de frases como "Você por aqui!", "Você veio!" e "Como é que você tá?".

Nina viu quando uma garota de vestido de jérsei roxo entrou. Parecia meio perdida. Nina ficou se perguntando quem ela poderia conhecer, como ficara sabendo da festa. A jovem saiu perambulando meio sem jeito pela sala de estar no momento em que um homem se aproximou de Brandon e Nina e falou: "Pensei que vocês dois tinham se divorciado".

Nina não conseguia entender por que certas pessoas se achavam no direito de falar qualquer coisa que passasse pela cabeça delas.

"Nem sempre acredite em tudo o que você ouve", Brandon respondeu, dando uma piscadinha para o sujeito.

Chris Travertine, o agente de Nina, também chegou, e a viu perto de Brandon. Estava usando um terno azul de seis botões com uma camiseta por baixo e as mangas do paletó puxadas para cima apenas o suficiente para mostrar seu Rolex de ouro. Ele sorriu para Nina e foi falar com ela, cumprimentando-a com um beijo no rosto.

"Vocês voltaram?", ele murmurou em seu ouvido. "Acho que vai pegar bem."

Nina abriu o melhor sorriso de que era capaz. "Que bom que você veio."

Chris pôs a mão na cintura dela, inclinando-se para perto de seu ouvido para dizer: "Eu sempre vou estar ao seu lado, querida. Sempre. Recebeu minha mensagem?".

Nina soltou o ar com força. "Sobre a *Playboy*?"

Chris levantou uma sobrancelha. "Eu acho uma boa."

Nina abriu um sorriso educado.

"Vai pensando a respeito", ele falou. "Acho que, quando você souber quanto eles pagam, vai se convencer." Ele deu uma piscadinha, fez um sinal de arminha com o dedo e foi buscar uma cerveja.

Uma garçonete se aproximou com uma bandeja com vinho branco. Brandon pegou uma taça e a ergueu. "Pessoal, eu queria fazer um brinde à Nina, minha esposa incrível. Ela sabe mesmo como dar uma festa, não sabe?"

Os convidados que haviam chegado cedo levantaram as taças e deram gritinhos.

"Agora podem se divertir e encher a cara, mas nada de quebrar as minhas coisas!"

21HOO

Rick Esposito — o cara que cuidava do ateliê de fotografia da Pepperdine — estava na cozinha comendo queijo com torradas. Tinha visto Kit passar quatro vezes, e em todas parou para admirar seu abdome.

Era a fim dela fazia mais ou menos três anos, apesar de os dois nunca terem conversado e de ele ter a certeza de que Kit sequer sabia de sua existência. Mas quem passa a vida inteira na mesma cidade acaba reparando nas pessoas. E todo mundo conhecia os irmãos Riva.

Às vezes Ricky ia ao Riva's Seafood e pedia mariscos fritos, uma coca-cola grande e batatas para acompanhar. Depois ia até o estacionamento e se sentava numa das mesas com bancos compridos de madeira. Tudo na esperança de encontrar Kit Riva.

Ela era a pessoa mais atraente que Rick já tinha visto.

Ele gostava do fato de ela não fazer força para ficar bonita. Gostava de seu corpo todo forte e firme. Imaginava que ela não fosse do tipo que precisava de um homem para matar uma aranha, e gostava disso porque, para ser sincero, Ricky tinha medo de aranhas.

Ele ia ver Kit pegar ondas em Surfrider de vez em quando. Gostava de ir ao píer, se sentar em um banco e ficar observando os pescadores. Mas sempre reconhecia Kit quando ela estava na água. Gostava do jeito abusado dela. Kit era agressiva no mar, nunca cedia a vez para ninguém. Ricky sempre se imaginou casado com uma mulher assim. Sua mãe era assim.

Ele só precisava criar coragem para ir conversar com ela.

Nina havia se afastado de Brandon e estava conversando com um grupo de jovens modelos de passarela perto da entrada. Elas não paravam de fazer perguntas sobre quem era o estilista que criou sua saia, que tipo de delineador Nina estava usando e coisas do tipo.

"Tipo, o que você está fazendo para cuidar da pele? Porra, ela está... radiante", falou a mais alta e magra entre elas. Tinha cabelos pretos e olhos azuis e, pelo que Nina entendeu, pela quantidade de vezes que a garota trouxera o assunto à tona, tinha participado do desfile de outono de Malcolm McLaren e Vivienne Westwood no ano anterior.

"Ah, obrigada", Nina disse, com toda a gentileza.

"E o que você está fazendo com os pés de galinha?", a moça com aparência mais meiga perguntou.

"O que estou fazendo com os pés de galinha?", Nina questionou.

"Tipo, para prevenir."

"Ah, só passo zinco quando vou surfar às vezes. E hidratante", Nina respondeu.

"La Mer?", questionou a mais alta.

"Não entendi o que você está me perguntando", Nina disse.

"La Mer", disse a mais meiga. "Crème de la Mer. O hidratante?"

"Eu uso Noxzema mesmo", Nina respondeu.

A mais alta trocou olhares com a mais meiga. Nina ficou com a impressão, como acontecia tantas vezes, de que não era uma modelo muito boa.

Ela se afastou do grupo, fingindo que tinha sido chamada por alguém, e continuou circulando pela festa.

Brandon estava fazendo o papel de anfitrião na sala de estar, conversando com um grupo de fotógrafos e artistas que tinham se reunido em torno do Lichtenstein pendurado acima da lareira.

Ela observou Brandon à distância, falando e gesticulando sem parar, capturando a atenção de todos, e decidiu que precisava de uma taça de vinho, o que a levou à cozinha.

Nina acenou para alguns surfistas de Venice que estavam sentados no sofá da sala bebendo cerveja. Sorriu para três atores que fingiam não estar cheirando pó em sua mesinha de canto. Cumprimentou as quatro mulheres que conversavam sobre os mais recentes capítulos de *Dynasty* em frente ao banheiro das visitas.

Antes que ela chegasse ao balcão de vinhos montado na cozinha, uma garçonete se aproximou com uma bandeja de merlot, e Nina sorriu para ela ao pegar uma taça.

"Você tem uma casa linda, se me permite dizer", a garçonete comentou. Era uma ruiva de olhos verdes. Nina gostou do sorriso dela.

"Obrigada", Nina respondeu. "Foi meu marido que escolheu."

A garçonete seguiu em frente, e Nina ficou ali parada, enquanto as pessoas se moviam ao seu redor.

Atrizes, modelos, músicos, surfistas, skatistas, jogadores de vôlei. Agentes e executivos do ramo de entretenimento. Os dois comediantes babacas que tinham feito aquele filme idiota que todo mundo adorava. Metade do elenco de *Dallas*. Três jogadores do Lakers. Não eram nem nove horas, e Nina já tinha a sensação de que o mundo inteiro estava em sua casa.

Ela virou devagar sua taça de merlot, com os olhos fechados, mais sentindo o cheiro do que bebendo. *Será que posso ir me esconder no meu quarto?*

Nesse momento, o DJ começou a tocar "1999", e Nina sentiu um alívio surgir em seu peito. Só de ouvir a voz de Prince, a batida, aquela música, naquele momento... Nina sentiu que podia deixar o resto do mundo de lado — todas aquelas pessoas, *Brandon* — e simplesmente se divertir um pouco.

Ela saiu para o gramado para se juntar ao pessoal que tinha começado a dançar.

"É isso aí, Nina! Manda ver", uma mulher gritou em meio à massa de corpos em movimento. Nina se virou em sua direção e viu que era Wendy, do restaurante.

"Você veio", Nina disse com um sorriso, e começou a mexer a bunda de um lado para o outro e mover os ombros. Ela não dançava muito bem, mas quando é uma música que se adora, isso não faz diferença.

"Que legal ver você assim", Wendy comentou. Ela dançava muito melhor que Nina, de um jeito bem mais sensual. Nina pensou na sensação libertadora que seria rebolar na frente de todo mundo daquele jeito, sem precisar se preocupar com nada.

"Me ver como?", ela perguntou, elevando a voz por cima da música.

"Sei lá, você parece mais leve, acho. Despreocupada?"

Nina se perguntou se por acaso era vista por todos como uma espécie de pilha de nervos ambulante. E então se perguntou se de fato não era.

"É o Prince", Nina respondeu. "Ele faz isso comigo."

"Ah, ele faz isso com todo mundo", Wendy respondeu.

Nina viu Hud perto da fogueira e tentou chamá-lo, atrair sua atenção com um aceno, mas ele estava conversando com uma mulher. Nina olhou com mais atenção. Com quem seu irmão estava flertando daquele jeito?

Era Ashley. Hud estava conversando com Ashley.

Eles estão transando.

Isso era óbvio. A proximidade dos dois, a naturalidade com que seus corpos se tocavam. Era perceptível quando duas pessoas se sentiam à vontade com o contato com a pele uma da outra. Estava na cara, para que qualquer um que prestasse atenção pudesse ver.

Era exatamente aquilo que havia entre os dois: uma espécie de paz carregada de eletricidade.

Nina soube imediatamente que Jay não aceitaria aquilo muito bem. Não teria a autoconfiança e a benevolência necessárias para assimilar o golpe com tranquilidade. E Nina sentiu uma ameaça no ar ao pensar no restante da noite. O conflito, a confusão.

Aquela noite, Nina tinha certeza, não terminaria bem.

Jay estava descendo a escada quando a viu.

Lá estava ela. Lara. Sua Lara, se fosse possível que duas pessoas pertencessem uma à outra.

Ela estava parada junto à porta, ao lado de Chad, usando uma camiseta branca por dentro de uma minissaia preta. Parecia ter bilhões de metros de altura exibindo as pernas daquele jeito. E Jay só conseguia pensar em percorrer as mãos dos tornozelos dela até a bunda, imaginando a suavidade daquela jornada, e o tempo que demoraria para concluí-la.

Ele colocou a cabeça no lugar e foi até Lara, fingindo um tom casual. "Vocês vieram", ele disse. "O que vão querer beber?"

"Eu posso ir até o bar", Chad sugeriu. "E vocês me esperam aqui."

Nina pediu um spritzer de vinho branco. Jay aproveitou para pedir a Chad mais um Jack Daniels com coca-cola. E então Chad saiu de cena.

Jay olhou para Lara, para seus olhos gigantescos e seus lábios finos. Parecia que estavam só os dois ali, apesar de haver quase duzentas pessoas espalhadas pela casa de sua irmã. Mas o que importava? Que diferença faziam a música e as pessoas e o barulho?

Jay puxou Lara para junto de si. "Eu vou te beijar", ele falou.

"Tudo bem", ela disse. "Então me beija."

Ele se inclinou para a frente e colou os lábios aos dela. A boca de Lara estava com gosto de menta, e a dele, de uísque.

Jay segurou a mão dela e sentiu sua cabeça flutuar. Era a bebida. Ele sabia disso. Mas também a emoção de ser arrebatado. Isso era muito bom.

Vanessa estava observando Hud pela janela enquanto ele conversava com uma loira no quintal. "Com quem Hud está conversando?", ela perguntou, o mais casualmente que conseguia. "Quer dizer, não que importe."

"Sei lá", Kit falou, distraída. Aquele tal de Ricky não parava de olhar para ela. E não era o único. Seth tinha sorrido para ela de novo, e agora o tal de Chad, do Sandcastle, também parecia interessado. Vestida como estava, era possível sentir a diferença no comportamento das pessoas quando passava por elas.

Kit ainda estava tentando entender como se sentia a respeito. E sabia que não estava a fim de começar uma conversa com Seth ou Chad. Eles pareciam... confiantes demais, como se esperassem de Kit algo que ela não estava disposta a oferecer.

Vanessa continuava a observar Hud, que sorriu para a mulher com quem conversava e deu um beijo no pescoço dela, bem atrás da orelha. A mulher fechou os olhos e levou a mão ao rosto de Hud em um gesto carinhoso.

Vanessa sentiu um aperto no coração.

"Está vendo aquele cara ali?", Kit disse. "Acho que é amigo do meu irmão. Ricky não sei das quantas?"

Vanessa olhou na direção indicada por Kit, tentando se distrair, fingindo que não estava abalada. "Ah, uau. Bom, aquele cara com certeza está de olho em você", Vanessa falou.

"Não fica olhando para ele!", Kit disse, pedindo para Vanessa ser mais discreta.

"Ele é bonitinho", Vanessa comentou. Mas, pela maneira como ela disse, ficou claro que estava sendo meio condescendente.

Vanessa deu mais uma olhada em Hud. Ele e a mulher estavam tocando as mãos um do outro disfarçadamente, como se ninguém fosse capaz de ver.

Vanessa fechou os olhos, incapaz de continuar olhando. Sinceramente, o que ela pensou que fosse acontecer naquela noite? Que Hud fosse se apaixonar por ela? Que ideia ridícula. Que coisa mais absurda e ridícula. Ela sentiu que poderia começar a chorar.

"Será que eu falo com ele?", Kit perguntou. "Tipo, se ele vier falar comigo?"

"Hã?", Vanessa perguntou, se virando para Kit e tentando entender do que ela estava falando. "Ah, sim, fala com ele, claro." *Eu não vou chorar por causa disso*, Vanessa pensou, segurando as lágrimas. Ela precisava conhecer outra pessoa. Não podia ficar sofrendo por alguém que nunca lhe deu a menor bola em todos aqueles anos. Estava só começando a entender que tipo de mulher seria, mas não queria ser alguém que fazia aquilo. Ela voltou suas atenções para Kit. "Você poderia ir até lá e puxar assunto com ele."

Kit deu um gole de água de seu copo plástico vermelho. Nunca havia bebido uma gota de álcool, nem fumado maconha. E nem pretendia. Ela afastou o copo da boca e olhou na direção de Ricky, que estava perto da janela fingindo observar alguma coisa, mas na verdade não estava olhando para lugar nenhum. Parecia tranquilo, mesmo estando completamente sozinho no meio de uma festa.

Ele era diferente.

Era ele quem ela iria beijar.

22HOO

Seth Whittles estava na beira da piscina, com uma cerveja na mão, conversando com Hud e Ashley.

A calça jeans de Seth estava dobrada na bainha, e seu All Star de cano alto era novinho. Os cabelos estavam colados à cabeça com uma quantidade insana de mousse.

"Quando você e o Jay viajam para o Havaí?", Seth perguntou.

"Em breve, cara", Hud respondeu. "Tomara que o Jay ganhe os três eventos."

"Aposto que vocês vão conseguir mais uma capa de revista", Seth disse.

"Vamos ver", Hud disse. "E cruzar os dedos."

"Vão, sim", Ashley garantiu. "Eu sei que sim."

"Com certeza", reforçou Seth. Mas então se deu conta de que era estranho que Ashley estivesse lá. Ela e Jay não tinham terminado pouco tempo antes?

Ashley percebeu que Seth a estava encarando. Hud também.

"Vou pegar outra cerveja", Hud avisou. "Alguém quer alguma coisa?"

"Eu vou com você", Ashley falou, como se aquela ideia tivesse acabado de lhe ocorrer.

Os dois se afastaram, fingindo ser coincidência que estivessem indo na mesma direção.

Seth, deixado para trás, deu um gole em sua cerveja, todo sem jeito, procurando outra pessoa para conversar. Observou os rostos ao seu redor em busca de alguém conhecido, tentando fazer contato visual com qualquer garota bonita que estivesse por perto.

Ele estava sempre com o coração aberto — em qualquer festa, em qualquer bar, em qualquer praia — em busca da pessoa certa. Sua alma gêmea, sua cara-metade. O amor de sua vida.

Mas nunca conseguia encontrá-la. O tempo todo conhecia mulheres que o consideravam um cara legal, mas não estavam interessadas nele, ou mulheres que demonstravam interesse, mas só até conseguirem coisa melhor. O que ele realmente estava buscando, nunca conseguia encontrar: o amor verdadeiro.

E infelizmente naquela festa a situação era a mesma.

Ele tentou atrair o olhar de uma garota que reconheceu da novela *General Hospital*, a que assistia escondido às vezes quando tinha uma tarde de folga. E andava vendo mais naquele verão, porque Luke estava em Port Charles.

Ficava maravilhado toda vez que ela aparecia na TV. E agora lá estava ela, fumando um cigarro perto da churrasqueira.

E, quando ela olhou em sua direção, ele sorriu.

Ela deu mais uma tragada no cigarro sem esboçar nenhuma reação ao seu gesto e virou novamente para as amigas.

Caso Seth decidisse sair para o jardim da frente, encontraria seu par perfeito do lado de fora da casa.

Ela estava no primeiro degrau de entrada, conversando com o grupo de mulheres que tentava definir se Lionel Richie era ou não um babaca. Para ela, não era.

Seu nome era Eliza Nakamura. Usava um macacão cinturado e sapatos de salto alto. Seu pai era japonês, e a mãe, sueca. Era executiva de desenvolvimento da Geffen Company, mas não queria ser só mais uma D-Girl, como ela e suas colegas de cargos baixos eram desdenhosamente chamadas.

Todas os dias, acordava, vestia seu collant, sua legging e sua polaina e ia para a aula de aeróbica das quinze para as seis da manhã da academia. Depois tomava banho, passava mousse nos cabelos, secava com o secador, ajeitava a franja, fixava tudo com laquê e vestia uma meia-calça bege e um terninho, sempre com uma ombreira extra.

Só então pegava seu conversível branco e encarava o trânsito sempre pesado da autoestrada 101.

No trabalho, lia os roteiros que a companhia recebia e recomendava os melhores à chefia. Escrevia críticas e sugestões para os roteiristas.

Almoçava com agentes e diretores no Spago e no Ivy. Saía para beber todas as noites com colegas em lugares como o Yamashiro. Tinha um Rolodex para guardar todos os cartões de visitas que recebia. Queria chefiar um estúdio algum dia. Sabia que seria boa nisso. Sabia que não podia deixar que nada atrapalhasse sua carreira.

Quando seu chefe subia a mão pela saia de seu terninho, ela sorria e se afastava. Quando um produtor a assediava no bebedouro, ela dava risada e tentava lidar com a situação da melhor maneira possível.

Nos fins de semana, ia a algum bar da Sunset Strip com as amigas — como o Roxy, o Rainbow — ou talvez a alguma festa na Motley House e ficava se agarrando com algum metaleiro com delineador na cara que fizesse seu tipo até altas horas da noite.

Eliza não estava necessariamente em busca de amor. Tinha outras coisas em mente. Tanto a longo prazo como em termos mais imediatos. Estava tentando ser promovida a chefe de produção no trabalho. Estava guardando dinheiro para comprar um apartamento em West Hollywood. Não havia decidido se queria ou não ter filhos.

Mas estava aberta a conhecer um determinado tipo de homem: um cara decente, que fosse legal, não fizesse joguinhos e entendesse como sua carreira era importante, que ela jamais sairia daquele ramo, que estava vivendo seu sonho. Um homem que a fizesse gozar todas as noites e não achasse que era obrigação dela preparar o café da manhã. Alguém *assim* Eliza Nakamura receberia de braços abertos.

Mas, enquanto conversava na entrada de cascalho da casa — ouvindo sua amiga Heather e outras duas garotas discutirem se era uma boa ideia ir conversar com os atores que estavam lá dentro —, Eliza não estava nem um pouco preocupada em encontrar um amor. Tinha dois roteiros em seu apartamento para ler até segunda-feira de manhã. E queria terminar no domingo.

Portanto, ela não entrou. Em vez disso, ficou no jardim da frente, conversando com as amigas.

E Seth continuava no quintal, em busca de um amor.

Hud segurou Ashley pela mão. "Vem cá", ele disse, apontando com o queixo para o caminho de grama pisada e a escadaria que descia pela lateral do penhasco.

"Para a praia?", Ashley perguntou.

"Rapidinho, só para conversar", Hud falou. "Com privacidade."

Ele a conduziu com gentileza pelos degraus e, quando chegaram à praia, os dois se sentaram na areia. Estava fria, quase molhada, depois de liberar todo o calor do sol.

Hud abraçou Ashley e confessou. "Eu fiz merda", ele disse.

"Como assim?", ela quis saber.

Hud sacudiu a cabeça e a escondeu entre as mãos. Deveria ter contado para Jay muito tempo antes. Deveria ter contado tudo para ele assim que se deu conta do que sentia por Ashley, quando ela e Jay ainda estavam juntos, antes de eles transarem, antes de se apaixonar — *antes, antes, antes*.

Que tipo de homem vai para a cama com a namorada do irmão?

"Menti para o Jay", Hud falou. "Dei a entender que queria chamar você para sair, em vez de... bom, você sabe."

Ashley se preparou para o pior. "E o que ele falou?"

Ele a encarou. "Falou que não achava uma boa ideia."

Ashley fechou a cara e se virou para o mar, vendo as ondas se elevarem e fluírem em seu próprio ritmo, sem a menor pressa.

Ela não queria impor nada a ele. Não queria que se sentisse obrigado a fazer uma escolha. Mas poderia ser necessário. Isso ficava mais claro a cada minuto.

"Vou conversar com ele hoje à noite", Hud falou. "De novo. Sério mesmo. Vou ser firme. Vou explicar que nosso lance é sério. E ele vai entender."

Ashley olhava as ondas se aproximando da areia, observando o reflexo da lua no mar, que com as ondulações parecia fragmentado em listras. Ela respirou fundo.

"Hud", ela disse. "Eu estou grávida."

23H00

Bobby Housman atravessou a porta como se tivesse acabado de saquear uma loja da Jordache. Vestia uma calça jeans preta desbotada, uma camisa amarela estampada e uma jaqueta de brim com a gola virada para cima.

Não era bonito. Era corpulento e tinha um nariz meio de desenho animado. Sempre soube que, se quisesse se dar bem em Hollywood, não seria diante das câmeras. E não se incomodava com isso. Começou a estudar os filmes a que assistia desde que se conhecia por gente, enfiado no porão confortável da casa dos pais nos arredores de Buffalo.

E agora era o responsável por escrever alguns dos maiores sucessos de bilheteria da década até então. *Demais, garota. Aquele verão. Minha Mia.* Aos trinta e dois anos, Bobby Housman era considerado "o" novo roteirista de Hollywood. Sempre imaginou que, se algum dia se tornasse o roteirista mais celebrado da cidade, deixaria de lado suas inibições debilitantes e se divertiria como nunca. Mas a realidade era que o sucesso não foi o suficiente para transformá-lo.

Mesmo com três comédias famosas no currículo, ele ainda se sentia completamente deslocado nas estreias dos filmes, não fazia contato visual com ninguém nas cerimônias do Globo de Ouro.

Mas sempre gostava das festas dos irmãos Riva. Tinha sido convidado por um produtor no verão em que *Demais, garota* foi lançado. Naquela noite em 1980, fumou um baseado com Tuesday Hendricks e a fez rir. Desde então, passou a comparecer todo ano se sentindo cada vez um pouco mais à vontade.

Quando chegou aos degraus da frente da casa de Nina Riva, Bobby percebeu que naquele ano a festa estava lotada. Foi inclusive o primeiro a verbalizar que as coisas pareciam estar um pouco mais agitadas que nos anos anteriores. Sua palavra exata para isso foi "Uau".

Olhando para a cozinha, viu Nina Riva e o tal tenista. Ela bebia uma taça de vinho e conversava com uma mulher ao seu lado.

Para Bobby, foi impossível não sorrir ao olhar para ela. Tinha adorado aquele anúncio de camisetas que a mostrava com os cabelos soltos e o braço apoiado ao batente da porta. A camiseta transparente e a roupa íntima vermelha. *Macia ao toque.* Aquilo era incrível. Ele se mudara para Hollywood, pelo menos em parte, para conhecer uma garota como aquela — alta, magra e bronzeada. Ah, as californianas. Elas arrasavam corações, todas elas.

Bobby viu Nina pôr a mão no braço do marido antes de sair da cozinha e das vistas dele. Então se lembrou de sua missão e resolveu começar a agir. Tinha passado o dia descolando uma quantidade absurda de pó, e naquela noite seria o fornecedor. Não queria mais saber de se sentir deslocado.

Ainda parado no hall de entrada, ele viu uma garçonete — Caroline — se aproximar com uma bandeja de camarões.

"Coquetel de camarão?", ela ofereceu quando viu Bobby. Em seguida aproximou a bandeja dele e pegou um guardanapo.

Só o fato de ela ser bonita já o deixava nervoso. Ele tentou não pensar nisso. "Eu posso... Posso ficar com a sua bandeja?", ele pediu.

"Minha bandeja?", ela perguntou.

"Sim, por favor. Se não for te atrapalhar."

"Eu não posso te dar minha bandeja."

"Por causa do camarão?", ele perguntou.

"Hã...", ela falou. "É."

Em um momento de inspiração, Bobby pegou os três camarões que restavam e comeu. Em seguida disse: "Agora não tem mais camarão".

"Pois é", Caroline disse. Ela entregou a bandeja com um sorriso e começou a se afastar.

"Espera", Bobby pediu. "Eu tenho um presente. Para você. Se quiser. Só espera um pouco." Ele a olhou por uma fração de segundo, mas nesse instante sentiu a fagulha de algo com uma força capaz de lhe proporcionar alguma confiança em si mesmo.

Ele limpou a bandeja com um guardanapo. Então sacou um tijolo de cocaína de dentro da jaqueta. E havia outro daquele em seu carro.

"Minha nossa", Caroline disse.

"Pois é." Bobby despejou um pouco do pó e começou distribuir a maior quantidade de carreiras possível usando seu cartão American Express Gold. Em seguida enrolou uma nota de cem. Ficou com vergonha de não ter alguma outra com valor menor.

Por fim segurou a bandeja como um garçom faria e a encarou. Ela devia gostar de caras bons de papo e com cabelos bonitos. Provavelmente nem reparava na existência de gordinhos desajeitados como ele. Mas por algum motivo, naquele momento, ele não se sentiu um idiota por pelo menos tentar. E por um breve momento chegou a pensar que talvez o problema tivesse sido esse, passar tanto tempo se sentindo um idiota em vez de relaxar e desencanar, mesmo que isso significasse se arriscar a fazer papel de bobo. "Aceita uma carreirinha?", Bobby ofereceu.

Caroline achou graça na inversão de papéis. Foi uma abordagem muito mais eficiente do que Bobby seria capaz de imaginar. Claro que ela preferia ser servida a servir.

Ela sorriu para ele e pegou a nota enrolada. Depois se inclinou e sentiu o pó frio no nariz, ardendo por dentro. Por fim levantou a cabeça e falou: "Obrigada".

Bobby sorriu para ela. "Claro, disponha." E acrescentou: "Só para deixar claro: para você, eu faria qualquer coisa a qualquer hora".

Ela ficou vermelha.

O que aquele cara tinha? Ele não era bonito. Não parecia descolado. Mas a fez se sentir admirada. Era como se a considerasse a verdadeira estrela da festa. E ela saíra de Maryland para se arriscar em Los Angeles buscando justamente isso: se sentir uma estrela.

"Você é um cara legal", Caroline falou. "Não é?"

Bobby abriu um sorriso torto. "Absurdamente."

"Posso mandar uma também?", perguntou Kyle Manheim, que apareceu do nada. Caroline o havia visto chegar com a tal de Wendy e o resto da equipe do Riva's Seafood pontualmente às sete. Parecia disposto a viver a melhor noite de sua vida.

Bobby estendeu a bandeja para ele, em um gesto magnânimo. "Eu trouxe o suficiente para todo mundo!", ele gritou. Caroline tentou sair de fininho, mas Bobby juntou toda a coragem que tinha dentro de si e a segurou pela mão. "Fica", ele pediu. "Se você quiser."

"Estou trabalhando", ela respondeu.

"Mas não tem mais camarão." Alguma coisa na forma como ele falou, o pedido insistente para que ela ficasse ao seu lado pelo simples desejo de sua companhia... aquilo foi uma das coisas mais românticas que Caroline já tinha ouvido. *Mas não tem mais camarão.*

Caroline vai pensar nesse momento mais tarde naquela noite, quando ela e Bobby transarem no armário de casacos perto da porta da frente. Ninguém vai saber que eles estão lá. E Bobby vai segurar os cabelos dela entre as mãos para garantir que sua cabeça não bata na parede. E vai ser carinhoso e fofo. E, quando eles estiverem no auge daquele ato passional, espremidos naquele espaço minúsculo, com os corpos colados, Bobby vai dizer bem baixinho: "Nunca pensei que teria chance com uma garota como você", e Caroline vai sentir seu coração palpitar.

Eles não vão saber o que o futuro lhes reserva, nem se seus caminhos vão se cruzar de novo. Mas vão sentir que — pelo menos por uma noite — foram vistos por alguém como gostariam de ser vistos. E isso vai bastar.

A bandeja de pó circulando pela festa logo se transformou em duas bandejas de pó circulando pela festa. E, com a mesma velocidade, de repente havia seis bandejas de pó, com as garçonetes oferecendo uma carreirinha como se fosse um aperitivo.

Para Kit, foi como se em um momento estivesse em uma confraternização chique e, em um piscar de olhos, tivesse ido parar em um lugar cheio de gente drogada até os ossos que acreditava nas próprias mentiras que inventavam sobre si mesmas. *Eu sou o máximo. Eu sei fazer qualquer um rir. Estou arrasando.*

Nada menos que três garçonetes vieram oferecer pó para Kit antes de ela finalmente ser obrigada a dizer: "Eu passo. Parem de me oferecer cocaína, por favor".

Ela saiu para o pátio, perto da fogueira, porque queria um pouco de ar fresco e porque Ricky estava lá. Kit achou que poderia dar uma oportunidade a ele, por assim dizer. Caso ele estivesse interessado. O que ela estava começando a achar que talvez não fosse o caso.

"Hã, oi", Ricky falou quando a viu ao seu lado. Estava com um pedacinho de queijo feta preso no canto do lábio. Kit ficou se perguntando se deveria avisá-lo.

"Oi", ela disse.

"É", respondeu Ricky, olhando para o chão. Depois se deu conta do que estava fazendo e levantou a cabeça. "Quer dizer, oi. Claro, oi."

Kit sorriu. Talvez ele estivesse interessado.

"Tem um pedacinho de queijo aí", ela apontou. "Está preso na sua boca."

Ele pegou um guardanapo na mesa logo atrás e limpou. "Faz todo o sentido", ele disse. "Porque, quando chega o momento em que finalmente estou falando com a garota dos meus sonhos, claro, tinha que ter um pedaço de queijo grudado na minha cara."

Kit ficou vermelha. Ricky sorriu.

E Kit começou a pensar que aquilo poderia ser bem mais fácil do que ela havia feito parecer em sua cabeça.

Nina estava de pé ao lado de Brandon na sala de estar. Ele segurava com força sua mão enquanto murmurava no seu ouvido.

"Obrigado", ele disse. "Por fazer de mim o homem mais feliz do mundo."

Aquele tom tão definitivo não soou bem para ela. "Acho que ainda temos muito o que conversar", Nina avisou.

"Claro", Brandon falou, puxando-a mais para perto. "Sei que ainda preciso me redimir de várias maneiras. Só estou agradecendo por você me dar a chance. Obrigado por permitir que eu corrija os meus erros."

Nina sorriu, sem saber o que dizer. Ela não sabia como ele poderia corrigir todos os erros. Mas pelo jeito tinha dito que o deixaria tentar.

"Então, Bran, diz uma coisa para a gente", disse um cara magro com uma suéter listrado e uma calça social salmão. Estava ao lado de um outro de bermuda e sapatos de couro. Todo dia mais daqueles estudantes riquinhos apareciam nas festas de Nina e, se fosse bem sincera, ela achava que aquilo era influência de Brandon. "Acha que vai ganhar mais um Grand Slam no mês que vem?"

A porta da frente se abriu, e quando Nina se virou percebeu que a pessoa que chegava era um ótimo pretexto para se desvencilhar de Brandon. Sua melhor amiga, a modelo Tarine Montefiore.

Todos os olhares se voltaram para a mulher absurdamente linda que havia acabado de entrar. Para a maioria das pessoas, ela era conhecida pelas várias capas da *Vogue* e da *Elle* e de seu contrato com a Revlon. Mas mesmo quem não a reconhecia sabia que devia ser uma das mulheres mais bonitas do mundo. Com seus cabelos escuros, seus olhos castanhos cheios de vida e suas maçãs do rosto com contornos afiadíssimos, Tarine parecia esculpida em mármore, e de forma perfeita demais para ser meramente humana.

Seus cabelos eram longos e lisos, os olhos estavam esfumaçados com sombra prateada e preta, e os lábios cobertos com um brilho transparente. Ela usava um microvestido branco e uma jaqueta de couro preta. Os sapatos tinham saltos altos o suficiente para quebrar os tornozelos de qualquer uma que se arriscasse a dar um passo com eles, mas Tarine deslizava pela sala sem o menor esforço.

E havia também o sotaque. Tarine era nascida em Israel, de pais judeus espanhóis, e se mudara para Paris aos onze anos, para Estocolmo aos dezesseis e para Nova York aos dezoito. Seu jeito de falar era absolutamente único.

Ela e Nina se conheceram numa sessão de fotos para a edição de trajes de banho da *Sports Illustrated* na Cidade do Panamá alguns anos antes. Posaram juntas de biquíni amarelo, sentadas cada uma de um lado de um bote. A foto se tornou tão conhecida que foi parodiada por dois caras no *Saturday Night Live*.

Nina gostou de Tarine logo de cara. Tarine dizia para ela quais fotógrafos tinham mãos bobas e quais agentes tentavam comer as clientes. Também avisava Nina para não abrir um sorriso tão largo, caso contrário mostraria seus dentes de baixo, que eram tortos. Tarine conseguia demonstrar consideração até mesmo quando não estava sendo muito gentil.

Nina ficou feliz ao vê-la. E ficou surpresa quando a porta se abriu de novo e atrás dela apareceu Greg Robinson.

Ela ainda não conhecia Greg pessoalmente. Mas sabia quem ele era. Tinha trabalhado com seu pai. Era o produtor por trás dos maiores sucessos musicais das duas décadas anteriores. Sam Samantha. Mimi Red. The Grand Brand. Foi Greg quem criou esses artistas, suas músicas. Tinha inclusive emplacado alguns hits feitos por ele mesmo no fim da década de 1960.

Greg pôs a mão sobre o ombro de Tarine sem a menor cerimônia — e foi quando Nina se deu conta de que sua amiga de vinte e sete anos estava saindo com um cara de pelo menos cinquenta.

Nina foi até Tarine e sorriu para ela. Em seguida se inclinou para a frente e deu um abraço apertado na amiga. "Estou tão feliz que você veio", ela falou.

"Claro, afinal, esta é a festa do século", Tarine respondeu.

"Greg, oi", Nina disse, apertando a mão dele. "Seja bem-vindo."

"Muito prazer", Greg disse. "Gosto muito do seu pai. Um dos meus primeiros trabalhos importantes foram os discos dele. Grande sujeito."

Nina abriu seu sorriso perfeito. Brandon viu quem estava lá e foi se juntar à conversa.

"Oi, Tarine", ele falou, levantando sua taça para ela.

"Brandon", disse Tarine, com uma expressão vazia. "Que surpresa."

Brandon sorriu e se apresentou para Greg, que apertou sua mão e, depois de olhar ao redor da sala, cravou os olhos no DJ.

"Alguma chance de eu ficar do outro lado daquela mesa?", Greg perguntou.

Nina se virou na direção para onde Greg olhava, sem entender ao certo o que ele quis dizer.

"Greg não suporta que outra pessoa escolha o que ele vai ouvir", explicou Tarine, segurando a mão dele.

Brandon olhou para as mãos entrelaçadas dos dois por um tempo ligeiramente longo demais, e por algum motivo Nina ficou com a impressão de que ele estava menos surpreso com a diferença de idade do que com o fato de Tarine estar saindo com um homem negro.

"Está brincando?", Brandon disse, reagindo rápido. "Nós adoraríamos ver você mandando ver nas batidas."

Nina não sabia o que era mais vergonhoso. Brandon tentando falar como Greg Robinson ou dizendo "nós" com tanta naturalidade.

"Eu levo você até lá", Brandon se ofereceu.

"Não quero deixar o cara chateado. Ele é ótimo, tenho certeza", Greg disse.

"Não", Brandon disse, fazendo um gesto desdenhoso. "Ele vai ser pago do mesmo jeito. E vai entender que o Greg Robinson está aqui."

Greg deu risada, e os dois saíram andando na direção do DJ para acabar com a noite dele.

"Preciso do seu melhor vinho tinto, meu amor", Tarine falou assim que os dois se afastaram. "Não esse que você está servindo para todo mundo. O que você guarda para pessoas como eu, por favor. Estou tendo um dia daqueles."

Nina deu risada. Tarine conseguia ser absurdamente atrevida. Mas Nina não ligava. Ela admirava o fato de Tarine nunca fingir ser o que não era, sua confiança de ser exatamente quem decidira, como se não tivesse opção.

"Não quis ser grosseira", Tarine falou. "Mas vi uns homens fumando cigarros com a cueca aparecendo lá fora. Não quero beber o mesmo vinho que eles."

Nina deu risada. "Eles estão bebendo cerveja Coors de um barril."

Tarine franziu a testa, e ficou claro para Nina que ela nunca havia nem ouvido falar da cerveja Coors, e nem tinha o contexto para entender o que aquilo significava — só sabia que era algo que não estava à sua altura. "Imagino que você só esteja confirmando o que eu disse", Tarine falou.

Nina pegou a amiga pela mão, e as duas atravessaram o hall de entrada para chegar a uma porta estreita escondida embaixo da escada. Ela digitou quatro números em um teclado e mostrou a adega para Tarine.

"Pode escolher o que quiser", Nina disse, soltando a mão de Tarine. "Só feche a porta depois de pegar a garrafa."

"Nem pense em me deixar aqui", Tarine disse.

A música mudou de repente, passando de um som new wave para os hits do momento. Nina viu grupos de jovenzinhas correndo da cozinha para a sala de estar. Tarine e Nina ouviram uma delas dizer: "Mentira que Greg Robinson está aqui! Mentira!". A festa ficou mais animada, com tudo ganhando mais vida ao mesmo tempo: a melodia, as batidas, os gritos de empolgação.

"Eu ia ver como estavam as coisas lá fora", Nina falou, apontando para o gramado.

Tarine sacudiu a cabeça, elevando a voz acima do ruído: "Não vai, não. Vai ficar aqui comigo enquanto escolho meu vinho e depois vamos para outro lugar e você vai me contar o que Brandon está fazendo aqui. Pensei que essa cobra venenosa já fosse coisa do passado".

Nina se sentiu enjoada só de pensar em qualquer explicação. Sentiu vontade de fazer uma piadinha e deixar pra lá. Mas não dava para fugir de Tarine. Por um momento, Nina se perguntou como alguém se tornava uma pessoa assim, que diz exatamente o que pensa, que está confortável mesmo quando causa desconforto — de forma tão intensa que era como se fosse algo fundamental para se manter viva —, sem se sentir na obrigação de fazer com que tudo fosse tranquilo e agradável para todo mundo.

Tarine lançou um olhar mais incisivo para Nina, esperando que ela se explicasse. Nina deu de ombros e falou: "Eu sou apaixonada por ele".

Tarine se virou para ela, fechando a cara e deixando claro que não tinha acreditado.

Nina revirou os olhos e tentou encontrar outra resposta, que fosse mais verdadeira. "É que assim é mais fácil", ela disse.

"Mais fácil?", questionou Tarine.

"É, tipo, sem complicações e... simplesmente mais fácil."

Tarine franziu a testa e pegou uma garrafa de Opus One. "Vou levar esta aqui", Tarine avisou. "Tudo bem?"

Nina assentiu. Tarine fechou a porta e a conduziu pela multidão até o balcão da cozinha, onde remexeu na gaveta de facas e utensílios até achar um saca-rolhas.

Uma garçonete passou oferecendo vinho em uma bandeja e carreiras de pó na outra. Tarine a dispensou. "Eu já tenho o que preciso, obrigada."

Nina ficou olhando para a bandeja de cocaína enquanto a garçonete se afastava da cozinha. Ela se perguntou quando, exatamente, aquilo poderia ter acontecido. As pessoas não podiam simplesmente cheirar em cima das mesinhas?

Tarine rosqueou o saca-rolhas e abriu a garrafa.

As pessoas ao redor se viraram ao ouvir o barulho. Algumas ficaram olhando por tempo demais para aquelas duas mulheres lindas tão próximas uma da outra. Ambas altas, bronzeadas e brilhantes. Em seguida todos retomaram suas respectivas conversas.

Nina viu a garota de vestido roxo de novo, sozinha perto das tigelas de batatas chips. Tinha reparado nela antes, quando chegou. A menina lançou um olhar meio tímido para ela. Nina ficou com a nítida impressão de que aquela jovem queria sua atenção, que adoraria a oportunidade de ter uma conversa com ela.

Cada vez mais, Nina sentia que aquela festa atraía pessoas que só queriam ter uma história para contar. Queriam poder dizer que conheceram "a garota do pôster" ou "a garota do anúncio de camisetas" ou "a filha do Mick Riva" ou "a irmã do Jay Riva" ou "a mulher do Brandon Randall" ou como quer que quisessem defini-la.

"Às vezes você não gostaria de ser invisível nem que fosse por cinco minutos?", Nina perguntou a Tarine.

Tarine a encarou, pensativa. "Não", ela respondeu. "Que pesadelo." Tarine serviu uma taça e, do nada, Kyle Manheim apareceu entre as duas.

"E aí, Nina", ele gritou por cima da música. "Puta festa."

"Valeu", disse Nina.

"Me dá um pouco desse aí?", Kyle gritou para Tarine, estendendo a taça vazia.

Tarine olhou para Kyle de cima a baixo, e então falou com firmeza: "Não vai rolar".

Kyle se afastou, e Tarine deu um gole no vinho, fechando os olhos para saboreá-lo como se todo o resto pudesse ficar para depois. Quando voltou a abri-los, falou para Nina: "Hoje foi um dia difícil. Eu encontrei rugas entre os meus seios".

Nina deu risada. "Do que você está falando?"

Tarine pôs a taça de vinho no balcão e baixou discretamente a parte de cima do vestido. Nina foi obrigada a admitir que conseguia ver leves vincos no decote da amiga.

"Estou ficando velha. As ofertas de trabalho vão começar a rarear", Tarine comentou.

"Ah, para com isso", Nina falou. "Você ainda tem muito tempo pela frente."

"Três anos, no máximo", Tarine disse, e Nina sabia que devia ser verdade mesmo. No mundo em que elas transitavam, era preciso aproveitar quando o sol estava brilhando porque, quando vinha o crepúsculo, a solidão era fria e implacável.

Mas uma parte de Nina ansiava por esse dia, quando as pessoas deixariam de olhá-la, de se interessarem por ela. Uma parte dela deseja ser capaz de pegar sua beleza e transferir para alguém, uma pessoa que a quisesse.

"Três anos ainda é bastante tempo", Nina falou.

"Não sei se concordo", Tarine respondeu.

"Então é por isso que você está com Greg?", Nina perguntou baixinho. "Para ter alguma segurança?"

Tarine fez que não com a cabeça. "Estou com Greg porque acho o cabelo grisalho dele sexy e gosto de conversar com um homem que já viveu o suficiente para ter experiências interessantes. Não preciso do dinheiro de ninguém. Já ganhei bastante, e sei usar o que tenho para ganhar mais."

Nina sorriu. "Eu devia ter imaginado."

"Devia mesmo", Tarine respondeu.

Nina ficou surpresa ao saber que Tarine estava guardando dinheiro de uma forma tão metódica. Nunca tinha passado por sua cabeça garantir um futuro de riqueza. Só o que ela queria era que o dinheiro fosse suficiente para resolver seus problemas. Qualquer coisa além disso parecia supérfluo, como tentar puxar mais ar do que os pulmões comportam.

"Não acredito que você aceitou ele de volta", Tarine disse, pegando a taça novamente e cruzando os braços. Ela deu uma boa encarada em Nina. "Quer saber de uma coisa? Vou fazer um favor para você e dizer qual é o seu problema."

"Ah, eu tenho um monte de problemas", Nina falou.

Tarine sacudiu a cabeça. "Não, na verdade não tem. Isso é o mais impressionante. Você só tem um, mas é bem grande. A maioria, tipo todas as pessoas aqui", Tarine disse, fazendo um gesto para o ambiente ao seu redor, "todos nós temos milhares de defeitinhos. Eu tenho um monte. Por exemplo, julgo demais as pessoas, e também sou muito distraída, e isso é só o começo."

Nina também achava que Tarine julgava demais as pessoas, porém não via isso como um problema. E nunca considerou Tarine uma mulher distraída. "Mas você", disse Tarine. "O seu problema é um só. Isso afeta tudo na sua vida, e sinto muito dizer, Nina, mas é uma coisa que eu odeio em você."

"Certo", Nina respondeu. "Então me diga o que é."

Tarine deu um gole em seu vinho e disse: "Acho que você nunca passou um dia na sua vida vivendo só para você".

Ricky Esposito só conhecia duas maneiras de atrair a atenção de uma mulher. Uma era recitar sonetos shakespearianos. E a outra era fazer truques de mágica.

Ricky optou pela mágica. Então lá estava ele, revirando as gavetas da cozinha de Nina, em busca de um baralho, enquanto Kit bebia sua água com gás sozinha, abrindo sorrisinhos amarelos para os semidesconhecidos que transitavam pelo gramado da casa de sua irmã.

Kit viu Vanessa conversando com Seth perto da churrasqueira.

Vanessa parecera bem triste mais cedo. Mas então disse para Kit que estava "determinada a conhecer uma pessoa nova", e Kit preferiu não entrar em detalhes sobre quem essa "pessoa nova" poderia ser. Se ela estava desencanando de Hud, ótimo. Agora Vanessa estava rindo como se Seth Whittles fosse o cara mais engraçado do mundo. Estava com as mãos nos cabelos, mexendo neles perto do rosto. Kit viu Vanessa pôr a mão no ombro de Seth e puxá-lo de leve, apenas para provocá-lo. Só por um instante, Kit sentiu uma pontada de medo. *Ela teria que fingir que Ricky era engraçado? Argh.*

Ela pensou em Nina ao lado de Brandon, como se estivesse orgulhosa de estar ao lado dele. Pensou em sua mãe, que costumava falar de seu pai como se fosse o novo messias.

Ela não poderia ser assim.

Kit se virou no momento exato em que Seth beijou Vanessa, e de repente Ricky apareceu à sua frente, todo vermelho e ofegante, com um baralho na mão.

"Escolhe uma carta, pode ser qualquer uma", ele falou, e nesse momento Kit se arrependeu das decisões que a haviam conduzido até aquele momento. Era justamente aquilo que sempre quis evitar: ser obrigada a fingir que os homens eram interessantes.

Kit olhou para Ricky e depois para o leque de cartas aberto com perfeição diante dele. E pegou uma do meio.

"Eu preciso olhar?", ela perguntou, soltando um suspiro.

"Eu sei que parece uma idiotice, mas vai por mim. Eu pratiquei bastante esse número, e você pode se surpreender."

Kit sorriu e, mesmo a contragosto, começou a se deixar levar por ele. Ela olhou para sua carta. Um oito de ouros. "Certo", ela disse. "Já olhei."

Ricky estendeu o baralho de novo, dessa vez cortado em dois. "Certo, põe de volta", ele falou, apontando com o queixo para a metade menor. Kit fez o que ele pediu, e Ricky começou a embaralhar. Sua carta se perdeu, era apenas mais uma no meio de várias.

Ele escondeu as cartas entre as mãos e, nesse momento, Kit se distraiu com uma pequena comoção ao redor da piscina. Não conseguiu ver o que estava acontecendo, mas pelo jeito as coisas estavam ficando animadas.

Ricky pegou uma carta do alto da pilha, todo convencido. "É essa sua carta?", ele perguntou. Um três de paus.

Kit sacudiu a cabeça. E percebeu que gostaria que ele acertasse, que a deixasse impressionada. "Desculpa aí, mas não é."

Rick sorriu. "Ah, tudo bem." Ele bateu no baralho como se seu dedo fosse uma varinha mágica e puxou a carta de novo. Tinha virado um oito de ouros.

Kit sentiu uma leve eletricidade percorrer seu corpo. "Uau", ela disse, sinceramente impressionada. Não tinha ideia de como ele havia transformado um três de paus em um oito de ouros. Sabia que devia ser uma coisa bem simples, mas não fazia a menor ideia do que era.

"Quer saber como eu fiz?", Ricky perguntou, contente por ter causado uma reação nela.

"O lance dos mágicos não é nunca revelar seus truques?", Kit perguntou.

Ricky encolheu os ombros, e Kit chegou mais perto, diminuindo a distância entre eles.

"Tá bom", ela disse. "Me mostra."

Ricky sacou o baralho e fez tudo de novo em câmera lenta. Quando revelou o verdadeiro movimento de prestidigitação necessário para criar a ilusão — pegar duas cartas fazendo parecer que era só uma —, Kit chegou perto o bastante para perceber que ele tinha cheiro de roupa recém-lavada.

"No fundo é só isso", Ricky falou, mostrando como segurava as cartas. "Isso se chama puxada dupla."

"Que demais", Kit falou. O cheiro dele era muito bom. Como ele conseguia fazer isso?

"Posso ensinar você a fazer", Ricky ofereceu. "Se quiser."

"Não", ela disse. "Mas faz de novo. Quero ver se percebo dessa vez."

A verdade é que ela não estava nem aí para aquilo. Só queria sentir o cheiro da manga da camiseta dele. Só queria desfrutar da sensação que o interesse dele causava.

Foi nesse momento que Ricky chegou mais perto e, afobado e nervoso, deu um beijo nela. Os lábios dele eram macios e suaves.

Mas, quando o corpo dele se colou ao seu, Kit percebeu em seu íntimo que aquilo estava errado. Não parecia certo. Embora ela não soubesse como o "certo" deveria ser.

Porque ela gostou de Ricky — gostou de verdade. Ele era bonzinho e meio desajeitado de um jeito fofo. Mas, assim que seus lábios se tocaram, ela percebeu que na verdade não estava com a menor vontade de beijá-lo.

Teve a certeza de que não estava a fim de beijar garoto nenhum.

De repente, Kit desejou desesperadamente calar a voz que naquele momento ela percebeu que tentava chamar sua atenção havia anos. E, para isso, tentou se envolver mais no beijo com Ricky Esposito. Ela o abraçou e o puxou para junto de si, como se tentando com mais empenho fosse conseguir negar aquilo que sabia ser a verdade.

Tarine tinha ido atrás de um baseado, e Nina ficou na cozinha, conversando com alguns produtores de cinema. Tinha quase certeza de que os dois se chamavam Craig.

"Seu calendário de 1980 é de longe o melhor de todos os tempos", disse o Primeiro Craig. Era mais robusto, mais musculoso, mais forte. Devia malhar umas duas horas por dia.

Nina sorriu, fingindo estar lisonjeada, agindo como se a opinião deles fizesse alguma diferença.

"Tipo... a foto de julho?", continuou o Segundo Craig. Era loiro, tinha o maxilar quadrado e até sua postura corporal conseguia ser arrogante. "Aquela do biquíni branco..." Ele assobiou.

"Eu *ainda* penso nessa foto", o Primeiro Craig complementou.

"Que bom", Nina falou em um tom seco. Logo em seguida, acrescentou um "Quê?" para a direção oposta, como se alguém a estivesse chamando da escada. "Eu já vou!" Então abriu um sorriso e saiu da cozinha.

Quando chegou à escada, viu Brandon conversando perto da porta com um atleta olímpico que não reconheceu, apesar de saber que deveria. Mas, em vez de ir participar da conversa, Nina se virou e subiu a escada, em busca de um momento de sossego. Isso era aceitável, não era?

Ela passou por um casal que estava se agarrando no corredor. Sorriu para os dois ex-atores infantis que enrolavam um baseado sentados no chão.

Quando entrou no quarto, fechou a porta imediatamente. Foi até o banheiro da suíte, se olhou no espelho, reaplicou o batom e estalou os lábios.

Tarine estaria certa?

Como você passa um dia vivendo só para si? Nina não sabia. Tentou imaginar como seria um dia na sua vida em que vivesse só em função de si mesma. Talvez indo a um lugar sozinha. Como as praias de Portugal. Só ela, o sol, um bom livro e sua prancha Ben Aipa com rabeta swallow. Pequenos prazeres. Ela passaria seu tempo surfando e comendo bons pães. E queijos.

Mas, na verdade, Nina queria uma paz e uma tranquilidade que fossem tão duradoras e garantidas que se incorporassem a todas as fibras de seu ser.

"Com licença?"

Nina se virou para a porta do quarto, que tinha acabado de fechar. Estava aberta, e havia uma jovem parada no corredor, com a mão na maçaneta.

A garota de vestido roxo.

"Nina?", a garota disse.

"Sim?"

Ela era baixinha — e bem nova, devia ter uns dezessete ou dezoitos anos. Seus cabelos tinham um tom de loiro escuro, e sua pele era bem branca e lisa, como se ela nunca tivesse se exposto ao sol.

"Eu queria saber se..." Os dedos dela estavam tremendo. E, a cada palavra que dizia, a voz da garota se tornava ainda mais insegura. "Eu queria saber se a gente podia conversar. Só um pouco."

"Ah", Nina falou. "Claro, pode entrar. Em que posso ajudar?"

Enquanto Nina observava aquela garota à sua frente, a resposta já começava a se formar em sua mente. Mas ela ainda não conseguia formulá-la.

"Eu queria... bom", a menina começou, retorcendo as mãos e parando ao se dar conta do que fazia. "Meu nome é Casey Greens", ela disse.

"Oi, Casey." Nina notou um leve tom de irritação na própria voz. Ela precisava esconder melhor seu estresse. "Parece que você quer me falar alguma coisa."

Foi então que Nina viu. Ou melhor, reparou no que já tinha visto. Os lábios de Casey.

O inferior bem grosso, quase inchado.

Casey Greens não se parecia em nada com Nina ou Jay ou Hud ou Kit ou Mick. A não ser por aquele lábio.

E Nina sentiu um aperto no peito.

Casey levantou um pouco mais a voz: "Acho que Mick Riva pode ser meu pai".

O lugar de Casey Greens não era ali. Em Malibu, ainda por cima. No meio daquelas pessoas ricas, com corpos perfeitos. Ela sabia. Sentia isso a cada passo que dava naquele carpete alto e caríssimo. Ela nunca tinha pisado em nada tão macio antes. Tinha crescido em um mundo de carpetes ásperos e gastos.

Carpetes gastos e lambris e portas de telas que não cumpriam direito sua função de deixar os insetos do lado de fora. Sua casa era quente mesmo quando fazia frio, e tinha sua beleza apesar de ser uma construção inegavelmente feia. Sua cidade se chamava Rancho Cucamonga. Seus pais eram Bill e Helen. Ela morava em um rancho californiano, com uma casinha de pássaros no telhado.

Era filha única e só tirava notas boas — o tipo de garota que gostava de passar as noites de sábado em casa com os pais. Sua mãe fazia a melhor caçarola de atum do mundo, que Casey pedia para comer todos os anos em seu aniversário. Ela entendia que levava uma vida bastante protegida — pelo menos até perder ambos os pais de uma só vez.

Casey ainda ouvia aquela expressão em sua cabeça, acordava com aquelas palavras em mente e adormecia com elas em seus ouvidos, mesmo semanas após o acidente de trânsito que levou seus pais: *óbito no local*.

Seus pais — seus falecidos pais — não a prepararam para uma vida sem eles. Não a prepararam para a solidão, para ser adulta, para as revelações chocantes que viriam à tona.

Casey sempre soube que era adotada, que sua mãe biológica havia morrido no parto. Mas as informações acabavam por aí. E tudo bem. Ela tinha seus pais. Mas então deixou de ter.

Dias depois do funeral, ela estava arrumando as coisas dos pais, tentando determinar o que faria com a vida que antes compartilhavam. O que deveria fazer com as roupas deles? Onde colocar o antitranspirante que sua mãe usava? Casey estava embalando, desembalando e reembalando as coisas, perdida em um turbilhão de pensamentos. As afirmações "Deixe tudo como está" e "Tire tudo isso da frente" lutavam para dominar seu coração e sua mente.

Ela se sentou no chão e fechou os olhos. E teve uma ideia maluca, que até então nunca lhe ocorrera: procurar sua certidão de nascimento.

Foi preciso uma hora e meia para que a encontrasse. Estava em uma caixa trancada, embaixo de alguns outros papéis.

Ela deu uma boa olhada no documento. Casey Miranda Ridgemore era o nome que recebeu ao nascer. Sua mãe biológica se chamava Monica Ridgemore. O espaço destinado ao nome do pai estava em branco.

O que Casey encontrou a seguir foi a foto de uma jovem. Loira, linda. Olhos grandes, maçãs do rosto pronunciadas, um sorriso de cinema.

Quando virou a foto, Casey viu no verso, em uma caligrafia que não conhecia, as palavras: "Monica Ridgemore. Falecida em 1º de agosto de 1965". Abaixo da data, outra anotação. "Afirma que a criança é fruto de um envolvimento de uma única noite com Mick Riva."

Mick Riva? Casey pensou que tivesse lido errado. Devia ser algum mal-entendido. *Mick Riva?*

Ela pegou o volume da letra R da enciclopédia de sua mãe, só para garantir que não estava maluca.

Riva, Mick — cantor, compositor, nascido em 1933. Considerado um dos maiores intérpretes musicais norte-americanos de todos os tempos. Mick Riva (nome artístico de Michael Dominic Riva) ganhou fama no final da década de 1950, quando dominou as paradas de sucesso com suas baladas românticas e sua voz suave. Seu sucesso como cantor, sua beleza clássica e seu estilo impecável o tornaram um dos ícones mais notáveis do século xx.

Casey fechou o livro.

Demorou algumas semanas para aceitar a ideia. Quando se sentia capaz de sair da cama, se olhava no espelho e comparava seu reflexo com a imagem na capa do álbum que encontrou entre os discos do pai. Às vezes achava que via alguma semelhança, e em outras ocasiões pensava que estava louca.

Mesmo se a informação fosse verdadeira, o que ela poderia fazer? Tentar encontrar um dos cantores mais famosos do mundo e confrontá--lo a respeito?

Mas então, três semanas antes do dia da festa, viu uma mulher chamada Nina Riva na capa da *Now This*. Era a filha de Mick Riva, e morava em Malibu, na Califórnia. E Casey pensou: *Malibu não é longe daqui.*

Antes da morte dos pais, Casey tinha recebido a carta da aceitação da Universidade da Califórnia, e começaria seus estudos no campus de Irvine no semestre seguinte. Com a morte dos pais, a faculdade era a única coisa que lhe restara no mundo. A universidade teria que ser seu ponto de recomeço.

Mas, depois de colocar seus pertences em sua picape e partir para o dia de orientação dos calouros no campus, Casey passou direto pela entrada da rodovia 15 South, que a levaria até Irvine. Quando se deu conta, estava na 10 West, a caminho de Malibu.

O que estou fazendo?, ela pensou. *Acho mesmo que vou conseguir encontrar essa tal de Nina Riva?*

Mesmo assim, Casey continuou dirigindo.

Quando chegou à praia, percorreu a PCH de cima a baixo em busca do supermercado que vira na foto. O lugar de onde Nina estava saindo.

A matéria dizia que Nina e os três irmãos tinham perdido a mãe quase dez anos antes. E, quando olhou para a foto de novo, percebeu uma tristeza nos olhos dela, e talvez uma expressão de quem estava cansada de viver. Casey achou que devia estar imaginando coisas. Por outro lado, ela considerou, Nina sabia como era perder uma mãe.

Não havia muitos supermercados em Malibu. Não demorou muito para Casey encontrar o da foto. Ela entrou e pegou a fila sem nada nas mãos. Quando chegou ao caixa, perguntou: "Desculpe incomodar, mas você conhece Nina Riva?".

A funcionária sacudiu a cabeça. "Tipo, eu já vi ela, mas não conheço".

Casey perguntou para cada caixa, para o açougueiro, para todos os atendentes da padaria e para o gerente. Por fim, alguém falou: "Por que você não vai até o Riva's Seafood?".

Ela foi ao restaurante cuja existência acabara de descobrir, estacionou o carro e entrou. Olhou bem para cada cliente e cada garçom. Então foi até o balcão e perguntou: "A Nina está?".

Uma mulher loira cujo crachá dizia se chamar Wendy olhou para ela e sacudiu a cabeça. "Não, sinto muito, querida."

Desolada, Casey voltou para sua picape. Ela estava louca! Que ideia era aquela de ir até Malibu e tentar encontrar uma modelo famosa, filha de um pai famoso? Isso era coisa de psicopata!

Casey saiu do estacionamento e pegou a rodovia no sentido sul. Parou em um posto para encher o tanque, tentando decidir se iria para casa, para o primeiro dia de aula em Irvine ou se jogaria de um penhasco.

Ela desceu do carro e pediu ao atendente para pôr um crédito de vinte dólares na bomba número dois. Depois voltou até a picape, encaixou a mangueira no bocal do tanque e acionou a alavanca. Foi nesse momento que ouviu dois homens conversando na bomba ao lado.

"Você vai à festa dos Riva amanhã à noite?", o mais alto perguntou.

"Com certeza, cara."

"Então me passa o endereço."

O outro deu risada enquanto punha a mangueira da bomba no tanque. "Craig, se você não sabe o endereço, então não foi convidado."

"Então me passa o endereço você."

"Todo mundo em Malibu vai estar lá, e você vai ficar em casa sozinho porque não sabe onde a Nina mora."

"Cara, me passa o endereço. Você está me devendo essa, depois que descolei aquele encontro com a garota lá do Gladstones para você."

Depois disso, o outro homem soltou o endereço como um caixa eletrônico entregando dinheiro: "Fica no número 28150 da Cliffside Drive".

Pronto. Casey havia ido até lá, e o destino se encarregou do resto. Ela dormiu na picape, no acostamento da estrada à beira-mar. E, naquela manhã, remexeu nas roupas até encontrar seu único vestido decente.

E lá estava ela.

"Quem você disse que era sua mãe mesmo?", Nina perguntou.

Enquanto escutava a história de Casey, Nina sentiu sua boca secar.

Ela começou a fazer cálculos mentais com base na idade da garota, que havia nascido depois que Mick foi embora de vez. E Nina não fazia ideia do que seu pai havia aprontado desde então. Portanto, estava tão desinformada a esse respeito quanto Casey.

"Na verdade, não sei muita coisa sobre ela", Casey explicou. "Só sei que se chamava Monica Ridgemore. E morreu durante o parto quando eu nasci, ao que parece." Casey abriu a bolsa e pegou a foto, que entregou para Nina.

"Ela era bem nova quando me teve", Casey falou. "Tinha a idade que eu tenho hoje."

Nina não sabia de que adiantaria ver aquela foto, e por que havia perguntado sobre a mãe de Casey. Mesmo assim, deu uma boa olhada nela.

Monica era uma jovem loira de uma beleza bastante convencional, pelo menos a julgar por aquela imagem. Ao ver a foto, Nina entendeu de onde vinham aqueles olhos grandes de Casey.

Mas havia muitas coisas nela que Nina não conseguia entender de onde vinha. As maçãs do rosto não eram como as de Monica nem as de Mick, nem a coloração da pele, nem o nariz. Na verdade, Casey não se parecia em nada com Mick, a não ser pelo lábio inferior.

Ela virou a foto e leu o verso: *"Afirma que a criança é fruto de um envolvimento de uma única noite com Mick Riva"*. Deveria haver muitas mulheres que fantasiavam uma noite com Mick Riva, não?

Para o bem de Casey, Nina torcia para que aquela afirmação estivesse errada. Torcia para que houvesse em algum lugar um homem melhor esperando que Casey o encontrasse e dissesse que era sua filha. Ela entregou a foto de volta e soltou um suspiro profundo, se resignando com a ideia de que aquilo tudo era inútil. Não havia como saber.

Nina fez um gesto pedindo para Casey se sentar em uma das poltronas de couro perto da janela. Casey se sentou com tamanha reverência e gratidão que Nina se deu conta de que deveria ter feito aquilo bem antes.

Nina se sentou ao lado dela e ficou sem saber o que dizer. O que Casey queria?

"Uma noite e tanto", Nina comentou.

"Pois é", Casey respondeu.

As duas ficaram caladas por um bom tempo — ambas se perguntando que diabos poderiam falar a seguir. Em silêncio, simplesmente observavam a festa no gramado logo abaixo.

O caos estava tomando conta do lugar. O volume da música era ensurdecedor, e era possível ver gente em diferentes graus de nudez. Devia haver pelo menos cem pessoas na piscina. Alguém estava fazendo os jatos de hidromassagem da Jacuzzi ricochetearem em bandejas para molhar quem estava no quintal.

Uma jovem estava sentada perto da churrasqueira, lendo um livro. Casey a observou com mais atenção. "Aquela é a garota de *Flashdance*?", ela perguntou.

Nina assentiu com a cabeça. "Isso mesmo, Jennifer Beals. Adoro ela."

Casey arregalou os olhos por um momento. *Que mundo era aquele?*

Nina viu Jay conversando com uma loira bem alta. Parecia estar mostrando o mar para ela do alto do penhasco.

"Está vendo aquele cara?", Nina perguntou. "Aquele mais alto, conversando com a loira? Lá daquele lado?"

Casey se inclinou para a frente. "Estou."

"É o meu irmão, Jay."

"Ah, sim", Casey falou, balançando a cabeça.

"Então ele pode ser..."

"Pode ser meu irmão também."

Nina olhou para Casey, tentando se acostumar com a estranheza daquela conversa. "Pois é", ela disse. "Pode ser seu irmão também."

Nina procurou Kit e a encontrou conversando em um canto mais distante do pátio. Nina encostou o dedo na janela. "Aquela garota de top e short jeans falando com aquele magrinho..."

"Pode ser minha irmã?", Casey completou.

Nina assentiu. E então começou a procurar Hud. Percorreu a área externa da casa, catalogando cada rosto que via. Não conseguiu encontrar os ombros fortes e o peito largo dele em lugar nenhum. "Estou tentando encontrar Hud, meu outro irmão, mas... Parece que ele não está por lá."

Enquanto procurava, Nina se perguntou o que poderia ter acontecido se a mãe biológica de Hud não o tivesse deixado nos braços de June.

Ele teria aparecido em algum momento? Querendo conhecê-los? Querendo informações sobre o pai?

Nina imaginou como se sentiria sendo uma estranha para ele, e vice-versa. A enorme perda que isso seria — passar a vida sem conhecer uma pessoa que era dona de um terço de seu coração. Não ter testemunhado a obsessão que Hud desenvolveu por frisbee numa determinada época, ou sua empolgação ao conseguir sua primeira câmera. Não saber como Hud era gentil, não saber que Hud não podia comer muito vinagre porque começava a transpirar demais. Ele era uma parte dela.

Nina se virou para Casey. Uma parte de seu sangue correria nas veias dela também? Nina não sabia. Não tinha nenhuma certeza de que Casey era ou não sua irmã. Mas, caso fosse, Nina já se sentia triste por tudo o que elas perderam.

Casey continuou a olhar pela janela, espiando Nina de tempos em tempos. Estava tentando imaginar o que Nina estava pensando. E lembrou que não conhecia aquela mulher em cujo quarto estava sentada. Não tinha nenhuma base para tentar deduzir o que se passava na cabeça dela.

"Desculpa ter entrado de penetra na sua festa", Casey disse.

Nina sacudiu a cabeça. "A festa é aberta para todo mundo. E ao que parece você tem inclusive o direito de estar aqui."

Casey abriu um sorriso tímido. Nina também. E os sorrisos das duas eram completamente diferentes, nem um pouco parecidos.

"Minha mãe também morreu", Nina disse. "Foi ela que me criou. Que criou *todos* nós. Então eu... eu sinto muito. Ninguém deveria passar por isso. Esse sofrimento que você viveu."

Casey olhou para Nina e sentiu vontade de desmoronar nos braços dela. Talvez fosse só isso que ela queria. Alguém que a entendesse, alguém que dissesse que ela não precisava fingir estar bem.

Nina estendeu a mão e segurou a de Casey por um breve instante. Deu um aperto de leve e em seguida a soltou.

E então as duas — ao mesmo tempo desconhecidas e familiares — continuaram a observar a festa em silêncio da janela do segundo andar.

MEIA-NOITE

Mick Riva se posicionou na frente do espelho do quarto para ajeitar a gravata.

Estava bem para seus cinquenta anos, e sabia disso. Os cabelos antes bem pretos estavam mais grisalhos. O rosto antes liso tinha rugas na testa e ao redor dos olhos e da boca. Sua beleza não tinha se perdido, mas criado raízes.

Ele estava de terno preto e uma gravata fina da mesma cor — o visual pelo qual era conhecido havia décadas, o visual que tinha tornado perfeito.

Ao seu lado, no gabinete da pia, estava a fita demo de três músicas que gravou para seu novo álbum — todas sutilmente rejeitadas pela gravadora, que mandou um bilhete todo bajulador com um final *nada* bajulador: "Achamos que essas faixas têm um estilo muito 'Mick Riva clássico'. Mas o que nos anima é o futuro: Quem vai ser o Mick Riva dos anos 80?".

Só de olhar para aquilo ele já ficou irritado. Desde quando alguém como ele — um luminar da indústria — precisava dar ouvidos a um garoto de vinte e poucos anos do departamento artístico com orelhas furadas e que só queria saber falar de sintetizadores eletrônicos?

Angie teria batido o pé e obrigado a gravadora a lançar as faixas — junto com todas as outras que ele decidisse gravar. Mas infelizmente eles não estavam mais juntos.

Angie, tanto no papel de sua empresária como de sua sexta esposa, sempre entendeu que Mick só precisava ficar livre para fazer o que quisesse e que o mundo inteiro viria correndo atrás dele. Fazia trinta anos que as coisas funcionavam assim. Angie sempre entendeu isso.

Ele desejou poder voltar no tempo e alertar a si mesmo para não a trair, ou pelo menos para esconder melhor, ou talvez não se apaixonar por ela em 1978, quando era só a nova funcionária ruivinha do escritório de seu empresário. Porque agora ele não sabia quem poderia enfrentar suas batalhas no seu lugar.

Se um artista se apaixona pela assistente de seu empresário, rompe relações com ele, promove a assistente a empresária e depois se divorcia dela, acaba sem esposa *e* sem empresário.

E era assim que Mick estava aos cinquenta anos de idade, morando sozinho e contando apenas com seu mordomo, Sullivan. Apenas ele e Sully em uma mansão de tijolos brancos e trepadeiras na fachada, escolhida e decorada por Angie. Ela adorava a cozinha enorme, onde ficava a mesa de jantar. Agora Mick se recusava a deixar Sully preparar suas refeições porque não queria se sentir patético comendo sozinho à mesa. Era uma mesa para seis pessoas.

Outro dia mesmo ele pensou em como seria bom ter uma família grande, receber os filhos para um jantar de domingo à noite. Eles encheriam a casa de vida de novo. Pensou em ligar para eles. Nina, Jay, Hud e Katherine.

Eles já eram adultos a essa altura. Mick poderia conversar com eles, talvez dar alguns conselhos, ser útil para todos. Talvez eles gostassem disso.

Vinha pensando em dar esse telefonema.

Até que recebeu uma carta escrita à mão pelo correio.

Apesar de não haver convite formal para a festa dos irmãos Riva, Kit enviava um por iniciativa própria todos os anos.

Em algum momento em meados de agosto, ela pegava uma folha de caderno e anotava a data, o horário e o endereço. Em seguida escrevia: "Você está cordialmente convidado para a festa dos irmãos Riva".

E endereçava o envelope ao pai.

Mick Riva
380 N Carolwood Drive
Los Angeles, California 90 077

Depois de décadas na estrada, ele havia fixado residência em Holmby Hills, a menos de cinquenta quilômetros dos filhos. Cinco anos antes, Kit descobriu seu endereço. Desde então, mandava um envelope para esse endereço todos os anos.

E aquela foi a primeira vez que Mick se deu conta disso.

Mick calçou seus sapatos sociais, pegou a chave do carro e saiu.

Entrou em seu Jaguar preto novinho e pisou fundo. Atravessou o Sunset Boulevard em alta velocidade, a caminho do mar, com um convite escrito à mão no assento do passageiro.

Foi logo depois da meia-noite que Wendy Palmer arrancou o vestido e tirou a roupa de baixo. Ela ficou toda nua no quintal, ao lado da jacuzzi, e começou a entrar lentamente na água fumegante.

O canto mais afastado da jacuzzi ficava no canto mais distante da piscina, na extremidade do quintal. Então a princípio só algumas pessoas a viram.

Logo Wendy estava submersa na água borbulhante, indo na direção das duas únicas pessoas na jacuzzi naquele momento.

Os dois homens pararam de conversar para olhá-la. Ela sorriu e ergueu a sobrancelha de leve. "Oi."

Stephen Cross e Nick Marnell a encararam, intrigados. Eram o baixista e o baterista de uma banda britânica de new wave que tinha uma música na terceira posição das paradas de sucesso do país.

Não era a primeira vez que estavam em uma jacuzzi com uma mulher nua.

"Oi", disse Nick.

"Olá", falou Stephen, com um tom sugestivo.

Wendy beijou Nick primeiro. E depois Stephen. E depois os três foram para um lugar onde todos pudessem ver antes de ela continuar com o que havia planejado.

"A gente vai fazer isso mesmo?", Nick perguntou para Stephen, formando a palavras com os lábios quase sem emitir som.

Stephen deu de ombros.

E então começou. Como Wendy queria.

Wendy tinha ido à festa com a intenção de transar com dois bonitões na frente de todo mundo. Mas não para proveito de outras pessoas. Ela não queria entreter ninguém. Sua única intenção era agradar a si mesma. Era uma coisa que ela sempre quis fazer. Pensava nisso de tempos em tempos, quando bebia um pouco demais, ou quando sentia o corpo de um homem colado ao seu e desejava que não estivessem a sós. Mas sabia quando acordou naquela manhã que, se fosse mesmo fazer aquilo, teria que ser nessa noite.

Porque a festa dos irmãos Riva era a despedida em grande estilo de Wendy.

Estava na hora de ir embora de Los Angeles. Ela havia decidido desistir da carreira de atriz e pedir demissão do Riva's Seafood, deixaria de seguir o canto da sereia de uma vez por todas. Em breve seus dias de festa também terminariam.

Estava com saudade do Oregon. E enfim resolvera que era hora de voltar para casa e casar com o filho do melhor amigo de seu pai.

Ele se chamava Charles, e era apaixonado por ela desde que os dois eram crianças. Ela, uma loirinha miudinha que usava bandana nos cabelos. Ele, um garoto bonzinho de cabelos castanhos e rosto redondo que sempre recolhia seus brinquedos. Agora Wendy era uma beldade de cidade pequena invisível em uma metrópole. E Charles estava ficando calvo aos vinte e seis anos.

No Natal do ano anterior, Charles confessou que ainda a amava. "Se você me disser para esperar, eu topo...", ele dissera no hall de entrada da casa dos pais dela na véspera de Natal, enquanto sua mãe servia o pernil na mesa. "Eu aceito esperar mesmo se a chance for mínima."

Wendy deu um beijo no rosto de Charles. E ambos se despediram com a sensação de que ela poderia voltar para ele.

Quando retornou a Los Angeles, logo depois do Ano-Novo, ela sentiu o cheiro da poluição assim que pousou no aeroporto. O apartamento pequeno onde morava era deprimente. Ela só fazia testes para papéis de namoradas e esposas irritantes, e acabava preterida por garotas com cara de dondoca que elevavam o tom de voz no final das frases como se tudo o que dissessem fosse uma pergunta. O único papel que ela conseguiu foi para rebolar de biquíni em cima de um carro esportivo. Eles passaram tanto spray fixador nos seus cabelos que ela precisou lavá-los quatro vezes para tirar tudo.

Quando seu agente contou que aos vinte e seis anos ela estava velha demais para tentar interpretar a namorada de Harrison Ford, Wendy entendeu que estava na hora de voltar para casa.

Ela se casaria com aquele homem meigo de cabelos ralos e dinheiro no bolso. E teriam filhos bonzinhos, que amaria de todo o coração. E provavelmente ganharia um pouco de peso. Acabaria inclusive se perdendo um pouco nesse caminho, quando o corre-corre das apresentações de dança e dos fins de semanas na casa dos amiguinhos e dos jogos de basquete na escola tomassem tanto de seu tempo que sua personalidade acabaria ficando em segundo plano. Mas por ela tudo bem. Uma vida assim também parecia ter seu charme para Wendy àquela altura.

Naquela manhã, ela comprara uma passagem só de ida para Portland. Iria embora de LA na terça-feira para nunca mais voltar.

Mas antes precisava transar com dois astros do rock em uma jacuzzi com um monte de gente olhando.

Lara tinha ido ao banheiro fazia pelo menos dez minutos, então Jay estava matando tempo perto da lareira da sala de estar conversando com Matt Palakiko, um surfista aposentado. Na adolescência, Jay idolatrava Matt. Inclusive havia colado fotos das ondas mais incríveis de Matt na parede do quarto. Mas àquela altura Matt era um pai de dois filhos que tinha voltado a morar em Big Island, no Havaí. Estava passando a semana em Los Angeles em reuniões de licenciamento de seu nome para uma marca de trajes de banho.

Jay estava escutando Matt falar sobre como a simplicidade do surfe havia voltado para ele depois de parar de competir.

"Mas no seu caso ainda falta muito, cara. Você tem uma longa carreira pela frente", Matt disse. "É o que todo mundo fala, inclusive."

"Valeu", Jay falou, balançando a cabeça.

"E, olha só, se você fizer tudo direitinho, daqui uma década pode estar fazendo o mesmo que eu, pondo seu nome nas coisas, ganhando uma grana. Tem um monte de gente investindo por aí. De repente a coisa parece que ficou gigante. E vai crescer cada vez mais. E, escuta o que estou dizendo, às vezes a segurança financeira e o sossego são ainda melhores do que a vitória. Eu acordo todo dia e vou surfar porque quero. Não porque sou obrigado. Você sabe há quanto tempo eu não conseguia sentir isso?"

"Pois é", Jay falou. "Aposto que muito."

"Hoje sou só eu e a onda, sem pensar em estatísticas, nem treinar manobras, nem..."

Jay estava ouvindo apenas em parte, pensando em seu futuro incerto, sobre o qual não conseguia conversar com ninguém além de Lara. Sua aposentadoria não seria como a de Matt. Ele teria que parar de surfar profissionalmente *e* por lazer. Não havia nenhuma "simplicidade" para compensar o que ele estava perdendo. Sua perda seria total.

Jay estava apenas começando a ser considerado um dos melhores — sua carreira tinha acabado de decolar. Só fazia dois anos que vinha conseguindo chamar atenção. Mas não precisou de muito tempo para se acostumar com a bajulação. E agora seu coração o obrigaria a abrir mão de tudo que o fazia se sentir excepcional.

Ele era o filho homem mais velho de Mick Riva — não deveria ser o melhor em alguma coisa? Por um momento, Jay chegou a pensar que era melhor morrer sendo grande do que ter uma vida comum. Não sabia se conseguiria suportar o peso da obscuridade.

"Então, eu preciso ir", Matt disse, olhando no relógio. "Preciso pegar o avião de volta para casa amanhã cedinho. Se eu perder o voo, minha mulher me mata."

"Beleza, cara, se cuida", Jay disse, e então acrescentou: "Eu adoraria trocar umas ideias com você uma hora dessas. Sabe como é, sobre as pranchas que você está criando. Sobre o que anda aprontando agora que está, sabe como é...".

"Velho?"

Jay sorriu. "Aposentado."

"Com certeza, cara. A gente se fala."

Assim que Matt se afastou, Jay sentiu alguém segurar sua mão.

"Desculpa, a fila estava enorme", Lara disse. "Tem gente demais nesta festa. É sempre assim?"

Jay olhou ao redor, reparando na quantidade de gente espalhada pela casa. As pessoas estavam começando a ficar espremidas. Os casais se refugiavam na escada, e havia garotas sentadas no chão. Pela janela, era possível ver que o jardim da frente estava tão cheio quanto o quintal.

"Na verdade", Jay comentou, "está demais *mesmo*. Até para esta festa."

"Tem algum lugar tranquilo onde a gente possa ficar?", Lara perguntou.

"Ah, sim", Jay disse. "Claro. O que você sugere? A praia?"

"Acho que a praia é meio..." Lara fez uma cara que Jay tentou desesperadamente decifrar. O que ela queria dizer? A praia é romântica demais? Clichê demais? Fria demais? Escura demais? Ele não sabia.

"Beleza", Jay disse, pegando-a pela mão e saindo pela porta, passando pelo povo da festa, pelos manobristas e chegando à relativa tranquilidade do estacionamento improvisado na lateral do terreno da casa de sua irmã.

Passaram por duas pessoas que se agarravam com tanta vontade que ele achou até graça, pelo menos até perceber que era Vanessa, a amiga de Kit, e o DJ que eles tinham contratado para a festa. Ele desviou os olhos imediatamente, mas depois se pegou dando mais uma espiada, impressionado com a intensidade da coisa. Jay não fazia ideia de que Vanessa era assim.

"É...", Jay falou, tentando esquecer o que tinha visto. "Vamos lá para a picape do Hud." O carro de Jay não tinha capota nem portas, mas ele sabia que o de Hud estaria destrancado. Eles foram direto para lá.

Jay não queria ficar a sós com Lara apenas para transar com ela. Se Lara tomasse a iniciativa, se o envolvesse com aquelas pernas compridas, beleza. Mas ele também queria conversar. Queria perguntar como ela estava e o que andava fazendo e como se sentiria a seu respeito caso ele se tornasse um zé-ninguém. Queria saber de onde ela era, e qual era seu filme favorito.

Jay encontrou a picape de Hud na segunda fileira, um dos últimos veículos da fila. Puxou Lara naquela direção e abriu a porta para ela. Não havia muito espaço entre um carro e outro, e Lara precisou se esgueirar pela pequena abertura, mas conseguiu entrar. Quando Jay fechou a porta, eles enfim se viram a sós.

"Oi", disse Jay.

"Oi." Lara sorriu.

Então nenhum dos dois disse mais nada. Ficaram apenas se olhando, em um silêncio confortável.

"Você é diferente do que eu pensei que seria", Lara comentou por fim.

"Como assim?", Jay quis saber. Ele se virou para ela, dobrando o joelho para apoiá-lo sobre o assento.

Lara encolheu os ombros de leve. "É muito mais tranquilo do que eu imaginava."

"Tranquilo?", Jay perguntou. Ele estava ansioso para saber como ela o enxergava, ansioso para se ver pelos olhos dela.

Lara deu risada. "Você parecia arrogante", ela falou. "Antes de a gente se conhecer."

"E ainda pareço arrogante agora?" Era uma sensação nova para ele, aquele desejo de descobrir o que a outra pessoa estava buscando e então arrumar um jeito de ser exatamente aquilo. Se ela gostava de arrogância, ele poderia fazer essa pose. Caso contrário, se comportaria como o cara mais humilde do mundo.

Lara sacudiu a cabeça. "E você também é bem mais quieto do que eu pensava."

"Você achava que eu era um babaca barulhento", Jay disse, com um sorriso.

Lara deu risada e levou a mão ao brinco, passando os dedos na peça. "Achava", ela admitiu.

"Está decepcionada?", Jay perguntou.

"Não, decepcionada não. Nem perto disso", Lara explicou. Seu tom de voz era seguro e reconfortante. "Acho que o que estou querendo dizer é que as pessoas são surpreendentes. Sempre achei você bonitinho, mesmo quando imaginava que fosse um babaca barulhento. Mas é bom que não seja. Você é uma pessoa muito mais complexa que isso."

Jay sabia que era um elogio, apesar de nunca ter desejado parecer um sujeito complicado. "Complexo, é? Não sei, não." O que tinha acontecido com a indiferença fingida que ele sempre demonstrava? Talvez aquele fosse o novo Jay. Talvez ele estivesse se tornando mais como Hud.

Hud sempre foi melhor com as mulheres. Embora Jay tivesse transado com mais garotas, e mais bonitas também, Hud sabia como amá-las. Jay sequer sabia que sentia inveja disso até aquele momento. Até sua mente se fixar apenas em Lara, em conquistar a confiança dela.

Os dois poderiam tirar umas férias juntos? Ela teria como ir ao Havaí? Seus dias de North Shore provavelmente haviam acabado, mas não poderia pelo menos ensiná-la a pegar as ondas mais calmas e menos perigosas de Waikiki? Ele queria levá-la a seu café favorito em Honolua Bay. Queria pedir uma *haupia* para ela.

"Estou tentando impressionar você", Jay admitiu.

"Me impressionar?", Lara falou. Ficou claro na maneira como ela sorriu, chegando a estreitar os olhos, que gostou de ouvir aquilo.

"Pois é", falou Jay, assentindo. Sua cabeça estava baixa, mas os olhos se mantinham levantados e grudados nela. "Desde..."

"Aquela noite", Lara falou.

"É, desde aquela noite, eu não consigo parar de pensar em você."

"Ah, é?"

Jay sabia que estava mordendo a isca, que ela o estava fisgando. E queria se deixar capturar. Era *bom* se sentir assim tão atraído, inebriado. Era a primeira vez que desejava alguém com tanta intensidade, e gostava da sensação, do desconforto provocado por aquele tipo de desejo.

"Não consigo parar de pensar em você", ele disse. "Eu... Eu fui ao Sandcastle sei lá quantas vezes, tentando te encontrar."

"Eu sei", ela falou com um sorriso. Suas intenções estavam claras, e isso provocou uma reação forte em ambos.

Jay se inclinou e colou os lábios nas maçãs do rosto dela, logo abaixo dos olhos. Era duro como osso e macio como veludo.

"É loucura achar que eu posso estar apaixonado por você?", Jay murmurou em seu ouvido.

"É um pouco de loucura, sim", Lara disse, aos risos. "Você nem me conhece direito."

Jay mal a escutava. Estava perdido no turbilhão de seu próprio coração.

"Sei lá...", ele falou, beijando o ombro dela e passando a mão por suas pernas. "Acho que conheço o suficiente."

Ele a beijou na boca e a abraçou no banco da picape do irmão. Encarava o que estavam prestes a fazer como mais do que apenas sexo. Era uma forma de mostrar o que sentia por ela. Seria uma conexão, um ato sagrado. Com gestos lentos, foi subindo as mãos pela saia de Lara, desabotoou a própria calça e tirou os sapatos. A saia de Lara estava levantada até a cintura. Com gestos desajeitados, mas cheios de admiração, ele levou a calcinha dela aos pés.

"Você tem camisinha?", Lara quis saber.

Não tinha. Mas achava que Hud devia ter algumas no carro. Ele se virou para o painel e pegou as chaves deixadas no contato pelo manobrista. Em seguida encaixou a menor delas na tampa do porta-luvas. Com um giro rápido, a tampa caiu com um ruído. E lá estavam as camisinhas. Três. Todas enfileiradas, dentro de suas embalagens individuais. Jay as pegou para abrir uma delas.

Mas então...

Jay pegou uma foto no porta-luvas que surgiu em seu campo de visão, e percebeu que na verdade havia uma *pilha* delas. Fotos de sua ex-namorada chupando seu irmão.

Fotos que destruíram seu coração que já não funcionava tão bem.

Hud e Ashley tiraram os sapatos, e nenhum dos dois se lembrava de onde os deixaram. Tinham andado tanto pela praia que não conseguiam mais encontrar seus calçados no escuro.

Hud já tinha feito uma lista de perguntas. "Há quanto tempo você sabe?" *Três dias.* "De quanto tempo você está?" *Sete semanas.* "Foi naquele fim de semana em La Jolla?" *Acho que sim.* "Nós já somos pais?" *Isso eu não sei dizer, nem como saber.*

E então, enquanto caminhavam de mãos dadas na beira da água, eles refletiam em silêncio sobre dois futuros: um com um bebê e um sem.

Hud estava pensando em alugar uma casa — um Airstream não era lugar para criar um filho. Estava pensando em um imóvel de dois quartos, e em pintar o quarto do bebê de amarelo. Pensou em uma suíte parecida com a de sua mãe. Sempre gostou da ideia de ter duas pias no banheiro. Sempre gostou da ideia de um pai e uma mãe usando juntos as pias todas as noites.

Hud deteve o passo de repente, e Ashley parou também.

"Qual foi a primeira coisa que você pensou?", ele quis saber. "Quando descobriu? Quando o tubinho ficou de sei lá que cor."

"É um círculo que aparece no fundo."

"Certo, então quando o círculo apareceu. Qual foi o primeiro pensamento que passou por sua cabeça?"

"Ora, e qual foi a primeira coisa que passou pela sua cabeça? Quando eu contei?", rebateu Ashley.

"Sinceramente?"

"É."

"Eu pensei: *Como é possível se apaixonar tão rápido por uma ideia assim?* Porque, assim que você falou, foi o que eu senti. E não faz o menor sentido."

Os olhos de Ashley começaram a se encher de lágrimas e, quando ela sorriu, uma lágrima escapou.

"Você não pensou *Puta merda*, ou *Porra*, ou *Como é que eu vou sair dessa?*", Ashley questionou, limpando as lágrimas.

"Não", Hud disse, puxando-a para si. "Você pensou?"

"Não", ela respondeu, sacudindo a cabeça. "Nem por um momento."

"Então nós vamos ter um bebê", Hud disse, abraçando-a.

"Nós vamos ter um bebê."

E eles ficaram ali, sorrindo um para o outro e sentindo a água envolvendo e gelando seus tornozelos.

Haveria cadeiras de balanço e mantas, bananas amassadas e cadeirões, o orgulho de um primeiro passo. Era um futuro desconhecido e lindo.

Mas por ora, naquele momento, Hud não tinha escolha a não ser encarar a própria mentira. Precisava reconciliar suas famílias, a antiga e a nova, lutar por elas e com elas. E teria que ser logo. Ele não se sentia à altura da tarefa, mas isso não importava.

"Vamos voltar?", ele perguntou.

Ashley se virou e abriu um sorriso carinhoso, colando seu corpo ao dele e segurando sua mão com mais força. "Tudo bem", ela disse.

Estava na hora de dizer a verdade a Jay.

1HOO

Brandon estava no banheiro das visitas de sua própria casa, se olhando no espelho. Já tinha bebido um bocado, estava prestes a ficar totalmente bêbado. E, enquanto se olhava, se perguntava como havia sido capaz de cometer tantos erros em tão pouco tempo.

Como tinha conseguido fazer tudo aquilo com Nina? Ela passara por tantos traumas tão nova, e ele sempre gostou de ver a si mesmo como um ponto de virada na vida de Nina. Gostava de pensar que talvez, em um certo sentido, podia ser seu herói e salvador.

Mas então, como um perfeito imbecil, começou a ir para a cama com Carrie Soto. Deveria haver uma forma de a pessoa conseguir desfazer as próprias merdas. Não só se redimir, mas também voltar atrás, como se nada tivesse acontecido. Queria eliminar cada segundo de sofrimento que havia causado à esposa. Ela não merecia nada daquilo, não fez nada para merecer aquele colapso total e desastroso da parte dele. Brandon desejou viver em um mundo em que todos pudessem fingir que aquilo não aconteceu.

Ele se olhou no espelho e viu seu rosto, as linhas de expressão que começavam a se formar. Todos os dias de sua vida, tinha a sensação de estar escalando uma montanha. E, depois de chegar ao pico, conseguia ficar um pouco por lá. E era bom estar no topo. Mas então começava a descida pelo outro lado.

Não esperava por isso. E o baque foi pesado.

Tudo começou porque, nove meses antes, Brandon era o cabeça de chave número um no Aberto da Austrália. E foi eliminado na segunda rodada por uma zebra, um garoto escandinavo de dezessete anos chamado Anders Larsen.

Desde o primeiro saque, Brandon começou a se preocupar com o fato de que seu spin não estava muito certeiro. Então usou sua tradicional patada, que pouquíssimos adversários conseguiam devolver. Que atravessava a quadra com velocidade e precisão.

Mas Larsen devolveu.

Isso pegou Brandon de surpresa, obrigando-o a trocar voleios para conseguir o ponto. E o ponto foi para Larsen. Assim como o seguinte.

Quando voltou a sacar, cometeu uma dupla falta. Percebeu que estava se irritando, ao encarar aquele adolescente à sua frente. Um murmúrio se ergueu na plateia, e surgiram alguns aplausos para Larsen.

Larsen sorriu para Brandon enquanto o esperava sacar, com o tronco abaixado e pronto para o jogo.

Brandon lembrou que todos os jornais estavam prevendo Brandon e Kierk na final, mas agora parecia que ele não passaria nem da segunda rodada.

Ele começou a pensar demais. Seu ombro começou a ficar tenso. Por um momento, foi como se seus músculos não se lembrassem mais o que deveriam fazer. Seu saque se tornou mais lento e errático. Toda vez que mandava um forehand e a bola saía sem spin, sem precisão, Brandon ia ficando mais irritado. Cada backhand que não conseguia colocar onde pretendia o afundava ainda mais na própria cabeça e o afastava do que estava acontecendo no jogo.

Match point.

Quando não conseguiu responder o voleio de Larsen, ele sentiu imediatamente todas as câmeras se voltando para sua direção. Já estivera naquela situação antes, aprisionado por elas. Era uma sensação administrável quando as lentes o capturavam em uma vitória, ou pelo menos uma derrota depois de um jogo duro contra um adversário difícil. Mas aquilo havia sido um massacre. Ele era o Golias, e tinha acabado de ser superado por Davi.

Larsen se virou para a arquibancada e vibrou com os punhos cerrados, depois de vencer o número um do ranking. A plateia vibrou.

Brandon, como sempre fazia naqueles raros momentos, manteve o rosto imóvel, sem nenhum sinal de incômodo. Ele caminhou até a rede, sentindo o corpo todo tenso. Mas dessa vez, por mais que tenha tentado, não conseguiu abrir um sorriso ao apertar a mão daquele merdinha.

Sabia que seu pai ficaria decepcionado com sua falta de espírito esportivo. Mas esse era o menor de seus problemas.

Quando entrou no vestiário, Tommy, seu treinador, veio atrás. "Que porra foi essa? Nunca vi você tão desconcentrado! Se é isso o que você tem para mostrar na quadra, é melhor se aposentar logo!"

Brandon ficou em silêncio, com o coração disparado. Tommy sacudiu a cabeça e saiu. E, depois que ele se retirou, Brandon abriu um buraco na parede do vestiário masculino com um soco.

Ele já tinha perdido antes, claro. Mas na segunda rodada de um torneio que tinha tudo para vencer?

Brandon voltou para casa, para Nina. Mas, assim que abriu a porta da frente e a viu, não conseguiu olhar na cara dela. Aqueles olhos grandes e acolhedores, aquela boca voltada para baixo em uma leve expressão de tristeza. "Como você está?", ela perguntou.

Ele sentiu vontade de sumir. Nina o envolveu entre os braços e o abraçou. E então levou a mão ao seu rosto. "Você é um grande homem", ela disse. "Já provou isso. Quer dizer, você tem dez Grand Slams. Isso é incrível."

Brandon pegou a mão dela e a afastou do rosto. "Obrigado", ele disse, levantando-se e indo para o banho. Não conseguia encará-la.

Logo depois, em janeiro, foi eliminado na terceira rodada do U.S. Pro Indoor. *Aquele puto do McEnroe.* Depois não conseguiu ganhar um único set na Copa Davis em março; o time americano não chegou nem às quartas de final. No Aberto de Donnay, ele perdeu na semifinal e atirou a raquete no chão. Isso gerou manchetes. E não jogou em Monte Carlo por problemas no ombro.

Brandon parou de voltar direto para casa depois dos jogos. Dizia a Nina que precisava visitar a mãe ou o irmão em Nova York. Fazia planos para ele e Tommy passarem mais tempo em Buenos Aires e Nice. Quando enfim chegava em casa, falava com Nina sobre o jantar, e o restaurante, e os irmãos dela, e seus planos de viagem, e os compromissos dela, e qual obra de arte comprar para a sala de tv do andar de baixo. Não falava sobre tênis. Não dizia que seu ombro estava acabando com ele. Ia escondido às consultas médicas — nunca contou que estava tomando injeções de cortisona.

Ele deveria ser indestrutível. Deveria ser humilde apesar de seu talento brilhante, e afável apesar de sua determinação implacável na quadra. Não deveria ser eliminando nas primeiras rodadas do torneio e ser visto como alguém digno de pena pela esposa.

Então Carrie Soto entrou em cena.

Carrie Soto era considerada a melhor jogadora de todos os tempos no tênis feminino. Brandon já a conhecia, mas eles nunca haviam conversado antes daquele dia de maio em Paris. Ele estava no Aberto da França sem Nina, pois fizera questão de deixá-la em casa.

Estava sentado em um banco do lado de fora dos vestiários em Roland Garros pouco antes do jogo, ajustando a faixa que usava na cabeça. Carrie Soto passou por ele, com seu corpo rígido e sua postura perfeita, toda de branco.

Seus cabelos estavam puxados para trás, sob a viseira. Sua pele rosada, seus olhos grandes e seu nariz fino e estreito a tornavam bonita. Quando chegou perto de Brandon, se inclinou em sua direção e falou: "Essa sua pose de cara legal não me engana. Você é tão sanguinário quanto qualquer um de nós. Dá logo um jeito nesse seu saque e acaba com esses caras".

Brandon se virou e a encarou, com os olhos arregalados.

Ela sorriu. Ele retribuiu.

Brandon venceu o primeiro jogo. E depois outro. E, sempre por margens apertadas, foi avançando ao longo de duas semanas e conquistou a Coupe des Mousquetaires. Ao vencer a final, ele vibrou com o punho fechado.

Carrie Soto, enquanto isso, destruiu todas as adversárias na base da força e da determinação, grunhindo a cada saque, gritando a cada voleio, mergulhando no chão sem medo, manchando suas roupas brancas com o saibro vermelho da quadra. E levou a Coupe Suzanne Lenglen.

Na noite seguinte à vitória, Brandon cruzou com Carrie no hotel —

os dois campeões dividindo o elevador. Brandon se sentia triunfante e vulnerável, alegre e de guarda baixa.

"Eu falei que você podia jogar com sangue nos olhos", Carrie disse com um sorriso.

"Acho que você me sacou", Brandon respondeu.

Houve uma pausa enquanto o elevador subia. Quando Brandon chegou a seu andar, ele falou: "Se quiser dividir alguma coisa do frigobar, me avisa".

Dez minutos depois, os dois estavam no quarto de Brandon.

Carrie Soto estava em cima dele, e Brandon sentia os músculos dela em suas mãos. Enquanto ela se movia, era possível sentir como suas coxas eram firmes, sua bunda dura, sua panturrilha e seus antebraços fortes. Quando a tocava, era possível sentir a força e a agilidade. Era como ter toda a potência dela em suas mãos.

E, por um breve momento, deitado embaixo dela, ele pensou que tivesse encontrado sua cara-metade.

Quando acordou no dia seguinte, sua cabeça começou a latejar quando ele se deu conta do que havia feito. Mas, pouco antes de ir embora de Paris, Carrie disse que talvez aquilo pudesse se tornar uma coisa séria. E isso o levou a pensar que em vez de uma simples traição, aquilo podia ser um caso de amor.

Nunca havia pensado nisso antes, mas talvez Nina não fosse a pessoa certa para ele. Talvez fosse por isso que ela o fazia se sentir tão minúsculo. E talvez Carrie fosse essa pessoa. Era por isso que com ela se sentia tão forte.

Então continuou se encontrando com ela em LA, Nova York, Londres. E logo Brandon se convenceu de que Carrie era seu amuleto da sorte.

Depois que ambos saíram campeões em Wimbledon, Brandon foi às alturas. Tinha ganhado no saibro e na grama no mesmo ano. Isso era inédito. "*Esse* é o Brandon que eu conheço", Tommy falou.

Os tabloides flagraram Brandon e Carrie comemorando juntos do lado de fora da festa de encerramento naquela noite em Wimbledon. Ele estava de smoking. Carrie usava um vestido azul-marinho. Eles estavam se beijando encostados em um carro. A mão dele estava na bunda dela.

Carrie viu as imagens primeiro e entrou em acordo com o fotógrafo e a publicação. Trocou as fotos por uma entrevista exclusiva. Mais tarde, porém, disse a Brandon que estava apaixonada por ele e que era a hora de "cagar ou desocupar a moita".

Brandon se sentiu pressionado. Não tinha certeza de que estava pronto para abrir mão de Nina. Ele se via diante de diversas encruzilhadas, e achava que, caso continuasse com Nina, a felicidade e a satisfação poderiam deixá-lo confortável demais, a ponto de não conseguir lutar com a força necessária contra sua decadência esportiva.

Se ficasse com Carrie, os melhores anos de sua carreira poderiam ser os que estavam por vir.

Então, Brandon pegou o avião para Malibu. Entrou em sua casa imensa e foi direto para o andar de cima pegar suas coisas.

Estava torcendo para que Nina não estivesse lá. Mas a encontrou no quarto, lendo um guia de viagem de Bora-Bora. E usando uma samba-canção sua. Ele mal conseguiu olhar para ela.

"Oi, querido", Nina falou, toda meiga.

Ele foi direto para o closet. Precisava ser rápido; teria que encerrar aquilo o quanto antes, para o bem dos dois. E não se sentia capaz de encará-la. Não sabia se seria capaz de seguir com o plano. "Sinto muito, Nina", ele falou. "Mas estou indo."

"Do que você está falando?", ela perguntou, ainda com um tom alegre na voz.

Ele não se lembrava do que falou depois. Simplesmente fugiu.

Foi direto para o hotel Beverly Hills. E, quando chegou à suíte de Carrie, deu um beijo nela ainda na porta e falou: "Eu te amo. Escolhi você".

A cena com Nina tinha sido horrenda e insuportável. Mas fora necessária. E agora estava tudo resolvido.

Brandon ficou com Carrie e viu uma nova vida se estabelecer em questão de dias.

De manhã, eles tomavam shakes de proteína e comiam alguns punhados de amêndoas cruas antes de irem juntos à academia. Começaram a treinar lado a lado nas mesmas quadras no Bel-Air Country Club. As injeções de cortisona vinham perdendo efeito mais rápido do que ele esperava, mas, sempre que Brandon começava a sacar mais fraco e a errar muitos voleios seguidos, Carrie percebia e gritava com ele da quadra ao lado, sem interromper nem por um momento seu próprio treino: "Se concentra, Randall! Ou você é um campeão, ou é um bosta. Não existe meio-termo!". E ele começava a correr mais depressa, e a golpear com mais firmeza.

À tarde, eles tratavam de negócios, conversavam com seus agentes, discutiam patrocínios, aprovavam roteiros de viagem e cuidavam da correspondência.

Às sete da noite, saíam para jantar. Os dois também eram vistos com frequência em festas, iniciativas beneficentes ou eventos de gala. Conversavam quase exclusivamente sobre o ódio que Carrie sentia de sua rival, Paulina Stepanova.

Certa noite, no meio da madrugada, Brandon acordou com o ombro latejando. Eles haviam feito um treino intenso de manhã e comparecido a um evento de gala do Centro Médico Cedars-Sinai à noite, e quando chegaram ainda fizeram amor antes de apagar as luzes.

De repente, às três da manhã, a dor se tornou insuportável. Ele pediu gelo no serviço de quarto, mas não ajudou muito. Tomou alguns remédios. Mas a dor se tornava cada vez mais aguda, e o latejar só piorava.

Ele acordou Carrie, em pânico. "E se Wimbledon tiver sido meu último Grand Slam?", perguntou para ela.

"Isso seria uma catástrofe", Carrie disse. "Você só tem doze." Em seguida se virou para o outro lado e dormiu.

Ele ansiou pela ternura de Nina.

Quando conseguiu dormir, logo foi despertado por Carrie, que lhe jogou uma toalha. "Nós choramos por causa da dor? Ou aguentamos firme e jogamos com dor ou sem dor? O carro para a quadra sai em quinze minutos."

Ele se levantou, se trocou e manteve o ritmo dela o dia todo. E depois no dia seguinte, e no seguinte e assim por diante.

Brandon continuou a viver com Carrie por mais quatro semanas e dois dias.

Mas então, na noite anterior à da festa, a dor no ombro o despertou de novo. Dessa vez na forma de uma queimação intensa. Cada segundo antes de os remédios fazerem efeito foi uma tortura. Ele marcou uma consulta para tomar outra injeção, e sabia que isso ajudaria por um tempo. Mas entendia, de uma forma perturbadoramente clara, que a contagem regressiva já havia começado. Mesmo que conseguisse resistir à decadência pelo maior tempo possível, mesmo que ganhasse mais torneios que qualquer outro ser humano na história, seu corpo em algum momento o deixaria na mão, porque era isso o que acontecia com todo mundo.

E quem o amaria quando isso acontecesse?

Ele demorou duas horas e meia para voltar a dormir. E, naquela manhã, acordou às seis horas e ouviu Carrie falando ao telefone com o serviço de quarto: "Não mandem amêndoas salgadas. Eu não quero comer sal de manhã. Vocês mandaram amêndoas salgadas ontem mesmo depois de eu ter pedido três vezes para não fazerem isso! Se não têm a capacidade de mandar as amêndoas que pedi, então vocês estão trabalhando no ramo errado". Em seguida, desligou o telefone.

Brandon deitou a cabeça de novo no travesseiro. Ela não era uma pessoa gentil. Talvez não fosse sequer uma boa pessoa. Quando se deu conta, as palavras já estavam saindo de sua boca. "Ah, meu Deus", ele falou. "Você é detestável. Porra, o que foi que eu fiz?"

Ele saiu da cama e começou a gesticular loucamente, reclamando que ela era uma megera que exalava frieza. "Eu fiz a maior cagada que alguém pode fazer!", ele falou, de pé no meio do quarto, só de cueca. "Não sei se te amo. Pode ser que eu nunca tenha te amado. Como é que fui achar que era isso que eu queria? Não quero ficar com uma mulher que grita com os outros desse jeito!"

Carrie o encarou como se ele fosse uma espécie de aberração da natureza. E então falou: "Ninguém está obrigando você a ficar aqui, seu bosta do caralho".

Brandon pensou sobre essas palavras, e concluiu que ela estava certa. Ninguém o obrigara a dormir com ela. Ninguém o obrigara a abandonar sua esposa por ela. Ele fizera tudo aquilo por iniciativa própria. Mas não conseguia se lembrar de jeito nenhum do motivo por que achava que aquilo era uma boa ideia.

"Acho melhor eu ir", ele falou.

"Fica à vontade", Carrie falou, apontando para a porta. "Pode dar o fora daqui agora mesmo."

Brandon pegou suas coisas e saiu.

Naquela manhã, ele treinou em outra quadra. Tomou um banho absurdamente quente. Depois ficou sentado de toalha no vestiário por uma hora, imóvel, pensando no que fazer.

Só conseguia pensar em como era bom quando Nina passava as mãos pelos seus cabelos, ou no olhar no rosto dela quando dizia que iria amá--lo para sempre.

Naquele momento, ele se convenceu de que precisava conquistá-la de volta.

E tinha feito isso! Tudo ficaria bem. Desde que Carrie Soto os deixasse em paz.

Nina e Casey estavam sentadas em silêncio quando a porta se abriu. "Nina?"

As duas se viraram para a porta e viram Tarine. "Você precisa ir lá para baixo", ela avisou.

"Por quê?"

"É a Carrie Soto."

Nina já se sentia cansada antes mesmo de começar a conversa. "O que tem ela?"

"Ela está no jardim da frente jogando roupas no chão e ameaçando pôr fogo em tudo."

Nina começou a descer a escada, abrindo espaço entre os presentes com Tarine.

Greg Robinson tinha aumentado tanto o som que o chão tremia, fazendo chacoalhar as estruturas da casa. As pessoas dançavam com tanta animação na sala de estar que as molduras dos quadros balançavam nas paredes.

Estavam na casa de Nina, pisando no carpete dela, sentados na escada dela, bebendo da bebida dela, comendo da comida dela. Mesmo assim, todo mundo fez questão de continuar obstruindo seu caminho, obrigando-a a cutucá-los no ombro para pedir licença ou se esgueirar para passar. Ela foi ficando cada vez mais irritada. A amante de seu marido estava no jardim da frente, e Nina não conseguia nem sair de casa para lidar com a situação porque tinha uma turma de surfistas fumando maconha no seu hall de entrada.

"Com licença!", disse Tarine. "Saiam da frente!" Os surfistas abriram passagem na hora.

Quando Nina enfim chegou à porta da frente, olhou para a entrada da casa e viu seu marido tentando acalmar uma mulher que gritava e sacudia os braços.

Carrie Soto, usando calça de moletom branca e camiseta verde, estava de pé no caminho de cascalho da entrada ao lado de uma pilha de roupas de Brandon. Nina conseguiu ver a camisa polo Ralph Lauren preta de um lado, sua faixa de cabeça branca da sorte jogada nas pedras do jardim. Ele adorava aquela faixa.

Ele voltou para mim, mas deixou a faixa com ela?

"Brandon, estou falando sério, você precisa parar com essa babaquice. Eu vou pôr fogo nas suas tralhas, não estou brincando", Carrie disse.

A multidão do lado de fora estava completamente concentrada em Carrie, formando uma plateia numerosa. E mais pessoas se aproximavam pelas laterais da casa para ver o que era aquela comoção. Nina sentia as cabeças se espichando por cima dela para enxergar melhor.

"Carrie, por favor", Brandon disse, de pé no alto dos degraus da frente, com os braços erguidos em uma postura defensiva. "Vamos conversar sobre isso como adultos."

Carrie começou a rir. Não uma risada maníaca, nem de raiva, mas de divertimento mesmo. "*Eu* sou a adulta aqui, Brandon. Fui eu que falei para você só largar sua mulher se fosse para levar a gente a sério, esqueceu?" Brandon começou a responder, mas Carrie o interrompeu. "Lembra que eu disse que não ia me tornar uma destruidora de lares se a gente não se amasse de verdade? Se não fosse uma coisa para durar para sempre? Lembra que eu disse isso?"

Brandon confirmou com a cabeça. "Sim, mas, Carrie..."

"Não vem com essa conversa de *sim, mas* para cima de mim. Você é um canalha, Brandon. Entendeu bem?"

"Carrie..."

"O que foi que eu disse quando a gente foi para a cama pela primeira vez, Brandon? O que foi que eu disse? Não falei que só ia dormir com o marido de outra se fosse para ser uma coisa real?"

"Sim, mas..."

"E eu não avisei que você não tinha o direito de brincar com o meu coração? Eu não disse isso para você, Brandon?"

"Carrie..."

"As minhas palavras, seu filho da puta, foram exatamente estas: *Se eu me apaixonar por você, nem pensa em me sacanear.*"

"Eu não sei se..."

"Não, nem tenta discutir comigo. Foi isso mesmo que eu falei."

"Tudo bem, foi isso que você falou. Mas..."

"Você acordou hoje de manhã depois de fazer amor comigo ontem de noite e quando terminei de pedir as nossas amêndoas cruas e desliguei o telefone, você falou, e estou usando suas palavras aqui: *Ah, meu Deus. Você é detestável. Porra, o que foi que eu fiz? E se mandou.*"

"Carrie, por favor. A gente não pode conversar em particular?"

Carrie olhou ao redor, observando a multidão que se formava. Em seguida olhou para trás de Brandon, para a porta da casa, onde viu Nina. A expressão no rosto dela mudou.

Brandon se virou e viu Nina também. "Nina...", ele disse.

"Nina", interrompeu Carrie. "Me desculpe. Eu não deveria ter me envolvido com ele, e não deveria estar lavando essa roupa suja aqui e estragando sua festa."

Nina continuou olhando para Carrie, mas não disse nada. Como aquela mulher era capaz de berrar daquele jeito tudo o que passava na cabeça dela? Por que Carrie Soto se sentia no direito de gritar com os outros?

Nesse momento, Nina não sentiu raiva, nem ciúme, nem vergonha nem nada do que poderia esperar. Ela ficou triste. Por nunca ter vivido nem por uma fração de segundo como Carrie Soto. *Que mundo diferente deve ser esse em que ela vive,* Nina pensou, *onde a gente pode esbravejar e resmungar e espernear e chorar em público e gritar com as pessoas que magoam a gente. Onde a gente pode determinar o que é aceitável e o que não é.*

Durante sua vida toda, Nina tinha sido programada para *aceitar*. Aceitar que seu pai tinha ido embora. Aceitar que sua mãe morreu. Aceitar que devia cuidar dos irmãos. Aceitar que era vista pelo mundo como objeto de luxúria. *Aceitar, aceitar, aceitar*. Nina acreditava que essa era sua maior força — ser capaz de suportar, ser capaz de aguentar firme, ser capaz de aceitar tudo e seguir em frente. Era uma coisa estranha para ela, essa ideia de declarar que alguma coisa era inaceitável.

Nina jamais se imaginou indo até a casa de alguém para dar um escândalo no jardim da frente no meio de uma festa com uma plateia enorme assistindo. Era uma coisa tão impossível que ela não conseguia nem conceber uma imagem mental da cena.

Mas Carrie tinha aquele fogo dentro de si. Onde estava o de Nina? Em algum momento existiu? E, caso tenha existido, quando foi que se apagou?

Seu marido tinha dormido com Carrie na noite anterior, e Nina o deixara voltar para casa havia algumas horas. Onde estava com a cabeça? Simplesmente aceitaria tudo? Aceitaria todo tipo de merda que fizessem com ela pelo resto da vida?

Quando Nina abriu a boca para falar, sua voz soou calma e controlada. "Acho melhor vocês dois irem embora", ela disse.

Brandon imaginou ter ouvido errado. Carrie não ouviu coisa nenhuma.

"Acho melhor vocês dois irem embora", Nina repetiu, dessa vez mais alto.

"Querida, não", Brandon falou, tentando se aproximar dela.

Nina estendeu a não. "Não. Pode parar", ela falou, sem se alterar. "Me deixa de fora disso. Vocês dois que se entendam."

"Eu não quero nada com ele", Carrie retrucou. "Só queria mostrar que ele não pode tratar os outros como lixo e achar que vai ficar por isso mesmo."

Nina detestou a maneira como se sentiu naquele momento, uma pessoa insignificante por tê-lo aceitado de volta.

"Como é que você tem a cara de pau de vir até aqui?", Tarine falou para Carrie, com um tom de voz alto e furioso. Só de olhar para ela Nina percebeu que sua amiga estava fervilhando de raiva havia um bom tempo.

"Se você quer saber mesmo, eu me odeio", Carrie falou para Nina e Tarine. "E sei que não deveria estar aqui. Mas estou cansada de verdade dessa história das pessoas acharem que podem me tratar como se eu não tivesse coração. Como se meu coração fosse de pedra."

Nina olhou para ela e assentiu. Ela entendia Carrie Soto, entendia aquele coração partido, entendia que em outras circunstâncias poderiam até ser amigas. Mas as circunstâncias eram diferentes. E elas não eram amigas.

"Você não tem o direito de ficar fazendo pose de cara legal. Você é um canalha", Carrie disse para Brandon. "Eu só queria devolver suas coisas e dizer isso na sua cara. Mas você me irritou com essa tentativa de me enxotar daqui e me tratar como se eu fosse um segredo vergonhoso. Como se *você* não tivesse vindo atrás de mim. Como se não tivesse sido você que começou tudo."

Carrie virou as costas e foi andando na direção de seu Bentley, que tinha deixado com o motor ligado e a porta aberta. "Sinto muito, pessoal", ela disse. "De verdade."

Ela deu ré no carro, bateu em uma palmeira, engatou a primeira marcha e foi embora.

Brandon ficou observando enquanto ela ia embora, e então, com uma expressão de choque e vergonha no rosto, tentou se aproximar da esposa.

Nina levantou a mão de novo, na frente de todo mundo. "Você também precisa ir embora."

"Nina, querida, eu não tenho mais nada com a Carrie."

"Não me interessa. Vai embora, Brandon, por favor."

Nina se sentiu aliviada ao se ouvir dizendo aquelas palavras, aliviada por ser capaz de fazer *isso*.

"Você não pode me expulsar daqui!", Brandon disse. "A casa é minha! Essa casa é minha."

"Então pode ficar com a casa", Nina respondeu. "É toda sua."

E, no momento em que abriu mão daquela monstruosidade encravada em um penhasco e do astro do tênis que veio com ela, Nina Riva se sentiu mil vezes mais leve.

Finalmente havia oxigênio suficiente dentro dela para um incêndio começar.

Casey Greens se olhou no espelho do banheiro da suíte de Nina, jogando água fria no rosto e se enxugando com uma toalha felpuda. Tudo naquela casa era lindo. As toalhas eram macias, os cômodos eram enormes. Ela olhou para as janelas que iam do chão ao teto, as paredes cobertas de espelhos e os diversos tipos de travesseiros na cama.

Mas Casey sentia falta de seu antigo mundo, onde os travesseiros eram um pouco mais ásperos e as janelas eram menores e pareciam sempre ter umidade e tinta velha incrustadas, onde a comida passava um pouco do ponto toda vez. Onde sua mãe sempre errava as respostas do game show *Jeopardy!* que via toda noite na TV, mas todos se sentavam no sofá juntos e se divertiam com ela dando seus palpites da mesma forma.

Se Casey pudesse — se o diabo aparecesse para negociar —, venderia sua alma para ir embora dali e ter seus pais de volta. Ela sentiu uma onda de desespero a dominar, prestes a derrubá-la. Isso vinha acontecendo de tempos em tempos desde sua perda. Casey tinha aprendido que a melhor coisa a fazer era não resistir às investidas da tristeza. Ela deixava o desânimo e o luto a arrastarem e a sufocarem. E aguentava firme, ciente de que tudo o que podia fazer era suportar aquela dor até que finalmente passasse.

Ela abriu os olhos e reencontrou seu reflexo no espelho.

Talvez seu lugar não fosse ali. Talvez fosse impossível encontrar uma sensação de pertencimento de novo. Em qualquer lugar e a qualquer tempo.

Nina voltou para casa tentando fingir que não havia acabado de sofrer a humilhação de ter a amante do marido fazendo um escândalo no seu jardim. Foi direto para a cozinha, abriu a porta da despensa e entrou.

Entre sacos de arroz e latas de molho de tomate, Nina fechou os olhos e tentou se acalmar. Apesar de a porta da despensa estar tremendo ao som da batida do Eurythmics e as vozes e os risos das pessoas reverberarem lá dentro, havia pelo menos um pouco de tranquilidade para ela se acalmar um pouco. Nina apoiou sua famosa bunda em uma pilha de rolos de papel-toalha e ajeitou os ombros, corrigindo a postura e aliviando um pouco da tensão acumulada nas costas.

Puta que pariu. Seu marido tinha voltado, a amante dele apareceu, ela poderia ter uma irmã que não conhecia e um de seus irmãos estava transando com a ex-namorada do outro. Ela só queria que aquela noite acabasse logo.

A porta da despensa se abriu, deixando a luz e o som invadirem o espaço. Nina ergueu os olhos e viu Tarine parada diante dela com uma garrafa de vinho e duas taças.

"Oi, linda", Tarine falou, entrando e fechando a porta. Ela puxou a cordinha acima da cabeça das duas. A luz se acendeu.

"Brandon está lá em cima, empacotando coisas", Tarine falou. "Está bêbado, óbvio. E pensa que está colocando você para fora de casa."

Nina deu risada. Não havia escolha a não ser achar graça.

Tarine se sentou ao lado dela, tirou um saca-rolhas do bolso do paletó e começou a abrir uma garrafa de sauvignon blanc. Depois de tirar a rolha, despejou um pouco em uma taça e entregou para Nina, e em seguida serviu uma para si.

"Beberam o resto do Opus One", Tarine contou. "Essa gente é um bando de animais. Peguei um branco desta vez."

Nina segurava a taça, mas não tinha bebido ainda.

"Vamos beber", Tarine incentivou, dando um gole em sua taça. "Estamos celebrando sua Declaração de Independência."

Nina se virou para Tarine, e um leve sorriso se insinuou nos cantos de sua boca. Ela deu um gole. E depois mais outro. *Deus do céu*, ela seria capaz de virar uma garrafa inteira no gargalo naquele momento.

"Eu não esperava que ele fosse voltar", Nina contou.

"Eu sei."

"Quando ele foi embora... Sei lá, para mim a nossa relação acabou ali. Eu sofri com isso."

"E com razão."

"E fiquei arrasada", acrescentou Nina. "Porque... porque eu significava tão pouco para alguém que me fez acreditar que era tão importante para ele."

Tarine segurou a mão de Nina e a apertou com força.

"Mas em nenhum momento eu quis que ele voltasse", Nina disse, enfim olhando Tarine nos olhos.

Tarine sorriu. "Ótimo", ela disse, balançando a cabeça.

Nina levou a taça à boca de novo. Ela provou o aroma doce e ácido do vinho e sentiu vontade de se perder naquela sensação. Mas então, subitamente, surgiu em sua cabeça a imagem de sua mãe no sofá, na frente da TV. Ela sentiu seu sangue gelar.

Nina baixou a taça. "Quando ele apareceu aqui hoje, sabe o que eu pensei?", ela falou.

"O quê?"

"Pensei: *Ai, merda, agora vou ter que passar por tudo isso de novo?*"

Tarine sorriu. "Mas você não precisa."

"Não", Nina disse. "Não mesmo, né?"

Ela não precisava fazer nada daquilo. Assumir o papel de vítima, aceitar as mentiras, entregar seu coração para aquele cretino de novo. Podia simplesmente se recusar.

Nina sorriu. E precisou de mais um tempinho para assimilar tudo aquilo. Era quase bom demais para ser verdade.

Jay largou as fotos no porta-luvas e tentou fingir que não as tinha visto. Que aquilo não havia acontecido. Que não era verdade. Que seu irmão *não* faria aquilo.

Ele devia ter entendido errado o teor das fotos. Só podia ser. Porque não conseguia acreditar que seu irmão, além de ser um babaca, também era mentiroso a esse ponto.

Jay tentou afastar esses pensamentos da cabeça posicionando seu corpo sobre o de Lara, voltando sua atenção para ela. Mas, enquanto subia a mão por baixo da saia dela e abria o zíper da calça, os pensamentos continuaram atormentando sua cabeça, dizendo que era impossível negar o que havia visto com seus próprios olhos.

Lara saiu de baixo de Jay e o empurrou contra o encosto do assento. Ele a deixou fazer o que quisesse, perdido em seus pensamentos, torcendo desesperadamente para que ela fosse capaz de conduzi-lo a outro estado mental.

Lara montou nele e começou a se mover, subindo a camiseta até mostrar os seios, com a saia levantada até os quadris. A cabeça dela bateu algumas vezes no teto, e Jay, apesar de tentar com todas as forças se concentrar em Lara, inevitavelmente ficou se perguntando se Hud tinha trepado com Ashley naquela picape, naquela mesma posição. Se a cabeça de Ashley também ficou batendo no teto.

Quando eles terminaram, Lara saiu de cima dele, pôs a camiseta e a saia de volta no lugar e falou: "Você está quase catatônico. O que foi?".

Jay olhou para ela enquanto se sentava. "Acho que o meu irmão está transando com a minha ex", ele falou. "E mentindo para mim. Mais cedo, ele disse na maior cara de pau que estava pensando em chamar ela para sair. E eu falei que era melhor não. E agora descobri que ele deve estar trepando com ela esse tempo todo."

Lara se ajeitou no assento, surpresa. "Eu sinto muito", ela disse, pondo a mão nas costas dele.

Jay estava fervilhando de raiva, mas o gesto tranquilizador de Lara ajudou a acalmá-lo. "Se era para eu descobrir essa merda toda de qualquer jeito, é melhor que tenha sido com você do meu lado", ele disse.

Lara sorriu, mas Jay percebeu que não foi um sorriso muito sincero. Era como o que as pessoas abriam para quem empacotava suas compras no supermercado.

"Eu estava falando sério agora há pouco", ele disse. "Sobre talvez estar apaixonado por você."

"Jay...", ela falou.

"Acho que o que estou querendo dizer é que sim, eu te amo. Eu te amo."

Jay esperava que Lara sorrisse ou ficasse vermelha ou com lágrimas nos olhos. Outras mulheres já tentaram arrancar aquelas palavras dele antes, mas nunca conseguiram. E lá estava ele, finalmente dizendo aquilo. E estava empolgado para descobrir o que viria depois, para ver a alegria dela. Em vez disso, porém, deu de cara com um olhar vazio e um sorriso amarelo.

"Eu... eu acho que os nossos sentimentos não estão na mesma sintonia", ela respondeu.

Jay sacudiu a cabeça. "Espera aí, como é que é?"

"Sinto muito."

Aos poucos, o olhar caloroso de Jay foi esfriando até congelar por completo. "Uau", ele comentou, perplexo.

"Jay, eu sinto muito, sério mesmo. Acho que não entendi o que você estava procurando."

"Eu não estava *procurando* nada", ele disse, se afastando dela e calçando os sapatos. "Mas está na cara que você não é a pessoa que eu pensava que fosse, então tanto faz."

"Jay, não é isso..."

"Não, o erro foi meu, na verdade", ele disse, abrindo a porta do motorista e saindo da picape. Depois que desceu, continuou olhando para Lara, que não se moveu de onde estava. "Foi por isso que eu não contei para ninguém sobre a gente. Porque eu sabia que você era bem desse tipinho mesmo. Eu sabia que você não era para casar."

Esse foi o maior insulto em que Jay conseguiu pensar, e ele se sentiu um pouco menos humilhado ao dizer aquilo. Mas ela não pareceu nem um pouco abalada.

"Então tá", Lara falou, levando a mão à maçaneta da porta.

"Sai do carro do meu irmão", Jay disse, com um tom de voz alterado.

"Cuidado para não se exaltar", Lara disse enquanto descia. "Isso faz mal para o seu coração."

Jay estreitou os olhos e bateu violentamente a porta.

"Acho melhor eu ir", disse Lara. Eles ficaram se encarando, cada um de um lado da picape.

"Faz o que quiser, não estou nem aí", Jay falou. Ele saiu andando com passos apressados, querendo o maior distanciamento possível, mas diminuiu o ritmo quando chegou à porta da casa. Havia roupas espalhadas pelo jardim da frente, e um monte de gente animada bebendo, fumando e conversando. Mas Jay não estava em condições de escutar nada.

Quando chegou à porta, se virou para ver se Lara ainda estava lá.

Ele viu quando o manobrista trouxe o carro dela. Lara pegou a chave, se sentou atrás do volante e arrancou.

Quando ela desapareceu de vista, Jay pensou que fosse se sentir melhor, mas isso não aconteceu. Claro que não.

Mick Riva entrou à direita na PCH em Chautauqua, mas não se deu ao trabalho de ligar a seta. Percorrendo a rodovia em alta velocidade, com o mar à sua esquerda e as montanhas à direita, ele voltou sua atenção brevemente para o convite no assento ao lado.

Percebeu que começava a ficar um pouco nervoso, que seu coração batia em um ritmo irregular.

Estava preparando um pedido de desculpas mentalmente, contextualizando e recontextualizando seus atos para criar uma narrativa que os filhos pudessem entender, que pudessem perdoar. Era chegado o momento de todos correrem para o mar e se batizarem no oceano e renascerem para uma nova vida.

Estava fazendo aquilo para si mesmo, verdade. Mas era para eles também. Que família desfeita — por mais que tivesse sido destroçada ou despedaçada ou desfigurada — não iria querer se reunir de novo? Que filho no mundo, por mais que tenha se sentido perdido ou magoado, não sentia a ânsia de ser amado?

Mick parou no sinal vermelho na Heathercliff Road. E, quando o semáforo ficou verde, virou à esquerda sem dar seta.

Kit estava no chuveiro externo, olhando para as estrelas. Ricky chupava seu pescoço com tanta força que com certeza iria deixar uma mancha roxa.

Ela não conseguia olhar para ele. Não iria suportar. Então continuou com os olhos voltados para o céu noturno, tentando localizar o Grande Carro dentro da Ursa Maior.

Ricky não conseguia acreditar na própria sorte. Estava beijando Kit Riva debaixo de um chuveiro. *Kit Riva. Debaixo de um chuveiro.* Queria ter encontros românticos com ela em restaurantes de comida italiana e levar flores para ela e surfar com ela e basicamente ficar com ela o tempo todo.

Ricky estava tão empolgado e nas nuvens, tão contente e eufórico, que sua excitação era quase suficiente para proporcionar satisfação aos dois.

Quase.

Ricky não era nenhum Don Juan, mas já estivera com outras mulheres. Teve um casinho na época de colégio, e uma namorada na faculdade. Sabia como era quando a garota estava tão excitada quanto ele. E começava a ficar com a impressão — pela maneira como ela evitava seu olhar, como ela ficava travada quando ele a tocava, como ela se afastava sempre que ele tentava colar suas cinturas — de que Kit na verdade não queria estar ali.

Ricky se afastou por um momento e tentou atrair a atenção de Kit, mas ela se esquivou de seu olhar.

276

"Kit?", Ricky falou.

"Quê?", ela respondeu.

"Tem certeza de que você está a fim de fazer isso?"

"Por que não estaria?", ela disse.

"Sei lá", Ricky respondeu, encolhendo os ombros. "Fiquei com a impressão de que de repente você não está muito a fim."

"Bom, mas eu estou", Kit falou.

"Tudo bem", Ricky disse. "Se for isso mesmo."

"Sim, é isso mesmo", ela falou, puxando-o para mais perto e voltando a beijá-lo.

Kit estava se escondendo de si mesma, e sabia disso.

Ela entendia perfeitamente que, assim que admitisse que não estava gostando de beijar Ricky, seria obrigada a reconhecer que não tinha vontade de beijar homem nenhum. Que não gostava da brutalidade, nem do cheiro, nem da aspereza do rosto deles. Que nunca na vida havia olhado para um cara e sentido desejo.

Sabia que, assim que terminasse o que estava fazendo com Ricky Esposito, precisaria aceitar o fato de que, durante toda sua vida, sempre desejou suavidade. Curvas e pele macia e cabelos longos e lábios aveludados. E sempre quis ser tocada por mãos mais leves.

Beijar Ricky causava uma sensação estranha porque ele não era Julianna Thompson. Ele não era Cheryl Nilsson. Ou Violet North. Nem ao menos Wendy Palmer, a garçonete do restaurante que sempre fazia Kit sentir um frio na barriga quando as duas faziam um turno juntas. Ela desejou que, só por um momento, ele pudesse ser a garçonete ruiva que conhecera mais cedo. Caroline. Mas continuava beijando Ricky, torcendo para que algum desejo involuntário viesse à tona, embora já tivesse descoberto todas as respostas que vinha procurando.

Kit agora sabia — de corpo e alma — que gostava de garotas da mesma forma que outras garotas gostavam de garotos. Tudo o que conseguiu na noite em que finalmente beijou um garoto foi mostrar a si mesma que na verdade nunca quis isso.

Ela se afastou de Ricky. "Você tem razão. Não quero isso."

"Tudo bem", Ricky disse, dando um passo para trás. "Desculpa se forcei a barra ou alguma coisa do tipo."

"Não", Kit disse. "Nada disso. É que eu..." Ela não sabia como terminar aquela frase, então em vez disso se sentou no banco do chuveiro.

Ricky fez a mesma coisa.

"Desculpa", ela disse. "É que eu acho que não sou... esse tipo de pessoa."

"Que tipo de pessoa?"

Kit não sabia como dizer aquilo, e nem se de fato queria dizer. "O tipo de pessoa que quer ficar beijando um cara no chuveiro."

Ricky assentiu, se sentindo desolado, mas mantendo o sorriso no rosto da melhor maneira de que era capaz. "Tudo bem", ele disse. "Eu entendo."

"O problema não é você", Kit disse.

Ricky se virou para ela. Kit finalmente encontrou seu olhar. "Mas acho que já entendi que comigo não vai rolar mais nada, certo?"

Kit abriu um sorriso simpático para ele. "Acho melhor nós dois sermos só amigos."

Ricky assentiu e baixou a cabeça.

"Mas amigos de verdade", Kit acrescentou, tentando atrair a atenção dele de novo. "Eu estou falando sério. Se eu fosse gostar de um cara... acho que seria de você."

Ricky inclinou a cabeça para o lado, tentando entender o que ela estava dizendo.

"Ricky...", Kit disse, sem saber ao certo se conseguiria terminar a frase que começou. Mas precisaria admitir em algum momento, não? E aquele não era o momento ideal para isso? Com alguém que ela poderia evitar pelo resto da vida, se fosse necessário? "O problema realmente não é você. É que..."

Ricky a olhou nos olhos. "É que...? Pode me contar, sério mesmo. Sou um ótimo ouvinte."

Kit fechou os olhos e deixou as palavras saírem de seu peito. "E se eu dissesse para você que gosto de... garotas?" Ela abriu os olhos, sem saber o que veria no rosto de Ricky.

Ele ficou em silêncio por um momento. Só o que Kit conseguiu identificar em seu rosto foi surpresa.

"Faz sentido. Eu também gosto", ele falou, balançando a cabeça. E em seguida deu risada.

E Kit riu também. Jogou a cabeça para trás e caiu na gargalhada, chacoalhando os ombros enquanto o riso dominava todo seu corpo.

Ricky olhou para Kit e se sentiu ainda mais atraído por ela ao ver seus olhos assim tão calorosos e cheios de vida, as covinhas que as bochechas dela formavam pelo riso. Ele esteve bem próximo da garota que sempre quis. E então entendeu que realmente *nunca* rolaria nada. *Mas a vida continua*, Ricky pensou. *A gente nem sempre consegue o quer.*

"Obrigada", Kit disse. "Obrigada por me dizer isso."

"Bom, é para isso que servem os amigos, né?", ele falou para ela.

"Acho que sim", Kit disse. "É, sim."

"Então olha só, chegou a hora de encarar a verdadeira questão: se nós somos amigos mesmo, como você diz... isso significa que você pode me ensinar a surfar?", ele perguntou.

Kit deu risada. "Você não sabe?" Ela estava gostando mesmo de Ricky. Ele era uma ótima companhia.

"É que eu não surfo muito bem", Ricky disse. "E com certeza não tão bem quanto você."

"Ninguém surfa tão bem quanto eu", Kit respondeu.

E dessa vez foi Ricky que deu risada. "Eu sei! É por isso que você precisa me ensinar."

Kit sorriu e torceu para que um dia pudesse conhecer uma garota que fosse como Ricky. Uma pessoa gentil. Uma pessoa que não precisasse provar nada para ninguém. Kit tinha muito o que provar, e por isso não havia muito espaço em sua vida para alguém que quisesse fazer o mesmo.

"Tudo bem", ela falou. "Eu ensino você."

Então ela se inclinou e deu um beijo no rosto de Ricky. E foi a primeira vez que Kit sentiu que estava beijando alguém de todo o coração.

Tarine havia se enganado. Brandon não estava arrumando as coisas de Nina. Tinha levado uma garrafa de Seagram's para o andar de cima e entrado na primeira porta aberta que encontrou, de um dos quartos de hóspedes. E estava chorando no chão.

Aquele era o quarto que ele imaginou que seria de seu primeiro filho. Agora estava sentado lá, chorando sozinho, encostado em uma mesinha de cabeceira bebendo uísque no gargalo da garrafa.

Porra, Brandon, qual é o seu problema? Qualquer uma dessas mulheres te faria feliz e te daria muito mais do que você merece. Como foi que você conseguiu cagar tudo?

Deus, que situação. Ele realmente não queria ficar sozinho quando aquilo acabasse.

Brandon deu mais um gole de uísque e engasgou com a quantidade de bebida que fluiu direto para a garganta. Em seguida limpou a boca.

Ele precisava consertar aquilo. Reconquistar uma das duas. Ele precisava. E conseguiria! Tinha certeza disso. Só seria necessário convencer uma delas de que não era um bosta. O que era fácil, porque até bem recentemente ele não se comportava como um bosta. Até os tabloides diziam que ele era um cara legal!

Só era preciso ouvir seus instintos e escolher o amor de sua vida. Então ele a reconquistaria e seria um bom marido e teria filhos e ganharia mais torneios e sua vida seria exatamente como parecia nas capas de revistas. Como deveria ser.

Brandon Randall estava prestes a apagar, mas, quando acordasse, ninguém seria capaz de segurá-lo. Ele reconquistaria uma daquelas mulheres mesmo que fosse a última coisa que fizesse na vida.

Jay estava procurando Hud por toda parte.

Ele esquadrinhou cada cômodo, empurrando as pessoas para passar e recebendo olhares hostis em troca, sentindo cheiro de cigarro e maconha, suor e perfume. Hud não estava no jardim da frente, nem no andar de baixo, nem no andar de cima. E não estava no quintal dos fundos, pelo que Jay conseguiu ver pela janela.

Jay voltou a descer a escada e se virou para uma morena de vestido de bolinhas que fumava um baseado. "Você viu o Hud?", ele disse.

"Quem é Hud?", a mulher perguntou, completamente desinteressada.

Jay olhou torto para ela. "Quem é você, aliás?", ele questionou.

"Heather", ela falou com um sorriso.

"Bom, Heather, Hud é meu irmão e está comendo a minha ex-namorada e eu preciso encontrar ele."

Heather estendeu a mão e ofereceu o baseado para Jay. "Você está precisando mais do que eu."

"Não, valeu."

"Tem certeza?"

Jay franziu a testa, pegou o baseado, levou à boca e deu um pega. Ele fechou os olhos, deixando a fumaça invadir seus pulmões, ser absorvida por todo seu corpo. Em seguida abriu os olhos de novo.

"Está se sentindo melhor agora?", Heather quis saber.

Jay pensou um pouco. "Não. Nem um pouco."

"Tá certo", disse Heather, dando de ombros. "Bom, não posso fazer mais nada." Ela deu as costas para ele e retomou a conversa com a cheerleader do Lakers com quem estava falando. "Tudo bem, mas, tipo, o Larry Bird joga muito bem."

Jay fechou os olhos e apertou o nariz com os dedos, se perguntando por que diabos alguém iria querer defender o Boston Celtics, mas não tinha tempo para entrar em uma discussão com ela.

Saiu para o quintal de novo, ainda procurando Hud. Estava fervilhando por dentro, mas sem ter como liberar sua raiva. Ele tentou relaxar, se acalmar. Não estava vendo Hud em lugar nenhum.

Vanessa agora estava no colo de Kyle Manheim, se agarrando com ele. *Minha nossa, Vanessa.* Jay prometeu a si mesmo que iria conversar com a garota mais tarde e dizer que ela merecia alguém melhor que Kyle. Mas por ora se limitou a cutucá-la no ombro.

Vanessa se virou para ele. "Oi", ela disse. Ela parecia meio bêbada, mas ainda ciente de onde estava.

"Você viu o Hud?", Jay perguntou.

Vanessa sacudiu a cabeça. "Não. E quer saber? Não estou nem aí para isso. Que tal? Pela primeira vez na vida, não quero nem saber dele."

Jay já tinha parado de escutar na primeira palavra. Seus olhos se voltaram para a beirada do penhasco e para a escada que levava à praia. "Tá certo, beleza."

Com passos lentos e deliberados, ele caminhou sem fazer contato visual com ninguém até o fim do gramado.

Depois olhou para a água e para a areia. Na praia, viu duas pessoas abraçadas, e imediatamente reconheceu o babaca que estava procurando. *Hud.*

A raiva de Jay se reacendeu com toda a força quando ele percebeu que Ashley estava lá com ele. Aquilo era inacreditável.

Jay viu que eles estavam começando a subir para o quintal. Ficou andando de um lado para o outro, sem saber o que faria quando os dois chegassem lá em cima.

Mick estacionou o carro na frente da casa da filha. Entregou a chave sem nem olhar na cara do manobrista.

Ficou parado na entrada, analisando a fachada de cima a baixo e ajeitando o nó da gravata.

Mick ficou impressionado com o tamanho da casa. Devia ter sido o marido de Nina que comprou. Brandon alguma coisa. O tal tenista. Ele sentiu um calafrio.

"Você é o...", Eliza Nakamura falou quando Mick passou a caminho da porta da frente.

Mick olhou para ela. Era bonita. Se fosse em outro momento, ele lançaria seu olhar infalível, curvaria os cantos da boca e abriria para ela seu famoso sorriso. Mas havia aprendido quase vinte e cinco anos antes que seu magnetismo era tamanho que era preciso repelir as pessoas que ele não quisesse de fato atrair.

"Agora não", ele disse para a jovem.

Eliza virou as costas, irritada, e continuou sua conversa. Ela contaria pelo resto da vida que tinha visto Mick Riva uma vez e que ele era um imbecil.

Mick não se importava que as pessoas o considerassem um babaca, desde que o deixassem em paz quando não as quisesse por perto e orbitassem ao seu redor quando quisesse. Ignorou todas as pessoas que estavam no jardim da frente e olharam em sua direção enquanto caminhava diretamente para a porta da frente da mansão da filha.

Uma das garçonetes arfou alto de espanto quando o viu. Isso fez com que dois barmen que estavam perto dos toca-discos se voltassem para a direção da porta, e ambos pararam para olhar.

Ao notar a reação dos barmen pelo canto do olho, Greg Robinson, que ainda controlava o som, virou a cabeça para a entrada da casa e deu de cara com uma lenda que havia conhecido anos antes. Sua mão escorregou, e o disco pulou.

Foi então que todos os que estavam na sala olharam para a porta — uma casa cheia de gente famosa se voltando para o maior astro entre os presentes.

As reações de surpresa e os cochichos começaram e, cerca de quarenta e cinco segundos depois de Mick pôr os pés na casa, a festa inteira sabia que ele estava lá.

A festa inteira menos Casey Greens, escondida na suíte principal, e Kit, que estava com Rick Esposito no chuveiro externo da irmã, e Jay, no quintal procurando Hud, e Hud, que estava na praia, e Nina, que tinha se trancado na despensa.

Hud notou a presença de Jay enquanto subia a escada com Ashley. Já nesse momento, sentiu um aperto no peito. Era óbvio que Jay já sabia o que ele tinha resolvido contar. O andar furioso dele era o de um homem que acabara de fazer uma descoberta desagradável.

Hud se voltou brevemente para Ashley enquanto os dois subiam. Ele lançou um olhar que era ao mesmo tempo um alerta e um pedido de desculpas, e ela entendeu o que estava implícito naquela expressão. *A coisa vai ficar feia.*

Quando Hud pôs os pés no gramado, Ashley deu um passo para o lado, saindo da linha de tiro.

Jay chegou até Hud em um instante. "Você é um puta de um bosta mesmo", ele falou. "Sabia disso?"

"Eu sei", Hud disse. Não perguntou o que Jay sabia nem como tinha descoberto. Tinha consciência de que esses questionamentos só piorariam a situação.

Jay sacudiu a cabeça, tentando falar, mas não encontrando palavras. O que ele poderia dizer que pudesse chegar perto de expressar toda sua raiva?

"Ashley e eu estamos juntos", disse Hud. Ashley ficou olhando para ele, impressionada com suas palavras tão diretas e seu tom de voz tão tranquilo. "A grande merda que eu fiz foi não saber lidar com a situação. Eu menti para você e agi pelas suas costas, e sinto muito por isso. Mas eu a amo."

Hud olhou para Ashley por um brevíssimo instante. "E ela me ama também."

"Você está de palhaçada comigo?", Jay gritou, perdendo o controle da voz à medida que ia falando, elevando o tom a cada palavra. "É isso o que você tem a dizer para se defender?"

Hud chegou mais perto do irmão. Em um momento de extrema lucidez, conseguiu ver toda a situação com clareza, e sentiu que seria capaz de encará-la da forma que fosse. E que sairia dela com uma esposa e um filho.

"Eu sou um babaca", Hud disse. "Eu admito."

"Isso não chega nem perto de..."

"Não mesmo, eu sei. Você tem razão. Mas você precisa entender uma coisa. Eu não vou abrir mão dela", Hud falou. "E não vou aceitar que você corte relações comigo."

Uma plateia havia começado a se formar, e Jay sabia disso — sabia que cada pessoa que estava ouvindo aquela conversa era uma testemunha de sua humilhação.

"Então me diz o que você quer que eu faça para a gente deixar isso para trás."

"O que eu quero que você faça?", Jay falou. "Quero que você pare de dormir com a minha ex!"

"Não", Hud falou, sacudindo a cabeça. "A resposta para isso é não."

Quando Jay partiu para cima de Hud, não foi um ataque dos mais elegantes. Foi uma investida feia e desajeitada, mas eficiente. Antes que Hud se desse conta do que seu irmão iria fazer, já estava com as costas na grama.

Jay golpeava com todas as forças, mas Hud não reagia. Só com a força do braço Hud conseguiria esmagar a traqueia do irmão, ou quebrar uma costela. A única vantagem de ser o mais baixo e robusto dos dois era ser o mais forte. Jay montado em cima de Hud — distribuindo socos e cotoveladas e acertando onde pudesse — parecia um galgo em cima de um pitbull. Mas Hud não queria fazer o irmão passar ainda mais vergonha.

Jay e Hud conviveram a vida inteira juntos. Dividiram os mesmos quartos, fizeram desejos para as mesmas estrelas cadentes, respiraram o mesmo ar, foram educados pela mesma mãe e pelos mesmos professores. Foram abandonados pelo mesmo pai.

Viajaram para as mesmas praias, entraram nos mesmos mares, surfaram as mesmas ondas, subiram nas mesmas pranchas. Fizeram amor com a mesma mulher.

Mas não eram a mesma pessoa. Não eram atormentados pelos mesmos demônios, nem lutavam pelas mesmas coisas.

Ashley gritou quando o punho de Jay provocou um estalo no nariz de Hud.

"Caraaaaalho!", alguém gritou no meio da plateia que tinha se formado. Outros soltaram suspiros de susto quando o sangue começou a escorrer.

"Ai, meu Deus", uma mulher repetia sem parar. "Alguém faça alguma coisa!"

"Mete a porrada nele!", um homem berrou mais atrás.

Algumas pessoas começaram a incentivar Jay. Outras gritavam para Hud reagir. Ashley chorava. E os dois irmãos — doloridos e feridos e sangrando — continuaram a brigar.

Nina decidiu que estava na hora de sair da despensa, até porque o ar lá dentro já estava ficando saturado. Mas também porque a festa não terminaria tão cedo, então o mínimo que ela poderia fazer era tentar curtir um pouco.

"Muito bem", ela falou, ficando de pé. "Vamos voltar ao mundo dos vivos."

"Você não precisa se não quiser", disse Tarine.

"Eu quero", respondeu Nina, estendendo a mão para ajudar Tarine a ficar de pé.

"Acho que eu preciso ver por onde anda o Greg, aliás", Tarine falou.

Quando Nina abriu a porta da despensa, deu de cara com três garotas na mesinha do café da manhã, lançando olhares estranhos para ela. "A despensa é minha", ela falou. "Posso me esconder lá dentro o quanto eu quiser."

Em seguida ouviu uma comoção no quintal, mas decidiu ignorar. Em vez disso, foi na direção da porta da frente e deteve o passo na hora diante do que viu.

Pai?

Ele estava virado para o outro lado, mas Nina reconheceu no mesmo instante as costas robustas e os ombros largos que, mesmo por cima do paletó, formavam um triângulo perfeito com a cintura. Os cabelos estavam mais grisalhos, porém a parte de trás da cabeça dele era idêntica a quando ela o via assistindo TV em casa ou correndo na praia.

Sentiu ao mesmo tempo uma familiaridade intensa e uma estranheza perturbadora — era um homem que ela conhecia tão bem e ao mesmo tempo mal conhecia. Essa combinação deu um nó em sua cabeça.

Ela recuou e se escondeu atrás da parede. "Que diabos o meu pai está fazendo aqui?", Nina perguntou. Era uma pergunta retórica, mas uma resposta viria a calhar.

"Seu pai?", perguntou Tarine, em choque.

Para Tarine, foi inevitável espiar pela lateral da parede e constatar com seus próprios olhos. "Uau", ela comentou, perplexa. "Mick Riva. Minha nossa."

Nina a puxou de volta. "Por que ele está aqui?"

"Eu juro para você que não faço a menor ideia", Tarine falou, dando mais uma espiada.

Nina tentou encontrar alguma explicação. "Vai ver ele está precisando de um rim ou coisa do tipo."

Tarine deu uma boa olhada em Nina para ver se ela estava brincando. Não estava. "Acho possível", Tarine respondeu.

"Ele parece doente?"

Tarine deu mais uma olhada. Mick se virou, e ela conseguiu ver o rosto dele — bronzeado e saudável, só sorrisos. "Não. Na verdade, está bem bonitão."

Nina ficou surpresa pelo orgulho que sentiu. "Velho?", ela perguntou.

Tarine deu outra olhada. "Igualzinho ao que aparece nas revistas."

Essa foi a informação mais útil que Nina poderia obter. Se seu pai estava com a mesma aparência que demonstrava nas revistas, então de alguma forma Nina o conhecia. Ainda que só um pouco melhor do que a maioria do país.

Quando ouviu a voz de seu pai ecoando pela sala, Nina chegou à conclusão de que não queria vê-lo, nem falar com ele, nem saber por que estava lá. Pelo menos não agora.

"Certo", ela falou. "Eu não sou obrigada a lidar com essa situação agora se não estiver a fim."

"Sim, isso mesmo", Tarine concordou.

Nina viu uma tábua de queijos no balcão da cozinha. "Eu vou comer um pouco", ela disse, enfiando um pedaço de cheddar na boca. *Há quanto tempo, meu amigo.* E então olhou para o brie.

Nina respirou fundo, pegou a bandeja inteira e se preparou para carregá-la e dar o alerta para os irmãos de que seu pai estava ali, como uma espécie de Paul Revere em versão feminina e surfista. *Mick Riva está chegando.*

Mas não viu seus irmãos nem sua irmã por perto. Portanto sua primeira parada seria no andar de cima, para falar com a única pessoa naquela festa que tinha ido até lá à procura de Mick Riva.

2HOO

Vaughn Donovan entrou pela porta da frente já bastante bêbado, acompanhado por uma comitiva que incluía seu agente, seu gerente de negócios e quatro amigos seus. Como de costume, as mulheres presentes repararam em sua presença em questão de minutos. Ele acenou com a cabeça para cumprimentar algumas delas e abriu seu sorriso de um milhão de dólares. Era bom ser um astro do cinema.

Na época de colégio em Dayton, Ohio, Robert Vaughn Donovan III não conseguiu entrar no time de futebol americano nem no de beisebol. Mas se sentiu em casa assim que pôs os pés no auditório da escola. Com seu raciocínio rápido e sua maneira charmosa e intensa de proferir quase todas as falas, encantou o pessoal do grupo de teatro.

O antigo colega de quarto dos tempos de faculdade do seu pai era um agente de talentos em Hollywood e, aos vinte anos de idade, Robby conseguiu seu segundo teste para um papel, começou a se apresentar como Vaughn e logo passou a estrelar filmes em que fazia o papel do rapaz bonito e bonzinho que ficava com a mocinha no final.

Vaughn agora tinha vinte e cinco, e era incontestavelmente um astro. Mas, embora nunca admitisse para ninguém, às vezes se sentia obrigado a ir para a cama com o máximo de mulheres bonitas possível, a comparecer ao máximo de eventos de Hollywood possível e a fazer o máximo de filmes no menor tempo possível, como se alguém estivesse prestes a acionar um botão mágico e mandá-lo de volta para Dayton a qualquer momento.

Vaughn dobrou as mangas do paletó e entrou no hall de entrada no exato momento em que Nina começava a subir a escada.

"Uau", ele disse ao vê-la. "Nina Riva está aqui em carne osso diante dos meus olhos neste exato momento. A garota dos sonhos de todo mundo."

"Vaughn", Nina falou, equilibrando a bandeja de queijo em uma das mãos e estendendo a outra para cumprimentá-lo. "Oi."

Ele era ainda mais bonito de perto. Os olhos azuis joviais eram claros e reluzentes. Os cabelos castanhos estavam perfeitamente contidos sob o chapéu pork pie. O ângulo do queixo era agudo, mas a pele era lisa e suave. A maioria das pessoas perdia um pouco do brilho pessoalmente, e Nina sabia bem disso. Mas Vaughn Donovan continuava maravilhoso.

Vaughn apertou sua mão. "Sou um grande fã seu", ele falou. "Um grande fã."

"Ora, obrigada", Nina falou, balançando a cabeça. "Adorei seu último filme. *Noite sem lei*. Achei demais."

"Valeu", Vaughn respondeu com um sorriso. "A gente está pensando em fazer uma sequência. De repente você pode participar."

"Ah, quanta gentileza sua", Nina disse. "É, olha só, preciso subir rapidinho, mas já volto para a gente conversar."

Vaughn assentiu com a cabeça. Mas, quando Nina se virou, ele a agarrou pelo braço e passou a outra mão em sua camisa, na parte superior das costelas. "Não é tão *macia ao toque* quanto eu esperava", ele falou com um sorriso e deu uma piscadinha.

Nina o encarou. E respirou fundo duas vezes. "Certo, Vaughn. Até mais tarde", ela disse e subiu com passos apressados.

Nesse momento, o gerente de negócios de Vaughn voltou da cozinha com quatro cervejas. Ele abriu um buraco no fundo de uma lata com a caneta e pôs na boca de Vaughn.

Todo animado, ele abriu a lata e deixou o líquido descer pressurizado pela abertura no fundo. Quando terminou, jogou a lata no chão e sacudiu a cabeça. "U-hu!", ele gritou. "Hora de ficar doidão!"

Uma garçonete loira passou com uma bandeja de pó, e Vaughn sorriu para ela e cheirou uma carreira. Ela lançou um olhar todo insinuante para ele.

Bridger Miller apareceu em seguida. "Uau, cara!", Bridger falou, levantando a mão espalmada para Vaughn bater. Eles não se conheciam pessoalmente, mas o mundo da fama é como um clube secreto — seus membros sabem *reconhecer* uns aos outros.

"Bridger! Sou um grande fã seu, cara!", Vaughn falou. "Eu vi você em *Corrida contra o tempo*. Aquela cena escalando o prédio foi surreal."

"Obrigado, obrigado", Bridger falou, balançando a cabeça. "Ainda não vi o seu filme novo, mas o meu agente falou que é muito engraçado."

Vaughn abriu um sorriso satisfeito. "Um dia pode ser que eu comece fazer esse lance de ação."

Bridger deu risada. "É melhor do que eu tentar a sorte nas comédias, pode acreditar."

Um dos amigos de Vaughn, que estava perto da cristaleira, falou: "Ei, Vaughn! Você não disse mais cedo que queria jogar frisbee?".

Antes que Vaughn pudesse responder, o amigo dele tirou um prato de porcelana lá de dentro e arremessou longe, fazendo a peça se arrebentar na parede oposta e os cacos se espalharem pelo chão.

As pessoas se viraram para ver de onde vinha o barulho. Mas como Bridger deu risada, todo mundo fez o mesmo.

"Do caralho, cara", Vaughn falou, aos risos. Ele foi até a cristaleira, pegou um prato e jogou na parede também.

Bridger pegou mais dois e arremessou um após o outro. Os dois trocaram cumprimentos.

"É isso aí!", Vaughn falou.

Bridger pegou mais um prato. "Pessoal, vamos jogar!"

Nina entrou em seu quarto e trancou a porta.

"Queijo?", ela ofereceu para Casey, estendendo a bandeja para ela.

"Não, obrigada", Casey respondeu, meio constrangida por ainda estar lá, no quarto de Nina. "Desculpa, eu não sabia onde ficar", ela acrescentou, se explicando.

"Não esquenta com isso", Nina falou. "Mas, escuta, Mick está lá embaixo."

Casey pareceu chocada. Se Nina em algum momento desconfiou que a presença de Mick tinha alguma coisa a ver com Casey, a expressão no rosto da garota deixou bem claro que não era o caso.

"Como assim, Mick está aqui? Tipo, agora?", Casey perguntou.

"É", Nina falou, entrando no closet. Ela manteve a porta aberta para as duas poderem continuar a conversa. Tirou a camisa fina, a saia apertada, a meia-calça que atrapalhava a circulação e os torturantes sapatos de salto alto. Ficou só de sutiã e fio dental, e logo em seguida tirou a lingerie também. Pegou uma calcinha branca de malha e vestiu, junto com um top de ginástica. Depois colocou uma calça de moletom cinza, com elástico na cintura e nos tornozelos, e jogou por cima uma camiseta azul fluorescente com a marca O'NEILL no peito.

Os homens eram todos idiotas — as *pessoas* eram todas idiotas —, e Nina não ia suportar tanta idiotice de salto alto por nem mais um segundo.

"Sei lá por que ele veio", Nina disse. "Mas está aqui."

Casey sentiu uma pontada de ansiedade. Não sabia nem se queria conhecer Mick Riva, muito menos o que diria para ele.

Nina se jogou na cama e ficou olhando para o teto. "Acho que você pode descer e perguntar se ele é seu pai", ela falou, mas antes mesmo de terminar a frase sentiu um incômodo em relação à ideia de que Casey conseguisse ter um contato mais direto com Mick do que ela mesma, que não sentisse o menor temor de fazer o que Nina estava evitando — ir até lá cumprimentá-lo.

Nina ficou olhando enquanto Casey se sentava ao seu lado.

"Como ele é?", Casey quis saber.

Nina voltou a olhar para o teto e deu a melhor resposta de que era capaz. "Acho que é um babaca. Mas não tenho certeza. Não conheço ele tão bem assim para saber."

Casey ficou observando Nina, que continuava olhando para o teto e respirando fundo, com o peito subindo e descendo.

"Parece promissor", Casey disse, deitando ao lado de Nina e olhando para o teto também.

Nina se virou para ela. "Olha só, eu nem sei... Quer dizer, se você está atrás de uma família, deve ter outras melhores para escolher."

Casey se virou para Nina e abriu um sorriso gentil. "Não é exatamente assim que a coisa funciona quando o assunto é família, né?"

"Não", disse Nina, sacudindo a cabeça. "Acho que não mesmo."

Mick chegou à porta de vidro de correr que levava ao gramado e olhou para a aglomeração lá fora. Era possível ver que alguém estava dando uma surra em outra pessoa. Mas só começou a desconfiar que fossem seus filhos quando chegou à extremidade da roda que se formou em volta da briga.

Observando os dois homens se atracando no chão, ele foi obrigado a admitir uma verdade embaraçosa: era difícil reconhecer os próprios filhos depois de vinte anos ausente.

Ele conhecia Jay das revistas, da mesma forma que Nina. Não tinha absoluta certeza de que aquele que estava por baixo era Hud. Por outro lado, Mick refletiu, você não entra numa briga daquelas com alguém que não seja próximo o bastante para provocar uma raiva tão grande. Então havia bons motivos para acreditar que era mesmo.

Quanto à mais nova... Ele não a reconheceria nem se estivesse bem ao seu lado.

E de fato estava.

Kit interrompeu a conversa com Ricky e saiu correndo quando ouviu seus irmãos gritando e foi abrindo caminho até a frente da aglomeração. Ficou perplexa ao ver não só que Jay estava dando uma surra em Hud... mas também que seu pai estava parado ao seu lado vendo tudo acontecer.

Ela ficou paralisada ao lado dele, com os olhos arregalados, sentindo seus dedos ficarem rígidos quando o mindinho roçou na manga do paletó dele. Kit não acreditava que estava na presença daquela figura icônica que pairava sobre sua vida desde que nasceu, parecendo sempre tão inalcançável. Lá estava ele. Era possível estender o mindinho... apenas meio centímetro... e conseguiria... tocá-lo.

Em um instante, porém, ele não estava mais lá, avançando com um pulo e tirando o filho mais velho de cima do mais novo. Não foi difícil para Mick segurá-lo — Jay tinha pernas e braços compridos, e foi fácil agarrá-lo e jogá-lo para trás.

Ashley correu até Hud, que levou as mãos ao nariz e ergueu os olhos para ver quem tinha separado a briga.

Jay se recompôs e levantou a cabeça para ver quem o havia jogado para trás.

"Pai?", os dois disseram ao mesmo tempo, com a mesma inflexão de voz.

Kit achou aquela intimidade meio absurda. *Pai?*

Uma parte da plateia começou a se dispersar com o fim da briga. Mas algumas pessoas ficaram por perto, olhando sem nenhum pudor para Mick Riva, ali em carne e osso.

"Você assina esse guardanapo para mim?", Kyle Manheim pediu assim que se aproximou. Ele entregou a Mick uma caneta que tinha pegado da bolsa de alguma garota.

Mick revirou os olhos, fez um rabisco rápido no guardanapo de papel e devolveu. Uma fila começou a se formar. Mick sacudiu a cabeça. "Não, nada disso, já chega de autógrafos." As pessoas reclamaram, como se estivessem sendo privadas de um de seus direitos humanos fundamentais, mas começaram a se dispersar mesmo assim.

"Muito bem, vocês dois, de pé", Mick disse, oferecendo um braço para cada um. Isso também deixou Kit perplexa, o fato de Mick estar ali estendendo a mão para os filhos depois de passar tanto tempo sem oferecer absolutamente nada para eles.

Hud e Jay se seguraram em cada braço estendido e levantaram.

Hud fez um rápido inventário de seus ferimentos: tinha quase certeza de que o nariz estava quebrado, e sentia que estava com o olho roxo, um corte no supercílio e um lábio aberto. Suas costelas doíam, assim como suas pernas e seu abdome. Quando tentou respirar fundo, quase desmaiou.

Jay estava com um corte no queixo, uma dor no cóccix e o ego despedaçado.

Ashley se aproximou de Hud, fazendo menção de que iria socorrê-lo. Mas, quando deu um passo em sua direção, viu que ele se encolheu um pouco, e percebeu que sua presença, pelo menos naquele momento, só pioraria as coisas.

Ela virou as costas para ele, que murmurou seu nome. Mas Ashley continuou se afastando, abrindo caminho entre os curiosos.

Queria chorar sozinha. Enquanto ia para a cozinha, pensou em sair e pegar o carro. Mas demoraria um tempão para os manobristas o tirarem do labirinto de veículos parados ao lado da casa. Em vez disso, furou a fila do banheiro, se sentou sobre a tampa do vaso e deixou as lágrimas rolarem.

"O que você está fazendo aqui?", Jay perguntou para o pai. Seu queixo ardia a cada lufada de vento, e ele ficou se perguntando como Hud devia estar se sentindo.

"Eu recebi um convite", Mick respondeu.

"A festa não tem convites", Hud disse. "E mesmo se tivesse..." Ele não terminou a frase. Não conseguiu. Não conhecia bem o suficiente o homem diante dele para insultá-lo daquela maneira.

"Bom, eu recebi um", Mick continuou. "Mas que diferença isso faz? Por que vocês estavam se batendo desse jeito?"

"Não é..." *Não é da sua conta.* "É que..." Jay se viu surpreendentemente sem palavras. Olhou para o irmão.

Hud estava machucado e ensanguentado e curvado, tentando não respirar muito fundo, e claramente tão confuso quanto ele. E a confusão mental de Hud foi um consolo para Jay. Ele não estava louco. Era uma situação sem nenhuma explicação lógica mesmo.

"Você não pode chegar aqui do nada e começar a interrogar os outros assim", Kit disse. Mick, Jay e Hud se viraram ao ouvi-la. Sua postura era firme, com os ombros alinhados, e seu rosto não revelava nenhum sinal de perplexidade ou choque.

"Quem é você?", Mick retrucou, mas assim que aquelas palavras saíram de sua boca ele soube a resposta. "Quer dizer, eu..."

"Eu sou sua filha", Kit disse, com um tom de divertimento na voz.

Aquilo não era surpresa para ela. Mas foi preciso se esforçar muito para não deixar transparecer o quanto doeu.

"Eu sei disso, Katherine", ele falou. "Me desculpe. Você ficou ainda mais bonita do que eu imaginava." Mick sorriu para ela de um jeito que Kit entendeu como uma tentativa de expressar uma espécie de constrangimento charmoso. E, naquele sorriso, ela viu o magnetismo que seu pai era capaz de exercer. Mesmo quando fazia tudo errado, ele ainda conseguia sair por cima, não conseguia?

"A gente chama ela de Kit", Jay falou.

"O nome dela é Kit", reforçou Hud.

"Kit", Mick falou, direcionando sua atenção para ela e pondo a mão em seu ombro. "Combina com você."

Kit se afastou do alcance do pai e deu risada. "Você não faz a menor ideia do que combina ou não comigo."

"Eu fui a primeira pessoa a pegar você no colo no dia em que nasceu", Mick disse em um tom gentil. "Eu conheço você como minha própria alma."

Kit achou aquela intensidade toda — aquela falsa conexão com ela — desconcertante. "Fui eu que convidei você para a festa nos últimos quatro anos", ela revelou.

Hud virou para Jay e murmurou: "Você sabia disso?". Jay fez que não com a cabeça.

"Por que você só veio hoje?", Kit quis saber.

Kit ficava ansiosa para escrever aquele convite todos os anos. Se sentia poderosa ao fazer aquilo, uma mulher ousada e corajosa. Estava desafiando Mick a aparecer. Desafiando seu pai a mostrar a cara. E se sentia de alma lavada toda vez que ele não aparecia.

Toda vez que ele ignorava o convite, sua indignação se renovava. Era mais um motivo para detestar aquele filho da puta. Mais um motivo para não se preocupar em saber se ele estava bem, ou se sentia falta dos filhos. Mais um motivo para não comparecer ao funeral dele. Era uma sensação boa.

Mas agora ele estava bem na sua frente. *Não era isso que deveria acontecer.*

"Eu queria ver se nós podemos... fazer parte da vida uns dos outros", ele disse. "Senti muita falta de vocês." Olhou diretamente para Kit enquanto falava, e seus olhos marejando, e a boca curvando para baixo. Por uma fração de segundo, Kit sentiu um aperto no peito, imaginando o sofrimento de um pai que ficou tanto tempo sem os filhos. *Ele estava sofrendo? Por estar longe? Pensava neles? Sentia sua ausência todos os dias? Tinha pegado o telefone várias vezes, mas nunca conseguia fazer a ligação?*

Mas então Kit lembrou que seu pai havia levado uma facada nas costas em um filme no fim dos anos 1960. E foi indicado ao Globo de Ouro por sua atuação — ele era muito bom nisso.

"Não", Kit falou, sacudindo a cabeça. "Escuta só, eu sinto muito", ela falou, sendo bem sincera. "Sei que convidei você, mas agora estou vendo que foi um erro. É melhor você ir embora."

Mick franziu a testa, mas não se deixou abater. "Que tal se fizermos assim?", ele falou. "Nós podemos ir conversar em um lugar mais tranquilo."

Ele viu que Kit estava prestes a rejeitar a ideia, e levantou as mãos em sinal de rendição. "E depois eu vou embora. Mas, apesar de tudo o que aconteceu, vocês são meus filhos. Então, por favor, vamos conversar só um pouco. Pode ser lá na praia, longe da festa. É só isso o que estou pedindo. Vocês têm alguns minutos para ceder para o seu velho, não?"

Kit olhou para Jay, que olhou para Hud, que olhou para Kit.

E então os três pegaram a escada que dava acesso à praia junto com o pai.

Casey estava contando a história de quando ficou presa em uma roda-gigante com o primeiro namorado quando Nina ouviu alguém no corredor dizer que Mick Riva tinha separado uma briga no quintal.

"Você ouviu isso?", Nina perguntou para Casey.

"O quê?', Casey questionou.

"Parece que tinha alguém dizendo que nosso pai separou uma briga lá no quintal."

Casey nunca tinha vivido uma situação assim: alguém falar "nosso pai" em vez de "meu pai". Ela era filha única, não tinha ninguém com quem compartilhar os pais e conversar sobre eles. Mas lá estava Nina, fazendo isso com ela.

Nina foi até a janela e olhou para o quintal.

A piscina estava com água só pela metade — o movimento constante de gente entrando e saindo tinha transferido boa parte de seu conteúdo para o gramado. Havia copos plásticos jogados por toda parte. Partes enormes do quintal estavam cobertas de cacos de porcelana. Pratos rasos e fundos azuis e brancos, junto com xícaras e pires — tudo em pedaços ao redor de suas palmeiras. Para Nina, parecia apropriado que o aparelho de jantar de seu enxoval de casamento estivesse destruído.

"Eu nunca gostei dessa porcelana", ela disse para Casey. "A mãe do Brandon ficou insistindo para eu escolher um motivo floral, mas sempre achei que ter um aparelho de jantar é uma coisa meio sem sentido. E eu preferia os desenhos de pássaros, inclusive."

"Então por que não comprou a porcelana que tinha desenhos de pássaros?", Casey perguntou.

Nina olhou para ela e franziu a testa. "Eu...", ela começou a responder, mas acabou mudando de assunto. "Você fuma?", Nina perguntou, pegando um maço de cigarros na mesinha de cabeceira e oferecendo um para Casey.

"Não, mas, hã... tudo bem", Casey disse. Ela pegou o cigarro da mão de Nina e pôs na boca.

Nina acendeu o de Casey antes de acender o seu.

Casey deu uma tragada e tossiu. "Você estava falando...", ela disse quando recobrou o fôlego. "Sobre a porcelana com desenhos de pássaros. Por que você não comprou?"

Nina olhou para Casey e então para a janela, refletindo a respeito da pergunta. Notou uma movimentação no quintal e, nesse momento, viu uma coisa surpreendente. Seus irmãos, sua irmã e seu pai, todos juntos, descendo a escada para a praia.

"Porque eu sou um capacho", Nina disse. "Sou um capacho humano." Ela apagou o cigarro. "Ah, que se foda. Não sai daqui. Eu vou lá falar com Mick Riva."

3HOO

Ted Travis estava determinado a se autodestruir.

Era o ator mais famoso e bem pago da TV, porém isso não fazia mais a menor diferença para ele desde que sua esposa morrera, no ano anterior. Ele sentia como se estivesse se desintegrando por dentro — chorando sozinho em sua casa gigantesca, contratando prostitutas, roubando coisas nas lojas, trocando o abuso ocasional de cocaína por um vício total em metanfetaminas —, mas sua aparência não dava qualquer indício do caos de sua alma.

Quando se olhava no espelho, Ted só conseguia ver que estava cada vez mais e mais bonito. No fim, ficava melhor grisalho do que de cabelos castanhos. Às vezes, observando seu reflexo, ele conseguia ouvir a voz de Willa em sua cabeça, aos risos, dizendo que ele não tinha o direito de envelhecer tão melhor do que ela. A bebida silenciava essa voz.

Na festa de Nina, Ted já tinha virado meia garrafa de uísque, perdido quatro mil dólares em uma aposta com aquela garota do filme *Flashdance* e cochilado de roupa e tudo na parte rasa da piscina. Acordou com o barulho de alguém pulando na água e saiu.

Mas então: ela.

Uma continuísta de quarenta e três anos chamada Victoria Brooks.

Cruzou com ela na sala de estar assim que suas roupas pararam de pingar. Era alta e magra, não parecia ter uma única curva no corpo. Tinha os cabelos descoloridos, sobrancelhas escuras e um rosto que sem dúvida nenhuma era belíssimo de perfil.

"Ted", ele falou, estendendo a mão para ela.

Vickie revirou os olhos. "Ah, sim, eu sei quem você é."

"E você é?"

"Vickie."

"Lindo nome. Vou pegar uma bebida para você", Ted falou, abrindo seu melhor sorriso de astro da tv.

Vickie soprou a fumaça do cigarro para longe dos dois e, sem descruzar os braços, mostrou o copo de vodca com água com gás. "Eu já tenho uma, obrigada."

"O que preciso fazer para arrancar um sorriso de você?", ele perguntou.

Vickie revirou os olhos de novo. "Ficar sóbrio, talvez. Você já deu vexame umas dez vezes só esta noite."

Ted deu risada. "Você tem razão. Eu sempre tento arrumar um jeito de me divertir. Mas não adianta. Estou triste pra caralho o tempo todo."

Vickie enfim olhou Ted nos olhos.

Ela também estava triste. E como. Seu marido tinha morrido em um acidente de barco sete anos antes, e ela havia se resignado com a solidão desde então. Nunca mais se apaixonaria de novo, ao que parecia.

"Uma bebida", Vickie disse, surpreendendo a si mesma.

Ted sorriu. Ele foi pegar outro copo de vodca com água com gás, ajeitou as roupas molhadas e voltou para onde ela estava.

"Quero levar você para sair", ele falou. "O que preciso fazer para te convencer? Você é do tipo que gosta de ser cortejada com gestos grandiosos?"

Vickie suspirou. "Acho que sim? Mas não vou sair com você."

Ted sorriu exatamente como fazia em *Noites quentes*. Estava só atuando, mas era bom nisso. Era por isso que ganhava tanto dinheiro.

"Vai, eu posso acabar te conquistando. Olha só." Ele olhou ao redor, em busca da maneira mais fácil de improvisar uma cena. E decidiu se balançar no lustre.

Ted entregou sua bebida para Vickie e começou a subir no aparador da lareira. Ele apontou para um surfista que estava perto da mesa de centro. "Ei, cara, você pode me passar o lustre?"

Aceitando participar de bom grado da brincadeira, o sujeito subiu na mesinha, segurou a base do lustre e começou a empurrá-lo na direção de Ted, que se agarrou a alguns pingentes de cristal na base da peça.

"Vickie, saia para jantar comigo!", ele disse. Em seguida se arremessou para o outro lado da sala, se segurando com todas as forças. Quando atingiu a parede oposta se soltou, caindo no sofá com um uivo de animal ferido.

Vickie foi correndo na direção dele.

"Você está bem?", ela perguntou. "Vamos, levanta." Ela envolveu o corpo de Ted com os braços para ajudá-lo.

O calor das mãos dela fez com que, pelo menos por uma fração de segundo, Ted não se sentisse mais tão sozinho. E, em vez de se levantar, ele a puxou para junto de si. "Posso te beijar?", perguntou e, ao ver o sorriso que recebeu como resposta, foi o que ele fez. Vickie sentiu os lábios macios dele contra os seus e não o repeliu. Pelo contrário, sentiu uma onda de eletricidade percorrer seu corpo.

Ela se afastou, perplexa. E então, inebriada e confusa e momentaneamente desesperada por algo que pensou que nunca mais fosse querer, beijou Ted outra vez. Deve ter parecido uma cena absurda para quem via de fora, mas para eles foi quase mágico. A surpresa de um desejo sincero.

As pessoas ao redor começaram a aplaudir quando outro idiota resolveu se balançar no lustre.

Mas Ted já tinha outra aventura em mente. "Você já roubou alguma coisa, Vickie?", ele perguntou, levantando as sobrancelhas e abrindo um sorriso largo.

Ashley enxugou os olhos, se recompôs e saiu do banheiro, pisando em cacos de vidro, pedaços de pão sírio e manchas de humus sobre o piso de lajotas. Foi até a porta da frente e entregou seu tíquete para o manobrista.

Por algum motivo, sentia que o bebê era menino. E gostava do nome Benjamin. Se fosse menina, talvez Lauren.

E o restante... quem poderia saber? Jay poderia perdoar Hud ou não. Hud poderia voltar para ela ou não. Eles poderiam formar uma família ou não. Mas haveria um Benjamin ou uma Lauren. Ela teria seu Benjamin ou sua Lauren... e eles ficariam bem.

O manobrista trouxe o carro de Ashley, e ela foi embora.

Quando entrou na PCH, ouviu os primeiros acordes de "Hungry Heart" saindo dos alto-falantes, e nesse momento Ashley sentiu uma pontada de esperança. Seu mundo inteiro pode estar desmoronando, ela pensou, mas então uma música do Springsteen começa a tocar no rádio.

Ricky Esposito voltou para perto da comida, comendo biscoitos salgados secos, já que a bandeja com os queijos não estava mais lá. Estava tentando decidir se já era hora de ir embora. Tinha perdido a garota de seus sonhos, e ainda não estava no clima para tentar a sorte com outra.

Vanessa de la Cruz entrou na cozinha nesse momento.

"Ai, estou morrendo de fome", ela disse, pegando um biscoito. "O que aconteceu com o queijo?" Os cabelos dela estavam despenteados, e a maquiagem borrada. Ricky já a havia visto antes, com Kit. Ela parecia ter uma personalidade bem peculiar.

"Está se divertindo?", Ricky perguntou.

Vanessa assentiu com a cabeça. "Porra, é a melhor noite da minha vida", ela falou.

Ricky deu risada.

"É sério", Vanessa continuou, enquanto comia um biscoito. "Passei um tempão achando que estava apaixonada por um cara. Só pensava nele! Aí resolvi sair dessa e foi como se um novo mundo se abrisse para mim. Eu beijei cinco caras hoje à noite. Cinco. Vou virar uma lenda algum dia."

Ricky riu de novo.

"Mas não senti nada por nenhum deles, infelizmente", ela disse. "Mas, sabe como é, preciso ter paciência. Roma não foi construída em um dia."

Ricky riu mais uma vez. Ela era divertida. "Pois é, acho que não mesmo."

Vanessa olhou para ele — olhou de verdade para ele — pela primeira vez desde que começaram a conversar. "É você! O carinha da Kit!", Vanessa falou de repente. "Vocês se beijaram?"

Ricky assentiu. "Mas acho que ela não curtiu muito."

Vanessa inclinou a cabeça para o lado, surpresa e decepcionada. "Sério? Ela parecia estar a fim de você."

Ricky sorriu e sacudiu a cabeça. "Ela definitivamente não está a fim de mim."

Vanessa o observou melhor. "Mas deveria. Você é uma gracinha."

"Ah, tá, obrigado", Ricky falou, sem se deixar convencer.

"Não, é sério. Só não tinha reparado nisso antes porque você se veste igual a um menino de colégio."

"Obrigado?"

"Tipo, você podia usar umas roupas mais legais, sabe."

Ricky olhou para sua camiseta e sua calça cáqui. "É, acho que você está certa."

"Tem certeza de que a Kit não está a fim de você?"

"Absoluta. Ela disse que nós vamos ser só amigos."

Vanessa inclinou a cabeça para o lado de novo. "Que pena. Esses irmãos Riva sempre acabam deixando as pessoas com o coração partido."

Ricky deu um gole na cerveja que tinha nas mãos. "Eu vou ficar bem."

Vanessa concordou com um aceno de cabeça. "Por experiência própria, eu posso garantir que vai mesmo."

"Minha nossa, a Nina realmente mora bem no topo de um penhasco", Mick disse, descendo as escadas.

"Pois é", Jay falou. "Um puta lugar bom. Com ondas iradas."

"Ondas iradas?", Mick questionou. "Ah, sim. Claro. Devem ser mesmo."

Mick não surfava. Não via graça nisso. Parecia uma forma estranha de passar a vida, se equilibrar em um pedaço de madeira no meio do mar. Com certeza não lhe parecia uma coisa na qual investir seu futuro, como seus filhos fizeram. Nenhum deles se perguntou se o talento de Mick não poderia ser hereditário? Com certeza algum deles devia ter uma boa voz. E ele ajudaria com prazer a colocá-los na indústria fonográfica.

Com um telefonema, conseguiria para eles uma carreira que a maioria das pessoas faria qualquer coisa para ter, uma garantia para o resto da vida. Ele era capaz de proporcionar aos filhos coisas que muita gente só poderia ter em seus sonhos.

Não tinha sido um pai perfeito, isso estava na cara. Mas, se o objetivo de cada geração era se sair melhor que a anterior, Mick havia sido bem-sucedido. Conseguiu proporcionar aos filhos muito mais do que teve na infância, e se lembrou disso ao colocar os pés na areia. Ele não era tão ruim assim.

Mick saiu do caminho para dar passagem a Kit e Hud e Jay. Ele tirou os sapatos, arrancou as meias e dobrou as calças. Fazia muito tempo que não ia à praia no meio da madrugada. Noites na praia eram para jovens românticos ou arruaceiros.

Mick lidava muito bem com o fato de não ser mais jovem. Apreciava o peso da idade, a respeitabilidade que ganhou com isso. E, se a passagem do tempo significava começar a temer a morte, isso não se aplicava a ele. A perspectiva de morrer não o incomodava nem um pouco. Ele não tinha a menor intenção de tentar fugir da morte.

Na verdade, de uma forma até um tanto perversa, Mick estava ansioso para saber o que aconteceria quando morresse. Sabia que o país inteiro lamentaria sua perda. Ele ganharia o status de lenda. Décadas depois, as pessoas ainda conheceriam seu nome. Mick havia conquistado um nível de fama que permitia às pessoas transcender a mortalidade.

O que ele temia era se tornar irrelevante. Mick se sentia paralisado pela ideia de que o mundo pudesse esquecê-lo enquanto ainda estivesse vivo.

"Certo, Mick, estamos aqui. O que você quer falar?", Kit perguntou, dando uma espiada nos irmãos, que não queriam nem olhar na cara um do outro. Ela queria saber por que Jay tinha dado aquela surra em Hud, mas no momento havia coisas mais importantes acontecendo.

"Você pode me chamar de pai, sabia?", Mick disse a ela.

"Na verdade não, não posso, mas vamos logo com isso", Kit respondeu.

Hud, com muita dor e desejando muito um analgésico e talvez alguns pontos, não sabia o que dizer — e nem se estava em condições físicas de falar. Portanto, se manteve em silêncio.

"Eu sei que nós não somos muito próximos", Mick começou. "Mas eu gostaria que a gente começasse a se conhecer um pouco melhor."

Kit revirou os olhos, mas Jay estava escutando. Ele se sentou na areia fria da praia e cruzou as pernas. Mick apoiou as mãos na areia e o acompanhou. Hud achava que não conseguiria sentar sem que suas costelas doessem terrivelmente. Kit simplesmente se recusou.

"Pode falar", disse Jay.

"Não é melhor alguém chamar a Nina?", Hud perguntou.

Mick achava que Nina seria a mais difícil de conquistar, e que seria melhor encarar uma frente dividida, então se apressou em dizer. "Escutem só, crianças", ele começou. "Sei que não estive tão presente quanto deveria..."

"Você não esteve *nem um pouco* presente", Kit lembrou.

Mick assentiu. "Você tem razão. Eu não estava ao seu lado quando vocês passaram por coisas que criança nenhuma deveria passar." Era a primeira vez que Mick falava da perda da mãe deles, e Hud e Kit tiveram dificuldades para encará-lo nesse momento. Os dois ainda guardavam ressentimentos que vinham à tona nos momentos mais inoportunos. Kit, em especial, se entregava ao luto da mesma forma como certas pessoas bebiam: em raras ocasiões, mas em grandes doses e sempre sozinha. Portanto, não podia olhar para Mick naquele momento porque não queria chorar.

Hud, por sua vez, considerava que a maneira mais fácil de suportar a dor era não tentar sufocá-la. E deixou as lágrimas caírem quando surgiram em seus olhos. Quando pensava em sua mãe e no desespero que sentiu quando ela se foi, nos meses de desamparo em que ficaram à espera de algum socorro vindo do pai... Hud não podia fazer nada, apenas *sentir*. Portanto desviou o olhar pelo motivo contrário da irmã, para que ninguém o visse chorando. E quando enxugou os olhos se virou de novo.

Jay não desviou o olhar em nenhum momento. Estava ouvindo com atenção, torcendo para que seu pai dissesse algo que pudesse melhorar a situação de alguma maneira. De qualquer maneira que fosse.

"Eu cometi meus erros", continuou Mick. "E posso... posso tentar explicar, posso falar sobre os meus problemas, sobre a forma bizarra como fui criado. Mas nada disso importa. Só o que importa é que agora estou aqui. E gostaria de ter uma família. Quero consertar as coisas entre nós."

Mick tinha considerado a possibilidade de que, depois que dissesse isso, um deles pudesse correr para os seus braços. Formou uma imagem em sua cabeça de que aquele seria o pontapé inicial para os jantares em família quando ele estivesse na cidade, ou talvez das comemorações de Natal em sua casa em Holmby Hills.

Mas nenhum de seus filhos parecia ter cedido ainda. Então ele insistiu. "Eu gostaria que a gente recomeçasse do zero. Quero tentar de novo."

Hud ficou intrigado com aquela palavra. *Tentar*.

"Posso fazer uma pergunta séria?", Kit perguntou. "Não estou encrencando nem nada. Mas realmente não entendo uma coisa."

"Sim", Mick falou. Ele tinha se levantado, e estava apoiado em uma das pedras do penhasco.

"Você entrou para o AA? Isso é um dos seus doze passos ou coisa do tipo?", ela perguntou, sem conseguir imaginar o que poderia ter motivado aquilo. Mas entenderia se fosse parte de alguma outra coisa. Se ele estivesse lá para poder se sentir melhor consigo mesmo, resolver questões que ficaram pela metade ou algo assim. Isso ela conseguiria entender. "Tipo, por que agora? Você entende? Por que não ontem, ou no ano passado, ou seis meses atrás, ou então quando a nossa mãe morreu, caralho?"

"Kit", Hud disse. "Não fala assim."

"Mas ela morreu mesmo", rebateu Kit. "E a gente teve que se virar, porque ele não deu as caras."

"Kit!", Jay disse. "Você fez uma pergunta... deixa ele responder."

Mick sacudiu a cabeça. "Não", ele disse. "Não estou em nenhum tipo de programa que exija reparações ou coisas do tipo."

"Então você veio atrás do quê?", Kit perguntou.

"Não vim atrás de nada", Mick falou, na defensiva. "Por que é tão difícil acreditar nisso? Por que os meus próprios filhos não entendem que eu gostaria de fazer parte da vida de cada um, e que vocês fizessem parte da minha?"

Jay resolveu falar. "Não é isso que a gente está dizendo, pa..."

"Kit só está perguntando o que foi que mudou", Hud interrompeu. "E na verdade eu gostaria de saber também. Então acho que somos *nós* que estamos perguntando", ele continuou, com um tom de voz mais suave e direto, "*o que foi que mudou?*"

Antes que Mick pudesse responder, Nina apareceu na praia.

Ela não tinha ouvido o pedido de desculpas e os apelos de Mick. Mas sabia exatamente como eram. Havia escutado certas coisas quando criança. Ele dizendo que perdeu o rumo e que compensaria seus erros e que precisava de outra chance. Não era preciso ver a performance ao vivo — ela já conhecia o roteiro.

"Eu vou dizer para vocês o que foi que mudou para ele. Nada", Nina disse.

Todos se viraram para ela. Ninguém ficou surpreso ao vê-la. Todos estavam torcendo em maior ou menor medida para que ela os encontrasse ali. Mas ficaram um pouco desconcertados com aquela calça de moletom e com o comportamento dela. Desde quando Nina era assim?

"Nada mudou, não é mesmo, pai?", Nina perguntou, olhando bem para ele.

"Oi, Nina pequenina", Mick disse, andando na direção dela.

Era a primeira vez que a via tão de perto depois de adulta. E ele se sentiu dominado pela afeição ao rosto dela.

Mick via a si mesmo naquele rosto — nos lábios e nas maçãs do rosto e na pele bronzeada. Mas também via June. Nos olhos, nas sobrancelhas e no nariz de Nina.

Ele tinha saudade de June. Muita saudade. Do frango assado de June, e do sorriso dela quando ele entrava em casa. Do cheiro dela. Do jeito que ela tinha de amar as pessoas que a cercavam. A morte dela havia sido um choque. Mick sempre pensara que algum dia poderia voltar para ela. Caso ainda estivesse viva, estaria ao seu lado naquele exato momento. Ele teria voltado para ela naquela noite, talvez até antes.

Olhar para Nina, como Mick estava fazendo, era uma prova de que June permanecia viva de alguma forma.

Ele se aproximou de Nina para abraçá-la. Mas ela levantou as mãos e o obrigou a deter o passo. "É melhor você parar aí", ela falou.

"Nina", Mick falou, emocionado.

Nina o ignorou. "Se vocês querem saber por que ele está aqui, a resposta é bem simples", ela disse aos irmãos. "Você está aqui porque quer, não é mesmo?", Nina perguntou para ele. "Porque acordou de manhã e meteu na porra da cabeça que podia tentar ser uma pessoa decente."

Mick fez uma careta. "Não, de jeito nenhum..."

"Espera aí", ela disse. "Eu não terminei." E Nina continuou a falar, com uma voz forte e cada vez mais alta. "É muito conveniente você de repente mostrar algum interesse agora que nós somos todos adultos, agora que não precisamos de você para mais nada."

"Eu falei que não é isso ..."

"Eu disse que ainda não terminei."

"Nina, eu sou seu..."

"Você não é porra nenhuma."

Kit ficou boquiaberta, e Jay e Hud arregalaram os olhos. Os três ficaram observando o rosto do pai à medida que ele passava pelos três estágios do choque. Só era possível ouvir o som das ondas quebrando mais à frente e a cacofonia distante da festa mais acima.

Nina voltou a falar. "Você é um homem importante para o resto do mundo, pai. Nós sabemos muito bem disso. E convivemos com isso todos os dias da nossa vida. Mas vamos deixar uma coisa bem clara: você não é o pai de ninguém aqui."

Kit se virou para Nina, tentando atrair seu olhar. Mas Nina se manteve impassível. E continuou encarando Mick.

Ela não seria mais a pessoa que iria se curvar e ter seu coração partido.

Casey saiu do quarto e começou a descer a escada. Estava inquieta e não sabia o que fazer.

Passou por um casal se agarrando de tal forma que não dava para ter certeza de que não estavam transando ali mesmo. Por outro lado, estava quase certa de que eram os apresentadores do noticiário noturno, e resolveu nunca mais ver o canal 4 de novo.

Quando chegou à sala de estar, viu um grupo de pessoas se balançando no lustre como se fossem heróis de um filme de ação. No momento em que dois resolveram fazer isso ao mesmo tempo, a peça inteira se soltou do teto, e gesso e vidro caíram em cima da mesa e da cabeça de todo mundo que estava embaixo.

Um buraco se abriu no local em que antes estivera o lustre, expondo as vigas estruturais da casa.

Casey mudou de direção e, quando começou a atravessar a sala de estar rumo à cozinha, percebeu que um vaso havia sido quebrado e dois quadros tinham caído da parede.

Quando enfim alcançou a cozinha, notou que o piso estava coberto de farelos de batatas chips e biscoitos salgados, esmagados pelos pés das pessoas que dançavam. Garrafas vazias de vinho eram chutadas de um lado para o outro. Dois homens adultos estavam sentados em cima da bancada da ilha, lavando os pés na pia.

"Meu editor falou que o original que mandei pode ser o romance definidor da geração mtv", um deles disse.

Enquanto os dois desciam da bancada e saíam do cômodo, Casey pôs as mãos à obra. Ao lado do fogão, empilhou as bandejas vazias e usou uma esponja para limpar os farelos. Sua mãe sempre arrumava a casa quando estava se sentindo meio para baixo. Ela lembrava que seu pai sabia quando perguntar a sua mãe o que havia de errado quando a pegava lavando o tambor da máquina de lavar.

O mundo podia ter levado embora seus pais — por mais cruel que isso fosse —, mas ainda restava a lembrança deles. Ela ainda se lembrava do Memorial Day de 1980 no estádio dos Dodgers, quando seu pai derrubou mostarda na camisa e espirrou na dela também, aos risos, para não ser o único a ficar sujo. Ainda se lembrava do perfume Wind Song da sua mãe e do cheiro de Pinho Sol de casa. O mundo não tinha como tirar dela os vários óculos de leitura de seu pai, sempre largados pela casa inteira, sumindo e reaparecendo e se reproduzindo como se tivessem vontade própria.

Casey sabia que, em alguns anos, as lembranças começariam a esvanecer. Ela poderia não saber mais se seu pai tinha se sujado de mostarda ou ketchup. Poderia perder a capacidade de se lembrar do cheiro exato do perfume Wind Song. Poderia até se esquecer da existência dos óculos de leitura, por mais que fosse doloroso admitir isso.

Ela sabia que não poderia passar o resto da vida se apoiando apenas nas lembranças das pessoas que amava. A perda não era um combustível viável. Era preciso sair para o mundo e viver. Conhecer pessoas novas.

Casey tentou imaginar seus pais fazendo o mesmo que ela, entrando de penetra em uma festa de gente famosa em Hollywood. Era uma ideia inconcebível. Mas ela entendia que, embora as circunstâncias fossem bizarras, ainda estava agindo de acordo com o que eles haviam ensinado. Afinal, quando descobriram que não podiam ter filhos, eles foram atrás de uma criança para adotar. Isso era uma prova de que, quando uma família se formava, fosse por parentesco de sangue ou obra do destino ou escolha própria, o tipo de laço que une as pessoas não importa. Só o que interessa é que esse laço existe.

E era por isso que Casey estava lá. Tinha saído em busca de uma família, assim como seus pais fizeram um dia.

Ela largou a esponja com um gesto lento, se afastou do balcão e saiu para o quintal.

Iria descer aqueles degraus assustadores, que pareciam levar ao ponto mais extremo do mundo.

Brandon Randall acordou e se deu conta de que tinha apagado no chão do quarto de hóspedes. Olhou no relógio. Eram três e meia da madrugada. Levantou um pouco zonzo, e então lembrou que precisava reconquistar o amor de sua vida.

Ele calçou os sapatos. Ajeitou os cabelos. Desceu a escada e saiu para o local onde todos os veículos estavam estacionados.

"Eu preciso do meu carro", ele disse para o manobrista.

"O senhor não parece estar em condições de dirigir", o manobrista respondeu.

"Eu preciso do meu carro", Brandon insistiu. "O Mercedes prateado, aquele lá na frente."

Brandon tinha sido o primeiro a chegar, então seu carro estava solidamente bloqueado por pelo menos uma centena de outros.

"Vai demorar um bom tempo", o manobrista avisou.

O quadro com as chaves ficou sem nenhum responsável por perto quando o manobrista foi tentar tirar o carro de Brandon. Os demais estavam ocupados atendendo outras pessoas. Brandon se viu sozinho, perdido em pensamentos embriagados, e começou a esquecer o motivo por que estava ali parado na frente da casa.

Ele estava fazendo o que mesmo? *Ah, sim. Pegando o carro.*

Foda-se. Brandon passou a mão na chave de um Jaguar no quadro e a usou para destrancar o carro que estava parado bem diante de onde estava.

E, sem demora, Brandon Randall partiu no carro de Mick Riva para declarar seu amor a Carrie Soto.

* * *

Tarine estava sentada no colo do Greg, aninhada no pescoço dele, que continuava mandando ver nos toca-discos. Mas, quando virou a cabeça, viu claramente que Vaughn Donovan tinha retirado o Lichtenstein da parede e estava... mijando em cima do quadro.

Ela começou se perguntar se aquela festa não estava prestes a sair do controle.

Mick ficou desconcertado com a raiva da filha, mas não se deu por vencido.

"Você tem razão", ele falou, olhando para Nina. "Eu não tenho sido um pai para nenhum de vocês. Não estive presente quando deveria."

Nina desviou o olhar para a água. Mick se virou para os outros filhos e resolveu mudar de tática. "Que tal fazermos assim? Eu não vou pedir perdão nem fazer promessas. Só queria conhecer vocês um pouco melhor."

Os irmãos trocaram olhares entre si e depois se viraram para Nina. *Eles deviam algo assim para ele?* Nina não sabia ao certo. Talvez as pessoas não devessem nada aos pais, talvez devessem tudo. Sua única certeza era de que, se sua mãe estivesse em seu lugar, daria uma chance a Mick.

"Certo, tudo bem", Nina disse. Em seguida foi até seu barracão, abriu o cadeado e pegou um jogo de toalhas e algumas pranchas, que caíram no chão em um baque surdo.

Nina se sentou em uma das pranchas, com os pés na areia, apoiando os cotovelos nos joelhos. Os outros fizeram o mesmo.

Os cinco se acomodaram nas longboards de Nina, deixando o ar fresco da praia carregado com seu silêncio.

"Você levou uma bela surra, filho", Mick disse por fim, sem saber por onde começar. Então resolveu falar sobre o elefante no meio da sala.

Hud assentiu e levou a mão ao lábio. O sangue tinha secado, e os pequenos coágulos caíram. "Pois é", ele disse, sem olhar diretamente para seu agressor. "Acho que foi mesmo."

"O que foi que aconteceu?", Mick quis saber.

"Não é problema de ninguém", Jay disse.

"Não sei, não", falou Kit. "Eu estou bem interessada."

Mick olhou para Kit e, pela primeira vez, viu a filha sorrindo. Era bem parecida com ele — aquela maneira de os olhos se franzirem eram mais que familiar. Mesmo assim, ela continuava um enigma. A caçula, a mais nova, a que ele não conhecia. Era meio moleca, de um jeito que Mick não sabia se era uma coisa boa ou não. Mas parecia ter personalidade de sobra, e isso exercia uma grande atração sobre Mick.

Será que ela herdou isso de mim?, ele se perguntou. Aquela ousadia, aquela sensação de que poderia falar o que quisesse. Poderia ter transmitido isso a ela sem nenhum tipo de esforço ou real intenção? Mas de qualquer maneira era uma característica dela.

Ele nem precisou estar por perto para ajudar a moldar o temperamento de seus filhos.

"Acho que esse é um assunto que precisa ser conversado, sim", Nina disse, apontando para Hud, que não tirava as mãos das costelas. "Você está bem? Precisa ir ao médico?"

"Na verdade, eu não sei", Hud respondeu. "Quer dizer, não. Pelo menos não agora." Ele não queria causar nenhum tipo de alarme. Sabia que o necessário naquele momento era fingir que tinha tudo sob controle. Estava preocupado com Ashley, com os sentimentos dela. Precisava cuidar de Ashley, e faria isso, mas por ora sabia que ela estava bem. Ela era o tipo de mulher que sempre ficaria bem. Esse era um dos motivos por que a amava tanto.

"Sério mesmo", insistiu Kit. "O que aconteceu?"

Hud olhou para Jay.

"Ele está transando com a Ashley", Jay falou, sem alterar o tom de voz.

Kit arfou surpresa.

"Quem é Ashley?", Mick quis saber.

"A ex-namorada do Jay", Kit explicou. "Que deu um pé na bunda dele."

"Ela não me deu um pé na bunda coisa nenhuma!"

"Eu que lidei com a situação do jeito errado", Hud admitiu.

"Não existe jeito certo de lidar com essa situação", Jay disse, se virando para ele. "Você simplesmente não deveria ter feito isso."

"É verdade", Mick comentou. "Irmãos não podem brigar por causa de mulher."

Hud revirou os olhos ao ouvir seu pai querendo julgar o que quer que fosse. Mas foi Jay que retrucou, espumando de raiva. "Cala essa boca, pai. Você não faz a menor ideia do que está falando."

"Eu estava concordando com vo..."

"Não interessa! O Hud podia comer todas as minhas ex-namoradas um monte de vezes na minha frente, e eu ainda ia gostar mais dele do que de você."

Mick sentiu um aperto no peito.

"Hud e Ashley, então?", Kit falou. Às vezes, ela não conseguia conter seu impulso de jogar ainda mais lenha na fogueira só para ver o que acontecia. "Sinceramente, eu não entendo. Ela parece meio... sei lá... sem graça."

"Quer parar com isso, Kit?", Hud esbravejou. "Você não sabe o que está falando. Ela não é sem graça, só é tímida. Ela é meiga e atenciosa e divertida. Então cala essa boca." Hud não mencionaria que Ashley também era a mãe de seu filho. Era preciso esperar até que aquela notícia pudesse ser recebida como uma coisa boa, que deixasse as pessoas felizes, e não furiosas. "Eu a amo. Estou apaixonado por ela."

Jay se virou para o irmão, finalmente ouvindo o que Hud vinha tentando dizer a noite toda. *Ele era apaixonado por ela?* Jay nunca foi apaixonado por Ashley. Nunca chegou nem perto disso. "Faz quanto tempo que vocês estão", Jay não sabia qual palavra usar, "escondendo isso de mim?"

Hud baixou a cabeça, olhando para os dedos dos pés enterrados na areia. "Um bom tempo", ele respondeu.

Mick observou os dois filhos. Ele também teria coberto aqueles merdinhas de porrada se espichassem o olho para uma de suas namoradas. Por outro lado, já tinha transado com quase todas as esposas de seus amigos.

"Parece ser um lance bem sério", Nina comentou. "Eu não acho que o Hud tenha feito isso só por alguma vontade passageira."

"Você sabia?", Jay perguntou, sentindo seu sangue começar a ferver.

Nina sacudiu a cabeça. "Não, mas eu vi os dois lá no quintal hoje à noite."

"Você deveria ter me contado", Jay disse.

"Jay, ela não tem nada a ver com isso", Hud disse.

"Cala a boca, Hud", Jay retrucou.

"Sério mesmo? Vocês estão brigando por causa da Ashley?", Kit perguntou.

"Cala a boca, Kit", Hud e Jay disseram ao mesmo tempo.

"Desculpa aí", Kit respondeu. "Só estou dizendo que nunca imaginei que ia ver vocês dois brigando, e muito menos por uma garota qualquer."

"Ela não é uma garota qualquer", Hud disse, perdendo a paciência. "É isso o que eu estou querendo dizer. Eu quero casar com ela."

Para Mick, aquilo soou como um mero devaneio de um jovem que se deixou encantar por um rabo de saia. "Hud, você tem vinte e..." Ele se interrompeu ao se dar conta de que não sabia a idade exata do filho.

"Vinte e três", Hud completou.

"Pois é", Mick falou. "Era isso o que eu ia dizer."

"Você não sabe a idade dele. Não sabe a idade de nenhum de nós", Kit disse. "Pode admitir. Não precisa ficar fingindo."

"Não estou fingindo. Eles têm vinte e três anos", Mick falou. "Eu sabia disso."

"Eu fiz vinte e quatro duas semanas atrás", corrigiu Jay.

"Verdade", Mick falou. Seus ombros despencaram. "Me desculpa. Eu esqueci que vocês não são gêmeos de verdade."

Kit sacudiu a cabeça. "Como você é ridículo. Mas pelo menos agora está sendo sincero", ela disse. "Como é que você faz? Só pode ser sincero umas quatro vezes por dia?"

Mick deu risada, apesar da ofensa. "Ah, sim, mas sempre deixo algumas reservadas para emergências", ele falou com um sorriso torto.

Kit emitiu um som que não era exatamente uma bufada nem uma risada. Mick a encarou e viu que ela estava quase sorrindo. "O que você quer que eu diga? Todo mundo aqui sabe que eu sou um bosta. Isso não é novidade para ninguém. Eu fui um bosta a minha vida inteira."

Ela olhava fixamente em seus olhos. Mick percebeu que Kit enfim estava escutando de verdade o que ele tinha a dizer. "Eu queria ser uma pessoa melhor", ele disse. "Mas nunca consegui. Houve momentos em que me esforcei de verdade. Mas não adianta tentar tapar o sol com peneira. Algumas pessoas simplesmente não prestam, e eu sou uma delas."

Para Hud, era difícil sentir raiva de uma pessoa que estava abrindo seu coração daquela forma. Para Jay, era um alívio perceber que não era uma coisa de outro mundo alguém admitir que no fundo se considerava um tremendo babaca. Já Nina teve que se esforçar para não revirar os olhos.

"Sinceramente, nunca fez sentido uma mulher tão boa quanto sua mãe escolher alguém como eu, mas eu caí de quatro por ela quando nós nos conhecemos", ele disse. "Assim que ela apareceu na minha frente, com aqueles olhos castanhos enormes, eu pensei: *Preciso tentar ser quem ela quer. Preciso tentar fingir que sou uma pessoa que merece ter alguém como ela.* E durante um tempinho eu fui essa pessoa. No fim não consegui, mas... me esforcei muito para ser."

Nina se virou para o pai. Mick se deixou contagiar pela suavidade de seu olhar. "Ela merecia coisa melhor", ele disse baixinho. "E espero que ela soubesse disso."

Nina observou o rosto de Mick, piscando com aqueles cílios compridos, e se lembrou de quando ficava olhando para ele quando criança.

"Não", Nina disse, quase tão silenciosa quanto um suspiro. "Ela não sabia."

Mick balançou a cabeça, com os olhos voltados para o chão. "Pois é", ele disse. "Eu sei."

Nina viu os olhos dele marejarem, e os cantos dos lábios se curvarem para baixo. Ela começou a se dar conta de algo que sequer imaginava. Mick lamentava pelo que tinha feito com todos eles.

Nina abriu a boca para falar, mas então ouviu um barulho atrás de si.

Todos se viraram para ver a garota de vestido roxo que vinha descendo a escada.

4HOO

Por um breve momento, em meio ao caos daquela noite, Tarine Montefiore se pegou olhando para o homem com quem estava se envolvendo e se perguntando se queria passar o resto da vida com ele. Mais cedo, Greg a havia pedido em casamento.

Tarine sempre gostara de homens mais velhos, de passar tempo com pessoas que sabiam mais do que ela, e achava que isso se devia ao fato de seu pai ser um homem tão brilhante. O pai de Tarine era um professor de linguística que levou a família inteira para suas jornadas intelectuais, lecionando em universidades de três continentes. E, por meio de David Montefiore, Tarine aprendeu sobre o mundo. Sentia que seu conhecimento sobre a vida e sobre diferentes culturas era tão grande que homem nenhum de sua idade estaria à sua altura. Além disso, seu pai era vinte anos mais velho que sua mãe.

Portanto, ela gostava do fato de que a pele de Greg era um pouco mais áspera, e não mais tão firme. Gostava de sentir o gosto de décadas de tabagismo na língua dele, dos cabelos grisalhos cada vez mais numerosos. Gostava do fato de que, quando ele passava a mão na sua bunda, sentia que estava tocando em uma jovem.

Então talvez, Tarine pensou, houvesse um futuro ali.

Seus dias como modelo estavam contados. Ela poderia planejar o casamento, a lua de mel. Talvez eles pudessem viajar pelo mundo por um tempo, e então se instalar em uma mansão em estilo espanhol em Beverly Hills. Não teriam filhos — quanto a isso, Tarine era inflexível. Depois que o matrimônio estivesse estabelecido, ela voltaria a trabalhar. E precisava de uma nova carreira.

Tinha recebido uma proposta de uma emissora para ter seu próprio talk show no horário da tarde. Seria uma ótima opção. E também estava pensando em criar uma linha de roupas de ginástica. Havia diversas coisas que poderiam ser interessantes.

Tarine sabia que Greg a apoiaria em qualquer decisão que tomasse. Ficaria ao seu lado, acreditaria em seu sucesso e a ajudaria. Eles se divertiriam muito juntos, todos os dias.

E, ao pensar nisso, um sorriso se abriu em seu rosto. Ela se inclinou para mais perto de Greg junto aos toca-discos.

"Se a gente fizer isso mesmo, essa coisa de casar, tem uma coisa que você precisa saber... Eu nem sempre vou ser fiel. E não vou exigir isso de você."

Greg sorriu e assentiu com a cabeça. "Tudo bem. Eu entendo."

"Mas prometo passar o resto das nossas vidas ao seu lado. Isso posso prometer."

"É só isso que eu estou pedindo. É tudo que quero."

Tarine o beijou na orelha. "Tudo bem, então eu caso com você", ela murmurou.

Greg sorriu e segurou os ombros dela. Em seguida a beijou. "Eu te amo", ele disse.

"Eu também te amo", disse Tarine. "De todo o coração."

Nesse momento, alguém jogou um vaso de cristal Waterford na porta de vidro da cozinha, lançando cacos para todos os lados.

"Muito bem", Tarine disse. "Já chega!"

Devia haver um milhão de fragmentos de cristal espalhados pelo chão. Claramente, estava na hora de Nina acabar com a festa. Tarine olhou ao redor à sua procura, mas não a encontrou. Em seguida tentou localizar algum dos irmãos dela, também sem sucesso. E Brandon também não estava lá.

Não havia ninguém no controle da situação.

Vanessa se aproximou de Tarine. "Você está procurando os Riva?", ela perguntou.

"Não consegui achar nenhum deles."

"Eu também não. Estou procurando a Kit faz meia hora. Não encontrei ninguém. Mas acho que a Nina não vai ficar nem um pouco feliz com isso."

Tarine fechou a cara. Ela mesma teria que pôr um fim naquilo.

"Greg", disse Tarine. "Desligue a música, por favor."

Greg assentiu e desligou o som. As pessoas reclamaram, mas ninguém tomou o caminho da porta. A música não era mais necessária.

Havia modelos chorando pelos cantos e roqueiros famosos fumando maconha na escada. Havia escritores brigando na sala de estar e pop stars transando no banheiro e executivos da indústria do cinema desmaiados nos sofás. Havia surfistas vomitando no gramado. Atores arremessando taças de vinho como se fossem bolas de futebol americano. Celebridades da TV vestindo as roupas de Nina e mexendo nas joias dela. Um dos garotos de *Vida em família* estava em cima do lustre caído, cantando "Heart of Glass" e olhando para o buraco no teto.

"Vamos dispensar o pessoal do buffet", Vanessa disse. "Assim pelo menos eles param de beber."

Tarine concordou com um aceno de cabeça, e as duas saíram abordando os barmen e as garçonetes para dizer que poderiam ir para casa.

Mas, mesmo depois que todos foram embora, Vanessa e Tarine constataram que não tinha feito a menor diferença. A festa ainda estava a todo vapor, e a casa continuava a ser destruída.

"A FESTA ACABOU", Tarine gritou, com as mãos em concha em torno da boca para projetar a voz.

Ninguém saiu de onde estava, com exceção de Kyle Manheim. Ele saiu apressado porta afora, fazendo um aceno de despedida tímido para Vanessa. Ela deu uma piscadinha para ele. Os outros mal olharam para elas.

"Vocês não têm consideração por ninguém mesmo?", Vanessa questionou.

Tarine sacudiu a cabeça. "Claro que não", ela falou. "São um bando de escrotos."

Greg se aproximou por trás dela e segurou sua mão. "Acho melhor a gente ir, querida", ele disse. "Não é você que tem que resolver esse problema."

Nesse momento, um projétil de arma de fogo atravessou a sala e estourou o espelho acima da lareira.

Vanessa e Tarine se agacharam, e Greg fez o mesmo, cobrindo as duas com os braços. Mas os três se levantaram ao ver Bridger Miller com uma espingarda em uma das mãos e a outra levantada, como quem dizia que não queria ferir ninguém. "Eu encontrei dentro de um baú lá em cima. Pensei que fosse de chumbinho", ele falou, aos risos. "Não achei que fosse uma arma de verdade, eu juro."

"Todo mundo para fora!", Tarine berrou. "Ou eu chamo a polícia."

Duas garotas ficaram assustadas e saíram. Seth Whittles apareceu correndo depois de ouvir o tiro e arrancou a arma das mãos de Bridger.

"Que porra é essa, cara?", Seth gritou para ele. "Você poderia ter matado alguém."

"Eu não ia matar ninguém!", Bridger respondeu, mas logo em seguida saiu andando, já desinteressado.

"Pois é", Seth disse, se virando para Tarine e Vanessa. "Melhor chamar a polícia."

Vanessa foi até a cozinha, pegou o telefone e fez a ligação.

"Alô, é da polícia?", ela começou, de repente sem saber como prosseguir. "A gente precisa... venham para cá... Então, a gente precisa... Tem uma festa, sabe? E as coisas estão..." Ela não sabia o que poderia dizer sem comprometer Nina. "Vocês podem vir até aqui?"

Tarine tirou o telefone da mão de Vanessa. "Por favor, mandem suas unidades para o número 28150 da Cliff Drive. Tem uma festa com mais de duzentas pessoas acontecendo aqui, e as coisas saíram do controle."

Casey estava descendo os degraus instáveis da escada quando percebeu que todos olhavam para ela. Acabou se desconcentrando e dando um passo em falso, perdendo o equilíbrio e escorregando nos últimos degraus. Mick instintivamente a segurou.

E, por causa disso, Casey pensou por um momento que Mick *só podia* ser seu pai. Mas, enquanto se recompunha, ela lembrou que não era assim que as coisas funcionavam.

"Você está bem?", ele perguntou.

"Estou", ela falou, assentindo com a cabeça. Conseguiu ficar de pé, mas não conseguia apoiar o peso do corpo em um dos tornozelos. "Obrigada."

"Casey, você está bem?", Nina perguntou, correndo até ela.

"Porra, quem é essa Casey?", Kit perguntou bem baixinho para Jay. Ele sacudiu a cabeça e respondeu só mexendo os lábios: *Sei lá*. Mas ambos sentiram um aperto no peito ao ver sua irmã dedicar tanta atenção a alguém que eles nunca tinham visto antes na vida.

Hud não estava prestando atenção. Estava calculando mentalmente quanto tempo aguentaria até precisar ir ao hospital. Seu nariz precisaria ser recolocado no lugar. Isso estava claro. Ele tentou apertá-lo entre os olhos, para ver se assim pararia de latejar. Não parou. Então Hud desistiu da ideia e, quando ergueu os olhos, viu Casey mancando em sua direção.

Não sabia ao certo quem era, mas, quando Nina a colocou sentada ao lado dela na prancha, Hud entendeu tudo.

Talvez por intuição, talvez por ter reparado nos lábios de Casey. Ou talvez o motivo para Hud ter chegado a essa conclusão fosse que ele, mais do que qualquer um ali, sabia que deveria haver mais filhos de Mick que não eram de June.

"Desculpa, pessoal", Casey disse. Ela se sentia agitada, em parte pelo choque da queda, mas principalmente pela vontade de conhecer aqueles rostos. Jay era mais magro do que ela esperava, e Hud... estava bem mais detonado. Mas Kit de alguma forma correspondia à perfeição com a imagem que Casey tinha em mente. Ela esperava que pelo menos um dos irmãos Riva a encarasse com desconfiança. E lá estava Kit.

"O que está acontecendo aqui, exatamente?", Kit quis saber.

Mick também estava confuso.

"Essa é a Casey Greens", Nina falou.

Casey acenou com um meio-sorriso, sem olhar diretamente para nenhum deles.

Nina se sentia sem energias para tentar tornar a situação menos incômoda. Havia passado tempo demais de sua curta vida sendo cuidadosa e gentil e resolvendo problemas. Mas não era possível resolver tudo, certo? *Então que se foda.* "Ela provavelmente é nossa irmã."

Todos ficaram surpresos, mas foi Jay quem manifestou isso verbalmente. "Caralho, como assim?"

Mick ignorou a incredulidade de Jay. "Casey?", ele a chamou.

Ela respondeu com um aceno de cabeça.

"Você poderia me explicar isso melhor, querida?"

Casey começou a tentar encontrar palavras. Mas Nina interveio, e Casey se sentiu acolhida, como se estivesse sendo embrulhada em um cobertor macio.

"Ela foi adotada em 1965", Nina contou. "E criada pela família Greens em Rancho Cucamonga."

Nina cutucou Casey e estendeu a mão. Casey entregou a fotografia de sua mãe.

"Essa é a mãe dela", Nina continuou. "Quer dizer, a mãe biológica. No verso, está escrito que você é o pai dela."

Ao ouvir a palavra *mãe biológica*, Hud sentiu vontade de se levantar e se sentar ao lado de Casey. Tinha um monte de coisas que queria perguntar para ela.

Nina entregou a foto para Mick, que a pegou com delicadeza, como se estivesse relutante em tocá-la, e examinou a frente e o verso.

"O nome dela era..." Nina se deu conta de que havia se esquecido. "Qual era o nome dela?"

Casey recuperou sua voz. "Monica Ridgemore", ela disse, e nesse momento se deu conta de que estava falando com Mick Riva. Um dos homens mais famosos do mundo. Um rosto que tinha visto em pôsteres e na TV a vida inteira. "Ela devia ter dezoito anos. E dizia que estava grávida de Mick Riva. De você."

Hud se perguntou quantos outros filhos seu pai não teria feito. Jay se perguntou se aquela garota não podia estar mentindo. E Kit se perguntou como era possível que eles tivessem um parentesco tão próximo com aquele homem. Ninguém ali tinha nada a ver com ele.

"Eu não quero nada de você", Casey disse. "De nenhum de vocês. Pelo menos não dinheiro nem nada do tipo. Eu tenho todo o dinheiro que preciso."

Casey tinha muito menos do que qualquer um dos irmãos Riva naquele momento. E uma fração tão ínfima da fortuna da qual Mick dispunha que era impossível expressá-la em termos de porcentagens.

"Estou aqui porque..." Casey não conseguiu continuar falando. Sabia quais palavras queria dizer, só não tinha certeza de que suportaria a dor de pronunciá-las. *Eu não tenho mais ninguém.* Mick desviou sua atenção da foto e percebeu que Casey tinha os mesmos olhos da mãe.

"Ela está à procura de uma família", Nina falou. "Parece familiar, não?"

Mick abriu um sorriso tímido e um tanto amargurado, com os olhos baixos. Ele olhou para Nina e depois para Casey. E então de novo para a foto.

Tentou identificar o rosto naquela imagem. Ele havia dormido com aquela mulher — Monica Ridgemore — em 1964 ou 65? Esses foram anos de glória para ele. Viajando o mundo inteiro. Indo para a cama com um monte de mulheres. Algumas eram groupies. E, sim, algumas eram bem jovens.

Mick olhou de novo para Casey, para os olhos dela, e as maçãs do rosto, e os lábios. Havia algo familiar nela, mas essa era uma sensação que Mick tinha o tempo todo. Conheceu tanta gente na vida que já fazia anos que se sentia como se ninguém mais fosse desconhecido. Eram só diferentes versões da mesma pessoa.

A probabilidade de Mick ter ido para a cama com Monica era no mínimo a mesma de ter sido tudo uma invenção da cabeça dela.

"Eu não sei", ele disse por fim, vendo os olhos de Casey se fecharem e seu peito se encolher quando ela se deu conta de que não teria a resposta que tinha ido buscar naquela noite. "Sinto muito, Casey. Sei que provavelmente não era o que você queria. Mas a verdade é que eu não sei mesmo."

Todos se sentiram um pouco mais abalados naquele momento — Nina, Jay, Hud, Kit e Casey. A capacidade de Mick de causar decepções parecia infinita.

Seis policiais chegaram em três viaturas.

Percorreram as ruas tranquilas de Point Dume com as sirenes desligadas e projetando suas luzes em silêncio sobre cercas e jardins.

Quando chegaram à casa de Nina, bateram na porta. Se uma festa tivesse saído do controle em Compton, eles não fariam isso. Se fosse no centro da cidade, ou em Leimert Park, Inglewood, Koreatown, East L.A. e Van Nuys, teriam entrado direto. Mas estavam em Malibu, onde viviam os ricos. E gente branca endinheirada contava com o benefício da dúvida e todas as vantagens que esse benefício trazia.

A porta se abriu no momento em que os dedos do sargento Eddie Purdy encostaram na porta. O sargento Purdy era um homem baixo e forte e com a barba sempre por fazer, a não ser que a raspasse duas vezes ao dia. Teve que levantar a cabeça para olhar para a mulher maravilhosa à sua frente.

"Ah, graças a Deus que vocês chegaram", Tarine disse. "Vocês precisam fazer alguma coisa. Agora eles estão no telhado, tentando descer com uma prancha de surfe para a piscina."

Havia vidro quebrado e vômito por toda parte, além de corpos desmaiados e seminus e duas pessoas cheirando cocaína em uma bandeja de prata. A âncora do noticiário do canal 4 chorava em cima de uma tigela de molho para batatas chips.

"Senhorita, esta é a sua casa?", o sargento Purdy perguntou.

"Não, não é."

"O dono da casa está?"

"Estamos procurando por ela", Tarine falou. Vanessa estava lá fora, à caça de Nina.

"E a senhorita pode nos ajudar a descobrir onde ela está?", ele perguntou. "Eu preciso falar com o responsável pela casa primeiro."

Tarine se empertigou toda e tentou se explicar de forma mais clara. "Como eu acabei de falar, não sei onde Nina está, mas acho que a questão mais urgente aqui é dar um basta nessa situação."

"Será que ela está no andar de cima?", o sargento Purdy perguntou, mandando alguns de seus homens darem uma circulada pela festa.

"Senhor, tem um filho da puta em algum lugar aqui dando tiros em espelhos", Tarine falou. "Que tal a gente se concentrar nisso?"

"Senhorita, por favor, modere seu linguajar."

"Você ouviu o que eu falei?", Tarine perguntou. "Eu nem sei quem está com a arma agora. Bridger Miller atirou nas portas de vidro. Por favor, faça alguma coisa."

"Senhorita", o sargento Purdy disse. "Vamos manter a calma. Onde foi o último lugar que a senhora viu a dona da casa?"

"Senhor, eu já falei. Não sei onde Nina está. Provavelmente está com o pai dela. Mick Riva chegou já faz um tempinho."

"Mick Riva é o dono da casa?" O sargento Purdy olhou para trás e ergueu as sobrancelhas para seus homens, como se tivesse acabado de descobrir um detalhe importante. "Seria bom a senhora ter mencionado isso antes."

"Ele não é o dono da casa. É a filha dele."

O tom de voz do sargento Purdy estava se tornando cada vez mais impaciente. "Me diga onde está o sr. Riva."

"Por quê?", Tarine questionou. "Vocês querem um autógrafo?"

Nesse momento, Vanessa apareceu. "Acho que eles podem estar..." Ela viu os policiais. "Ah, que bom que vocês estão aqui para ajudar a gente. Alguém mijou em cima de um Lichtenstein. Um *Lichtenstein*."

"Eu entendo, senhorita", o sargento Purdy respondeu, mas de uma maneira que deixou claro para todos, inclusive seus homens, que ele não tinha a menor ideia do que era um Lichtenstein.

Houve um ruído de impacto no alto da casa, e em seguida o som de alguém caindo na água. Parecia que alguém tinha descido do telhado com uma prancha de surfe.

"Será que você pode fazer alguma coisa agora, policial?", Tarine perguntou.

"Por favor, modere seu tom. Eu posso mandar a senhorita para a cadeia por falar assim comigo."

"Ah, estou pagando para ver", Tarine disse.

Os homens de Purdy começaram a cochichar e dar risada, mas sem olhar diretamente para ele. Vanessa percebeu que as coisas estavam prestes a tomar um rumo bem diferente.

"A senhorita é uma mulher muito bonita, eu reconheço. Com certeza está acostumada a dar ordens em todo mundo em todo lugar. E aposto que deve ser ótimo de ver. Mas aqui a senhorita não manda nada, está bem?" Ele sorriu para Tarine, e o que a deixou mais irritada foi o fato de ter sido um sorriso sincero. "Então trate de falar comigo com respeito, queridinha, ou vamos ter problemas."

"Policial... se o senhor puder...", Vanessa começou a dizer, mas Tarine a interrompeu.

"Se você fizesse o seu trabalho em vez de ficar aí parado", ela disse, "talvez eu não precisasse falar nada."

"Estou falando sério. A senhorita está começando a me irritar", Purdy respondeu, dando um passo na direção dela. "Então é melhor tomar cuidado com a língua."

Tarine sentiu a distância entre os dois diminuindo, e os olhos de Purdy cravados nos seus. "Como é?", ela falou. "Fui eu que chamei vocês aqui. Não fiz nada de errado."

Ela se afastou dele enquanto falava, tentando evitar que ele invadisse seu espaço pessoal.

Purdy chegou ainda mais perto. "A senhorita não é fácil mesmo, né?" Em seguida levou a mão esquerda ao rosto dela, olhando-a bem nos olhos, e prendeu uma mecha de seus cabelos atrás de sua orelha. "Pronto. Assim está melhor."

Tarine levantou a mão e deu um tapa bem no meio da cara do sargento Eddie Purdy.

Jay olhou para o pai e sentiu sua raiva começar a transbordar. "Você pelo menos sabe quantos filhos tem?", ele esbravejou.

Havia tantos pensamentos fervilhando em sua cabeça, tantas possibilidades perturbadoras que só lhe vieram à mente naquele momento. Especificamente, era a primeira vez que Jay se deu conta de que poderia ter mais irmãos além dos três que conhecia. Ele se sentia mais e mais insignificante a cada segundo que se passava.

"Nós não precisamos falar disso", Mick disse, sacudindo a cabeça.

Seus filhos continuaram olhando fixamente para ele.

"Três pessoas já entraram com processos de paternidade contra mim", Mick disse por fim. "E eu não era pai de nenhuma delas."

"É essa sua resposta?", Kit questionou.

Mick baixou os olhos por um momento antes de olhar para Kit.

Ela sacudiu a cabeça. "Você é mesmo incrível, *papai*."

A maneira sarcástica como Kit se dirigiu a ele deixou Mick desconcertado.

Por que seus filhos não poderiam ficar pelo menos um pouquinho felizes em vê-lo? Ele nunca tratou seus pais daquela maneira. Não importava o que sua mãe fazia, ou onde seu pai se metia, Mick sempre ficava contente quando eles voltavam.

"Duas mulheres com quem me envolvi resolveram interromper a gestação, até onde sei", Mick falou.

"Quanta elegância", Kit comentou, irônica.

Mick tentou ignorá-la. "E outra teve um aborto espontâneo. Mas em geral eu sempre tomei muito cuidado. Principalmente depois de me separar de vez da mãe de vocês. Eu sempre tomei muito, muito cuidado."

"Você quer um prêmio por isso ou algo do tipo?", Kit perguntou.

"Que tal você me escutar? Estou tentando responder à sua pergunta. Estou tentando explicar uma coisa para você. Eu fiz de tudo para não ser irresponsável nesse aspecto. Sempre falei para as mulheres com quem ia para cama que não queria nem saber de crianças. Eu dizia: *Se eu quisesse ser pai, teria voltado para casa para ficar com os meus filhos.*"

Um silêncio mortal se abateu sobre a praia.

"Uau", Kit falou, com uma fúria tão grande fervilhando dentro dela que seu rosto ficou todo vermelho. "Quer saber?", ela continuou. "Foi bom ter ouvido isso. Obrigada por esclarecer tudo. Porque eu sempre tive essa curiosidade de saber se você amava a gente, e agora tenho a resposta."

Mick sacudiu a cabeça, mas ela continuou falando. "Não, tudo bem. A gente tinha uma família. A sua ausência não fez muita diferença, na verdade."

Mick viu a dor no rosto estoico da filha — o queixo trêmulo, os olhos estreitados. Era essa a expressão que ele fazia quando criança, ao especular a respeito dessa mesma coisa e chegar a essa mesma conclusão.

Mick sacudiu a cabeça de novo. "Você não me entendeu."

"Acho meio difícil não entender", disse Hud. "Você deixou bem claro que até hoje nunca quis ser o nosso pai."

"A questão não é querer ou não querer!", Mick disse, começando a alterar o tom de voz. "É isso que eu estou tentando explicar! Estou tentando dizer que, se eu pudesse, teria sido um pai para vocês. Eu queria ser um pai para cada um de vocês. Mas não *consegui*. Eu não *consegui* ser pai.

"Isso é uma coisa que vocês precisam entender sobre ter filhos — algumas pessoas não foram feitas para isso. Algumas pessoas não têm o que é preciso para ser uma mãe ou um pai. E eu não tinha. Mas agora estou aqui. E espero que a gente consiga construir alguma coisa a partir disso. É que... antes eu simplesmente não conseguia. Mas acho que agora eu tenho o que é preciso. E agora quero fazer parte da vida de vocês. Eu quero... dar jantares e, sei lá, passar as festas de fim de ano com vocês, ou seja lá o que for que as famílias fazem. É isso que eu quero."

De repente, Nina começou a rir. Estava gargalhando como uma louca, como as mulheres que costumavam ser queimadas na fogueira em outros tempos.

"Ai, meu Deus", Nina falou, levando as mãos aos cabelos e sacudindo a cabeça. "Eu quase caí nessa. Esqueci que as suas palavras não significam nada. Que você fala o que der na telha, mas não está disposto a fazer nada além disso."

"Nina...", Mick falou. "Por favor, não diga isso. Estou tentando explicar por que não fui capaz de ser um pai para vocês até hoje."

Nina sacudiu a cabeça. "Se você pelo menos soubesse o que significa ser pai, entenderia que ser *capaz* do que quer que seja não tem nada a ver com isso."

Mick franziu a testa e suspirou.

"Você acha que a nossa mãe se sentia *capaz* de criar quatro crianças sozinha? De manter a cabeça erguida apesar do mundo inteiro saber que ela foi abandonada por você *duas vezes*? De sustentar a casa, de fazer todo o trabalho doméstico e ainda ajudar todos nós com as lições de casa? De transformar cada aniversário em uma ocasião especial apesar de não ter dinheiro nem tempo para isso? De lembrar que o Jay gosta de bolo de chocolate com creme de manteiga e que a Kit gosta de bolo de coco e que o Hud gosta de bolo de massa branca e cobertura de chocolate? E sempre ter o número exato de velas?

"Você acha que *eu* me sentia capaz de assumir tudo isso depois que ela *se afogou* na porra de uma banheira? Acha que eu me sentia capaz de manter as contas em dia e ainda arrumar dinheiro para comprar coco na porra do Malibu Mart? Acha que eu me sentia capaz de abraçar cada um deles quando acordavam no meio da noite e lembravam que estavam praticamente sozinhos no mundo? Acha que eu queria abandonar os estudos para poder dar conta de tudo isso? Que eu queria ser uma mulher de vinte e cinco anos que não tem nem o diploma do ensino médio?"

Mick ficou abalado ao ouvir isso e, quando Nina viu o olhar comovido no rosto dele, se irritou ainda mais.

"Eu não me sentia capaz de nada disso! Mas fazia diferença? Claro que não. Então eu continuei acordando todo dia de manhã desde o dia em que a nossa mãe morreu — e vários dias antes disso também — e fiz o que precisava fazer. Nunca pude me dar ao luxo de questionar se era *capaz* ou não. Porque a minha família precisava de mim. E, ao contrário de você, eu entendo a importância disso."

"Nina...", Mick tentou intervir.

"Você acha que eu queria estar aqui vendendo fotos da minha bunda e vivendo nessa porra de penhasco? Não, eu não queria. Eu queria estar em uma praia em Portugal, morando numa cabana com o pé na areia, pegando ondas e comendo peixes e frutos do mar frescos. Mas não fiz isso. Eu fiquei aqui. É isso o que significa ter uma família. *Ficar*. Não aparecer numa festa no meio da madrugada e esperar ser recebido de braços abertos."

"Nina, você tem razão. Eu sou fraco..."

"Isso deve ser bom. Poder ser uma pessoa fraca. Eu não faço ideia de como é."

Ao ouvir isso, Kit abriu um sorriso, mas se apressou em escondê-lo, apoiando o queixo na mão.

Nina continuou: "Você não faz nem ideia do que significa estar presente para alguém. E muito menos para uma criança. Mas foi isso que a nossa mãe fez. E, quando ela não podia mais, eu tentei fazer isso no lugar dela. Não, minto. Eu não *tentei* fazer isso no lugar dela. Eu *fiz* isso no lugar dela. Afinal, olha só para eles. São pessoas talentosas e inteligentes e decentes... e, claro, ninguém é perfeito. Mas a gente tem integridade. A gente sabe o que significa lealdade. A gente se apoia.

"E tudo isso porque a minha mãe e eu fizemos um ótimo trabalho. Já você... você não fez nada, mas provavelmente seria capaz se não estivesse cagando e andando para a gente. E, como não deu nem as caras por aqui, a gente aprendeu a seguir em frente sem você."

Nina fez uma pausa e fechou os olhos. Em seguida voltou a encarar Mick. "Eu não posso falar por todo mundo, pai, então só vou falar por mim: não existe mais espaço na minha vida para você. E eu não tenho obrigação nenhuma de abrir esse espaço."

Quando parou de falar, Nina enxugou as lágrimas do rosto com as mãos e limpou na calça. Então recuperou o fôlego e estufou o peito. Nesse momento, sentiu uma paz surgir dentro de si, como se ao desabafar sua raiva a tivesse desalojado do lugar onde vivia no seu corpo. Era como se a tensão em seus nervos tivesse se dissipado, relaxando uma musculatura que tinha se enrijecido muito tempo antes.

Mick viu a expressão da filha começar a se acalmar. E sentiu uma vontade imensa de ir até lá e abraçá-la, como fazia quando ela era uma menina de seis anos e eles empinavam pipa juntos a alguns quilômetros dali, naquela mesma praia. Mas sabia que era melhor manter distância.

"É assim que todos vocês se sentem?", Mick perguntou para os outros filhos.

Nina se virou para o mar e limpou os olhos de novo.

Kit baixou os olhos e assentiu com a cabeça. Hud, machucado por dentro e por fora, olhou para o pai. "Eu só acho que..."

"É tarde demais, pai", Jay completou.

Foi doloroso para Jay dizer aquilo. Ele ficou se sentindo mal pelo pai. E pelos irmãos. Acima de tudo, porém, o que mais entristecia Jay era ter alguém se oferecendo para ser seu pai só *depois* de ele passar tanto tempo precisando desesperadamente de um. Aquele homem diante dele nunca tinha sido o homem que Jay desejava que fizesse parte de sua vida. O homem que ele desejava que fizesse parte de sua vida nunca existiu. E isso era um sofrimento por si só.

Mick contraiu os lábios, absorvendo tudo aquilo. Ele olhou para os filhos. Para a filha mais velha, que havia criado os irmãos e feito carreira como modelo. Para o filho mais velho, que ganhou notabilidade em um ramo que Mick não era nem capaz de compreender. Para o terceiro filho, que havia encontrado seu lugar no mundo mesmo depois de um começo de vida tão turbulento. Para a quarta filha, que parecia ter herdado as coisas que Mick mais apreciava em si mesmo, apesar de não ter tido quase nenhum contato com ele. E até mesmo aquela garota mais nova, que podia ou não ser sua filha, que parecia estar encarando uma situação tão parecida com a que ele enfrentou na idade dela, mas com uma elegância que Mick jamais teve.

"Certo", ele disse. "Eu entendo."

Ele precisava dos filhos agora que estava sozinho. Agora que estava com medo de que logo deixasse de ser relevante. Agora que tinha uma casa vazia.

Mas eles não precisavam de Mick.

"Eu nunca quis que vocês crescessem se sentindo abandonados, sentindo que... que não tinham com quem contar", ele disse, escondendo por um tempo os olhos atrás dos dedos. "Sei que vocês não acreditam em mim, mas juro que isso era a última coisa que eu queria."

Nesse momento, Mick começou a desmoronar. "Meu pai abandonou a minha mãe várias vezes", ele contou. "Passava um tempão sumido. E a minha mãe... ela simplesmente esquecia que eu existia. Os dois, aliás."

Nina desviou os olhos do pai e viu uma família de golfinhos na água passando por ali, se revezando nos saltos. Ela adorava ver a maneira como eles se deslocavam, sempre em grupo, sempre na mesma direção. Nunca davam a menor bola para o que estava acontecendo na praia, simplesmente seguiam em frente. Os golfinhos nadavam pelo mar de Malibu desde antes de Nina nascer, e continuariam por lá muito depois que ela se fosse, e isso a reconfortava.

"Eles morreram quando eu tinha a sua idade, Casey", Mick continuou. "Ao mesmo tempo. Assim como... como aconteceu com você. Com vocês todos, na verdade. A minha mãe... Ela ficou furiosa com meu pai um dia, logo depois de descobrir que ele andava envolvido com uma garçonete. Ela pôs fogo nos lençóis. Eu não estava lá, então não sei direito o que aconteceu. Mas sempre achei que deve ter sido porque ela estava chateada com o meu velho. Mas aí... o fogo saiu de controle bem rápido.

"Eu tinha dezoito anos. Cheguei da escola um dia e nosso apartamento estava destruído, tinha virado cinzas. Os dois estavam mortos."

Mick olhou para o céu e depois de novo para os filhos. "De um momento para o outro, eu estava sozinho. Eu também não me formei no colégio", ele disse, se virando para Nina.

Nina olhou para o pai e sentiu seu rosto se contrair. Ela se sentiu mal por ele. Mas isso a irritou ainda mais, o fato de Mick ter permitido que ela sofresse exatamente a mesma perda. Ele entendia muito bem — e sempre entendeu — o peso desse sofrimento, e ainda assim não fez nada para impedir que ela passasse pela mesma coisa.

"Acho que só aprendi o que era ser amado quando conheci a mãe de vocês. Fui colocado no mundo por pessoas que nunca se importaram comigo, que não fizeram nem a gentileza de não pôr fogo na casa.

"Mas enfim, não estou aqui me lamentando por ter uma história triste. Não é essa a questão. O que estou querendo dizer é que... eu entendo essa dúvida, essa coisa de não saber se alguém ama você, se você tem alguma importância no mundo. E jamais poderia ter deixado que vocês se sentissem assim. Eu estava determinado a não deixar que isso acontecesse", ele disse, sentindo um nó se formar em sua garganta. "Mas... sei lá... de alguma forma acabou acontecendo mesmo assim.

"Quando soube que a mãe de vocês morreu, só o que eu queria era que não fosse verdade. Eu não queria acreditar. Queria imaginar que ela ainda estava com vocês. Não queria encarar o fato de que eu tinha deixado vocês na mão e que o mundo levou a única pessoa com quem podiam contar. Então eu simplesmente... ignorei. Fingi que não tinha acontecido. E depois recebi a notificação de que você estava requerendo a guarda deles e... E senti como se a decisão tivesse sido feita por mim."

"Você nunca deu nem um sinal de vida", Nina disse.

"A cada dia que eu passava sem ligar, ficava mais envergonhado por não ter ligado antes. Mas... o problema fui eu. Não vocês. E o que estou percebendo agora é que sentia que os meus pais me tratavam daquele jeito porque eu não merecia ser amado, ou porque... não prestava. Mas..." Mick fechou os olhos e sacudiu a cabeça. "O que eu fiz — o meu fracasso, acho que dá para dizer — não foi porque vocês não mereciam ter alguém com quem contar. Foi por culpa minha. Os meus pais nunca me disseram isso, então nunca tive como saber com certeza. Mas eu estou aqui na frente de vocês agora e posso falar com toda a certeza: vocês mereciam uma vida melhor. Vocês mereciam o que existe de melhor no mundo."

Os olhos de Mick se encheram de lágrimas, e ele encarou fixamente cada um deles, inclusive Casey. "Vocês foram amados em cada minuto da sua vida", ele disse, e seu queixo começou a tremer. Em seguida juntou as mãos na frente do peito como se fosse rezar e disse: "Enquanto eu estiver neste mundo, podem acreditar que existe alguém que ama vocês. Eu sou só... Apesar de ser um homem extremamente egoísta, uma coisa garanto: eu amo vocês. Eu amo muito vocês".

O céu estava começando a clarear. Nina estava exausta.

"Acho que o grande problema, pai", ela disse, se surpreendendo com tom suave de sua voz, "é que esse seu amor não significa muita coisa."

Mick fechou os olhos. E assentiu. E respondeu: "Eu sei, querida. Eu sei. E eu sinto muito".

O sargento Purdy pôs as algemas em Tarine, que estava aos berros.

"Está de brincadeira comigo?", ela gritou.

"Você agrediu um policial", ele respondeu, puxando as mãos dela para trás das costas. Esse movimento fez seus cotovelos se afastarem do corpo, e ela perdeu o equilíbrio. Tarine tropeçou no degrau à sua frente e caiu. Sem fazer nenhuma cerimônia, o sargento Purdy a puxou, e nisso acabou arrastando Tarine para junto de si, colando seus corpos um ao outro. Ele sorriu.

Vanessa perdeu a cabeça. Sem pensar no que estava fazendo, deu um empurrão nele. "Não encosta mais nela!", ela falou.

O policial atrás de Purdy segurou Vanessa pelos pulsos e a algemou, mantendo os braços dela bem juntos do corpo.

Greg apareceu no momento em que Ricky entrava na sala de estar, querendo saber o que era aquela confusão.

"Que merda é essa?", Greg gritou. "Soltem ela!"

Sem pensar, Ricky saiu correndo e empurrou os policiais para longe das mulheres. Purdy caiu para trás, mas o outro mal se moveu. "Fiquem longe delas!", Ricky falou. "Não me interessa quem vocês são!"

Purdy deu uma encarada em Ricky, que imediatamente entendeu o que aconteceria. Mas manteve a cabeça erguida quando ambos os policiais avançaram sobre ele, e permaneceu tranquilo enquanto colocavam seus braços atrás das costas e o algemavam.

Fez uma careta ao sentir o aperto das algemas, mas nesse momento Tarine se virou para ele e fez um agradecimento silencioso. Vanessa sorriu. Greg fez um aceno de cabeça para Ricky, e os demais presentes aplaudiram.

Tarine, Vanessa e Ricky iriam todos para a cadeia. Mas pelo menos não tinham abaixado a cabeça.

Então a polícia fez uma batida na casa.

Prenderam dois atores viajando de LSD na quadra de tênis (Tuesday Hendricks e Rafael Lopez, posse de entorpecentes), o fornecedor da cocaína (Bobby Housman, posse de entorpecentes para fins de distribuição), dois homens que arremessavam bandejas como se fossem estrelas ninja (Vaughn Donovan e Bridger Miller, vandalismo), uma mulher nua chupando um baterista no meio do quintal (Wendy Palmer, atentado ao pudor), um casal com os bolsos cheios de pertences que claramente eram de Nina e Brandon (Ted Travis e Vickie Brooks, furto), e um indivíduo com uma arma na mão (Seth Whittles, posse ilegal de arma de fogo).

Era tanta gente para levar embora que os policiais precisaram pedir uma van pelo rádio. Colocaram os detidos na viatura e esvaziaram o resto da casa. Bridger fechou a cara assim que viu Tuesday. Ela se recusou a encará-lo, se concentrando apenas em Rafael. Ted e Vickie tentavam ficar de mãos dadas mesmo algemados. Bobby cumprimentou Wendy com um aceno. Wendy abriu um sorriso para Seth. Vaughn se esforçava para não vomitar.

Ricky se sentou ao lado de Vanessa, e os dois ficaram bem próximos, quase sem nenhum espaço entre seus corpos.

"Que noite mais estranha", ele falou para ela.

"Pois é", ela disse. "Estranha mesmo. Mas obrigada, sabe, por enfrentar aquele policial por mim."

"Ah, sim", Ricky disse. "Claro. Quer dizer, disponha."

Vanessa sorriu, se inclinou na direção de Ricky e o beijou na boca. "De repente a gente podia sair um dia desses", ela disse.

Ricky assentiu. "Que tal amanhã à noite, se a gente não estiver na cadeia?"

"Ótimo", Vanessa disse.

Algemados bem pertinho um do outro, os dois estavam com um sorriso no rosto. E, dessa forma, o final da noite criou seus próprios começos.

Tarine foi a última a ser levada para a van.

"Eu vou lá buscar você", Greg gritou. "Vou logo atrás da van."

"Por favor!", ela gritou de volta enquanto as portas eram fechadas. "Essas pessoas são malucas."

A caminho da delegacia, os policiais passaram por um Jaguar batido na beira da estrada. O capô estava amassado em torno de uma árvore, e o motor fumegava.

Eles prenderam o motorista, Brandon Randall (embriaguez ao volante), completamente bêbado, mas sem nenhum arranhão.

Treze detenções, centenas de pessoas expulsas da casa, e ninguém sabia onde estavam os irmãos Riva.

Quando o relógio marcou cinco da manhã, a festa da década estava encerrada.

5H00

Os seis ficaram sentados em silêncio na praia por um tempo. Ninguém ainda estava pronto para ir embora.

Já tinham as respostas para as perguntas que haviam incomodado Nina, Jay, Hud, Kit e até Mick por duas décadas. *Ele algum dia voltaria? Poderia ser o pai deles de novo?*

Sim. E não.

Então ficaram todos em silêncio enquanto assimilavam as transformações que ocorriam no mundo de cada um.

Depois do que pareceram ser horas, Nina levantou e limpou a areia das pernas. Os ventos de Santa Ana estavam ganhando força, e era possível senti-los em seus ombros. "Está esfriando", ela falou.

Os seis guardaram as pranchas de volta no barracão e começaram a subir de volta para o alto do penhasco.

A cabeça de Jay estava a mil depois de tudo o que havia ocorrido nas doze horas anteriores. Era difícil processar tantos acontecimentos, e ele sabia que demoraria algum tempo para assimilar tudo. Mas uma coisa pelo menos ficou bem clara: Jay não queria ser como o pai.

Houve tantas ocasiões ao longo dos anos em que Jay desejou ter o mesmo tipo de consagração ou prestígio do pai. Mas então percebeu com clareza que na verdade não queria se entregar àquelas coisas como Mick tinha feito.

Na verdade, apesar de tudo, se havia um homem em sua vida em quem se espelhar, sempre tinha sido Hud. Por mais difícil que fosse de aceitar naquele momento, era uma verdade inegável.

Enquanto Hud penava para subir os degraus, Jay se aproximou por trás. Ele estendeu o braço para ajudá-lo e falou, com um tom de voz que não era exatamente um sussurro, mas que ninguém além do irmão conseguiria ouvir: "Eu preciso que você se arrependa".

"Eu estou arrependido", Hud respondeu.

"Não, você precisa se arrepender a ponto de nunca mais mentir para mim, para eu poder continuar confiando em você para sempre. Como se nada tivesse mudado."

Hud olhou para o irmão e permitiu que sua tristeza viesse à tona. Jay viu a dor estampada no rosto e no corpo de Hud, e o conhecia bem o bastante para saber que não era por causa das costelas quebradas. "É nesse nível que eu estou arrependido", ele falou.

"Certo", Jay respondeu. "Então está tudo certo." E, depois de dizer isso, Jay deixou que seu irmão apoiasse todo o peso do corpo em seu ombro e ajudou Hud a subir o penhasco.

Toda aquela conversa com o pai fez Hud se lembrar da mãe. E pensar na história que ela costumava contar, que o amor que sentia por ele tinha surgido assim que o pegou no colo e o ouviu chorar.

Sua mãe tinha escolhido amá-lo, e isso mudou sua vida.

Hud amaria seu filho da mesma forma que sua mãe o amou: demonstrando isso todos os dias, e sem deixar margem para dúvidas.

E talvez, dali a vinte e cinco anos, todos eles e uma nova geração da família Riva pudessem ir àquela mesma praia. E talvez pudesse haver outro momento como aquele. E talvez seus filhos lhe dissessem que ele tinha sido permissivo ou rigoroso demais, que poderia ter dado mais ênfase a uma determinada coisa em vez de outra.

Ele sorriu ao pensar nisso, em todas as bobagens que faria. Era inevitável, não? Cometer pequenos erros e causar decepções ao assumir a responsabilidade sobre uma vida? Sua mãe também tinha fracassos e sucessos na mesma medida.

Mas, se havia uma certeza enraizada nele até os ossos, era a de que não seria uma figura ausente.

Seu filho — ou filhos, caso tivesse sorte — saberia desde o dia em que nascesse que ele estaria sempre lá.

* * *

Por mais que não quisesse, Kit sentia algo pelo pai. Não que gostasse dele como pessoa. Mas ficou feliz em saber que ele tinha uma alma, por mais imperfeita que fosse. De alguma forma, descobrir que seu pai não era de todo ruim fez com que ela apreciasse mais a si mesma e tivesse menos medo do que encontraria quando examinasse as profundezas desconhecidas de seu coração.

Enquanto eles subiam a escada, Kit foi passando na frente de todo mundo como só as irmãs caçulas se julgam no direito de fazer, e só parou quando alcançou Casey.

Então diminui o passo, e ao passar por ela falou: "Com licença".

Mais tarde, Kit se lembraria daquele momento — da ocasião em que subiram aquela escada, quase o tempo todo em silêncio, junto com o pai — como o momento em que sua família se rearranjou, abrindo espaço para Casey se aproximar e para Nina se afastar.

Kit cutucou o ombro de Nina. "Ei", ela murmurou.

"Oi", Nina disse.

"Que lugar é esse em Portugal?", Kit quis saber.

"Quê?", Nina perguntou.

"A praia em Portugal. Onde você queria morar e comer peixes e frutos do mar frescos."

"Ah", Nina disse. "Sei lá. Só falei por falar."

"Não, nada disso", Kit insistiu. "Eu conheço você."

"Isso não tem importância."

"Foi a coisa mais sincera que já ouvi você dizer", Kit falou. "Não tem nada mais importante que isso."

Nina virou a cabeça e olhou bem para a irmã. "É na ilha da Madeira. Eu sempre quis morar na ilha da Madeira, em uma casinha na beira da praia, indo até a cidade só uma vez por semana para comprar comida. Eu adoraria viver num lugar onde ninguém me conheça e nem saiba quem é meu pai, onde ninguém tenha meu pôster na parede, e onde eu possa comer o que quiser. E eu possa cortar o cabelo e de repente virar jardineira ou paisagista. Algum trabalho ao ar livre. Onde ninguém saiba que fui casada com Brandon. E onde as ondas sejam boas, e eu possa ficar o tempo todo na água."

348

Kit conseguiu visualizar com perfeição. Era exatamente isso o que eles fariam por Nina.

Mick sabia que, caso amasse de verdade os filhos, o melhor a fazer era deixá-los em paz. E era uma coisa que parecia fácil, parecia viável. Ele encarou isso como sua redenção.

Enquanto subia aqueles degraus, ele decidiu dar um abraço em cada um, passar seu telefone para eles e dizer que estaria à disposição caso quisessem encontrá-lo para um almoço a qualquer hora. Depois pegaria seu Jaguar e iria embora.

No momento em que seus pés pisaram na grama, ele se virou para Casey e falou: "Eu faço o teste de paternidade. Se você quiser. É só me avisar".

Casey, que ainda considerava aquela noite inacreditável, triste e só um pouquinho animadora, sorriu para ele. Então, só para o caso de ele ser mesmo seu pai, segurou a mão de Mick e apertou bem firme.

Quando a família chegou ao gramado, os policiais que ainda estavam por lá direcionaram os fachos das lanternas para o rosto de Mick e seus cinco filhos. E foi nesse momento que, talvez pela primeira vez na vida, eles viram um lado positivo de ter Mick Riva como pai.

Foram todos para dentro da casa e, depois de dez minutos de sorrisos e apertos de mãos e autógrafos e risos educados ouvindo histórias sem a menor graça, os policiais resolveram ir embora.

"Nós fizemos algumas prisões", o sargento Purdy contou. "Ninguém que vá fazer falta para vocês, imagino eu. Uns vândalos, na verdade."

Nina não sabia ao certo o que fazer, e ficou se perguntando quem os policiais poderiam ter prendido. "Obrigada", ela disse, e os acompanhou até a porta.

Então se virou e olhou para sua família. Seus irmãos estavam com o rosto sujo de sangue seco, sua irmã tinha um chupão no pescoço — *como assim?* — e havia duas pessoas a mais que no início da noite.

349

"Certo", Mick falou. "Acho que essa é a minha deixa."

Ele chegou a fantasiar que alguém pudesse querer impedi-lo. Mas não ficou surpreso quando ninguém o fez.

Mick abraçou os filhos primeiro, depois sua possível nova filha, em seguida a de língua afiada e, quando se dirigia para a porta, aquela que salvou a família que ele começou.

"Obrigado", Mick murmurou no ouvido de Nina quando a puxou para junto de si. "Por ser essa pessoa que você foi a vida inteira. E por tudo o que você fez."

E então, antes que Nina se desse conta de que estava chorando, ele não estava mais lá.

Nina se sentou na escada à frente da porta, e seus irmãos e sua irmã foram se acomodar ao seu lado.

"Você está bem?", Hud perguntou.

Nina se virou para ele, e eram tantos os sentimentos dentro dela que não havia palavras para expressá-los. "É que...", ela começou, mas acabou desistindo.

"Exatamente", ele falou.

"Isso mesmo", Kit acrescentou.

"Pois é", Jay disse.

Casey estava parada junto à porta.

Hud a viu ali, sozinha e insegura, prestes a ir embora. "Vem cá, senta aqui. Não interessa quem é o seu pai. Você é uma de nós."

Kit abriu espaço para ela. E, quando Casey se sentou ao lado de Nina, Jay apertou seu ombro. E Nina deu um tapinha em seu joelho.

Ela precisava ser amada. E eles podiam fazer isso. Seria muito fácil para eles.

June não estava mais lá. Mas continuava viva através dos filhos.

6h00

Foram necessários exatos cinquenta e dois minutos para convencer Nina a ir embora. Os cinco estavam sentados ao redor da ilha da cozinha, comendo os biscoitos salgados que restaram na bandeja.

Quem sugeriu a ideia foi Kit. "E se você fosse agora mesmo para Portugal?"

Hud ficou em silêncio. Casey não sabia ao certo o que dizer. E Nina rejeitou a ideia diversas vezes.

Até que Jay começou a fazer coro com Kit.

"Não é uma ideia tão maluca assim, Nina", ele falou. "Principalmente agora. Você não quer mais ficar com o Brandon. Não quer mais chamar tanta atenção. Você não quer nada disso, e também não deve nada para ninguém. Então vai embora. Não precisa contar para ninguém. Simplesmente se manda."

"Vocês estão me dizendo para abandonar minhas coisas, minha conta no banco, minha casa. E sem ninguém saber nem onde eu estou?", Nina disse.

"Bom, não é exatamente isso o que a gente está dizendo", Hud disse.

"Brandon vai saber onde eu estou, não vai? Então ele continuaria sendo um problema. E as pessoas ainda sabem quem é o meu pai. E todo mundo vai continuar sabendo que fui traída. Todo mundo vai saber que o meu marido me trocou pela porra da Carrie Soto."

"Posso dizer uma coisa...?", Casey perguntou. "Que ela parece ser, como a minha mãe dizia quando estava muito irritada, *uma tremenda de uma vaca?*"

"Pode, sim", Nina respondeu. "É, acho que você pode dizer isso, sim."

Kit percebeu nesse momento que a Nina que ela conhecia — a boa menina que só tinha coisas boas para dizer — não existia mais. E que havia surgido uma Nina ligeiramente diferente, que concordava quando alguém dizia que a mulher que estava trepando com o marido dela era uma vaca. E Kit achava que tanto a antiga Nina quanto a nova queriam ir para Portugal.

"Que tal você me escutar?", Kit falou. "Na verdade, é bem simples."

"Tá bom", Nina falou, contrariada. "Pode falar."

"A gente não quer que ninguém vá atrás de você. O que a gente quer é que todo mundo saia do seu pé. Então vamos deixar as coisas bem ambíguas. Você vai embora agora. A festa saiu do controle. Com certeza isso vai sair nos jornais. E as pessoas vão achar que você fugiu ou coisa do tipo."

"Ou que eu morri."

"É, pode ser também", Hud falou, reconhecendo aquela possibilidade bastante improvável.

"Então tá", Kit continuou. "As pessoas vão dizer que você morreu. E daí? No máximo, vão deixar você em paz. A gente sabe que você não está morta. Vamos avisar Mick que você não morreu. Eu posso contar para Tarine e para quem mais você quiser. E vamos pedir para todo mundo manter segredo. Mas você pega uma grana, vai para o aeroporto e compra uma passagem só de ida para Portugal. Compra uma casinha. Ou o que você quiser. Aí você vê se gosta. Se não gostar, pode voltar para casa. E, se gostar, fica o tempo que você quiser. E a gente vai te visitar. O tempo todo. E ninguém vai estranhar, porque é um lugar ótimo para surfar. Hud e Jay provavelmente vão querer ir o tempo todo para lá tirar fotos e essas merdas todas. Eu posso ir junto. A gente vai se ver bastante. Vamos passar semanas juntos por lá. Você vai continuar tendo a gente o tempo todo na sua cola."

"Eu não posso ir embora", Nina rebateu. "Não posso deixar vocês aqui. Vocês..." *Precisam de mim.*

"Não", Kit disse. "Não mais. A gente te ama e te quer sempre por perto. Mas, Nina, você não precisa mais cuidar da gente."

"Ela tem razão", Hud disse. "Kit está certa."

E foi nesse momento que Nina começou a achar que talvez não fosse uma ideia tão maluca assim. Começou a cogitar a hipótese de simplesmente ir embora. Era difícil até imaginar.

"Kit está certa mesmo. Você deveria ir, Nina", Jay falou. "Não é nem um pouco a sua cara. Mas é exatamente por isso que você precisa ir."

Nina estava levando a ideia a sério. Ele sentiu.

"Você passou a vida toda ocupando o lugar que nossos pais deixaram. A gente não fala muito sobre isso, mas... A mãe também não facilitava as coisas. Mas eu sempre soube que, por mais que ela bebesse e ele nunca voltasse para casa, você sempre estaria aqui."

"Eu também", disse Hud.

"Eu soube disso a minha vida inteira", Kit falou. "E continuo sabendo. E vou continuar sabendo mesmo se você estiver morando numa praia na ilha da Madeira."

Casey entrou na conversa. "Eu mal te conheço e acredito nisso também. Dá para sentir isso em você."

Kit olhou para Casey e percebeu que ela estava gostando de sua família, e que já gostava de Nina. Kit se perguntou como seria assumir o papel de irmã mais velha de alguém, de passar adiante o conhecimento e a experiência que tinha. Ela era capaz de fazer isso. E *queria*.

"E se alguém encontrar o meu carro no aeroporto e conseguir descobrir para onde eu fui?", Nina questionou.

Kit começou a sorrir. A conversa já estava evoluindo para as questões logísticas.

"A minha picape", Casey falou. "Está estacionada lá na estrada, bem depois das falésias. Eu estava... Eu fiquei com vergonha por causa dos manobristas. E também de... de todos aqueles carros bacanas." Casey foi até a bolsa e pegou a chave. "É uma picape vermelha com três quartos de combustível no tanque. O documento está no nome do meu pai. Dá para ir até o aeroporto que você quiser com ela."

"E depois é só, tipo, ir embora. Pegar um voo para Portugal e fazer uma coisa por você. Pelo menos uma vez. Nem que seja só por um tempinho", Kit completou.

Foi esse "só por um tempinho" que a convenceu. Ela poderia ir embora *só por um tempinho*. Não haveria mal nenhum em ficar fora *só por um tempinho*.

"E o restaurante?", Nina quis saber. "Quem vai cuidar de tudo e..."

"Vamos vender o restaurante", Kit falou. "Desculpa, mas vamos precisar vender e ficar com o dinheiro. A mãe detestava aquele lugar. Nunca quis isso para nós. Ramon pode cuidar de tudo — ele, sim, gosta de verdade de lá. Nós precisamos virar essa página. A nossa vida não precisa ser igual à da mãe e à da vó. Podemos viver do nosso jeito, e você vai para Portugal e nós vamos vender aquela porcaria, por favor."

Nina olhou para Hud, que olhou para Jay. "É", Jay falou. "Kit está certa. A mãe não ia querer que você ficasse por aqui só para cuidar do restaurante. Ela iria odiar isso."

Era verdade, não? E, mesmo assim, Nina estava se agarrando àquele lugar só porque sua mãe o ocupara antes dela.

De repente, uma imagem surgiu na mente de Nina. Era como se June tivesse lhe dado uma caixa — como se todos os pais dessem para os filhos uma caixa com as coisas que tinham.

June havia dado aos filhos uma caixa quase transbordando com suas experiências, seus tesouros e suas decepções. Suas culpas e suas alegrias, seus triunfos e suas perdas, seus valores e suas noções preconcebidas, seus deveres e suas tristezas.

E Nina vinha carregando aquela caixa a vida toda, sentindo todo aquele peso nos ombros.

Mas não tinha a obrigação de carregar a caixa inteira, Nina se deu conta. Tudo o que ela realmente precisava fazer era examinar os conteúdos da caixa, decidir o que queria para si e deixar o resto de lado. Entre as coisas que herdou das pessoas que vieram antes dela, bastava escolher o que queria levar adiante. E o que queria deixar para trás, como parte do passado.

E foi assim que ela resolveu abrir mão do restaurante. Como sua mãe gostaria que ela tivesse feito. E, quando parou de carregar esse peso, também deixou de arrastar o fardo de June.

"É", Nina falou. "Vocês estão certos. A gente não precisa ficar com o restaurante."

E, assim que compreendeu tudo isso, Nina também entendeu que precisaria abrir a caixa que seu pai lhe dera, aquela que ela havia praticamente ignorado.

Um dia, quando o mundo fizesse mais sentido para ela, Nina abriria aquela caixa e veria se havia alguma coisa lá dentro que valesse a pena. Talvez não.. Mas talvez houvesse mais do que ela imaginava.

Hud sorriu para Nina. "Pode ir, Nina, é sério. Pode ir."

Havia um bom pretexto para dizer não? Nina não conseguia pensar em nenhuma razão para ficar, a não ser as pessoas que estavam diante dela.

"Eu posso ser a Nina a partir de agora", Jay disse. "Me deixa fazer isso. Pode ficar tranquila que, não importa onde você esteja nem o que aconteça, todo mundo aqui vai ficar bem, porque eu vou garantir isso."

"E eu também", Hud disse.

"E eu também", disse Kit. "E a Casey", ela acrescentou, passando o braço em torno dos ombros de Casey.

E então Nina, ofegante e atordoada com a alegria que ousava surgir dentro de seu peito, puxou seus irmãos para junto de si e decidiu ir embora. Só por um tempinho.

7HOO

Mick Riva não encontrou seu Jaguar. Ainda havia alguns carros na lateral da casa, mas nenhum era seu, e nenhum estava com a chave no contato. E ele não queria incomodar os filhos.

Então, ao chegar à calçada na frente da casa da filha, onde o caminho de cascalho da entrada se encontrava com a pavimentação da rua, ele fumou o último cigarro que tinha e decidiu ir andando até a PCH, onde poderia pegar uma carona.

Mick Riva, pedindo carona. *Que maluquice*. Ele faria o dia de alguém.

Ele deu a tragada final no cigarro, soltou a fumaça e arremessou longe a bituca, que foi descendo pelo caminho de cascalho e aterrissou suavemente nos arbustos.

Nos arbustos secos da vegetação desértica de Malibu. Em uma manhã em que os ventos de Santa Ana sopravam com força. Em um terreno cercado de plantas. Em uma cidade em risco constante de combustão. Em uma área do país onde a menor fagulha poderia provocar a destruição de muitos hectares de terreno. Em uma região que adora queimar.

E assim, com a melhor das intenções, Mick Riva foi embora, sem fazer ideia de que tinha acabado de provocar um princípio de incêndio no número 28150 da Cliffside Drive.

Antes que a fumaça se tornasse visível, Hud e Jay abraçaram Nina, disseram que a amavam e que a veriam em breve. Então Jay foi levar Hud para o hospital.

Enquanto aguardavam na sala de espera, Jay contou para Hud o que tanto temia revelar.

"Eu tenho cardiomiopatia", ele disse, e em seguida explicou o que isso significava: que era preciso que ele parasse de surfar.

"Mas você vai ficar bem?", Hud perguntou. Os olhos dele começaram a se encher de lágrimas, e Jay não suportaria ver o irmão chorar naquele momento.

"Ah, sim", Jay falou, balançando a cabeça. "Vou ficar bem. Só preciso encontrar outra coisa para fazer da vida, acho."

Hud sacudiu a cabeça. "Quanto a isso, sem problemas. Você é bom em quase tudo o que faz."

Jay sorriu e respirou fundo. "Mas eu...", ele começou, lutando para encontrar as palavras certas. "Eu estou... estou preocupado. Por deixar você na mão."

"Eu?"

"Nós somos uma equipe."

Hud sorriu e decidiu fazer uma confissão também. "Na verdade, em breve eu também não vou poder viajar tanto."

"Como assim?"

"Eu... eu não sei se existe um jeito fácil de dizer isso. E juro que fiquei sabendo só ontem à noite, mas é que..."

Jay entendeu tudo. Ele se deu conta uma fração de segundo antes de Hud anunciar em voz alta. "Ashley está grávida."

Jay fechou os olhos e deu risada. "Você só pode estar de brincadeira comigo", ele falou.

Hud sacudiu a cabeça. "Estou falando muito sério."

Jay assentiu. "Uau. Mas enfim, é como dizem por aí. Se é para dormir com a ex-namorada do seu irmão, melhor engravidar ela de uma vez."

Hud deu risada, e em seguida levou a mão à costela enquanto recobrava o fôlego. "Acho que não dizem isso por aí, não."

"É, não mesmo." Jay baixou os olhos por um momento, e em seguida se virou de novo para o irmão.

"Ainda está tudo certo entre nós?", Hud perguntou.

Jay fez que sim com a cabeça. "Olha, eu continuo achando você um babaca. E provavelmente vou continuar pensando assim por um tempo. Mas, sim, está tudo certo. A gente vai ficar bem."

Os dois ficaram em silêncio por um momento, ainda recalibrando dentro deles sua relação com o mundo.

"Então acho que nós dois vamos ficar em Malibu por um bom tempo."

Hud assentiu. "Sim, mas...", ele começou. "Na verdade, eu estava pensando em começar a fotografar a Kit. E ver se consigo vender as fotos para a *Surf*."

"Kit? Sério mesmo?"

"Ela é boa, Jay", ele falou. "Ela é... absurdamente boa."

Jay balançou a cabeça devagar, se dando conta de que já sabia disso. "É, tem razão", ele disse, lembrando de como Kit era impetuosa e arrojada na água. Imaginou como aquelas fotos ficariam — ela seria uma novidade e uma sensação, assim como Nina, só que com mais ousadia, pegando ondas maiores com manobras mais complexas, assim como ele. Talvez ela fosse a melhor surfista entre todos os irmãos. *Talvez*, Jay pensou por um instante, *tudo possa começar a acontecer em função dela.*

"Ela é boa, e com a nossa ajuda vai ser a melhor", Jay disse. "Talvez um dia a Kit ganhe a Tríplice Coroa. De repente essa pode ser a nossa nova meta."

Hud estendeu a mão e Jay a apertou, dando início ao novo capítulo da dinastia Riva.

Duas horas mais tarde, depois de o nariz de Hud ser recolocado no lugar, Jay o levou até a casa de Ashley.

Ali mesmo, na porta da frente, Hud Riva se apoiou em um dos joelhos e a pediu em casamento. De dentro do carro, Jay viu que Ashley aceitou.

Antes que a fumaça se tornasse visível, Casey entregou a Nina a chave da picape, deu um abraço nela e agradeceu por ser exatamente o tipo de pessoa de quem estava precisando naquele momento.

"Fiquei feliz em conhecer você", Casey disse, "mesmo que tenha sido só por algumas horas."

Nina sorriu. "Mas foi tudo bem intenso, né? Um verdadeiro batismo de fogo."

Kit abraçou Nina, disse que a amava e que a veria em breve. "Você precisa fazer isso", ela reforçou. E Nina entendeu, talvez pela primeira vez, que aceitar o amor e o cuidado dos outros também era uma forma de amar e cuidar.

"Casey e eu vamos sair para tomar café", Kit disse. "Por favor, não esteja mais aqui quando a gente voltar."

Nina sorriu, sentindo os olhos ficarem marejados. Kit queria chorar, mas segurou as lágrimas. Quando as duas chegaram à porta, Kit sentiu que ainda não poderia ir. Ela voltou correndo até a irmã mais velha.

"Eu sempre vou amar você", ela disse. "Não importa quem você seja, ou que tipo de vida esteja levando." Um dia, Kit tinha certeza de que contaria para irmã tudo o que estava começando a descobrir sobre si mesma. Ambas tinham tempo de sobra para absorver todas as mudanças que aconteceram naquela noite. "Eu amo você de qualquer jeito, seja como for."

"Ah, garota", Nina falou, deixando as lágrimas escorrerem pelo rosto. "Eu digo o mesmo para você."

Kit abraçou a irmã e a apertou tão forte que era como se as duas estivessem se fundindo. Então a soltou e a deixou sozinha, para que pudesse partir.

Antes que a fumaça se tornasse visível, Nina Riva deu uma última olhada na casa — os vidros quebrados e as pinturas destruídas, o lustre no chão e os abajures em pedaços. Sentiu uma alegria indisfarçável ao pensar que aquilo não era problema seu. Adorou pensar que não seria a pessoa responsável por limpar e arrumar tudo, que não precisaria mais morar em um penhasco, que não teria mais que olhar na cara de Brandon.

Ela pegou algumas coisas e jogou dentro de uma bolsa. Depois apanhou a chave de Casey e saiu para ir buscar a picape vermelha.

Era doloroso partir, mas Nina sabia que a maioria das coisas boas tinha também um lado negativo.

Nina não precisava de nada além de sua família. De seus irmãos. E, talvez, agora que eles não precisavam mais dela, pudesse ter um pouco de paz e tranquilidade. E um pouco de sol. E de privacidade.

Afinal, os membros da sua família eram todos adultos. E não é exatamente por isso o que as pessoas tanto esperam? Pelo dia em que as crianças crescem e podem fazer o que quiserem da vida?

As chamas avançaram pelo cascalho e pela terra e encontraram a grama e as folhas caídas e a madeira de que precisavam.

Começaram a envolver a casa, a subir pelas paredes, a entrar pelas janelas para chegar mais facilmente ao telhado. Se apossaram das pinturas, das roupas, do vidro quebrado. Das paredes brancas, dos sofás cor de marfim, dos tapetes de lã crua. Da adega de vinhos, da churrasqueira, do gramado do quintal, da quadra de tênis.

O número 28150 da Cliffside Drive ardia em tons vivos de laranja e cinza, e o cheiro da matéria carbonizada era carregado para o mar.

Quando o fogo tomou por completo a propriedade e começou a se espalhar pela costa, Greg já havia tirado Tarine da cadeia, Kit e Casey já haviam descoberto onde estavam Ricky e Vanessa e pagado a fiança de ambos, Caroline já havia soltado Bobby, os agentes de Vaughn e Bridger já haviam libertado os dois e começado a atender aos repórteres que telefonavam em busca de informações, o gerente de negócios de Ted já havia aparecido para dar assistência a seu cliente e a Vickie, o assessor de imprensa de Tuesday já havia aparecido para resolver a situação dela e de Rafael, e o irmão de Wendy já a havia levado para casa e contratado um advogado para representá-la.

Quando os bombeiros chegaram, Brandon já havia recebido permissão para responder ao processo em liberdade e estava no quarto de hotel de Carrie Soto. Quando ligaram a TV, os dois viram a casa dele em chamas no noticiário da manhã.

Enquanto Point Dume era evacuada — com os vizinhos saindo de suas residências agarrados aos filhos e aos álbuns de fotografias, com os cachorros acomodados no compartimento traseiro de suas peruas com o restante das coisas —, o fogo rugia e se levantava para o céu. Seus tentáculos tentavam alcançar as copas das árvores e o segundo andar das casas, querendo tomar para si lares inteiros.

Os moradores de Malibu sabiam como proceder em uma evacuação. Já tinham feito aquilo antes. E ainda fariam de novo.

Quando o incêndio foi controlado — com a mansão transformada em uma carcaça carbonizada e as casas vizinhas chamuscadas e cobertas de cinzas, o céu todo escuro e os bombeiros limpando o suor da testa —, a dona da residência não foi localizada.

Nina Riva estava em um avião.

Ela ficaria sabendo só mais tarde, lendo a notícia em um jornal americano e levando a mão ao peito, aliviada por ninguém ter se ferido. E pensou no estrago físico e no dano emocional que o fogo devia ter causado.

Mas entendia que era só mais um em uma série de incêndios que atingiam Malibu desde o início dos tempos.

Com eles, vinha a destruição.

Mas também vinha a renovação, renascendo das cinzas.

A história do fogo.

Agradecimentos

Eu sou uma escritora diferente da que era dois anos atrás, quando comecei este livro, por causa dos conselhos e da direção que recebi da minha generosa e brilhante editora, Jennifer Hershey. Jennifer, sua orientação é um grande presente que recebi, e me sinto imensamente grata por isso.

Kara Welsh e Kim Hovey, obrigada por fazerem com que eu me sentisse tão *em casa* em uma editora tão excepcional. Susan Corcoran, Leigh Marchant, Jennifer Garza, Allyson Lord, Quinne Rodgers, Taylor Noel, Maya Franson, Erin Kane e o restante da sensacional equipe da Ballantine, vocês me deixam sem palavras com suas ideias inteligentes, sua atenção aos detalhes e sua dedicação sincera. Obrigada do fundo do meu coração por isso. Carisa Hays, foi um começo bem maluco, né? Tenho uma sorte incrível por contar com você para me dizer para onde ir. Paolo Pepe, você acaba comigo com essas capas. Eu não poderia estar mais apaixonada. Obrigada.

Theresa Park, minha rainha e também minha agente, eu sou muito grata pela sua fé em mim. Você sabe transformar lindamente essa fé em entusiasmo contagiante e grandes expectativas que me motivam a me esforçar mais, além de escrever os melhores cartões de Natal do mundo. Você mantém meus pés no chão, mas ao mesmo tempo me ajuda a querer alçar voos cada vez mais altos. Eu não poderia querer mais que isso.

Emily Sweet, Andrea Mai, Abby Koons, Alex Greene, Ema Barnes, Celeste Fine e o restante da equipe da Park + Fine, ainda me surpreendo com a competência que vocês mostram todos os dias. Mas também fico com a sensação de que vocês me proporcionam um reality show espetacular que eu posso acompanhar a milhares de quilômetros de distância quando estou em Nova York. Acho que o que estou querendo dizer é que *gosto* muito de vocês.

Sylvie Rabineau e Stuart Rosenthal, estão contentes com a conclusão da saga de Mick Riva? (Mas será que acabou mesmo? Eu não prometo nada.) Obrigada por lutarem tanto pelas minhas histórias e os meus personagens. Eu sinto isso toda vez que conversamos, e é importantíssimo para mim.

Brad Mendelsohn! Suas impressões digitais estão espalhadas por todo este livro. Obrigada por me deixar interrogar você naquele dia no Nate 'n Al's, meu consultor para assuntos de surfe em Malibu. Meu objetivo no futuro é manter você ocupado, mas não a ponto de não sobrar tempo de pegar ondas. Mas eu não vou com você. As águas do oceano Pacífico são congelantes, e você não fala disso tanto quanto deveria. De qualquer forma, obrigada, amigo. Por tudo o que você fez e vai continuar a fazer por esta história.

Aos Peanuts, eu agradeço por acreditarem em mim e por me ajudarem a processar os acontecimentos da minha vida. Não sei se conseguiria me adaptar tão bem se não fosse por vocês, que são algumas das poucas pessoas que conheceram todas as versões de mim mesma. E a versão atual realmente precisa disso. Espero que eu possa fazer o mesmo por vocês.

Rose, Warren e Sally, estes livros não existiriam se vocês não estivessem presentes e cuidando tão bem de Lilah para que eu possa escrever. Obrigada por me ouvir falar da história, por sempre me apoiarem, e por serem avós tão incríveis para ela. Um agradecimento extraespecial para Rina e Maria por cuidarem tão bem de Lilah que ela sente falta de vocês quando não estão por perto. É um privilégio poder trabalhar tendo vocês como ponto de apoio. Não existem palavras suficientes para agradecer por isso.

Ao meu irmão Jake, eu tenho tanto a agradecer que fica até ridículo tentar. Mas uma coisa eu posso dizer: obrigada por ser a pessoa que ficou do meu lado em tudo, e desde o começo. Obrigado por examinar os conteúdos das caixas comigo.

Alex, todos os dias quando me sento diante do computador, eu me esforço para ser a escritora que você pensa que sou. Obrigada por compartilhar cada momento da minha carreira de coração aberto. Você me apoia quando as coisas ficam difíceis e curte cada sucesso comigo também, sem nunca deixar de reconhecer a importância de cada momento. Eu preciso disso. E obrigada por respeitar tanto o que eu faço, e por me proporcionar todas as condições de que preciso para trabalhar. Inclusive, tomar conta de Lilah neste momento; vocês estão fazendo um piquenique no jardim da frente para eu poder terminar este livro — um momento que demorou dois anos para chegar. Sei que quando eu sair e disser que terminei, vocês vão comemorar. E só então vou saber que terminei mesmo.

E, por fim, Lilah. Acho que você entende à sua maneira que eu sou uma escritora agora. Você sabe identificar o meu nome nas capas dos livros. E pouco tempo atrás alguém falou "Daisy", e você perguntou: "Jones & The Six?". Hoje é bem mais fácil para mim imaginar que, um dia, você pode ler este livro e entender o que estou tentando lhe dizer. Mas, só por diversão, vou aproveitar para deixar uma coisa bem clara: eu piso na bola às vezes. E não sou perfeita. Mas vou ficar do seu lado, estendendo a mão para você, enquanto estiver viva. Eu sou sua.

TIPOGRAFIA Adriane por Marconi Lima
DIAGRAMAÇÃO Verba Editorial
PAPEL Pólen Natural, Suzano S.A.
IMPRESSÃO Gráfica Bartira, abril de 2023

A marca FSC® é a garantia de que a madeira utilizada na fabricação do papel deste livro provém de florestas que foram gerenciadas de maneira ambientalmente correta, socialmente justa e economicamente viável, além de outras fontes de origem controlada.